LUMINAIRE

光启

守望思想　逐光启航

Owen
Lattimore

HIGH
TARTARY

［美］欧文·拉铁摩尔 著

王跃 译

下天山

亚洲腹地之旅

Owen Lattimore
拉铁摩尔
著作集
Collection of works

上海人民出版社
LUMINAIRE BOOKS
光启书局

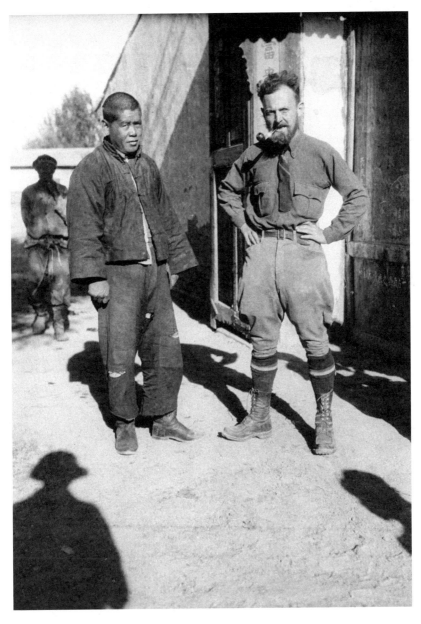

欧文·拉铁摩尔和忠实的摩西。1930 年版的照片上有拉铁摩尔手写的说明，左为摩西，左下方是埃莉诺·拉铁摩尔的影子，照片摄于绥定，1927 年 5 月。

本书插图由拉铁摩尔及其同行者在旅行中拍摄，底片藏于哈佛大学皮博迪考古学与民族志博物馆。本书 1930 年版和 1994 年版收录的插图有所出入。此中译本的插图个别来自 1930 年版（有标记记出），其余皆由哈佛大学皮博迪考古学与民族博物馆提供。

目录

出版说明……………………………………………………………… 1

一个"20世纪人"眼中的中国与世界

    ——"拉铁摩尔著作集"代序……………………… 袁剑 5

1975 年版序………………………………………………………… 9

1930 年版序………………………………………………………… 15

第一章 商栈………………………………………………………… 1

第二章 通往乌鲁木齐的雪道……………………………………… 12

第三章 位于亚洲腹地的首府……………………………………… 19

第四章 天山北路…………………………………………………… 29

第五章 东干人……………………………………………………… 40

第六章 游牧民的越冬之地………………………………………… 49

第七章 老风口……………………………………………………… 55

第八章 亚洲腹地边疆……………………………………………… 67

第九章 重逢………………………………………………………… 76

第十章 成为一个考察者…………………………………………… 87

第十一章 西部游牧民……………………………………………… 98

第十二章 春季迁徙………………………………………………… 117

第十三章 拓荒者的土地…………………………………………… 126

第十四章 越过博格达山…………………………………………… 139

第十五章 荒城之地………………………………………………… 149

第十六章　葡萄园和沙漠 ……………………………………… 164

第十七章　西行伊宁 …………………………………………… 182

第十八章　马 …………………………………………………… 196

第十九章　赛里木湖和塔勒奇达坂 …………………………… 211

第二十章　"我不知道，那又怎样" …………………………… 223

第二十一章　伊犁河谷 ………………………………………… 230

第二十二章　上天山 …………………………………………… 238

第二十三章　高山牧场的哈萨克人 …………………………… 248

第二十四章　马奶 ……………………………………………… 260

第二十五章　哈萨克人和柯尔克孜人 ………………………… 270

第二十六章　伊斯坎德尔之死 ………………………………… 279

第二十七章　亚洲腹地的美国洋大人 ………………………… 286

第二十八章　木扎尔特冰川 …………………………………… 295

第二十九章　下天山至阿克苏 ………………………………… 309

第三十章　天山南路 …………………………………………… 319

第三十一章　"五个山口"之路 ……………………………… 336

第三十二章　素盖提和喀喇昆仑 ……………………………… 352

第三十三章　告别亚洲腹地高原 ……………………………… 365

索引 …………………………………………………………… 386

出版说明

　　《从塞北到西域：重走沙漠古道》《下天山：亚洲腹地之旅》是美国历史学家、地理学家欧文·拉铁摩尔1926—1927年的游记姊妹篇，记录了他以骆驼商队的形式，从位于塞北的归化（今呼和浩特）出发，穿越戈壁沙漠，到达历史上的"西域"（今新疆），与妻子会合后，再由北往南跨越天山，在亚洲腹地游历的过程。

　　"西域"是丝绸之路上历史悠久的中转站。明清以来，中国内地与塞北、西北的陆路贸易日渐繁荣，各族商人开辟贸易通道，在沿途开展贸易活动，客观上促进了内地与边地的经济文化交流，具有巩固中国边陲的重要意义。然而，自鸦片战争以来，中国被迫开放通商口岸，陆上贸易受到冲击，以骆驼为主要运输工具的古老贸易方式逐渐退出历史舞台；与列强的不平等条约，从清末到民国的政局动荡、地方割据、军阀混战，这些都造成了中国边疆的领土危机。

　　在此背景之下，拉铁摩尔生动直观地呈现了当时边地的历史现场。他重走商队路线，描述了商队的历史渊源、组织方式、人员构成、贸易习惯等，生动刻画了驼夫等商队成员群体，记录了商队贸易的艰苦条件，包括战乱对贸易的冲击、沿途官员的设卡盘剥等。他行经蒙古、新疆等地，笔下可见从内地前往边地从政、经商、参军、务农的汉族人，生活在当地、具有各自习俗的蒙古族、回族、维吾尔族、哈萨克族、藏族、满族、柯尔克孜族、锡伯族等多个少数民族，客观反映了边地多民族聚居共处的悠久历史。因此，这两本书不仅是关于内陆商路的田野调查，而且是20世纪上半叶中国塞北与西北风貌的生动纪实，为了解当时的自然景观、历史地理、风土人文等提供了一手资料。

拉铁摩尔还在旅行的间隙提及明清以来中国政府开发边地的历史，如设立行政机构、派驻官吏和驻军，以及鼓励民间的通商迁徙，反映出中国内地与边地形成了紧密的联系。他描述了当时较复杂的地缘政治，提到了近代以来沙俄等列强对中国的侵犯，间接地写到了各族民众受到剥削和压迫的情景。他在书中写到的一些边地冲突和危机，提醒着我们谨记以史为鉴。从他的记录中也可以感受到，我国作为统一的多民族国家的历史，是在漫长的过程和复杂的历史局势中，由各民族共同参与和书写的，经历了近代一系列危机的考验。

与近代大多数外国探险者不同，拉铁摩尔是以个人身份在中国旅行的，没有政治、商业或其他追求利益的动机，主要是为了追慕古代丝绸之路与亚洲历史时光。他在中国长大，熟悉中国民情，能说一口流利的中文，能够比较客观地描述旅程中的人和事。他热衷于与沿途的底层民众交流，包括驼夫、马夫、旅店老板、低级军官、士兵、富商、小贩等，留下不少较珍贵的口述史料。这使得他这两本书仿若一份历史档案，记录了行将消失的历史画面。

　　由于当时的拉铁摩尔尚未开始正式的学术研究，他对沿途见闻的记录感性色彩较浓，有不少传说和轶事的部分。他参考的资料主要是西方的著述，他的认知不免受到西方的影响。他对清朝与蒙古的关系、清朝民国时期西北各民族的关系，以及土尔扈特东归、外蒙古独立等历史事件的讲述，存在偏颇和不严谨之处。他对中国作为统一的多民族国家的历史、对中国各族群之间的关系的认识都还比较粗浅，他对中国西北局势的判断也有失误，他有时候不免仍以旁观者、西方人的立场来看待问题（他在后来的 1975 年版序中也承认了自己的一些误判）。尤其要指出的是，拉铁摩尔的这段旅行，对他后来的学术研究产生了奠基作用，从两本书中能够看到他后来的学术思想的一些线索。拉铁摩尔的"内亚史观""征服史观"有其缺陷，虽然他的探讨多限于学术范围，他本人亦对中国持友好态度，但其学术思想的缺陷，不免在后来的西方学术界被一定程度上放大，可能对一些不当观点的形成有所影响。我们亦希望这两本早年游记的出版，能够为学术界和广大读者更加客观全面地认知拉铁摩尔及其学术思想提供参考。

　　《从塞北到西域》初版于 1928 年，1929 年重版；《下天山》初版于 1930 年，后分别于 20 世纪 70 年代和 90 年代再版。两本书的中文版分别以 1929 年版和 1930 年版为底本，并收入了欧文·拉铁摩尔的 1975 年版序和戴维·拉铁摩尔在 1995 年撰写的导读。《从塞北到西域》由王敬翻译，《下天山》由王跃翻译。丛书主编、中央民族大学袁剑教授审订了全稿，并撰写了丛书总序。北京大学唐晓峰教授、北京大学罗新教授对书稿进行了审读。相关专家审读了全稿，提出了总体性的修改意见；对于其中一些具体问题，上海辞书出版社原宗教文化编辑室主任、副编审陆海龙，《大辞海》宗教卷伊斯兰教学科撰稿人之一虎希柏等专家提供了指导意见。在此一并致以诚挚的谢意。

我们参照《辞海》《民族词典》《宗教词典》《中国回族大词典》《伊斯兰教常识答问》，以及国家政府网站等权威材料，对书中提到的一些史实和专有名词作出了辨析和注释。为尽可能保持本书原貌和风味，我们仅对局部不宜的内容作了一定处理。请读者注意鉴别。两本书可能还存在错漏之处，敬请读者指正。

一个"20世纪人"眼中的中国与世界

——"拉铁摩尔著作集"代序

　　中国离不开世界，世界也离不开中国。作为一个东方文明古国和大国，中国不管是在古代、近代还是当代，都扮演着关键的角色，也必将对未来有更大的贡献。过去的 20 世纪，风云变幻，两次世界大战改变了我们理解本国与外部世界的方式，而与之相关的地缘政治变动则决定性地塑造了东亚乃至整个世界的秩序结构。时至今日，这一秩序结构依然影响着我们的自我认知、周边意识与世界感觉。

　　历史往往惊人地相似。正如马可·波罗的经历与记述在某种程度上影响了域外对古代中国尤其是元朝的认识一样，20 世纪来华的一批后来被称为"中国通"的西方人，则在某种程度上影响着域外国家社会与民众对华的系统理解与认知，其中包括对于一战、二战乃至冷战的理解，当然也会涉及关于中国革命、抗日战争、东亚秩序以及大国竞争的重要议题。时光流逝，这批人大多已经逝去，但二战后的世界秩序结构依然在东亚留存，这些议题依然富有历史性与启发性的意义，能够使我们在自主性地认识与周边、域外关系的同时，去了解一些曾经有过的分析与讨论，从而为我们提供可供参照和比较的 20 世纪体验与概括。

欧文·拉铁摩尔（Owen Lattimore，1900—1989）就是其中的一位。从生命历程来看，他是个彻底的"20 世纪人"，作为一位著名的"中国通"，他在中国度过了青少年时代，将中国视为"第二故乡"，并在中国近现代政治史上扮演过重要角色。在青年时代成为第一个走遍中国内地各区域的美国佬之后，他实现了那批"20世纪人"最具魅力的目标：在理解中国社会的同时，也了解中国的政治。紧随斯诺之后，他参加的"美亚"小组一行在 1937 年 6 月访问红色圣地——延安，虽然只有短短几天，但对他的影响却是终身的。这次访问，不仅让他得以理解中国共产党人，同时也获得了革命左翼关于"解放"与"同情"的知识启蒙，更为自己打上了"亲华"与"知华"的烙印，当然，这也使他本人后来在 50 年代成为美国国内麦卡锡主义的主要攻击对象，无依无靠之下被迫远走英伦。而他在 40 年代受时任美国总统罗斯福的推荐，担任蒋介石的私人顾问，则成为那个时代独特性的一个标志，他也在对中国抗战的理解与支持中，认识到了未来中国蕴含的力量，中国的事务也要由中国人来掌握。随着中美关系转暖，1972 年，受周恩来总理邀请，拉铁摩尔得以在古稀之年踏上新中国的土地。那个在他青少年时代曾经残破不堪的"第二故乡"，如今正在世界舞台上独自掌握着自己的命运。毫无疑问，这是中国人的中国。

张骞式的体验，或者用现在时髦的词汇来说——田野调查（fieldwork），塑造了拉铁摩尔本人学术表达背后的迷人之处。在回忆文章中，拉铁摩尔记述了他了解中国的"接地气"方式。在多次出差之旅中，他都放弃了那些之前洋人传统的老爷做派，在没有翻译、仆人或补给的情况下，轻装前行。他一般都会乘火车抵达最近的地方，然后或许会换乘骡车，前往他所服务的商行寻找要做生意的中国伙伴——一家建有院墙的老式商行，里面既有仓库又有商铺；掌柜、职员和学徒全都在这里工作、吃饭和睡觉。掌柜起初会因为他要求在房间里共事并参与日常事务而感到慌乱；过了一段时间后，他们会发现，这个办法挺不错，还方便办事。在吃饭的闲暇当口，在晚上，或者在等待官员视察的百无聊赖之际，大家都会海阔天空地侃大山，从政治到经济，无所不包。每次出差之后，他都会收获一大帮子朋友。在如今这个旅行方式日益多样化的时代，我们每个人理解周边与外部世界的方式也变得越来越个人化，但有一点可以肯定的是，在我们对作为整体的中国与世界的理解之外，去更深入地认识中国的基层社会与生活世界，认识中国广袤的边疆地区，将使我们的知识图景更为完整。

"在骆驼商队和铁路货车之间堆放着货物。那里只有两步或者四步的距离，却弥合了两千年的鸿沟，在商队来回进入将大汉王朝和罗马帝国两相分隔的古典时代以及蒸汽时代之间，摧毁了过去，开启了未来。"这种突然的感觉，开启了拉铁摩尔理解和认识中国的生命之旅。如今，在我们看来，开启未来的旅程，不必再以摧毁过去为前提，未来与过去可以兼容。司马迁有言，通古今之变，成一家之言。在上海人民出版社、光启书局的大力支持下，"拉铁摩尔著作集"终于应运而生，这契合我们当下思考中国与世界之关系的时代呼声，同时又呈现了拉铁摩尔生命历程中丰富而多彩的文本世界，诉说了这位"20世纪人"的青年、中年和老年故事，其中既有豪情万丈，也有苦闷彷徨，更有历经冷暖后的冷峻叙说，贯穿了这个世纪独有的政治与思想变局，构成了由小及大的 20 世纪中国与世界场景。

我们都是时代的人，都会经历自己所在世纪的跌宕起伏。阅读这些 20 世纪的故事，我们也将获得对过去与未来的感觉，进而理解我们在哪儿、我们是谁。

袁剑

1975 年版序

在为再版的《下天山：亚洲腹地之旅》作序时，我有幸在1972 年 9 月短暂地访问了新疆。我之前曾在 1944 年陪同副总统亨利·A. 华莱士重游过这个省——确切地说，是它的首府——当时，罗斯福总统派华莱士前往西伯利亚、苏联中亚地区和中国（还包括蒙古，尽管这不是当时"官方"的说法）执行特别任务，我现在有了三个可以调整自己视野的参照系，以便重新审视中国在亚洲腹地的地位。

像本书中记载的那样，在 1927 年，新疆被一个前清的旧官僚统治着，这个统治者与 20 世纪 20 年代中国其他任何地方的军阀都不同。自从 19 世纪的危机结束并被中央政权重新收复后，新疆就一直沿袭着清朝官僚体制。我和妻子探访新疆后的第二年，那个统治者就被人谋杀了，接替他的是金树仁，也就是这本书里提到的慈祥的老绅士，阿克苏的"大人"。① 经过一段短暂的动乱，包括甘肃

---

① 1927 年金树仁已经就职新疆省垣，阿克苏的"大人"应为道尹朱瑞墀（1862—1934），他是安徽人，1934 年一度担任新疆省政府临时主席。——译者注

回族军阀的进攻，金树仁放弃了权柄，旧官僚们第一次被一个职业军人盛世才所取代，我1944年访问乌鲁木齐时，盛世才仍担任新疆省主席。

盛世才是个有趣的人。他来自"满洲"，那个地方的官方称谓不是"满洲"而是东北（事实上，汉人和满人自己都没有使用过"满洲"这个名字）。有人说他实际上是满人，不是汉人。他曾在郭松龄将军手下服役，郭松龄曾试图推翻东北军"大帅"张作霖（他的儿子是张学良，即"少帅"，后于1936年在西安向蒋介石发起兵谏，并抓获了蒋），郭松龄战败被处决后，盛世才到南京为国民党蒋介石服务。

我在本书中叙述了新疆当政者的政策是如何使该省免遭内地军阀混战波及的。然而，金树仁时期的新疆临时政府陷入混乱，不得不向南京求助。盛世才受命成为改组新疆省军的官员，他击退了甘肃回族军阀，之后大权在握，开始发展自己的独立势力，脱离蒋介石政府的控制。他恢复了私下与苏联建立实质关系的旧政策。1931年，日本发动九一八事变，占领中国东北，一批战败的东北军退入西伯利亚，最终被苏联遣返，由于他们不能被遣返到日本掌控的伪满洲国，于是就被遣返到新疆，这样一来，身为东北人的盛世才手下就有了一支东北军。这支东北军在新疆没有其他政治关系，更可能效忠于盛世才。

我之所以详细提到这些，是因为本书在很大程度上既是一本游记，也是一本地缘政治书。关于"亚洲内陆边疆"的内容分散在全书各处，但主要集中在第八章，读者可以发现，早在新疆之旅的1927年及本书出版的1930年，我就认为新疆正受到苏联的强烈影响，我在第八章的最后说道"苏联几乎是原封不动地发展着旧时代的前进政策——沙俄的'东进政策'"。

此外，稍晚些时候，我继续补充、强调了我的这些观点，撰写了《作为统治者的汉人》（"The Chinese as a Dominant Race"），发表在《皇家中亚社会杂志》（*Jouranl of the Royal Central Asian*，第十五卷，第三部分，1928年），同时也发表在《亚洲》（*Asia*，1928年6月），应杰出的汉学家贝特霍尔德·劳费尔之邀，这些观点还呈现在一篇刊登于《公开法庭》（*The Open Court*，第48卷，第921期，1933年3月）的论文中，文章的题目是简单的《新疆》（"Sinkiang"）。这两篇文章都载于我的《边疆史研究文集（1928—1958）》（*Studies in Frontier History, Collected Papers 1928—1958*）。

在第一篇文章中，我写道："事实上，汉人统治新疆的代价是默许俄罗斯的经济扩张。"但我在这篇文章中讨论的是汉人的主导地位，我的总结是"无论汉人在哪里获得了一定程度的权力和支配权（哪怕只维持几天），他们都会明确表示（甚至是对他们的俄罗斯'顾问'），即便国内政治存在各种冲突，但在他们看来，汉人政权的主要功能之一是维护汉人在中国版图范围内的主导地位，而非在各民族间实现平等"（在写下这段话的1928年，我想到的当然是1927年蒋介石摧毁国共统一战线、驱逐苏联顾问）。

在第二篇文章中，我提出并回答了一个问题："新疆的现状是什么？汉人经过长期接触，还没有与当地居民融合，汉文化也没有深入渗透，仍然是一种陌生的外表装饰，只对少量的事情和一小部分人产生影响。汉人的政治、军事主导权，长期没有牢靠的基础，作为一种理论上运作良好且技巧高超的空中楼阁，正面临崩溃的危险。新疆是中国边疆上一个不稳定的突出部，而在许多中国人的眼中，中国内地似乎也在分崩离析。"

随后，在同一篇文章中，我又补充道："另一方面，苏联中亚地区与新疆的靠拢是不可阻挡的，如果苏联人想实现自己的目标，他们的政治、社会、经济活动需要延伸到新疆。"

之所以重提这些"地缘政治"内容，原因在于我不愿隐瞒自己的错误，而是要反思它们并试图从中吸取教训。毕竟，这些错误并不是轻率的想法造成的。事实上，我的思想是在旅行途中观察形形色色的人并与之交流后而形成的，他们包括汉人、俄罗斯人、维吾尔人（当时我在书中称之为突厥人）、①东干人（如今被正式称为回民）、②蒙古人、哈萨克人、柯尔克孜人等，他们中很少有人有知识分子的自命不凡。书籍对我的影响很小，我怀疑自己当时是否知道地缘政治这个词。不过也不是说书籍对我完全没有影响，但多集中在其他思想领域，如亨廷顿的《亚洲的脉搏》，里面有关于干旱和"气候涛动"的故事，但很快我就从那本书里跳了出来。

新疆的形势没有像我预言的那样发展，主要有两个原因——战争和内地的革命。也就是说，新疆既不是"边疆的一个不稳定的突出部"，也没有发生"中国内地秩序那样的瓦解"，而是完全扭转了局面——新疆在其历史上从未像今天这样坚定地和内地融为一体。即便是一次短暂的访问，也足以让我确信，汉人和其他兄弟民族之间的关系前所未有的融洽、亲密。当然，民族主义确实还会存在很

---

①　拉铁摩尔在原书中所称的 Turki 实际指的是维吾尔人，维吾尔族在清代民初被称为"回部"等，虽然到 20 世纪 30 年代才正式称为"维吾尔"，但为便于阅读，统一译为维吾尔人。——译者注

②　东干人，俄罗斯等文献中对中国回族的通称，又指 19 世纪 70 年代起由中国西北部西迁，现居哈萨克斯坦、吉尔吉斯斯坦的回民。拉铁摩尔指的应该是偏后一层意义，从内地西迁，当时居住在新疆的回民。本书保留该用法，以示与内地回族的区分。——译者注

久，中国和苏联的边界把哈萨克人分隔开来，中国的维吾尔人和他们的近亲——苏联的乌兹别克人也被国界分隔开来，因此，中苏两国在民族政策上必然存在某种竞争。

就目前而言，本书的"地缘政治"描述已经足够充分了。我在《亚洲轴心：新疆和中国的亚洲内陆边疆》（*Pirot of Asia, Sinkiang and Inner Asian Frontiers of China and Russia*，初版于 1950 年）的再版回顾介绍中，对这些问题再次进行了更深入的探讨。

本书的优点在于，在当时的新疆游记书籍中，它一直是内容最丰富的一本。基于我对汉语的熟练掌握，我能够与各种各样的人轻松、友好，有时甚至亲密地接触，他们中有少量的高级官员以及许多车夫、马夫、旅店老板、士兵、买卖人和小贩（我对所谓苏联扩张主义威胁的过度强调，在一定程度上是附和我所遇到的人们的观点。回顾历史，不难发现，苏联实际上没有领土野心，如果他们走上了旧式帝国主义或新式帝国主义的道路，他们完全可以轻而易举地占领新疆）。

然而，回头来看这本书的大部分内容，我确实感到不安——书里面一再炫耀着我这个年轻自大的旅行者有着特殊的知识积累。现在回想起来，我确信我其实是一个不太自信的年轻人，当时我结婚不久，试图给妻子留下深刻的印象。她始终以非凡的包容和智慧，让我按自己的方式解决了这个问题。

这本书里有许多关于专有名称的解释都是不正确的。当时我不懂蒙古语，而我在旅途中学到的维吾尔语不足以进行这样的推测。例如，在"重聚"一章的脚注中，"Chuguchak"（塔城），不管它是什么意思，可能都不是"碗"的意思；"Kukuirgen"（克克伊尔根）也不是"蓝布"的意思。在蒙古语中，"kuku"（更好的音译是"Kohk")是"蓝色"的意思,是地名中经常出现的元素,但"irghen"(最好是"irgen")不是"布"的意思,它的意思是"人",也有两个特定的含义——"平民"和"汉人"。

然而,我的民间话语词库还算有趣。在第 5 页和第 6 页,[①] 我描述了一个在商队里被称为"巴里坤杂毛"的人,我把"二混子"作为"杂毛"(汉人商队驼夫们的说法)的汉语译名。我现在确信,"二混子"是"Erke'un"的汉语音转,复数"Erke'ut"(厄尔胡特)是中古蒙古语中对景教徒的称呼。它作为一个氏族名称,在蒙古各地均可见,它还是西伯利亚伊尔库茨克的地名词源。最有趣的是,杰出的比利时蒙古学家田清波神父在鄂尔多斯蒙古人中发现了一个延续至今的"隐式"景教小团体。人们可能还记得马可·波罗在他对同一地区的景教徒的描述中认为这些人是混血人或者"杂毛"。在我年轻无知的时候,我竟然差点就意外地获得一个重大发现!晚年的乐趣之一,就是发现并纠正早年的错误(如果可能的话)。

欧文·拉铁摩尔

于勒瓦卢瓦-佩雷

法国

1973 年

---

① 见本书边码。——译者注

1930 年版序

在现代地图上找不到 "high Tartary"[①] 这个名字。这是前现代的地理情况。"鞑靼"（Tatar 或 Tartar）[②] 一名被用于指代所有冲出中亚内陆并不断向西方和东亚推进的民族。成吉思汗的整个帝国都是鞑靼之地，而由他的后代统治的帝国的不同部分同样都被称为鞑靼之地。"满洲"（中国的东北部及周边区域）被称为东部鞑靼或满洲鞑靼；蒙古被称为鞑靼；帕米尔高原和天山则被称为高地鞑靼。最

---

① 直译为 "高地鞑靼"，本身为历史地理词汇。high Tartary 源于近代西方旅游者、探险者使用的 *la Haute Tartarie* 一词。此词是西方人指称亚洲大陆中心地带的多个用词之一，如他们在其关于亚洲的游记和报告中，含糊地将位于亚洲大陆中央的所谓 "未知部分" 称作 *la Haute Tartarie*，也称 *l'Asieinterieure*（意为 "内陆亚洲"），德国著名地理学家洪堡将里海和大兴安岭之间，包括北纬 44.5° 以北和以南 5° 的广大地区称为 Asie centrale，英文著述中则通常使用 Central Asia（中亚）。按拉铁摩尔所述，high Tartary 是他旅行的主要地域，指称帕米尔高原和天山一带。考虑到以上渊源，以及帕米尔高原和天山实际跨越了亚洲内陆多个国家区域的情况，为较为准确地对应该词在本书的历史地理所指，故译为 "亚洲腹地"。——译者注

② 鞑靼，古族名。始见于唐时，为突厥统治下的一个部落，突厥亡后，逐渐壮大。后为蒙古所灭。元亡后，明又将东部蒙古成吉思汗后裔各部称为鞑靼，这些部族发展为漠南蒙古和漠北喀尔喀蒙古，后统一于清。鞑靼各部有不同称谓，如两宋辽金时，还有黑鞑靼、白鞑靼、生鞑靼等。西方通常将蒙古诸部以及中国北方诸民族泛称为鞑靼，也有所划分，拉铁摩尔此处用法即反映了这一情况。此外，16—19 世纪的俄国文献中，将许多操突厥语的民族统称为鞑靼人，如今鞑靼人也指俄罗斯的一个民族。——译者注

重要的是，鞑靼一词是联系亚洲中部地理和历史的纽带。

1927 年，我和妻子进行了一次从阿尔泰山脉到帕米尔高原的"亚洲腹地之旅"。这次旅行的路线贯穿了中国新疆省，包括天山以北的准噶尔盆地以及天山以南的塔里木盆地。我们可以看到分布在各个区域的不同居民，例如蒙古人、东干人、哈萨克人、柯尔克孜人、维吾尔人，以及他们的汉人统治者。此外，这里还有杜兰尼人这样的小群体（普什图人），来自印度、阿富汗的商旅，以及翻越喀喇昆仑山"五个山口"进入亚洲腹地的拉达克商队。

此外，亚洲腹地让人想起了中世纪以及一些勇敢的西方旅行家的名字，比如威廉·鲁布鲁克（William of Rubruck），在亚洲内陆游牧民族主宰基督教世界命运的时刻，他来到了这里。在我看来，旅行者从中亚带回的仅仅是一种历史的延续性，以及曾经横扫欧亚的游牧民族留下的沧桑。

在《从塞北到西域：重走沙漠古道》一书中，我写了一段从中国内地穿越蒙古到新疆南部的商队旅程。在 1600 英里戈壁之路尽头的古城，我与周少东家及其他商队的伙伴道别。摩西则同我继续前行，这是唯一一个贯穿了《从塞北到西域：重走沙漠古道》与《下天山：亚洲腹地之旅》的名字，"摩西"是李宝舒的别名，他虽是一个挣工资的仆人，但在整个旅程中，与其说他是我的仆人，倒不如说是我的朋友。

这本书的第一章介绍了古城和新疆的边境。我们从古城出发去乌鲁木齐，收到我妻子之前寄出的信，她一直在北京等着我穿越蒙古的消息。在收到我的回信后不久，她开始了穿越西伯利亚的旅行，以期同我会合。在经历了一路坎坷之后，她成功了。这段西伯利亚之旅所需的勇气和毅力远比一个男人穿越蒙古所需的勇气与毅力多得多。我尚未介绍过之前她在归化城（今呼和浩特）的任何经历——我们在那里分开后，我前往蒙古，她则草草规划了前往西伯利亚的旅程，最终用 17 天的时间乘雪橇穿越 400 英里雪原。她已经在自己的文章中介绍过这段旅程中的一些事情，[①] 以后还会介绍旅程中的所有内容。

我们在塔城重逢，随后一同继续在新疆的旅行，我们沿着亚洲腹地的贸易路线和游牧民迁徙路线走了 8 个月。和在蒙古一样，这段旅行中我的主要兴趣是对比那些仍在使用的古代道路。1927 年 7 月，我们走出了喜马拉雅山脉，到达克什米尔。我们都完成了从北京到印度的陆路旅行。我想我的妻子应该是唯一一个从北京出发、经过新疆到达印度的女性。

我无法亲自感谢所有为我们的成功旅行提供过帮助的人，但我很高兴能在这里向中国当局表达我们的感谢。中国各省的官员都帮助了我们，中国邮政也非常友好地为我们的汇款提供了便利。英国当局也慷慨地帮助我们，尽管我们没有事先按规定申请使用拉达克和克什米尔的路线。在喀什，吉兰少校和夫人不仅款待了我们很长一段时间，而且吉兰少校作为总领事，帮我们确保了喀喇昆仑路线的畅通。就苏联当局而言，他们给我妻子发放通行许可并以礼相待，使她能够沿着西伯利亚之路走了这么远，要知道当时的许可证并不是自由发放的，苏联驻乌鲁木齐总领事比斯托夫也拨冗赶来帮助了我们。

最后，我很高兴有机会再次表达对我们的朋友、新疆的汉人官员潘绮禄先生的感激之情。

———————————

① 埃莉诺·拉铁摩尔（Eleanor Lattimore）：《乘雪橇前往中世纪》（"By Sledge to the Middle Ages"），载《大西洋月刊》（*Atlantic Monthly*）1928 年 1 月、2 月刊。

第一章　商　栈

我们的商队完成了风雪交加的蒙古荒原之旅，我从所乘的骆驼 3上滑下来，用缰绳牵着它从古城的城门楼下穿过。可以说，我已到达了新疆，或者更准确地说，我到了新疆北部的准噶尔。一个人在200米之外就向我打起了招呼，不是别人，正是"来宰提"（他的真名我一直不知道，而"来宰提"一名则是商队里面的诨号，在英语里很难表达），他是周家商队中的驼夫，现在在街上买东西。他曾经罹患腹痛，同伴都认为他被鬼上身了，我则给他按摩、喂药。我们在三趟湖绿洲分手，当时我滞留在当地一个官府的当铺中。"哈，乐英才！"①他喊道，"你总算来啦！你最后这一段走得怎样？路都结冰了吧，你沿这条路往前直走，去张家醋坊，你在那里能见到周大头，还有其他我们的人，去吧！"

来宰提是我来到古城后唯一一个向我友好问候的人。我初到古城，没人关注我的骆驼，因为我的这些蒙古骆驼对于古城里的蒙古人和旅蒙商人们来说司空见惯；也没人关注我唯一的同伴摩西，他是一个蒙古人扮相的河北人，这在边贸活动中也十分常见。我和摩西在雪中离开商队，先期到达古城，先看看摩西是否能打点城里的官差。摩西是好样的，这个河北人曾帮我们成功对付了商队里心怀不轨的骆驼客，我们将那个家伙遗弃在了雪野之中。

---

① 音译，应为欧文·拉铁摩尔的中文名。——译者注

在古城的街上，我吸引了所有人的目光，人们纷纷盯着我看——我独特的胡须表明我不是中国人，同时我又衣衫褴褛。到处都有人作恍然大悟状："（这个人是）俄罗斯人！"这是一个无聊的下等人提醒自己关注什么新鲜事儿的方法。到处都有孩子戏谑着喊"drass！"，这是中国人学到的半吊子俄语问候语（Здравствуйте 的前半截读音）。毫无疑问，商旅生活已经结束了，在商旅生活中，人们都是把自己的一摊子事情忙完之后才会去关注旁人。

4　　一到张家醋坊，我又回到了自己的圈子里。"带箱最贵的香烟，那个外国先生会付钱的，然后我们再谈。"周大头用他最阔气的态度向一个碎步疾行的伙计吩咐着。周大头也叫"六子""老大"，是周家的少东家。我发现这香烟是"红宝石皇后"牌的，在古城十分稀罕，500 支一箱，可值 4 银元。没有哪个中国的或外国的烟草公司会在如此边远的西部小城设置代理。因此这些香烟的出现应该都是出于偶然原因，要么是汉商为了贱入贵出而订购的，要么是商队东家或驼夫冒险夹带而来，他们非常热衷于此事。今年最受欢迎的品牌是"红宝石皇后"和"满意"（thumbs up），"满意"因为其包装插图也叫"第一"，在西方则叫"玉手"。

周大头又说："我们原打算在一家商号里给你准备一间屋子，你可以好好休息，吃的东西会送过去，也开心自在。但我们觉得，蒙古这一路你一直和我们一起住，也习惯和我们待在一起了，也许你在古城和我们住在一起会更好些。你待的时间不长，和我们一起住也没问题。我们几个人在账房旁有包间，你要是乐意就一起住在这吧。"

我们就这么定了。那个包间大约长 20 英尺、深 12 英尺，长边有一扇门通往大厅，大厅的另一边是账房。用于睡觉的大炕占据了

包间内一半以上的空间。炕由烟道里的热气加热。纸窗是密封的，5
可以把热气圈在屋里。我们六七个人睡在这炕上。早上，我们把被
褥靠着后墙堆放，人就可以在炕上自由活动。摩西躺在窗户边，紧
挨着的是我的铺盖，然后是周大头的位置。再往里去是两个来自西
边某地的商队老板，他俩是同姓同族，但没别的什么关系，之后是
"巴里坤杂毛"。在炕的最里头是一个山西商人的铺位，此人通常
不来睡觉，他把自己的所有身家和前途都投到古城的一个女人的怀
里。女人早上七八点时送他回来，回来时他眼圈通红、脾气暴躁，
身上的绸衣被酒弄脏，原先戴满手的假钻戒，回来后也少了一两
枚。他有边刷牙边骂人的绝活，骂完之后就裹进被子里睡一上午。

说起那个"巴里坤杂毛"——这是他的诨名。他是所有人中最
招摇的一个，穿着绸面皮袄，戴着貂皮帽，18英寸长的仿琥珀烟
嘴上镶饰着玻璃"宝石"，骑着一匹巴里坤马。他年轻、瘦削的脸
庞晒得厉害，呈深棕木色，但还没有皱纹。他叨叨一大堆粗话，连
商队的人都听不下去。几天下来，他把自己的全部精力都挥洒在赌
博、酗酒、鸦片、女人以及其他任何可以放纵的东西上。

人们在他背后叫他"杂毛"，是因为他来自一个新奇的混血族
群——"二混子"，这群人居住在古城和巴里坤之间的山区。"二"
是第二代的意思，"混"有混血、混乱之义。他们是汉人的后代，
通常是山西汉人的后代——旅蒙晋商里的一些败类不务正业，带着
土尔扈特蒙古女子或者本地塔格里克（有维吾尔血统的山民）女子
私奔进山……

尽管这个名字本身代表一种侮辱，或至少是一种轻蔑，说好听
点是"混血儿"，说难听点就是"杂毛"，在沿海地带，"杂毛"是6
对欧亚混血儿的蔑称。但"虎头蛇尾"的蒙汉混血造就了这样一个

双语族群——不仅适应了游牧生活，还继承了山西汉人的经商理财天赋。所以汉人们总说："二混子没有孬的。"

"二混子"在胆识和个人独立性方面远超他们父母民族的平均水平。在他们的毡帐中一般都有一支不错的步枪——通常是老式的俄国"伯丹"单发步枪。他们不偷不抢，但也不会容忍蒙古、哈萨克盗匪的侵扰。在路上我不止一次听说过"二混子"的故事，一个"二混子"为了半箱茶单枪匹马追赶哈萨克盗匪，而那些劫匪曾从商队手中偷走多头牲畜，最后"二混子"夺回了被盗的牲畜。"二混子"像蒙古人一样管理着自己的家产，像汉人一样经营自己的生意，他们已经成长为一个家底殷实的富裕阶层。他们在毡帐中的生活和穿着与蒙古人一样，但当他们进城时则打扮得像汉人。他们像汉人那样深殓逝者；他们的婚俗也和汉人一样——用马车把新娘接回家，并保留汉族父系的姓氏。在大多数情况下，他们是半游牧的牧民，在冬季的低海拔牧场建有坚固的房舍，夏季则带着自己的蒙古家什到高山牧场扎营，搭建自己的毡帐。他们最迷人的特点是"凌乱"的信仰习俗，这与亚洲腹地固有的文化包容风气相吻合，这种随和的态度源于亚洲腹地民族的混居杂处。在夏季牧场，"二混子"款待流浪的蒙古喇嘛，这些游方僧侣往往被视为牧民的精神顾问；在冬季牧场，"二混子"为汉人的祠祀庙宇布施香火。至于我们炕上的那个年轻人，他虽然挥霍无度，却是个健康富足的人，花销虽奢侈，却不会超过自己的承受范围。他在一个商队中有自己的股份，此外还从商队中购买羸弱而不堪用的骆驼，在自己的草场上养护恢复后，再卖回商队，以此便可轻松获利。

7　　几天后，忠实的摩西带着我的行李，随我之后到达古城，我们被拢到了一个挤得满满当当的大炕上。这家客栈，或者更准确地说，被叫作张家醋坊的商栈，因原老板姓张而得名，店里的业务从卖醋发展到提供各项服务。最终，张家醋坊自营了一支商队和一个商栈，同时也为其他商队提供住宿服务，每天还给房客提供早晚两顿饭以及免费的烧酒。在宽敞的厨房里，商队头人和驼夫们围坐八仙桌吃饭，伴着氤氲的蒸汽，人们在轰鸣的锅灶旁取暖。在被烟雾熏黑的椽子上，一串串的大蒜像黑暗中的珐琅一样闪闪发光，厨师们呼吸着平等友爱和充满蒜味的空气，在几张餐桌之间奔忙，端上一盘盘配着蒜瓣的饺子、包子，整盘的葱爆羊肉，酱油碟和醋碟以及一堆堆蓬松的蒸花卷。

"大头，你瞧你蔫巴的，"人们对周大头说："我们都清楚，只要鸦片灯一亮，你就来精神了。"听了这话，周大头就会像我们所熟悉的那样，慢悠悠咧嘴一笑，然后把圆毡帽从冒着汗珠的额头上往后一推，狡猾地用胳膊肘顶了顶我，打趣说："我懒得吃，也懒得喝，除了抽鸦片我啥都不想干。但这个洋人是我和我们驼队的朋友，请各位代我好好招待下他，让他多喝！"

周大头有个兄弟，在我们隔壁开了家漂亮的铺子，是古城的山西商号中最显赫的一家，在新疆全省都有分号和代理。他完全不同于周大头这个迟钝笨拙的商队经营者，他身材魁梧，头小、双颊深陷、大腹便便，音容举止温文尔雅。他还跟我介绍了他的总经理——我见过的最有魅力的山西人，身材高大，英俊大方。尽管他的教育背景和生活哲学在各个方面都是中国式的，而且一直（他的年龄有 30 岁多一点）都在山西和新疆生活，但他对外国文明的理解平和、开明，远不像很多"留学生"那样矫揉造作，很少堆砌出一种"洋气"的感觉。这是因为他的兴趣发自内心，他博览群书，包括国外历史、经济、地理以及哲学等方面的译著。在会见外地宾

8

客时，他喜欢把话题从汉蒙关系轻松跳转到中古地理思想上，让客人大吃一惊，中古地理思想这种问题曾害得哥伦布找不到航海资助。

这群山西人比我想象的更古怪——不识字、没文化的人却喜欢跟我讨论怎么烧鱼更考究精致。而在同一个山西人的董事会里，有一个长着海象脸的老头，凭他的一笔好字可以确定，他应是山西受教育水平最高的人之一，与其他董事相比，他极擅长应时对景地引经据典。他认为，哥伦布的远航和曹操统一中国北方一样，都是枭雄图霸立业。

在内地，一般情况下，熟人早上碰面的礼貌问候语都是"您吃了吗？"，在古城却是"您喝茶了没？"。晚上8点到11点间，所有的餐馆都挤满了人，那里的"茶"包罗万象，从"一羊六吃"到正式的"晚宴"，这些晚宴往往在茶楼食肆深处的包间进行，至晨方休。在那里，即使是最卑寒的驼夫也会用纸包上自己的某一款高档茶叶带到席上。在中国的任何地方，带自己的茶叶去茶楼饭馆都是一种优雅的举止，在古城，这一点尤其重要，因为这里的饮品大多是商队贩运来的粗糙砖茶。砖茶是驼队商路上的常见之物，但在新疆，砖茶是"本土文化"的标志。

每天早晨，我被从炕上的被窝里叫醒，然后被拽出去喝茶。现在要介绍与我一起同行于蒙古数周的穷老头朋友了，他一路上骑着匹跛骆驼，现在在古城找到了自己的侄子，换了新的骆驼和羊皮袄，又刮了胡须、洗净了脸，搞得我一开始都没认出他来。驼夫们来叙旧了，他们没有忘掉一路上的同伴友谊；帅气的头人也换上了浅蓝色缎子衣服。在饭馆的大堂里，全是山西的厨子、马夫、商队东家、驼夫、富商和商号伙计，他们围着餐桌挤来挤去，恣意醉饮欢谑。在四合院后面的大房间里，一群人一边嗑着瓜子，礼貌地聊着天，一边等着主客们在晚些时候的正式露面。仅从最初的开胃菜来看，筵席之奢靡就远在平民水平之上了。他们在古城吃喝无度，在这里除了燕窝很少吃得到，其余如鱼翅、海参等内地时兴食材无所不有。所有这些时髦食材都由商队运到这个偏远的地方，价格便宜得惊人。为了回报对我的所有盛情款待，我请大约15个人吃了一顿极好的饭，由摩西帮我操办，连小费在内，总共花了不到20个银元。与我所知道的中国任何一个地方的人比起来，古城的人不但善饮，也更会劝酒。我从未见过古城烧酒这样的烈酒。这里还有一种"代酒"，我想是用某种小米酿造的，尝起来像是一种温和甜美的白葡萄酒，喝起来很暖；还有来自吐鲁番的葡萄酒，喝起来也很暖，像浓稠、甜腻、厚重的白兰地，放久了会很棒。

在商栈，那些没有太多"茶"可以喝的人，可以在中午之前简单地垫垫肚子。晚上，他们可以撮一顿高级客人很少参加的饭局。我们要么轮流出去，要么派我们的伙计出去，去买一份烤猪肉来，肉有时是热的，有时是凉的。我们在炕上围坐，炕中间摆一个小桌案，桌面有6英尺高，我们伴着烛光，就着酸菜和咸菜吃烤猪肉。就像香烟和烟叶一样，用这种方式买来的一切东西都是摆出来敞开分享的，无需邀请、招呼即可自行取用。但是卷在铺盖里面的任何东西都是不可侵犯的私人财物。

饭后是麻将时间，我、"巴里坤杂毛"、一位商队东家以及一个商栈酒坊的伙计凑了一桌。古城是唯一一个我玩麻将赢钱的地方，这也是唯一一个日后让我深情回忆古城的理由。我之所以能在此赢钱，是因为这几个西北汉子在游戏中都表现迟钝，没有歌女和妓院小游戏给他们提神醒脑。我赢了足够多的钱以支付住宿费用。唉，真厉害！在我离开前的那晚，我们还差一点钱，之后摩西被叫来玩，他一下子就把我赢的钱全部输光，还亏进去五六块。

"这个赌博不好，"周大头在角落里守着他的烟枪、烟灯，慢吞吞地说，"如果你一直抽鸦片，好歹知道自己的钱最后花到哪儿了。"

我和周大头在一起旅行了好几个月，其间他经常劝我抽鸦片。来到古城之后，我患了轻微的腹痛，终于尝了一次——鸦片也是止痛药。我躺在舒服的垫子上，枕着枕头，周大头将一块饱满的烟土挑在烟钎子上，悬在烟灯的火苗上捻弄着，烘烤出咝咝的响声。随后他灵巧地把准备好的烟土糊在烟枪葫芦的针孔上，留下一个通风小孔。我拿着烟枪，架在灯火上，灯火由于灯罩的保护十分稳当，周大头拿着烟钎子蹲在旁边伺候，护着灯火。我把那缓慢、油腻的烟雾顺畅地吸进肺里，浓厚、甜腻、倒胃口，但在我所有的呼吸道都灌满了烟气后，很容易被胃吸收。真正的瘾君子会保持稳定的烟雾进出循环——从烟管中吸入烟气，由胃和肺分散烟气，然后通过鼻子轻轻排除余气，这一套动作都是以温和、连续的流动方式进行的。我无法掌握瘾君子的这种技巧，所以抽得很不成功。这次我抽了几个较大的烟土疙瘩，但既没有感到幸福和满足感，也没有那种普通的麻醉感，我的痛苦也没有缓解。所以我又爬起来坐到了牌桌上，直到那疼劲儿自然地缓过去。

我们住在奢侈的包间里，但仍与驼夫们保持着联系，他们是商队的中坚力量。商队的骆驼、拖车停驻在城外雪地中温暖的冬季营地里。驼夫们是轮流休假的，雇主们常常让他们休息一两天。他们成群结队睡在院子周围的小屋里，只要他们探头到门外，就能看到堆在院中的商队家什——捆绳、水桶、箱子、麻袋、帐篷杆、红缨枪、毛毡。一头母骆驼在院中呻吟，它上月刚诞下的一只幼驼正嗷嗷待哺，母骆驼还不能向生活的阴霾屈服，因为它必须独自哺育幼驼。

大多数驼夫都笨得可怜，他们无法享受到声名远播的"古城乐趣"。在吃了几顿大餐，把几个月辛苦挣来的一点钱都输光后，他们摇了摇头，认定古城就是个荒凉地方。之后，他们又被拖到雪原之上，这片原野吞噬着他们的帐篷和赢弱的骆驼，直至春天到来。他们中一些人精明地用从内地带来的小物件交换草原上的羔羊皮和狐狸皮，还有一些人的女人缘不错，引起了同伴们羡慕的低声躁动。

新疆各地都有妓院，这个行业为多数中国城市刺激的夜生活增色不少，同时也招致了官方的极力打压。但再多的高压政策也无法阻止古城这样的商埠出现几所妓院。古城的妓院价格高昂，交易有限，以至于大多数男人寻求代价不那么离谱的牧民妇女，她们可以为这些男人提供非常亲切温存的家室之愉。而汉人男多女少，决定了女性的数量满足不了婚配的需求，以至于底层社会乃至中间阶层的已婚妇女也要忍受严苛的礼教约束。不少商队东家欣然和他人聊起自己在城里相好的妇人，当妇人的丈夫外出时，他们就姘居在一起。有时，当一个汉人完全陷入激情中时，就很难阻止一些悲剧发生。在沙漠里，我遇到过一支商队带着周家的一个堂兄回乡，他栽在了一个女人身上，为此卖掉了自己的一百多峰骆驼，花光了盘缠，返乡的路费也是由朋友们垫付的。还有一次，在一个十分偏远的军台，我听说有个落魄潦倒的大烟鬼，他曾经很富有，现在却为了能换到一点鸦片渣子而甘愿给士兵们当仆役。他不仅卖掉了骆驼，还抵押了在归化城的土地和财产，以换取古城一个女人的芳

12

心。由于某种程序上的原因，债权人不能取消抵押物的赎回权，除非他回到归化城。因此，他的妻子可以继续在归化城舒适地生活，体面地抚养他的孩子。然而，他却在荒野的飞沙中了却残生。

不过，如我所说，大多数驼夫们面对城里的女人都感到害羞。他们一路上聊遍了古城的街市、食肆、女人和店铺，然后就在这喧闹中不安地闪躲了两三天，最后叹了口气，回到旷野的风中，回到帐篷内氤氲的烟气中。说起嫖娼，他们说："别听那谁谁谁瞎显摆，其实也没比我们更快活！我们花一两银子，就能在城外睡一整夜，也就是四十个毫子的事！关了灯我才不管睡的是谁。"

当没人请客招待我的时候，我就外出上街，街上有烟火气，也时髦。古城的中心是一条较大的中式商业街，街上有几个山西商人的会馆——代县的、归化城的……他们是这个城市的主人。这些会馆建筑争奇斗艳，瓷砖、花砖、神龛和亭台，无所不用其极。城里最大的庙宇是老爷庙，由道士照管。也有维吾尔特色的清真寺，这些维吾尔人大多来自哈密和吐鲁番，主要居住在古城的城郊。老爷庙前面有一个大赌场，堪称古城一景，是各种骗子时常光顾的地方，也是驼夫们交易的主要市场。

古城的主要产业是商队贸易，面向哈萨克、蒙古牧民的贸易则是次要产业。冬季，许多东部的克烈哈萨克人[①]，在古城附近的沙丘地带徘徊，与蒙古人一样，他们在此交易皮毛、肉品和野驴皮，照例要喝个大醉。哈萨克人的高筒靴有很厚的木鞋跟，不便行走，所以他们很少从他们的牛马、骆驼上下来，他们会骑着坐骑冲入街边的商铺，从鞍上探半个身子出来，然后讨价还价。

---

① 克烈为古族名。15世纪哈萨克人建立汗国，形成三个玉兹，克烈部被划入其中的中玉兹。清时克烈部哈萨克人逐渐迁入中国境内。参见《从塞北到西域》相关译注。——译者注

这一带的土尔扈特人的帽子是非常贴合的毛毡帽，饰有金色的花边。帽子有圆形的护耳，非常舒适；帽脊缝着黄鼠皮毛或者黄鼠尾作为头饰。哈萨克人的帽子要更花哨些。他们的冬帽看起来像是仿照了一种搭配锁子甲的古代撒拉逊帽盔的样式。这种冬帽中央攒尖，下部低过耳朵，然后褶成帽裙，向盔甲的披肩一样。帽子里面衬着白色羊皮，边上是黑色羊皮，外侧是艳丽的印花棉布，绗缝在皮子上。在帽子的攒尖上，扑动着一簇鹰隼的胸羽。据我所知，年轻人以这个标志作为男子汉的象征，所以这在旧时应该也是勇士的标志。小孩子也会戴这种帽子，但年轻人直到能证明自己能够掠夺马匹之后才会戴。他们大都以此为成年的标志，这也就印证了汉人给他们的诨号"贼"。①

我终究未能真正地观察古城的街道、房舍、庙宇、市肆和各类人群。我还需要从旅途的长梦中摆脱出来。尽管摩西已经很好地教我养成新的思维、举止，但我的思想和语言依然沿袭着商队旧习。在开始新的旅程之后，我到了别的城市，才得以更清楚地回望古城。

① 在杨增新等地方派盘踞新疆期间，为维护其统治，对各民族采取羁縻牵制政策。此举可能造成了不同族群之间的劫掠和对立，属于当时特殊的历史情形。请读者注意鉴别。——译者注

第二章　通往乌鲁木齐的雪道

　　离开了古城，也就离开了那些山西人，我和他们在一起太久了，也怕自己一开口就是一股山西腔。虽然古城最大的一家跑驼队的山西商号在新疆许多大城市都有分号。不过，从现在开始，我得找乌鲁木齐的其他路子了，河北人摩西将带着我继续下面的旅程。

　　对于商队的人来说，生活是漂泊不定的，一切都是为了生计，聚散离合也不过是稀松平常之事。我在他们中间发现了一个不错的人，他是我在周家的朋友。他有个兄弟也是个不错的人，这人是古城的一个生意人、一个优秀的商号掌柜，来自归化城而非山西省内。山西人一般不那么忠厚，他们精明贪婪、刻薄逐利，虽然能极尽手段大发横财，但始终狭隘。他们在古城赚到快钱后就大手大脚、无所顾忌地折腾。众所周知，中国北方所有当铺的老板都是山西人，他们一度垄断过金融汇兑业务，现在仍然经营着现金票号，曾经掌握已被现代邮政所淘汰的镖局。由于这些原因，他们会被拿来和犹太人作比较。这个对他们来说也许有点苛刻，但从另一个角度来说，犹太人的艺术和财富品位给自己镀了一身金，山西人却没这个本事。

　　我在古城的事情都办得很圆满，按照预定计划开始了前往乌鲁木齐的旅程，一大群山西人到驿站来为我送行。1927年1月的第二周，我告别了商旅生活和古城。不幸的是，我的山西朋友们以他们傲慢的方式拿维吾尔车夫开涮，用粗野的玩笑消遣他。搞得这位车夫否认自己会说汉语，只说维吾尔语，并通过一个张家醋坊的年轻通事翻译给我们说，他的任务是从古城的下一站才开始载我。这可不是什么客气话，我心头一沉：难道在摆脱了蒙古商路上的糟糕骆驼客之后，我将在新疆的寒风中和这个难缠的车夫待在一起吗？

和周大头的告别也够糟心的——临行前只有他一个人没说什么客套话，那仿若猪头的脸上笼罩着一种难以言表的阴郁，他直率地告诉我："在所有洋人里面，你是最好的，但恐怕你讲的话也不过是出门在外的人都会说的客套话，你离开之后就会忘了我们，我也不会再见到你。"

我会很高兴地让他失算的。我将到世界的另一边，向他在归化城的家寄一份照片和一份甜蜜的糖浆水果，对于瘾君子那种糊了一层漆的味觉来说，这应该算是一种恩惠。

同一天，摩西赶着一辆沉重的马车，带着我们的大部分行李先行一步。我乘坐的则是中国邮政签约的特快邮递马车，希望能至少比他早一天到达乌鲁木齐。这种四轮马车模仿了俄国"三套车"马车的样式，没有弹簧，由三匹马并排牵挽，一马驾辕，另外两匹在车辕以外，为骖马。狭窄的车厢前方敞开，上方有个垫子做车盖布，后面兜着布袋当帘子。旅客也可以坐这种邮车，要么是把乘客塞得越多越好，要么一个客人包下整车，连人带行李一并装运。150英里的行程是一站一站接力前行的，每一站30英里，除了在驿站换车马、车夫之外，别处均不停车。

我的行李包括两个箱子和两个袋子，上路后最怕发生的事是就是行李出意外。这年头，中国和远东其他地区的所有运输业者，包括车夫、骡夫、商队伙计、船夫，名声都不好。和别处一样，这条路上的车夫们只负责赶着车一站一站地跑，对我的舒适和行李安置漠不关心。

我们出发的时候，情况一下子变好。三套车的铃铛沿着古城的大街欢快作响。那个维吾尔车夫转过身来，用流利的汉语开心地说："去他妈，这帮山西人一说话，就让我肚子胀！"维吾尔语中，肚子胀表示愤怒，他用汉语把这个维吾尔俗语地道地表达了出来，他跟我说："俄罗斯人跟他们不一样，咱俩没问题，你不会有麻烦的。"我告诉他我不是俄罗斯人，而是美国的堪萨斯人。他显然把我当成了一个俄罗斯人，这完全是误会。我小心地说："也可以说我是个英国人。"听了这话，他乐得眉开眼笑。后来我了解到，在中亚这一带，除了阅历较深的汉人之外，其他民族都认为俄罗斯人是残暴的疯子、幼稚的笨蛋，而英国人只是狡猾的疯子，其实英国人不仅疯，而且笨，这一点少有人知道。

之后，我的车夫完全放下了他假装不懂汉语的冷漠，开始表现出一半朋友、一半仆人的热情。我随即也领了情，看到他皮肤上有个痒疹，我便答应送他一块药膏——最洋气、最有效的水银药膏，这药膏放在我的一个箱子的深处，打算日后托他的车夫工友从乌鲁木齐捎给他。我们还自由地谈论了路上所有的车夫们。他告诉我，这些人都很不容易，都是新疆当地吃了官司的人。守法良民只会驾驶着自己的马车，至于邮局的车夫，要么是因为鲁莽犯浑毁了营生的人，要么是因为犯过更糟的错，在"衙门雇主"的庇护下洗心革面。这种改造程序表明，古老的亚洲仍在正常运转，而且是以它自己的方式，这非常不错。我的朋友警告我，这些车夫甚至不会为了钱而帮我，他们跋扈粗暴，并且引以为傲。而他自己则在第一站帮我搬运行李换车。下一站路我要打交道的是一个粗暴的东干人车夫。"再往后，还有一个东干人车夫和两个天津人车夫，天津人最坏，你会很不好受的。"

在这第一站路上，我实实在在受了风寒。之后的几天，我昏昏沉沉、痛苦不堪。尽管我穿了俄罗斯式毡靴、貂皮内衬的马裤、山羊皮背心和绵羊皮大衣，仍旧冷得厉害。车盖根本没有保护作用，冰冷的血液也无法流动，我似乎是被沉重的衣服压得喘不过气来。我不知道温度是多少，但在这个山脉与荒漠间的开阔地带，1 月份的夜晚温度可低至零下 40 度，完全没有一点热气，脚也完全没了知觉，当这种感觉蔓延到我的膝盖时，我告诉了车夫。他大喊着号子，鞭子疾抽着马儿，加速赶路。20 分钟后，我们停在一个河沟里，在那里找到了一个东干人农家小屋。我的车夫猛力叩门，主人被不情愿地叫醒了。我们看到他们分散睡在大炕上，大炕支出来的一个土灶台里还烧着一团红煤火，冒出微弱的火苗。

"冻着了，但还没坏。"有关心我们的人说着，当我脱下我的毡靴，他们凑过来看，他们的意思是我没冻伤。在我慢慢恢复体温的时候，他们正在灶台不远处沏着茶。煤火和棉芯油盏灯的火苗把摇曳的光投射到黑色的房梁上，也投射到睡意朦胧的面孔上。我们谢过他们，继续赶路。上路时，马身上冰冻的汗沫叮咚作响地碎落。

这段路程结束后，我需要把行李装到下一辆车上了——这是个难题，重物上的绳结已经冻住了，这些绳子把所有的物品牢牢固定 19 住，防止颠簸的箱子磨损车子的木料。戴着手套什么都干不了，但如果在这种酷寒中赤手空拳忙活，任何金属都会像烙铁一样"灼痛"皮肉，这意味着 15 到 20 分钟的折磨。果然，我的第二位车夫，那个东干人车夫，他什么都不做。与他交接的是另一个东干人车夫，一个同样粗暴的家伙。想要抵住、捆扎我的箱子，单凭我一个人是不可能的。我走进一个房间，车夫们在那里等着轮班。屋内只有炕前面的灶台上像祭坛一般生了火，发着光。一堆人躺在黑咕隆咚的炕上，一两个人微微扭动身子。我一进屋，就听见一个天津人的声音："又是个死老毛子！到底想干嘛？"当我开始用中国话开腔的时候，那个人惊道："什么？他还会讲人话？"中国的一些底层莽夫，习惯把外语蔑称为兽音鸟语，而非"人话"，只有会说中国话才算是人。我直接朝发出那个声音的角落说："是的，我会说人话，而且我从天津一路走到这儿，我讲的就是天津话，我听出来你也是天津人，现在这地方的人对我招待不周。"然后我骂了一句问候他们姐妹的天津脏话，让他们每个人都听到："如果不想辱没天津人的名声，你就得来搭把手！"

"哦，好，"他说着就坐了起来，"要做什么？"他披上自己的羊皮袄，走到寒冷的地方开始忙活。忙完了之后，我们回到屋子里的灶前待了一会，他拒绝了我的酬金。"我们天津人不像这些杂碎，"他当着这些愠怒的甘肃人、东干人和当地地痞的面说道，"他们是畜生，不是人，我们俩才是朋友，如果这些车夫找你的麻烦，该打就打，该骂就骂，下一站会有天津人帮你的，只要你能讲这样的天津话，在新疆就没什么好怕的。"

20　　我不太清楚乌鲁木齐和古城之间的聚落都是什么样的。总的来说，我是沿着博格达山北麓前行的。博格达山是天山山脉的东段延伸，古城是旅程的起点，这条路不仅是商路，也是官道。我们的车在路上颠簸着前行，路边挂着冰的电报线低垂着，我现在竟然是和一堆邮件挤一起，在一个邮路畅通的地方旅行，向一座沙漠边缘的首府靠近。后来当我把别人的书和自己的书稿摆在面前时，我就把这些想法加以梳理。这一路上，我不知走了多远、多少站、多少白天和黑夜。我们日夜兼程，一路上新雪盖旧雪，马累得拖不动车子。

尽管邮政有官方信誉背书，但抵达乌鲁木齐的时间还是比预定的晚了 18 至 24 小时。每次停车用于装卸行李的时间都很少，而且也就在那东干人农家暖和过一次。我蜷缩在羊皮里面，要么看着星光闪烁，要么看着阳光洒在沙漠中一码厚的积雪上，偶尔有沙地露出积雪。我们沿着凹陷的车辙行驶过去，两侧是挂着雾凇的白柳树。

友好的维吾尔车夫提醒过我，天津的人渣车夫是最坏的人。但我的语言魔法对他们产生了神奇的效果，于是我再没遇到什么麻烦。晚上，我们的邮车叮哼咣啷地开进乌鲁木齐之前最后一个驿站的院子。为了赶在次日晚上乌鲁木齐关城门之前进城，我们会在次日中午之前离开这个驿站。这个驿站是由东干人经营的，他们既不给旅客做饭，也不外借自己的厨具，担心被异教徒的饮食玷污。他们还酸溜溜地说，旅客们白天的时候可以到对面的饭店买吃的，饭店白天开门。全世界的人都知道，旅馆有两种：有房间的旅馆和管饭的旅馆，看得出，这一家驿站是有房间的那种。一个邮差天天在这条路上跑，竟不知道这个驿站不管饭？哈！这些天津人，真是讨厌，非要让自己显得多么实诚厚道！

我离开古城 50 多个钟头了，还没吃过东西，我所有的食物都冻得像石头一样，而且我也没时间停下来多喝一口茶。因此，我和上一程的天津车夫商量了一下，又和下一程的天津车夫沟通了下。我们计划先休息，尽早出发，争取白天进乌鲁木齐，那时候城门也一直开着。哎！总算得以休整一下了！我吃的是从古城带上车的冰冷的烤猪肉、面饼和冻成冰的水。找一间房屋，可以无所顾忌地让我的食物解冻一下，吃个天津饭，体面地睡一会儿正经觉，然后在黎明准时启程，前往乌鲁木齐。

没有比这个更让两个车夫开心的了。我们在一间侧屋里找到了足够的柴火，又找到了另一个房间，里面只有一个病恹恹的甘肃大烟鬼，我们在这间屋里舒服地待了一晚。我装烧酒的铝壶太冰，碰到嘴唇非冻出疮不可。我们没有杯子，驿站的人也不肯借我们杯子。但我们渐渐暖和起来了，猪肉、面饼也解冻了，我们像路上的"大人"们一样大吃起来，但可怜的大烟鬼开始发抖、嘀咕，因为他又犯烟瘾了，而早晨之前也没有烟土可抽了，他也没钱买。最后，我吃饱喝足，裹在大衣里，两腿尽量伸直，在马车里蜷了两天两夜之后，我的腿像到了天堂里一般，然后我连续睡了几个小时。

我们再次启程时，天气似乎没那么冷了。我可以忍受这种天气，就像一个人可以忍受已经经历过的一点痛苦一样。在一片被雪覆盖的地方，我们的车在一座桥上轧偏了，滚进了沟里，我们抽着马、拖着车轮，总算在稍暖一些的时候从沟里出来了。这个意外延误了我们的行程，直到太阳升起我们才看到乌鲁木齐城外一座小山上三个排成一排的电线杆。疲惫的马被抽打得拖着步子才跑完最后一英里路。我们经过了一座奇怪的圆形炮台，这是个有纪念意义的地标建筑，叫作"一炮成功"。故事是这样的，阿古柏在新疆掀起叛乱，驱赶汉人，在他占据乌鲁木齐多年之后，中国军队（左宗棠的湘军）重新回到了这里，建造了这个炮台，安置了一门大炮，首发即轰破乌鲁木齐城门，血腥的叛乱结束了。另一种说法认为，阿古柏的叛军在叛乱中首先开了那唯一的一炮，随后城中的汉人就投降了……谁知道是真是假呢。

在戒备森严的城门口耽搁了一会后，我们开进了城。车夫帮我把所有的行李都搬进城里最好的天津客栈，很快，兴高采烈的天津堂倌上茶生火，身着华丽正装的店主人用一连串的问题来欢迎我——这是天津人的方式。

第三章　位于亚洲腹地的首府

我在新疆省城乌鲁木齐做的头一件事并不是换身衣服，因为我没衣服可换，只能一身皮服毡靴晃到邮局。我就这样深入到宏伟的亚洲腹地名都之中。这里至少有两名官方的邮政专员，一个是意大利人，正在休假；还有一个爱尔兰人，刚刚来接管新疆省的邮政。他们把我带到专员的官邸，那是一座奇怪的砖构建筑，是按照某个遥远的办公室里制定的计划来建造的。它建在高地上，俯瞰着城墙内的整个城区。麦克莱伦专员的夫人主持着官邸内的事务，她的仪态令人着迷，她让我坐在地毯上的深椅子上，我喝了一杯威士忌苏打水，先梳理了下邮局里攒下的那些令我印象深刻的信件，最后享用了一份难忘的大餐——香缇红酒、意大利香肠以及许多盘肉和蔬菜，配有餐刀、叉子、亚麻布和玻璃器皿等让人振奋的全套用具。

大约晚上 10 点之后，他们送我回客栈，按照本地的惯例，一个仆人打着灯笼走在我前面引路。在城门关闭后，我们人手一支棍子，用来驱赶在空空的街上游荡的野狗。当我回房的时候，我才发现乌鲁木齐的统治者是何等的严格，一封关于我到达乌鲁木齐的报告已经发送给了官员，并告知我将在明早拿着我的文件去报道。客栈所在城区的警察局长非常紧张，要求立即知道我是什么人。于是我和客栈的经理又出发了，去平息警察局长的焦虑。他最关心我携 带的武器，但表现得很友好、和善。后来客栈经理解释说，只让我说明自己的身份是不够的，警察局长还必须准备好一份报告，以备适时提交，否则会被怀疑玩忽职守。

第二天，我离开了友好的天津客栈，离开了它为游客、商人和职员提供的佳肴，要想吃下客栈的饭菜，必须得忍受乌鲁木齐的嘈杂。之后，我被安顿在基督教中国内地会开办的同样热情好客的招待所里。在那里，我有幸碰到两个人——亨特、里德利，他们曾为包括洛克希尔、亨廷顿、卡拉瑟斯等人在内的许多亚洲腹地旅行者做活动主持和顾问。亨特先生在乌鲁木齐住了三十多年，曾经游遍全省；里德利先生在兰州和西宁待了差不多一样长的时间，后来又来到乌鲁木齐。在这个宁静的天堂里，我可以阅读、写作，也可以自我检视和调整。

第一件要做的事就是和我的妻子取得联系。我还在蒙古的时候她曾给我寄信，她当时不知道我到哪里了，就把信件寄到了乌鲁木齐。当我开始从归化城出发前往古城时，我预计在最多三个月之内就可回信告诉她我到达乌鲁木齐的消息。现在离我出发已经四个半月了，其间她给我寄过两封信，我也都托商队从蒙古带去了回信，我对她说的最后一句话是"我正在沙漠中露营、徒步，前方还有更多沙漠"。

我们制定了在亚洲腹地会合的全部计划，乌鲁木齐的无线电是这一行动的关键所在。妻子接到了我的电报，我告诉他我已经到了乌鲁木齐，安顿得很妥当，在新疆继续旅行的前景也非常好。妻子随即从北京动身到满洲里边境，乘火车沿着西伯利亚大铁路到新西伯利亚（沙俄时代叫"新尼古拉耶夫斯克"），然后换乘前往中亚的支线，南行至塞米巴拉金斯克，再乘俄罗斯人的汽车到达新疆西北边境城市塔城。新疆这个年轻的省区，是由准噶尔和塔里木两部分组成的。

　　在当代中国，所有真正时髦的东西都是有电的，乌鲁木齐有一个令人自豪的无线电台，更不用说周围还有一个电灯系统。所有这些都是时断时续的，但不可否认的是，它们确实是有电的。乌鲁木齐强大的无线电台还有一个姊妹台——喀什无线电台，它们的设备都是由马可尼公司几年前提供给中国政府的，由斯蒂芬·多克雷上校装配调试。多克雷来自我的母校圣比斯公学，在我担任马可尼公司驻北京代表的时候，他以一个乡野爱尔兰人的行事方式在中亚推进我的事业。电台的设立遇到过波折，驻在乌鲁木齐的老省长①是个强势人物，迟迟不愿放弃那些旧时代的好东西，必须先让他接受石油，然后让他确信隔空传信的无线电是伟大的发明，而非包藏祸心的荒谬把戏。不久后，在喀什，人们言之凿凿地推测，无线电这种"妖术"的运作必须要用到人的声音，于是就编了个故事，说小孩子们被杀死，埋在无线电天线的下面。

　　亚洲腹地的无线电通信网最初被设计成一条长链。喀什无线电台连接着拉瓦尔品第和乌鲁木齐，而乌鲁木齐联系着外蒙古的库伦，库伦的无线电台也是奇迹创造者多克雷建立的。不久前，外蒙古局势变化，所以在库伦建台显得轻率，最后电台失去了联系。乌鲁木齐无线电台不得不直接同东北的奉天联系，导致电台功率超载，加上长期的设备紧缺，发报总是很困难，收信也时断时续。

　　这些并非是无线电的唯一问题。辛亥革命以来，省长成功地把新疆掌控于自己的手中，并使其免受中国内地纷争的影响。但他仍然担心有一天会有人对他下手，因此，他亲自审查每一条进出新疆的电报，把所有人置于严密掌控之下。乌鲁木齐的电台站长是一个

26

———————

① 即杨增新。——译者注

来自上海的优秀青年，他在北京受过训练，能够胜任电台中一切事务，他被安排兼管乌鲁木齐和喀什的电台。然而他一到新疆就被隔离禁锢了几个月，直到省长确信他不属于任何政治派别为止。他从未获准去喀什，因为上面的人担心他可能会向喀什的同事传授非法的密码，而且电台之间的一切其他通信原则上都是不被鼓励的，还受到强制审查的阻碍，技术上的协调通常也很麻烦。

我在乌鲁木齐的无线电台花了不少工夫，直到通过奉天的电台向在北京的妻子转发我的电报，省长这才对我放下心来，确认我既不是外国政府的代理人，也不是其他中国军阀雇来刺探新疆的细作，我的清白信息通过了审查。之后，电台的传送带断了，需要用本地粗略鞣制的牛皮修复，并且只能小心翼翼地运行。奉天是军阀张作霖的帅府所在，那里的电台充斥着各类政治事务的信息，我的电报转到奉天后又受到了审查，这一切都导致了难以预料的新的延误。

最后，省长的私人信息加塞到了最前面，他的儿子在北京，得了流感之类的疾病，省长的兄弟是乌鲁木齐的一个神汉，省长对他的话深信不疑。有了古老的占卜术和时髦的无线电台，省长开始恣意折腾起来。他让神汉紧盯着天象，并启动电台，不断用微弱的电波给他的儿子开方子、出主意。因为这些因素的阻碍，我在来到乌鲁木齐一个月之后才把电报发给妻子，也就不足为奇了，后来我收到了她将启程去西伯利亚与我会合的回复。

与此同时，我开始了解乌鲁木齐，第一课来得很突然。当我和本地最重要的外国人的首席仆人聊天的时候，我用商路上的方式友好地递给他一支烟，他冷淡地拒绝了，像"主人"一样让我明白自己的位置。我开始意识到，有些事情放在乌鲁木齐的气氛和环境中理解起来是不一样的。这里既不是内地，也不是蒙古，而是亚洲腹地，这里有一个中亚风格的国际都会，我曾经背离过的最复杂的社会准则支配着这个城市。哎！美好的商队生活结束了！我想我再也不会像前几个月那样，用一种不属于我的语言思考和梦想了。这种语言不是习语手册和文雅的老师所教授的语言，而是快乐的、底层阶级的独特的白话。有时候，跟贩夫走卒在一起，仍可以使用这种语言，但也不过是说上一小会儿而已。突然，别人注意到你穿错了衣服、说错了话，或者另一个人用错误的方式称呼你，当你应声他再改口时，你才会恍然大悟，尴尬不已。

在这里，几乎所有中国人和欧美人之间的对话，都是通过能讲俄语的中国人和能讲俄语的中亚人来翻译的，俄罗斯人自己在语言方面很笨拙。乌鲁木齐没有在中国出生的俄罗斯人，他们来到中国后从保姆、童仆和下人口中学汉语。更重要的是，除了俄罗斯人以外，任何外国人都是天才，靠几个翻译就能精确处理语言问题。如果俄罗斯人掌握了俄语以外的某种语言，那多半是某种突厥语或者鞑靼语方言。即便是汉人也很难真正解决语言问题，除非他们能抑制自己过于流利的口语，并转为更华丽、正规的官话。我还有一个心理困惑，在乌鲁木齐，对待外国人和旅行者有一套混合的标准，对中国人的标准则要低一些。拥有这种权利的中国人也得放弃优 28 待。不同身份的客人混在一起，招待起来是件难事，但对单个人就容易多了。我发现我一直在两种标准之间来回切换。一只耳朵听着随意的习语，另一只耳朵听着交心的实话。回答的内容必须经过梳理，回答的方式要恰到好处。这是个杂技，也是有趣的游戏。

然后是着装困难。我曾天真地认为，在包容的亚洲腹地，我随便穿各种丰富多彩的衣服，也不会有人会在意其中的区别。恰恰相反！我不能穿我在古城选购的黄色鹿皮蒙古靴，因为那会使我被误认为是一个落魄的白俄侨民。在蒙古的时候，我一直系着一条紫色的棉质腰带，我认为在沙漠里穿着它很合适，在乌鲁木齐穿深红色的丝绸腰带应该会不错，然而事实并非如此。如果我系着红色腰带，我会被视为苏联的同情者。尽管在乌鲁木齐有一位很不错的苏联总领事——事实上，他们是这座城市中除了汉人以外文化程度最高的群体。对于任何人来说，在仪容举止上表现出仿效布尔什维克的风格，都会被视为严重的失态。

这是件可悲的事情。亚洲腹地的边缘地区可能有点混乱，但并非千疮百孔。据我所知，在过去的三五十年间，尽管发生了一些非常事件，如俄国白军的入境与覆灭，但是新疆一直没有出大乱子。当我踏上旅途时，我失去了对旅行的最后幻想。我为这个感到惋惜，但从正确的角度来看，山就是山，不管有没有人住在那儿，沙漠就是一个你必须合理谨慎用水的地方。马或骆驼，除非你努力想象——只有切斯特顿先生（Mr. Chesterton）不这么想——就是比汽车更天然的东西。然而，哪怕在距离铁路不远处有一丁点景致，我们都会对它们另眼相待。我们已经告诉人们，在涉及西藏、蒙古的著作中要另眼相看，遇到高寒路段时，写东西的标准需对应做出调整。为了掩盖睡不舒服、吃不饱的现实，旅行者必须隐晦地称商队生活和邮车驿站是"狂野""冒险"的。绝大多数的旅行者们宣扬自己的"英勇"，却离不开家仆殷勤的伺候，也只有来自家里的支援才能缓解他们旅行的负担，我想知道他们是否能忍受得了英国农场工人半年的生活、饮食和劳累？

我要提一下乌鲁木齐的餐馆和浴室，因为作为一个外国人，我无法笃定地认为它们很不错。餐馆确实不如古城的好，但浴室要好得多，在那里，我终于摆脱了皮肤上那种近乎无形、挥之不去、难以捉摸的感觉，这种感觉可以用鲁伯特·布鲁克（Rubert Brooke）①的一句诗来描述：

> 脚在奔跑，但他不知跑到哪儿了。

在古城，你只能在一个公用浴池里洗澡，每个人都带着自己的肥皂（如果他有的话），脏东西留在池水里平均分配给了每一个浴客，所以你出浴时，身上就不会像进来的时候那么干净了。在派摩西去打探一次后，我对古城的浴室敬而远之。在乌鲁木齐，我洗了五个月以来的第一个澡。可以在那儿享受到私人的浴室，小隔间里有一个陶瓷浴缸，还有一个干燥室，里面提供糖果、茶和香烟，有一张铺着干净白毛巾的长凳。一个聪明的理发师走了进来，虽然他从来没剪过胡子，但他知道我既不想剪得像中国人，也不想剪得像俄罗斯人，他能知道我想剪成什么样子并照做。全套服务是天津浴池式的，连同三个服务员的小费在内，花费不到一个天津银元。这些服务员负责保持浴池的水温，并调节干燥室的气温。

在以外国人的身份沐浴更衣、在警局登记之后，我开始拜会不同的衙门：外国人事务专员办公室、邮政专员公署——独特社会的独特中心、所谓的银行以及苏联总领馆。我还半官方地拜会了省长，他说话很随意，而且在我看来，他的观察力和坦率的智慧都很出色，但他也许只是说了点场面话。

渐渐地，我从羊皮、毛毡中走了出来，从蹲在驼粪火堆和红柳丛边聊天的那种氛围中走了出来，我不再是驼夫的好伙伴，而是

---

① 鲁伯特·布鲁克（1887—1915），英国诗人。——译者注

一个休假中的、富有创业精神的年轻商人；与此同时，我把自己与身边的中国人割裂开来，因为我与那些曾经熟悉的中国人失去了联系。我在新疆的所有时间里，外国侨民社会对我而言始终保持一种怪异感，并带有一种舶来的虚幻，让我的眼睛颇为难受。在亚洲的外国人和旅行者都倾向于认为，被迫吃本地食品是一种折磨，无论在哪个国家，最好是现做现吃。在乌鲁木齐，从俄罗斯或中国沿海地区采购商品的困难使罐头美食和三星白兰地有令人向往的价值。尤其是俄罗斯人，尽管他们有一种奇怪的自卑感，但他们把自己的事打理得很好，享用着美味的新鲜黄油和牛奶，一流的自制果酱、泡菜和香肠，可口的自制红酒和烈酒。

汉人保留了最合理的文明标准，他们认为文明更多取决于古老的传统，例如教育和家庭管理，而非机械设备、衣服或食物。的确，财富是由来自沿海的商人们创造的，他们带来时尚的商品——洪堡式样的帽子、仿琥珀色的烟嘴、钢制空心手杖、发光的手表及其他花里胡哨的东西。然而有一天，我发现了真相。一个汉人抓住了我的手电筒："那是什么？哦，只是一个电灯，我们去年也用过这东西。"对他来说，这不是必需品，甚至也不是急需要用的东西，而只是一种时髦货，用到摔坏或者用到电池耗尽为止。如果他打着纸灯笼上街——灯笼一边是代表吉祥的蝙蝠，另一边是红色的汉字——他们的文明就依旧会延续下去。

有一次，在苏联总领馆，我看到西方文明的大集会，其中有发自内心的欢乐，有对欧洲生活的回忆，在某种程度上可以称得上是一场炫耀西方风雅的盛大展览。这也是一个"俱乐部"之夜，除了那些可怜的、固执的白俄分子之外，所有在籍的苏联公民和他们的客人都在此聚会。我们见到了很不错的演唱和表演节目，以及契诃夫的独幕剧和滑稽歌曲，俄罗斯人唱这种歌曲比任何人唱得都好，有力、诙谐，还有一种难以比拟的悲情语调，一群和歌手一样娴熟、聪明的乐师们在伴奏。最后还有一个轻快的"酒馆作品"，"客人"悲哀地用刀轻敲一排瓶子，演奏出欢快的曲调，堂倌们拿着扫把、椅子、叉子和盘子一同表演。

晚饭后，大厅被清理出来跳舞，而俄罗斯人、中亚人和说俄语的中国人仍然挤在自助餐厅里。墙边摆着长凳，上面坐着穿着罕见服饰的贵妇和男人，他们看着就像克鲁克香克作品中的人物一样。在跳舞的间隙，年轻姑娘们挽着手在舞池里来来去去，她们穿着各式各样的长袖衣服，胡乱附和着俄罗斯人所谓的"时髦"，认为这是某种品位与众不同的东西，她们前额和两鬓的头发做成了紧绷的卷发，在后脑懒散地打了个结。两对夫妇跳起了狐步舞，乐队却只会奏一支爵士曲子，在人们热切的目光下，这两对夫妇巴不得地上有个裂缝钻进去。所有人都会跳的舞蹈是俄罗斯华尔兹，这种舞蹈我完全踩不到点子上，试着跳一下就很尴尬。因为我跳得慢，他们以为我喝醉了，我倒是真希望我喝醉了，因为这种舞蹈似乎在头晕的时候跳更容易。那些女士们都是苏联公民，我确信，她们认为被称为女人甚至是女孩都不够时髦，她们每当音乐响起时就急匆匆坐在长椅上，男士们踏着弓步前来挑选舞伴。然后他们在舞场中上下翻飞、疾速呼吸、大汗淋漓、快速旋转，动作尽可能平稳而流畅，直到某位女士累了（在乌鲁木齐，他们遵循女士优先模式）后，她又被领回长椅上，她的舞伴也不会做停留、搭讪这样的暗示，直接退到墙边喘气休息。

在长凳后面的所有角落里，成群的中亚人、维吾尔—乌兹别克人、鞑靼人以及来自七河地区和塞米巴拉金斯克一带的突厥鞑靼混血人，或站或坐。这些人把胡子剪出奇怪的棱角，旁边刮光，他们有闪亮的眼睛、文雅的嘴唇，头上戴着绣有红黄绿丝绒的无边便帽，彬彬有礼地看了一整晚。这几年，苏联的内部动荡应该快结束了，其间，他们也许会一直待在中国。他们被热情地、平等地邀请前来参加联欢活动，但是他们把自己的女人留在家里，把女人们看成是市场上待售，但自己又不愿买的奴隶。我看着他们翕动的嘴唇，此刻显得那么平静，我想知道，在他们温和的黑眼睛后面是否隐藏着什么想法。在几代人的时间里，顽固的俄罗斯人不断地折腾他们，时而用军队，时而用公告，时而用令人费解的许可和自由。当某个人肆意妄为时，无论如何都得安抚和哄骗被统治者。在天亮

33 之前的某个时刻，他们从这种自由中解脱出来，回到舒适的家，家里的地板上有毛毡，女人们只有在召唤的时候才会进来。他们会盘算着明天同阿里·汗的小羊皮交易，虽然阿里·汗是个小偷，但羊皮太诱人了。也许某一天可以攒够钱去麦加朝觐，但这需要从数不清的官僚部门里搞到护照。

第四章　天山北路

新疆省——字面意思是"新辟疆土"，[①] 地理学家尤其乐于把新疆划分为准噶尔地区和塔里木地区，这大致相当于中国的天山北路和天山南路。乌鲁木齐，或者叫迪化，[②] 居于南北两路之间最容易穿越天山的要冲。

早在西方人拥有文字历史记载之前，就有一条从中国延伸到君士坦丁堡的伟大商路，这是历史上最重要的道路之一。中国人对于这条道路的认识很直接、清晰，几个世纪以来一直在努力控制它。这条道路的起点位于现在的甘肃省玉门，这里靠近敦煌（字面意思是发光的灯塔）的千佛洞，位于内地的最西北端，也标志着亚洲腹地的边界。然后，它穿过可怕的沙漠，经过罗布泊南岸，到达和田、莎车（叶尔羌）和喀什。从那里可以直接到达现在的苏联中亚地区，那里仍然屹立着神话般的城市撒马尔罕、布哈拉。当马可·波罗 13 世纪走过这条路线时，它早已衰败不堪了。它的主要路线已经两度改道。起初，它从罗布泊北岸向西，经过阿克苏一带较为丰饶的绿洲到达喀什。之后的 5 世纪末，它发生了一次更明显

---

① 新疆在汉时置西域都护府，唐属北庭都护府和安西都护府，元先后设别失八里、阿力麻里等行省，清在伊犁设将军府，1884 年置新疆省。"新疆"实际取"故土新归"之意。——译者注

② 乌鲁木齐是蒙古语词汇，别人告诉我这个词的意思是"好猎场"。
（迪化为乌鲁木齐旧称，清朝于 1760 年置乌鲁木齐直隶厅，1773 年升迪化直隶州，1886 年改迪化府。1913 年废府为县，1945 年析设迪化市。1953 年改为乌鲁木齐市。——译者注）

35 的变动，变成了现在的南路。这条变动过的路线仍旧要穿过戈壁沙漠的部分区域，从甘肃的安西通向新疆的第一个绿洲哈密。

自5世纪末以来，南路始终从哈密延伸到吐鲁番。由于这个区域民贫地瘠、夏季酷热，在春、夏、秋三季，所有的交通都要穿越天山东段的博格达山，经古城到达乌鲁木齐，再从乌鲁木齐穿越博格达山回到主路上，途经托克逊、喀喇沙尔（焉耆）、库尔勒、库车、阿克苏到达喀什。喀什以西的铁列克达坂，清晰地把中国新疆和苏联中亚分割开来。在喀什，旅行者可以沿着最古老的线路返回东方，途经莎车、和田的大绿洲。如果有足够的水，可以沿着古罗布泊南岸到达甘肃，这样就完成了环绕塔克拉玛干大沙漠的一圈。事实上，这条商路从来没有完全废弃，冬季，有了冰作为水源，商队仍然不时冒险行经此路。

关于北路的历史记录要少得多。北路和南路被天山分隔开来，而天山同样把新疆也分成了南北两部分。北路横穿整个新疆北部，这个地区在政治上和地理上被称作准噶尔。准噶尔就像一个东西向的凹陷，位于南方的天山、北方的阿尔泰山之间。这个区域也是游牧民族最重要的通道，这些游牧民连续不断地从亚洲侵入俄罗斯、欧洲，每经过一个定居文明社会，就会被书面记录下来一次，随后，他们就荡平这些定居文明社会。

在准噶尔凹陷的南侧，沿着天山的山脚，也就是北路所穿越的地方，分布着一系列绿洲；中部的深处是准噶尔沙漠；[①]在北部，沿着阿尔泰山山脚，有连续的草场。然而，回纥—鞑靼—蒙古人缺少

36 一片能够使他们从阿尔泰山直抵天山南路地区的连续草场，于是，

---

① 今古尔班通古特沙漠。——译者注

他们骑着马，成群结队、一个接一个通过准噶尔前往西方。这条通道可以让他们进入塞米巴拉金斯克和七河地区，为他们打开整个俄罗斯和近东地区的大门。蒙古人只有在实力达到巅峰时，进驻准噶尔并控制天山西北今属苏联的大片地区，继而获得机动性和辐射力后，才能自由支配天山南路，并着手对困扰他们的喀什、撒马尔罕、波斯、印度进行更有组织的征服活动。更晚一些时候，短命的准噶尔汗国，由于受到沙皇俄国、喀尔喀蒙古和清朝西北部对手势力的围堵，为了进行必要的扩张而绝望地转向征服南路，但他们的征服难以维持，显然是因为南路不便于骑兵机动。

只有经过沙漠和隘口，从一个城市到另一个城市，你才会意识到"路"这个词在新疆社会经济结构中的真实含义。和田、莎车的水源来自横贯喜马拉雅山脉的昆仑山，而新疆的其他部分，沿着天山南北路，都仰给于天山取之不尽的冰雪融水。雪线以下是巨大的岩石和云杉林，再往下是牧民的夏季高地牧场，再向下，有些地方是极好的低地牧场，而其他地方则骤变为沙漠。内陆山地的高海拔区域有大量的雨雪降水，被较低的外围山区隔绝于平原之外，这些外围山区尽是荒凉贫瘠的岩石带。

在平原地区，降水少之又少。唯一的水源来自冰雪融水形成的河流，这些河流冲破中间的贫瘠山地，穿过平原，直到消失在巨大的芦苇沼泽之中。芦苇沼泽之外，就是把新疆同蒙古、内地分隔开来的沙漠，在两条河流之间则是把城镇与城镇分隔开的小沙漠。这些城镇位于河流从山区流入沙漠的地方，河水在这里分岔流入多个灌溉渠，可以很容易地滋养一个绿洲。在城镇间的沙漠中，南北两路像串珠一样串起一个又一个城镇，提供了唯一的横向交通。

由于这种特殊的地理结构，新疆社会的运行规则是垂直的，"从

37

沼泽到雪"。夏季，沼泽太热，蚊虫太多，不适合居住，但在沼泽的边缘，可以找到羊群的栖息地和粗糙的牧草，许多游牧民都在那里过冬。在沼泽和山脉之间，在每一条河流沿岸，都有一小块一小块的绿洲灌溉区，每一块灌溉区的中心都有一个城镇，商人们在这里交换农牧产品，带来木材、煤炭、黄金以及产自山区的铁，并将整个绿洲的剩余产品出口，以平衡从内地或俄罗斯输入的布匹、茶叶和工业品。山上是牧民的地盘，一些地方属于蒙古人，哈萨克人分布在另一些地方，他们用羊毛、羊皮交换其他社会的产品，但顽固地拒绝采用其他社会的生活方式；商人若不能讲他们的语言，甚至也会被怀疑；他们还极力防范伐木工、矿工这类季节性闯入者进山。

贫瘠的沙漠横亘于绿洲和富饶的内部山地之间，强力遏制了两种文明之间的交流，遏制了山区的牧民和平原的农民、工匠之间的交流，也避免一种文化淹没另一种文化，使它们各自保持鲜明的个性。河流流经的峡谷普遍坎坷难行，有轮子的车辆派不上用场，而冬天的雪、夏天的山洪限制了长期交流和季节性交流。同时，每个城镇①依靠矿山、森林、羊群和灌溉区的资源，能够维持自身的生存，像一个自给自足的国家的都城，并不渴求与邻国进行贸易。因此，南北两路交通的主要内容绝不是新疆各城镇间的互通有无，而是省际的远途贩运，或是来自外国的进口商品、奢侈品或者十分必要的改善性产品。乌鲁木齐位于南北两路之间的最佳节点，是这些被小沙漠、小山脉阻隔的城镇的天然的首府；而整个新疆则被大沙漠、大山脉同世界上其他地方分隔开来，比世界上几乎所有地区都更难受到外部的影响，所以这个地方几个世纪以来都是闭塞的，变化也更缓慢。

---

① 并非每个城镇都如此，我只是想大致描述一下情况。

身着冬装的拉铁摩尔

摩西（1930 年版插图）

乌鲁木齐的商号经理

当摩西和我开始穿越准噶尔的旅行之际,我们对自己的光彩感到洋洋得意。我们突然通过无线电获悉妻子计划在冬天穿过西伯利亚来与我会合,于是,我们启程去塔城。我们的光彩是蹭来的,因为我们不再是满足于吃睡的邋遢流浪者,而是成为一支护送队伍的一部分。我出生那一年,这支队伍的核心人物来到了中国,他现在第一次离开居所。他带着军凳、椅子、行军气垫、睡觉前看书用的灯,更重要的是他的两个仆人带着一些行李坐在第二辆马车上,在吃饭时摆上了许多丰盛的菜肴。摩西和我看到这些后,用手挡着脸,以便笑得不那么显眼。我需要补充一点,这位核心人物睡觉的时候穿着一件特别的睡衣,早上脱,晚上穿。他还用一个石楠根鸦片斗吸四川烟叶。我则习惯于东胜烟,这种烟是绿色的碎末,很受山西人和蒙古人的欢迎,吸这种烟最好是用一英尺长的旱烟袋,上有玉制烟嘴和白铜烟锅,装一次烟叶吸不了几口。一段时间没抽东胜烟后,在这么有排场的人面前,我就不太好意思挥舞旱烟了,于是我从我的箱子里拿出石楠根烟斗,放了些碎烟叶,抽得出了一身冷汗。只有经过几个月的使用,我才能愉快地抽这种烟斗。我确信这位核心人物是一个"大人物",甚至道德上比物质上更尊贵。

摩西的马车上放着我的行李,车上还坐着一个比摩西胖、与摩西一样开朗的中国人,他是乌鲁木齐的一个公司职员,我在前文曾经介绍过那个公司。我骑着一匹在乌鲁木齐买的马,它在旅行的第十天病倒了。考虑到它之前平均每天走40英里,它的体格必定不错,但以新疆马的标准,它是一匹徒有其表的劣马,我买它的时候被骗了。

坐在马鞍上,我对这个地方有了一种印象,就像我在从古城到乌鲁木齐的马车之旅中那样,很难看清什么,我的视野受到了限制。不仅是整个世界都被雪埋住了，一切都含混不清。在这十几天里，只有两天是好天气，其余的时候，这条路就是一条被踩硬的雪带，陷在两侧松软厚实的积雪之间，被稳稳落下的轻盈的雪幕笼罩着。二月了，前所未有的降雪和和寒冬正达到高潮，但大雪至少让我们免受更严酷的准噶尔风的侵袭。

由于免受疾风困扰，旅行是非常理想的，路上往来的车马将路面轧得坚实，在紧实的雪道上，没有车辙和颠簸，我们的队伍马不停蹄地前进，每天跑六到十二个小时。马车仍然是四轮窄厢车，和乌鲁木齐、古城之间往返的邮车一样，但我们不再是乘坐邮车，而是雇人一路照顾着我们。我们每走完一两站后，就把马拴在路边简陋的露天马厩里，既没有让它们走一段降温，也没有给它们盖毯子取暖，半小时内要开始喂料，这些草料能让它们撑到次日拂晓。 40

尽管我读到过很多关于新疆内陆、沙漠的书，但我还没有完全看清天山北路的本质。新疆的面积是得克萨斯的两倍、比法国还大，我推测首府乌鲁木齐的人口有五六万人，然而我们离开乌鲁木齐街市后一个多小时，就穿过了乌鲁木齐城外的所有绿洲，进入了沙漠地区，我曾模糊地认为，在到达省界旁的古城之后就再也不会见到这样的沙漠了。这段路的半道上有个小村庄，除此之外，我们在严寒中跑了数个小时，完全见不到任何灌丛、篱笆、树木和房舍。在大雪之下，我想起了这种感觉——古老而毫无生机的戈壁中，板结的黏土覆盖着薄砾石。

然后我们像离开乌鲁木齐的绿洲时一样，突然又进入了一个绿洲，不久看到了城墙，我们很快住进了客栈。在我梳理对这个区域地理结构的看法之前，我认为这个叫昌吉的城镇和许多其他城镇一样，其规模和繁荣程度与它周围有限的农业区不甚协调。看到了农田，说明我们已经抵达一条河流的灌溉区域，这条河来自绿洲南面的天山，位于我们的左侧。昌吉的城镇规模意味着它的经济没有完全依赖农民的贸易。但在春秋季，商人们会带着煤铁金木，游牧民则带着牛马羊驼、皮毛猎物，沿着河流穿过荒漠区域，来到富庶的农区。不久后，我又经过了这个地方，在河流之间的沙漠中，一些草地和灌丛中的雪融化了，在夏天的太阳将这些草木烤干之前的几周之内，这些草为农民的牲畜提供了食物，也为每年在此宿营的商

41　队骆驼提供了饲料。

这就是天山北路和准噶尔的本质。在我们前进方向的右边、在北方，是准噶尔凹陷中央的洼地，这是一片沙漠，再向北，凹陷的边缘再次上升到达阿尔泰山麓，依旧是低地、山地牧场和森林。然而，由于阿尔泰山和天山被准噶尔分隔开，准噶尔北部很难与天山北路产生联系。尽管准噶尔北部由乌鲁木齐管辖，居住着克烈哈萨克人，但它更自然地属于蒙古。事实上，清代的阿尔泰山地区是由科布多的昂邦①管理的。辛亥革命以来，新疆省长不声不响地牢牢控制着准噶尔北部地区，这是新疆的战略边境线，省长的当务之急是完善这道屏障，在新疆蒙古人和外蒙古之间建立一条明确的分界线，以防止外蒙古的影响。省长允许克烈哈萨克人拿起武器，随意深入到准噶尔的卫拉特蒙古腹地骚扰劫掠，这样就为新疆构建了一个充满张力的种族藩篱，将外蒙古亲苏的民族主义造成的混乱影响隔绝在外。

促使中国人把边境定在阿尔泰山而非准噶尔沙漠的第二个原因，是阿尔泰山值钱的金矿，这些金矿由新疆省政府垄断。"阿尔

---

① 满语中"大官"之意。——译者注

泰"这个名字就来自蒙古语"黄金"——"金山"。夏天，季节性外出的工人从天山北路乃至南路的吐鲁番等地涌入阿尔泰山的溪流中淘金，他们的工作被限定在几个山谷中，这样就能防止与哈萨克或蒙古牧民接触产生冲突。在春季的准噶尔，严寒已经过去，夏季难缠的沼泽蚊虫尚未出现，工人们趁着这个时候穿越准噶尔。秋天，工人们离开阿尔泰山，返回天山北路，哈萨克牧民们也从阿尔泰山高海拔的夏季牧场迁到了山下，在沼泽边缘扎营，在那里是羊群的理想栖息地，燃料也很充足。哈萨克人在冬季的活动，阻碍了国界两侧蒙古人的自由往来；夏天，他们肆无忌惮地劫掠蒙古人，如省长所愿，边境地区由此变得危险起来。

42

第五章　东干人

　第三天，我们到达了距离乌鲁木齐大约 150 英里的玛纳斯，此地位于天山北路最大的河流流经的最大绿洲之上，规模仅次于乌鲁木齐，它也是东干人聚居的中心。

东干人（T'ung-kan）被俄罗斯人误称为"Dungans"，其他西方人也学俄罗斯人用这个称呼。这个名字显然不是汉语的，也不是这些人自己选择的，但却是他们可以接受的。"东干"是从一种早期突厥语的某个单词发展而来，意思是"转向"（tunmek）——"皈依（伊斯兰教）"，这个解释也许是正确的。玛纳斯东干人的历史可以追溯到清朝乾隆时期。乾隆帝在 18 世纪中叶肃清了清帝国的边疆地区，他发动了一场针对准噶尔人的战争，而准噶尔人是漠西蒙古（卫拉特）的一部，曾经建立了一个漠西蒙古帝国，这个掠夺性的国家被人们尊以"准噶尔"之名。60 万准噶尔人死于这场战争，为了填补人口空白，乾隆帝从内地的西北部迁来了新疆东干人的祖先。

这些穆斯林定居者并没有纯正的汉族血统，他们本身可能是来自中亚的穆斯林雇佣兵的后裔，这些雇佣兵在 8 世纪时曾被召集到长城以内，协助平定中原并守备关陇地区。[①] 这些雇佣兵定居在了内地，娶了当地的妻子，并不同程度地为汉文化所同化，唯独保留下

---

① 应指回纥军队协助唐朝平定安史之乱。——译者注

了伊斯兰教信仰。这样，乾隆所建立的"移民区"，实际上是让他们 44
返回故土重新生根了。因此，如果说"东干"由"转向"衍生而来
的话，最初也许是因为这些人返回了故土，所以用这个词来指代他
们。对我来说，这一解释比宗教皈依的解释更有吸引力。

　　"回回"在汉语中指穆斯林，这也有助于我们了解西北地区的
非汉族穆斯林的起源。① 这个词从来没有受到过明确质疑，它的意
思是"回归"，与含有"转向"之义的"东干"比起来非常古怪。
因为从字面意思上看，有说法认为这个名字是指从中国"返乡"的
穆斯林雇佣兵，他们在中途的关陇地区停了下来，这种解释好像正
是我所提到过的"东干"的由来，但在这里我认为它只是故意起的
名字。从"回回"这个名词的形式和内地回族对这个名字的厌恶来
看，我早就② 开始认为这个名字一定是由非穆斯林的汉人首先用来
指代他们边界之外的某个异族部落的。经过进一步的阅读，③ 我发
现"回回"是最近在中国流行的"维吾尔"一词在古汉语中的一个
谐音形式（回鹘）。经过思考，我确信这个名字一定是被转用到了
中国西北部曾经不是穆斯林的人群，或者是较晚皈依伊斯兰教的人
群身上。在新疆悠久的历史中，回纥人在另一个更早的时期定居在 45
今天山北路、准噶尔南部以及天山南路的吐鲁番，并建立了伊斯兰
教传入以前最繁荣的文明之一。而在 8 世纪进入内地的穆斯林中，

---

① "回回"一词渊源较复杂。《梦溪笔谈》等用以指回鹘，《癸辛杂识》《辽史》用以指信仰伊
　斯兰教的人和国家，明清两代的文献主要用以指回族，有时候指伊斯兰教。清代还对信仰
　伊斯兰教的其他少数民族加称"回"，如称维吾尔族为"缠回"，称东乡族为"东乡回"等。
　《从塞北到西域》亦有相关说法。——译者注
② 见《从塞北到西域》，第 226 页。
③ 见柔克义的《威廉·鲁布鲁克》(William of Rubruck, Hakluyt Society)，第 141 页注释 3。
　在更仔细地阅读卡拉瑟斯的《鲜为人知的蒙古》时，我发现他还在对中国记录的权威解读
　中提到了"回回"与"维吾尔"的身份。然而，似乎没有一个权威说法能解释旧的"回归"
　说，也没有用它来解释内地回族反感"回回"一名的原因。

回纥人是最有代表性的。由于他们早已为汉人所熟知，所以很自然地，他们的名字被用于概称所有的穆斯林。作为一个拥有自尊心的文明，他们对汉语中的族名"畏兀儿"也很自然地感到不满，汉人毫无疑问会将其作为落后的同义词。

由此推论，"回回"的字面意思"返回—返回"没有特定意思，这个词一定只是"维吾尔"的近似中文发音的一个方便的注音而已。在口语中，汉人使用"回回"的频率远高于"东干"，"东干"极少被使用，除非有必要区分他们和同样信仰伊斯兰教的维吾尔人。因此，东干人处在一个尴尬的位置上，至少在他们当下的理解中，他们很不情愿地在不知情的情况下，将"维吾尔"一词的古汉语形式"回回"带回到古代维吾尔政权的故地。[1]

在进入准噶尔故地之后，东干人的人口、财富和力量都在稳步增长。尽管东干人的立足是为了维持中国在亚洲腹地的前线，但他们保持了一种对汉人的种族差异感。在始于 19 世纪 60 年代的中国西部动乱中，[2] 他们占据了新疆的军事中心乌鲁木齐。与此同时，来自中亚的野心家阿古柏在喀什建立了对天山南路的统治。两股力量彼此对抗，直到 1881 年，清朝收复新疆一两年后，设立了"新疆省"。[3] 在这场收复领土的战争中，清朝军队向维吾尔人展示了令人惊讶的宽仁——将参战的维吾尔人视为被外国野心家蒙蔽的半自愿的参与者（事实确是如此）；同时，由于东干人带有浓厚的内地

----

[1] 奇怪的是，内地回族人一般不喜欢别人叫他们"回回"，但在商业招牌上却使用这两个字，特别是小客栈和提供清真食物的小吃摊。

[2] 应指始于清同治年间的新疆各族人民起义。中亚浩罕汗国的阿古柏趁机入侵，1865 年侵入中国喀什，占领南疆，1867 年建立"哲德沙尔"汗国，1877 年在维吾尔族人民反抗和清军打击下，兵败被击毙。——译者注

[3] 清朝新疆建省应该是在 1884 年。——译者注

血统和文化色彩，清朝军队视他们为叛变者，进行了全面的报复。清朝用这种方法在东干人和维吾尔人之间制造了战略性的嫌隙。清朝用剑与火摧毁东干人的力量，夷平他们的土地，残垣断壁、兔葵燕麦举目皆是，伤痕至今刺眼而醒目。

在体形方面，东干人整体上是汉人模样，但主要的区别在于他们的毛发更为明显。小孩子的外表亦是汉人模样，但随着他们的成长，他们所遗传的非汉人特性愈发明显。他们的举止带有一种独特的自信，以至于外国人也常常认为他们不是汉人。汉人有自信，但与东干人的自信不同。所有的研究者都认同东干人的商业才能和活力，以及对陌生人充满敌意的怀疑，这些增加了研究他们的难度。东干人贩运商多活动于靠近乌鲁木齐的天山南路区域（包括通往喀什的天山南路途经的焉耆、阿克苏等重要城镇），但是东干人主体还是分布在天山北路地区，在那里，他们不仅是商业社群的主体，也是农民的主体。除了汉语之外，他们还能说一种与天山南路维吾尔语几乎相同的方言。这是他们与庞大的维吾尔社群之间建立的另一种联系，类似于长城以南的撒拉人，这是他们与内地回族的重要不同之处，内地回族除了宗教以外几乎完全被汉人同化了。东干女性戴着一种特殊的黑色头巾，且从来没有像内地某些女性那样缠足。男人们戴的便帽是白色的，有时还用彩线绣着简单的图案；维吾尔人和哈萨克人的帽子通常是彩色的，有更丰富厚重的刺绣。

47

东干人尽管在数十年前是被压制的，但始终是新疆民众中最勇武的人之一。许多旅行者写到东干人比汉人"勇敢得多"，这是对汉人不公正的判断。这种偏见主要是因为，在新疆旅行的观察者很少真正了解内地。世代居住在内地的汉人通常是温驯的，他们的胆怯就像那些对外界一无所知的人一样。底层的汉人移民，即临时工和流动工人，大多来自甘肃，他们的胆怯与温驯是中国北方最突出的，几个世纪以来，他们不断被来自蒙古和亚洲腹地的力量袭击、侵扰、统治，而这些外来者更大胆、更蛮横。天津、河北、山东的汉人移民更有胆识、更自力更生，他们赤手空拳来到新疆，要么从佃农开始干，最后攒成地主；要么从伙计开始干，打拼成掌柜。想要在天山北路立足，是离不开进取心的。近几年来，天津男性人口的大幅增加刚刚引起旅行者的注意，目前，在新疆各城，最躁动的人群就是天津人和东干人，在街上的群殴中，天津团伙通常能打败东干团体。

48　　在玛纳斯，一位天主教神父招待了我们，他的体格和胡须就像巴巴罗萨的十字军战士，他的教堂像修道院一样井井有条，以日耳曼式的严谨态度精确地运作着。在作为炮兵军官参加完欧战后，他就成为神父，并志愿来到中国。他在中国住了几个月，语言刚入门就得到了这个冷清的职位。当时，他带着随从在内陆旅行，边走边学习，他的前任因故在他到达的几个月前就离开了这个教堂，所以他没接到任何指示就接管了这里。不出五年，他已精通了汉语，甚至可以独立处理文书，在地方上层社会中谋得了自己的一席之地，并且很好地完成了一项使命——他成了一个地主，管理着教会名下的农场、牧场，可以在市场上出售剩余产品，与当地的农民竞争牟利。他也管理着一所孤儿院和一所学校，游访那些住得较远的信徒。他还有时间用自己园子里的葡萄酿酒，加工自己园子里的烟草，并且自己打猎获取鹿肉、制作野猪火腿。他的图书馆里有几百本书，不全是神学书，还有希腊文、拉丁文、德文、法文、英文和汉文的各类书籍。这个图书馆和乌鲁木齐的亨特牧师的图书馆都是旅行者们颇为喜爱的地方。

近期，我们的这位神父要着手学习维吾尔语了。

这是我几年来第一次访问天主教教会，我的内心对那里的气氛产生了某种奇妙的感觉。尽管我钦佩许多无畏的传教士，但我发现自己对他们的工作缺乏了解。大量的基督教皈依者准备用听起来颇为可疑的话天花乱坠地讲述让他们"发现自己得救"的"心的转变"，这种情况在"基督将军"冯玉祥统治过的地区尤其显著。也有一些情况相反的教会，里面有少数狡猾的人，他们只是在局外人眼中强装着积极传教的样子，希望从中得到点什么利益。

在这个教会，我看到了完全不同的原则和实践。天主教从中国人最关注的土地入手，目标则更多聚焦在社会生活，而非个人的信仰之上。其原则似乎是：如果你建立了一个天主教社区，围绕在教会周边的是一个又一个家庭，而非一只又一只羔羊，张家的儿子、李家的弟弟、王家的奶奶……社区里的人们和欧美的教友们一样，选择了同一个天堂、地狱和炼狱。杰出的世俗观察者们大多认为，中国的基督教新教如果没有了来自国外的资金，在几年内必然堕落、扭曲。中国人有力地证明了这一点，那些敌视基督教、怀疑一切外国标准的中国人蔑视新教徒，但畏惧天主教徒。他们对天主教抱有一种粗鄙的偏见，即"不断扩充土地"，而土地正是中国人的心头肉。

在这里，以土地为起点，这个天主教会有了农场、牧场和牲畜。一个由土地支撑的孤儿院，把男孩、女孩培养成虔诚的天主教徒，没有任何关于"重生"的多余讨论。教会把教堂装潢成中式，以此融入本土社会，教堂则为社区提供了祈祷的场所。教堂的钟由神父坚定的手和不变的信条敲响，规范着人们的作息。孩子们长大后就成双结对，成为社区的一员。院子里有一间药房和一间外科诊所，神父从书本中学到的不仅仅是普通医学知识，他甚至会进行麻醉手术。

像大多数天主教会一样，这个教会只有很小一部分资金来自外部的资助。社区的扩张一旦开始，就很大程度上取决于它自身的力量。我相信，如果所有的外国传教士和外国资助突然撤出，天主教教会的工作会比新教做得更好、更久。原因不是别的，只是天主教教会不受"把中国人教成外国人"这一观念的约束，而中国人也只会把这一观念与所有的新教教派联系在一起。汉人对天主教社区的嫉妒主要在于后者的团结和自给自足。在没有外部支持的情况下，这种嫉妒会由外而内地强化天主教社区的团结，巩固交织着宗教信念的家庭关系和经济利益。可以肯定的是，与这种天主教社区相比，新教用古怪、潦草、花哨的传教术吸引的皈依者更容易被裹挟到太平天国运动①和"基督军"那样的政治运动中去。

在我看来，新教传教士在某些方面弄巧成拙。他们在中国的底层阶级中"传福音"，并同时试图按照西方的标准谦卑、低调地生活，然而这种标准远高于中国底层阶级的生活标准。所以，中国人只要一听到新教传教士的谦卑之词、看到他们的所谓"坦诚、朴实的生活方式"，就很可能把这些传教士视为伪君子，认为他们心怀不轨。每当这些传教士休假或退休回国时，平民中就会再次流传新教传教士向海外盗运中国财富的故事。天主教神父在退休前几乎从不休假，他们通常死在岗位上。在玛纳斯的一个小花园里，长眠着这个教会的创始人。所有人都知道，他创造的财富留在了这个社区中。不仅如此，天主教传教士的生活标准比新教传教士的更接地

---

① 这场起义带有一种不那么强烈的基督教色彩，与西北回民起义一起撼动了清王朝的统治。

气，他们不仅要打动农民、工人，还要打动他们传教区内受过教育的士绅。他们清楚地表明，在这个世界上，他们从事宗教职业并不欺世盗名。从知识素养上看，新教传教士往往除了"上帝的召唤"以外没有其他什么真才实学的积淀，而天主教的传教士比新教传教士有更好的教育水平和文化素质。天主教传教士与富人在一起时不会卑躬屈膝，而与穷人在一起时，他们则是自食其力的表率。

51

玛纳斯的神父把上好的白酒和浓烈的烟草拿来招待我们，吩咐我们"像虔诚的基督徒一样"喝酒抽烟，然后让我们享用我已多年未见的德国大餐。接着，我们侧耳倾听他的谈话，他有多重身份，他既是官员、军人、医生、农民，也是运动员。

神父告诉我们，饥寒交迫的狍子会从冬天积雪的山上跑到山下绿洲的农田里，啃篱笆、偷食草堆，我们在这一路上的许多地方也听说过这种事情。神父可以在几百码之外射杀狍子，填满他的食品窖。他还说他相信中亚虎已经灭绝了，而我则认为这种老虎尚未被外国人所猎获。这种老虎生活在玛纳斯沼泽这样的芦苇荡中，不久前在伊犁河下游苏联境内的沼泽中也曾有发现，它可能以沼泽鹿或野猪为食。冬天，由于严寒和大风，人们很难进入沼泽地带；夏天沼泽地蚊虫猖獗，难以涉足。一些中亚虎冒险到沼泽边缘袭击羊群而被毒死，因此偶尔可以在巴扎（集市）里看到零星的破虎皮。最近，外国商人引进了一种简单方便的毒药"士的宁"（马钱子碱），这很可能减少了中亚虎的数量。老虎对中国人来说是非常宝贵的，它浑身上下皆可入药。然而，我倾向于认为，少数中亚虎会生存下来，尽管没有人声称见过它们，但各地都可以听到关于它们的故事，何况许多大沼泽的深处从未有人涉足过。

玛纳斯和许多其他绿洲的灌丛中栖息着野鸡，秋冬时节，人

们诱捕大量野鸡，低价出售。春秋季，在沼泽边缘地带，人们猎捕
52 鸭、鹅。绿洲的野猪也很多，在冬天和夏天，它们躲在沼泽深处，
秋天就成群结队扫荡收获季的田地。

最后，我和队伍中的"大人物"吃饱喝足、谈笑风生，我必
须在城门关闭前动身，前往我们在玛纳斯的旅店。神父把我们塞进
一辆小巧的俄式马车里，车上还装着他酿的一大罐葡萄酒。我们在
坚硬的雪上疾驰而去。我们的马车由一匹马驾辕，辕外还有一匹
半跛的马，这家伙在月光下的雪地上脚步凌乱，好在马车有两对轮
子。最后，汉人车夫在一棵大柳树寂静的阴影下把车停了下来，卸
下了那匹惊慌的牲口，朝来的方向拨转马头，巧妙地踢了一下它的
屁股，做了一个有天主教风格且最不"基督徒"的告别："回家去，
你这个混蛋！"半跛的马像龙一样喷着鼻息，从路的这一侧踱到另
一侧，我们驾着剩下的一匹马继续赶路，葡萄酒安然无恙，我们大
笑着穿过玛纳斯即将关闭的城门。

第六章　游牧民的越冬之地

出玛纳斯城不远，就是玛纳斯河，这是从天山向北流入准噶尔 53
地区的最大的河流。6月，当冰雪融水达到最高水位时，过河会非
常危险、困难。比较谨慎的旅行者会等上几天，待水位下降后再过
河，偶有胆大的旅行者在尝试渡过浅滩时溺水。由于堤坝厚实、约
束有效，洪水会从遍布乱石的河滩中漫过，对于新疆的工程人员来
说，在此建桥是个艰巨的任务。

这条河的下游没有向北流，而是和所有准噶尔地区的河流一样
向西流入封闭的内陆盆地，汇入于帖勒里湖，^① 这个湖边也满是芦苇
沼泽。卡拉瑟斯认为这条河是通往塔城和西伯利亚最佳的天然贸易
路线，当定居者进一步开发河流下游地区时，这条天然路线就会发
挥作用。不过，我认为这里的沼泽太多了，到了春天，这条线路的
情况会比我们所行的天山北路糟得多，天山北路沿途的地势更高。
此外，卡拉瑟斯所说的玛纳斯河低地线路不能像目前的路线那样，
在西湖庄^② 以东与伊犁公路重合。

在绿洲地区前行了两三站以后，我们又在天山北麓沙漠边缘的
贫瘠山地走了漫长的两站路，到达了西湖庄。这个城镇的名字大概
意为"西部的绿洲"，从这里一直到西伯利亚，无论是在塔城还是
伊犁河谷，再没有任何农业区。通往塔城的路自此向北，通往伊犁 54

---

① 今新疆玛纳斯湖，又称艾兰湖。——译者注
② 今新疆乌苏市西湖镇。——译者注

的路则沿着天山山脚继续向西。这片融入沼泽之中的绿洲是一个著名的大米产区，同时集中了哈萨克人和蒙古人的贸易，这里的蒙古人是土尔扈特部的一支，自西湖庄沿着通往伊犁的路西行一两站，就是他们的地盘；哈萨克人冬季会到加依尔山①越冬，这座山就在西湖庄通往塔城的路上。和玛纳斯一样，西湖庄的居民包括土生土长的东干人、汉人，来自甘肃、天津的汉人，以及来自天山南路的维吾尔人，既有农民，也有商人。

过了西湖庄再往前，就到了"老西湖"，这里在新疆的回民起义之前一定是西湖庄的原址。我们沿着沼泽的边缘走了大约30英里，走过沼泽就到了"车牌子"，②它的名字表明，这个地方的起源不过是一个税卡、一个检查车辆证件的地方，不算重要城镇。我们现在已经离开了真正的绿洲地带，在我们和天山之间，荒凉的山地阻止了河流的流动，道路沿着山地涌泉一路延伸。这些泉水从远处的源头渗出，泉上方是一片不断抬升的软黏土荒漠，那里的红柳可以长到一人高，在它们的下方，泉水在一片芦苇丛中漫溢开来。大部分的水由于长期被封禁在沙漠之下变成了咸水。但车牌子的泉水没那么咸，也没那么多沼泽，这个村子有一条路，附近有一点耕地，哈萨克人前来交易的热情也不高，多数哈萨克人喜欢骑马到西湖庄做交易，在那里有更多有意思的商品可供选择，便于物物交换。对于牧民来说，在大规模的部落战争时期，这个地区过于开放和脆弱，而在和平时期这里似乎成了受欢迎的冬季牧场。一些哈萨克人冬天住在土房子里，另有一些哈萨克人用夯实的粘土造一圈围墙，在里面搭建帐篷，他们中的一些人还在地里种植填闲作物。越

---

① 在今新疆塔城地区的托里县。——译者注
② 今新疆乌苏市车牌子镇。——译者注

来越多的汉人娶哈萨克女人为妻，并开始形成一个混合种族，就像巴里坤和古城的"二混子"一样，这种趋势有利于游牧、农耕两种生活方式的调和。

第二天，我们疾驰了两站路的行程，首次穿过了一片结冰的沼泽，冰在车轮之下令人心悸地微微晃动下陷，从黑色泥沼中涌出的水漫过车轮。最终，我们从高大的黄色芦苇丛重围之中走了出来。我们走在沙地中起伏的路面上，慢慢穿过红柳丛和偶尔出现的枯槁的胡杨丛，树丛下厚厚地堆积着去年落下的黄叶。地面上有一道道的残雪，露出大片粉状裸土，上面满是盐碱风化物。我记得，当我们第一次看到野生的胡杨树时，我在马鞍上弹了起来，尽力穿上我那件在乌鲁木齐用旧军毯补了个面的野山羊皮大衣，向后面车里的摩西喊起来。

"快看，凤凰树！一闻到这灰土里的盐碱味，我就知道我会看到它们的！"当时我正骑着马经过"大人物"的车，"见鬼！他了解这片沙漠！"车夫钦羡地说道（但是我只能苍白地描述他的咒骂）。

之后，我们往下走，进入一个洼地，我们可以从上面看得清清楚楚，那里的红柳更瘦小。穿过洼地，我们慢慢往高处行走了一段很长的路，一直行走到高地的顶端，然后拐到一家凄凉的小客栈，客栈院子也很寒酸。这里是乌兰布拉克（蒙古语意为红泉子），是一个"苦地方"。旅馆的土炕不热，也没有炉子。房客要自己从洼地里捡来红柳柴，在炕沿的灶里烧火取暖做饭。然而，那个"大人物"是有备而来的，他带了一个长方形的铁皮炉子，上面连着烟囱，可以把烟引出窗户，把这个炉子点燃后，我们很快有了温暖的窝。

乌兰布拉克位于加依尔山的边缘，加依尔山是阿拉套山的余脉，实际上是一个高地，完全堵住了天山、阿尔泰山之间的准噶尔凹陷，就像一个中间没有完全封堵的不规则的"H"。道路在山中盘旋，这些山并不高，最高处可能不过五千英尺。这里是一个近似圆锥体的迷宫，砾漠的草丛中、粘土丘上，生长着"白色的草"，为野生动物们所喜爱。在这些光秃秃的山丘上少有泉水，在克烈哈萨克人分布区的西部，以及土尔扈特人所居住的和布克等地，泉水就意味着冬季的住所。加依尔山没有大的降雪，积雪时间也短，也许是因为覆盖在山上的砾石层最大程度地吸收了阳光热量。因此，牧民的畜群总能吃到草，沟壑和裂缝里有足够多的雪，既能供牲畜吃，也能供人们融化成水，所以冬季人们可以在山上的任何地方驻牧。

我们走了 40 英里左右，到达这片高地的中心"庙儿沟"，这个名字的意思是"神庙谷地"。这里有一个电报站，它的设立并非因为哈萨克人和蒙古人喜欢发电报，而是为了随时检查线路故障。这个电报站的名字来自一个土庙，必然是汉人来到这里后修筑的第一个祠祀建筑。这里的电报官在自己的小房子之外还有一间多余的房间，为那些不喜欢睡在车里的旅客提供住宿服务。旅馆服务工作和所有杂活都是由两三个巡逻的士兵兼职完成的。如有需要，这些人会被安排寸步不离地陪护官方的旅客。清朝的时候，在新疆和中国其他地方，不会讨生活手艺的游食之徒把当兵视作一个混饭吃的活计，但士兵携带的步枪表明，抢劫他们护送的马车是非法的，旅行者有权享受到比一般旅馆服务更周全的待遇。

57　　我们没有在这里停留，只是赶着汗流浃背、气喘吁吁的马又往前走了几英里，到了一个哈萨克岗哨。在那里，我们把行军床支在一群打鼾的哈萨克人中间，睡得很好。当游牧民在山间过冬时，道路是安全的。只要他们的头目不被拘捕，他们便不会闹事。入境抢掠的俄罗斯哈萨克人在路上很显眼。夏天，这些牧民进入塔尔巴哈台山时，来自俄罗斯的哈萨克人长途跋涉穿越空旷的山地，埋伏在路边，劫掠旅客、货物和邮件。过去两年，情况变得十分糟糕，以至于必须采取特殊措施。其中之一就是在情况最糟的区域设置一个由中国的克烈哈萨克人驻守的岗哨，此后这些牧民肩负起维护治安的责任，道路就变得安全多了。

与哈萨克人共享越冬牧场的土尔扈特人势力衰微。名义上，蒙古人的牧场在路的南侧，哈萨克人在路的北侧，但据我所知，他们很杂乱地混居共牧在一起。通往塔城和伊犁的道路上的所有抢劫都被归咎于越境的俄罗斯哈萨克人，但我相信中国的克烈哈萨克人有时也会进行这种抢劫活动，他们骑三四站路的距离后才会作案，下手的地方和自己的夏季营地保持着安全、模糊的距离。我曾经问过一个汉人，他是否知道哈萨克各部落的差别，他回答："这有什么关系？不论是克烈人还是其他什么人，都是抢东西的。"

我们所停驻的岗哨里的哈萨克人就是这样，事实上，据说他们的指挥官正是因为懂得劫掠而获得了任命。这个任命是一个很好的例子，显示出中国官方管理部落事务的方式，当局提出任务要求，人员则由部落的首领轮流指派。他们是一群快乐的强人，当"大人物"慷慨地决定给他们买一只羊来享用的时候，他们大声赞美。 58

在我们的车夫中，有一个天津人——一个大嗓门、满嘴脏话的家伙，但他也是最好的车夫，是这批车夫里最乐观、最勤快的一个。另一个车夫是来自冀鲁边界地带的一个山东人，他的老家和摩西出生的村庄相距只有一天路程，他们一见面就拜了把子。"大人物"有一个西伯利亚鞑靼人车夫，是个棒小伙，但他懂的汉语实在

59　太少，所以一路上一直被其他人欺骗捉弄。

　　不管怎么说，在岗哨里一切都很顺利。这些人给我们看了他们首领的一只猎鹰，在岗哨的围栏里专门搭建了一个毡帐，漂亮的鹰在里面叫着。两个男人为我们跳舞，吃完饭后，我们在幽静黑暗的大休息室里休息，一个老人用粗糙的三弦琴伴奏着，唱起了哈萨克民谣。我对这次旅行很满意，我的思绪从那个天津人身上移开，从他直白的商人梦想中移开，他梦想有一个宽敞的、兴隆的商店，让他不用再辛苦奔波，还希望有一个儿子能继承他的产业。而我希望我可以继续这伟大的步伐，用不了多久，整个亚洲腹地将展现在我面前。

第七章　老风口

我们向北走完了漫长的两站路的行程，离开了加依尔山。第一 站路的最后，我们经过了雅玛图，^① 因为这个地方是一个摇摇欲坠的军台，所以它在地图上标注得十分显著，六个士兵驻守在这儿，他们一边看护着他们养的鸡，一边等着被护送的旅客发赏钱。还有一个只有一间房子的小客栈，店主兼做电报线维护员，维护着五六十英里长的电报线路。在哈萨克岗哨和雅玛图之间的加依尔山高处，我们见到过一块石头，车夫们叫它"油神"。每当他们经过的时候，他们就在车轴上涂油膏，装油膏的铁皮盒子吊挂在车子下面摇晃着，如果不遵守这个仪式，车子就有撞坏的危险；如果只是看一看，就只能保佑车子，而不能保佑马和人。据我所知，只有马车夫才敬拜这块石头，更早的时候，它可能是游牧民族的圣石，因为其他的某些原因而被崇拜。从形状上看，它像一个天然的阳具，大约两英尺高，圆且光滑。我不知道它埋在地下有多深，也不知道它是无意中被竖在这个地方，还是故意安置在那儿的。所有的车夫们说它是"神石"（称它是"神石"比"圣石"要更贴切）。

离开了"油神"，我们进入了一个砂岩峡谷，这是高地上一个十分突兀、令人惊讶的地陷，一条深不可测的裂缝。这个峡谷叫石门子，也就是"石头的门"，通过此地，我们就到了雅玛图。我们

---

① 今新疆托里县加马特。——译者注

61　穿过加依尔山圆形的山丘，到了山北麓，下行经过了一个又一个平原。最后，山地变成了微倾的平原，远方群山位于两侧。我们从一个低丘下行到一片宽阔的洼地中，这就是托里，或叫托赖，一条路穿过一堆堆简陋土坯房。从干燥的加依尔山到托里，变化是非常剧烈的，雪没脖颈，我们再次进入到高山的影响范围之内，高山为这些地区拦蓄了降雪，所以当地积雪很深、时间很久。托里以寒冷和大风闻名，第二天我们就要面对老风口了。老风口与其说是个通道，不如说是个走廊，它是个山间的缺口，位于阿拉套—巴尔鲁克—加依尔山系的山嘴与塔尔巴哈台—萨吾尔山系之间，北侧是吾尔喀夏尔山，卡拉瑟斯给出的海拔高度是 5945 英尺。[①]

在托里，我们遇到了一个开朗的俄罗斯鞑靼青年，他是被派来用一辆俄式雪橇护送"大人物"到塔城去的。那是一辆舒适、宽敞、常在城里行驶的雪橇，有一个真正的车座，有靠背。我的马沮丧地陷入新下的雪中，在到达托里时已经无可挽回地累瘫了，需要牵着走完剩下的路。因为"大人物"也不愿离开他铺垫着皮草的马车，所以我独自拉着雪橇。在阴霾的冬日黎明，我们离开那个寒冷刺骨的小村庄，白色的雪地上有蓝色的暗影，身后东方的淡黄色天际布满云雾。马车上的行李被移到三辆哈萨克雪橇上，我的雪橇很快就赶上了所有的马车。

[①] 卡拉瑟斯的《鲜为人知的蒙古》是关于这个区域的最优秀、最权威的书。我认为卡拉瑟斯将准噶尔和西伯利亚之间游牧民族迁移的关键通道——准噶尔之门定位于阿拉湖和艾比湖间的山口（即今阿拉山口。——译者注）。几个世纪以来，因为大风和传说从准噶尔之门掠过，人们一直关注着这个要道。根据卡拉瑟斯的说法，准噶尔之门所在的沙漠地区，不适合大批牛羊迁徙。然而，老风口至今仍是游牧民春秋迁徙时的必经之处，此外，老风口是联系天山北路和阿尔泰山南路之间的天然牧地。关于塔城作为游牧民从准噶尔凹地出发的天然出口的位置，见本书第十九章"赛里木湖和塔勒奇达坂"；关于准噶尔之门的更多资料，见第 204 页。

哈萨克人的春季迁徙

一名商队头人（1930年版插图）

老风口的哈萨克牧羊人（1930 年版插图）

相比较来说，老风口是一个比准噶尔之门更好的通道，然而商队、车夫和牧民都怕它。尽管海拔较低，但它却是亚洲腹地最恐怖的地方之一。仲夏之后，寒冬袭来，直至第二年夏天方退去。这里暴露于迅疾、猛烈的大风之下，根据哈萨克和土尔扈特的传说，这种风产生于吾尔喀夏尔山山嘴的前端，这些山嘴无法提供遮挡。当风从西北向东南汇聚、吹过老风口时，即使没有雪，大风也足以让野兽却步，"风搅雪"就更致命了，在那种情况下能见度为零，旅行者一旦偏航，就再也不可能找到路。在山口的北坡，每隔一段距离都会有一个圆形土屋的废墟，结构像毡帐，在背风处开有一门。这里的人们说它们曾是坚固的塔，塔上有风铃，在风中挣扎的人可以通过风铃声从一个塔找到下一个塔。如果这些塔可以保留下去，即使不能用来指路，也可以像以前那样作为避风处。山口处的风是真正的准噶尔式的，晴朗的天空毫无预兆地开始刮风，十分钟内即达到最大强度，将雪和尘土搅起成幕墙，横扫大地。在平静的蓝天下，风墙可有 10、20 或 40 英尺高。老风口的恶名最近又引起了人们的讨论，不久前，新任邮政专员乘雪橇前往乌鲁木齐的途中，雪橇被风刮坏，队伍中有几个人偏离了路线，几乎冻死，其中一人因冻伤失去了两根手指。听完故事后，人们争论说老风口之所以会对一个外国人、一个身居高位的官员如此傲慢，一定是被恶魔控制的。

道路再次被又厚又软的积雪覆盖，当我走上老风口的山腰拍照的时候。我们在高处可以看到，这是几座山之间的山口。我们绕过一座低山的山脊，左边有一片平缓的小山，右边一堆小山是左边小山的延伸。突然，路下降了 50 码，通向一片被风吹得凌乱不堪的胡杨树，雪橇驶向一个哈萨克小屋的屋檐下，停在雪地里，人们可以通过积雪中挖出的一个坑来到门前。我们现在就在老风口的核心地带，当躲进一个小屋时，我学会了要坐在脏兮兮的毯子上与哈萨克人一起喝茶，与他们的孩子、羔羊、低吼的猎鹰、精瘦的猎狗、肥胖的虱子共居一室。"大人物"把全身除脸之外的其他地方都捂在皮草之中，他叼着烟斗，不停地抽着四川烟叶。因此，尽管他经历了一切，仍是毫无感触地穿过了老风口。后来，在罗马，我又一次见到他，他仍为这事感到惋惜。

我们继续往低处前行，进入了额敏河流域的广阔原野，准噶尔最西侧的盆地，它是如此的难以察觉，以至于只有抬头看一看，才知道我们正在往低处前行。最后我们到达了一大块空地，一块被山合围的雪原，积雪的塔尔巴哈台山就在我们前方。冒着热气的马在平地上不停奔跑，直到我们来到一个地面有点凹陷的地方，我们可以探测到冰雪下的流水——这里是盆地的底部，水从周围的山地汇聚而来，但主要还是来自塔尔巴哈台山。一排村舍沿着河谷向前延伸，这就是额敏河谷。然后我们向右掉头，逆流而上，接近了塔尔巴哈台山的第一个山坡，我们从一座高大的木桥上过河，进入了河上①——蒙古语名为"都鲁布津"，我们一天中走了整整两站多路，这段旅程至少有 60 英里。

在这个有点规模的城镇，当地为"大人物"举行了一次隆重的招待会，结果我们在这次招待会中遭了一番罪。我们没有获准进入客栈的房间吃饭、睡觉，而是被带到了城里最重要的一家维吾尔商号，这里的两间大屋敞开着，用俄式的炉子取暖，配备俄式的桌椅沙发。魁梧的维吾尔商人，蓄着黑胡子、裹着头巾、身披五颜六色

①　今新疆额敏县。——译者注

的长袍，前来向我们致意。其中一个会说一点俄语，负责陪同"大人物"，另一个会说汉语的人则负责陪同我。他们祖上来自喀什，定居在这个远离家乡的地方，他们与山上下来的蒙古人有着不错的贸易关系，蒙古人用这里的商品换他们从俄罗斯带来的商品。他们中有个人曾到访过下诺夫哥罗德的大市场，在那里预先领略了"天堂"的风采，提高了品位——那里对于亚洲腹地的穆斯林来说仿佛伦敦、巴黎、纽约的三位一体。他们全部都计划去麦加朝觐，并急切地询问我们知不知道苏联国内是否稳定，是否足以让他们顺利乘火车前往黑海、换船前往吉达。最重要的是，他们想知道，购买足够的苏联卢布去支付路费是否安全。他们确实有黄金——从腰带里取下的沙俄金币。不过，他们是亚洲腹地的人，虽然富有，却尽可能不掏出真金白银，哪怕是去朝觐。

坐等几小时后，我们睡眼惺忪，一盘盘美味的皮鲁（抓饭）恰到好处地摆在我们面前，里面是羊肉、米饭和碎胡萝卜，浸满了油脂。我们尽可能多吃了些抓饭，但即便这样也没法马上睡觉。我们后面上桌入席的是更饥饿、地位卑微的人，之后是最卑微的人。在这里，衡量社会地位的标准是足够多的亲戚、仆人和乞丐，这足以使最慷慨的人倾尽家财。随着盘子里最后一粒米被吃净，宾客们都去找被褥睡觉了。每个人都把被子铺展开，希望自己不被别人踩到，不一会儿，我们的大房间里就挤满了人，有的躺在桌子下，有的躺在床旁边，有的躺在桌子上。为了尊重我们，所有的窗户都关上了，炉子也添了火，很快，屋里就充满了浓浓的惰性气体。整个晚上，男人们都在哼唱着简单快乐的鼾声，他们心满意足地吃饱了大餐，敞开嗓门庆祝"大人物"的到来。

前往塔城的最后一段行程要穿过一片雪原，雪上只露出了些浅黄色芨芨草穗。我们昨天向北，今天向西，现在沿着额敏河行走在塔尔巴哈台山的山脚。山谷底部有少量的定居点，那是哈萨克人游牧之余草率经营的农庄。邻近的牧场是克烈哈萨克人的冬季牧场，许多人冬天住在棚屋里。这种棚屋大多是半地穴式的，用原木和灌木覆顶。从老风口经河上到塔城的冬季道路犹如一个三角形的两条边，夏季道路则是第三条边，一条穿越浅谷的直路。冬季道路之所以要避开这个地带，主要是因为这里是哈萨克人的冬牧地。这是省长的命令，因为如果繁忙的交通行经哈萨克人的牧地，会招致劫掠。

一支长长的商队在雪地上排成一列，从人、骆驼和货物的样子上看，应该是巴里坤的商队，这样的队列就是他们路上的全部生活写照。当我们远远超过他们的时候，我们似乎被四散开来的白色荒原吞没了。地面上细小的凹痕、褶皱被雪覆盖了，只有塔尔巴哈台山笔直地矗立在死寂的原野上。最后，我们看到前面有一处污渍。"大人物"和我（现在一起坐在舒适的雪橇上）看到那个污渍变得越来越厚，接着我们看到污渍下一片黑暗，然后是光秃秃的高大白杨树和团状的柳树，最后是有城垛的城墙，鼓楼的塔顶耸立在中央。当我们接近城市的时候，几辆雪橇出来了，车上坐满了俄罗斯和中国的朋友，他们前来迎接"大人物"。他们把他抬到了一座房子里落脚，那里有地毯、桌布和所有在亚洲腹地完全没用的东西。我曾经为一家中国的公司做过代理人，这家公司在塔城的分支为旅行者提供住宿服务，摩西、我以及与我们同行的汉人商人住在那里，这个商人计划经西伯利亚大铁路返回天津。我们在这里竟如愿吃到了大蒜。

塔城是塔城道的驻地，这个地区在地理上是一个山丘环抱的宽

66

谷，位于塔尔巴哈台山区的核心，地处西伯利亚、蒙古和准噶尔三者的边缘地带之间。塔城在 1910 年约有 9000 人口，到了 1927 年，我认为这个数量略有增长。大部分土地名义上归属一个土尔扈特人部落，一部分宜牧的草场被分配给了西部克烈哈萨克人，他们向土尔扈特人支付借地放牧的费用。许多克烈人已经开始务农，这些农民可能是部落中最穷困、卑微的人。原因可能是这样的，游牧部落中最上进、最有本事的人获得了大量的游牧财富——大批牲畜，如果条件允许，例如在开阔的额敏河谷这样的地方，贫弱的家庭会被首领雇用，被迫去从事粗放的作物种植。当游牧民受到其他民族的强大政权统治时，就像在俄罗斯七河、塞米巴拉金斯克和中国新疆的情形一样，这些贫穷的游牧民族就倾向于放弃他们的古老传统，把夏季的种植工作变成永久性的工作，定居于此，放弃游牧。

和阿尔泰地区一样，塔城道之前是由北京任命的官员管理的。辛亥革命以后，这里被乌鲁木齐的新疆省长控制，省长指派了一位副手，管辖着这个与西伯利亚、蒙古接壤的地带，监督着游牧民和定居者的关系。1910 年，卡拉瑟斯认为，有理由相信西部克烈人的头人愿意与潜在的俄罗斯入侵者友好相处，就像愿意与中国统治者友好相处一样。现在可能仍旧是这样，但就像乌鲁木齐聪明的老省长统治之下的其他多民族聚居地一样，在这里，偶发的混乱能得到妥善处理，也没有什么能够诱发严重叛乱的不满情绪，太平盛世轻而易举地实现了。只有老省长去世、继承者争权夺利或者内地军阀战乱蔓延至新疆，才会导致新疆四分五裂。而这种建构起来的凝聚力一旦被破坏，就很难再恢复，除非俄罗斯人获得了边境地区的统治地位，并将其影响力扩大到内地边缘地区。

这片边境地区的定居者主要集中在塔城和河上等城镇。在这些城镇，定居社会巩固了商人的力量。近年来，汉人移民和维吾尔移民都垦占了一些土地，但令人好奇和值得注意的是，这些定居社区的核心是索伦人，[①] 他们的存在可以追溯到18世纪。清朝入关后，新的帝国在康熙和乾隆两位君主的经略下强盛起来。当帝国打败准噶尔后，巩固了对这片西部疆土的控制，乾隆帝在塔城附近的关键要害之地安插索伦人驻防，守卫着额敏河谷，从而确保了这条边界的安全。索伦人是通古斯人的一个部落，与满族人相似，他们从中国东北北部的老家出发，作为满族的同盟者"从龙入关"，然后与锡伯人（和索伦人有相近的族属和特征）[②] 一起，在西部边疆建立了重要的功勋。他们一度驻扎在青海湖附近，那里位于青藏高原的边缘，位于蒙古和藏区之间，然后他们被迁往帝国的最西端，锡伯人屯驻在伊犁河谷，索伦人则驻防额敏河谷。索伦军队在19世 68 纪清朝收复西部领土的过程中也发挥了重要作用，巩固了他们的驻防地。

在令人震撼的战争、移民之后的一百多年里，索伦人保留了"旗"组织和通古斯语，这种语言和已经消失的满语几乎相同。毫无疑问，原因在于他们扎根于这片土地。为了保持满族人的军事性质，清朝祖制规定满族人不得拥有土地、不得做生意，结果他们变成了无所事事的贵族，不仅失去了善战的传统，还丢掉了他们的语言及所有的民族特性，变成了悠闲的绅士，实际上，他们变成了汉族绅士，而非满族绅士。因此，在辛亥革命后，当他们被剥夺了财

---

① 原为清朝对黑龙江嫩江一带鄂温克、达斡尔、鄂伦春等族的称呼。康乾年间，从中抽调兵丁前往西北征战和驻防，即"索伦营"。其中达斡尔兵丁于同治年间被调往塔尔巴哈台驻防，一度被称为"索伦族"。1954年恢复达斡尔族名。——译者注
② 锡伯族原居内蒙古呼伦贝尔和东北松花江、嫩江一带。乾隆年间被部分征调到新疆伊犁河驻防，即"锡伯营"。至今新疆锡伯族仍保留自身的语言和习俗特点。——译者注

产、特权和帝国的津贴时，他们发现自己不过是汉人中一个新的贫困阶层。然而，他们"卑微"的通古斯表亲，不仅保留了祖先的语言，还保留了民族的族性和稳固的经济基础。在辛亥革命初期的混乱中，新疆城市中的小规模满族群体被屠杀殆尽，这些人代表着统治阶层，但实际上是不劳而获之人。而拥有土地的锡伯人、索伦人十分强大、不可撼动，他们不仅在革命中幸存下来，而且仍然是新疆省的一支武装力量，他们作为驻防者的军事特征从未淡化，世代为驻守边疆提供兵员，尽管装备和训练不佳，但他们目前是新疆最具军事素养的兵员。历史的对比值得关注，因为它尝试性地展示了巩固统治地位的两种不同路径的价值，一种是奉养统治者，另一种是培养在土地上自食其力的人。受奉养的满族人已经淡出舞台了，不再是现代中国的一支重要力量，而屯垦戍边的锡伯人、索伦人生存了下来。这种命运的反差证明了一个法则——身后有土地需要保卫的人，如果一定要死，也会死得更顽强，即便暂时的衰亡也会绽放光彩。

第八章　亚洲腹地边疆

中国在新疆的传统政策，继承自 300 年前的清帝国，始终延续　69
不辍。依托山脉确定的实际边界，将这片遥远的领土从俄罗斯的势
力范围和影响范围中分离出来。遥远的距离、荒漠的阻隔造成了实
际的困难，中国人尽一切努力来克服困难以确保领土。满族人由东
北入主中原，建立起清帝国，统治着内地和四裔的边疆，满族人将
他们的利益与汉人的利益融合在一起，并将他们的政策导向巩固统
一中华文明的方向，这个文明根植于内地的腹心，向四裔辐射。

为此，现在新疆西部边界被关闭了，但在内地一侧的国内贸易
则受到鼓励，经济文化交流得到了促进。在更重要的历史时期，天
山北路、天山南路是通往更遥远的西方的重要通道。但从这个时代
开始，财富在这些通道中的流动受到了新的控制。新疆不再是一个
枢纽，而是人口和商贸流动的终端。输往新疆的还有难以估量的舶
来货、艺术、文明。相应的，新疆像进贡一样，向内地输出比较初
级的商品，包括原材料、玉石和贵金属等。然而，直到 19 世纪末，
清朝还没有从这片遥远的领土上获得实质性利益。出于政治考量，　70
在蒙古和新疆的汉人首要关心的是在中国内地和西方邻国之间保持
缓冲区，并防止边疆的力量过度膨胀。真正的商业发展取决于新的
商业利益的出现。

在本世纪初，交通变得更加重要。中国沿海地区对外贸易的发
展刺激了对原材料的需求。虽然外国人无法在远离贸易口岸的内地

进行贸易，但与外国人交易的汉商被鼓励到更远的内陆寻求更廉价的原材料。蒙古和新疆的贸易就有了新的重要性。对羊毛和驼毛的需求成就了新的商业需求，作为回报，汉商可以购买、运输更多布料、茶叶和制成品，转卖给边疆地区的同胞。

经济的繁荣需要完善交通路线。从内地通往甘肃玉门、哈密的邮路，以及天山南北的分支线路，都受到厘金制度的阻碍，这是一种对运输货物征收的地方税，使得穿越蒙古的商路（可以绕过实行厘金制度的内地）变得越来越重要。在游牧民族战争、大规模人口迁徙的伟大时代之后，这条商路上的旅行和贸易日渐衰落。辛亥革命以后，这些路线又受到重视。新疆省长的政策出发点是保证自己居于新疆权力和影响力的核心地位，因此，他首先考虑的是贸易的繁荣。他依靠自己所属民族的财力优势大搞笼络、安抚，以遏制任何独立倾向，他还精明地估计，有资产的人不会急于冒反叛的风险。与此同时，汉人的经济主导权只要不受国内政治的影响，便是他抵御俄罗斯势力扩张的最佳手段。他也很清楚，如果发生严重的战事，他将束手无策。

71　　这周全的政策遭受了沉重的挫折，首先是古老的"丝绸之路"沿途各省战火频仍，之后是外蒙古局势发生动荡。内战首先破坏了贸易，其次新疆难以建立与甘肃的联系，这是为了避免某个野心勃勃的内地军阀觊觎新疆。在俄国的影响下，外蒙古日渐疏离，也就中断了最重要的商队路线，只剩下一条穿过内蒙古阿拉善的商路，位于蒙古主要的沙漠（戈壁沙漠）以南。这个沙漠是内外蒙古的分界线，汉人可以自由进入内蒙古，而俄罗斯人可以自由进入外蒙古。然而，这条路线要经过更多的沙漠地区，骆驼的损耗更严重，这提高了运价，阻碍了贸易的发展。此外，自绥远到天津之间的铁路联系经常受到内战的影响，而天津是对外贸易的源头，维持着对新疆原材料的需求。

在这种情况下，为了防止繁荣崩溃导致的动荡，省长被迫与苏联开展新的贸易。在新疆最偏远的喀什，俄罗斯人在过去一代人的时间里制造了足以让汉人感到恐慌的巨大影响力。奥伦堡铁路（由乌拉尔的奥伦堡通往中亚的塔什干）的修建巩固了俄罗斯对中亚的统治，使俄罗斯人在喀什、莎车、和田的贸易竞争中获得了比汉人还高的经济利益。在俄罗斯人进军中亚最具侵略性的时期，曾出现俄罗斯人占据喀什或者至少宣布"势力范围"的危险。当中国在亚洲腹地的力量最为衰弱之时，阿古柏趁虚而入，俄罗斯人以"维护秩序"的老一套理由占据了伊犁河谷的一部分。之后，在讹诈了一笔占领赔款之后，他们归还了大部分被占土地，但仍然侵吞了一些。最终，在辛亥革命的时候，外蒙古提出了"自治"的要求，得到了俄国的支持，这使得俄国在外蒙古的利益和特权得到承认。新 72 疆的汉人在超过一代人的时间里一直担心俄罗斯人的入侵。在辛亥革命时期，他们很可能认为，正是由于老省长在执政之初就建立了秩序、坚持了专断的统治，才使得新疆没有发生俄属中亚那样的激进运动。

中国将俄国视为一个拥有未知力量、政策不可预测的国家，很自然地将俄国的革命、内战、白色恐怖等一系列动荡视为威胁解除的信号而欢呼。他们尽最大努力从俄罗斯人手中夺回新疆的贸易，同时又力图把新疆的财富发展限制在不刺激俄罗斯人的野心的水平。随着俄国的崩溃，完全关闭边界的机会终于来了——贸易被中断，护照被拒绝，所有的交流都被阻止。数年之内，与俄罗斯人的唯一接触就是白俄溃军入侵新疆。这些有组织的武装人员是严重的威胁，但经过巧妙处理，逐渐被消灭了。他们可能控制了大片中国人无法守护的土地，这些土地成了"白俄的地盘"，但他们成群结队地从俄罗斯没完没了的内战、溃逃、"叛乱"中逃到了新疆的和平安宁之中，失去了原本应有的士气和凝聚力。最终，中国用计控制住一些更危险的白俄头目，又设计将其他头目送交给边境另一侧的苏维埃镇反机关。至于白俄军人，一些人被解除武装、拘禁、打散成小队，逐渐清理出新疆，汇入了内地的白俄遗民之中；另一些人被送到蒙古，在经历短暂的恐怖和绝望的暴力之后，他们中大多数不是被杀，就是死于贫困，或者被从西伯利亚进入蒙古的红色游击队围捕。

因此，新疆没有发生革命和反革命的战争。以乌鲁木齐精干的官僚为核心的汉人仍居于统治地位。然而年复一年，老省长和他挑选出来的追随者虽然已经取得了胜利，却不得不向紧迫的形势让步。各个人群的物质繁荣和满足，始终是新疆和平稳定的关键。中国与外蒙古的贸易中断，日益威胁着新疆的繁荣，与此同时，苏维埃掌握了俄罗斯的命运，他们从一个社会的废墟中建立起另一个社会，他们的控制力从莫斯科扩展到全俄，最后，俄罗斯开始沿着它的边界重新集结力量。

新疆的汉人为了避免付出卷入内战的代价，与内地中断了联系、拒绝了来自内地的支援。他们最终不得不向俄罗斯人妥协。实际上，中国与苏联 1923 年签订的条约[①]并未影响到俄罗斯人与新疆统治阶层的关系。老省长不会向北京的言论、姿态屈服，他与俄罗斯人协商的想法是务实的。在这一点上，俄罗斯人不仅和老省长

---

① 应指签订于 1924 年的《中苏解决悬案大纲协定》，内容包括苏联废除过去的不平等条约和在华特权等。——译者注

站在一起，而且也做好了等待的准备。不到一年，他就与苏联达成了一项地区性协议。苏联放弃了纸面上对新疆的所有主张、优惠待遇，换回了一个贸易协定，在喀什、塔城、伊宁设置领事馆，在乌鲁木齐设置总领事馆。这项贸易协定开启了中国新疆与苏联中亚、西伯利亚的联系。

这一发展，表面上看不过是一个临时的区域协议，但事实上即使不能成为欧亚历史的转折点，也完全可能成为中亚历史上的一个转折点。尽管中国在新疆维持局面的能力令人钦佩，但时间指日可待。[①] 就目前的情况来判断，这个时限是由年过六旬的老省长的寿命所决定的。在他死后，权力斗争即便不会导致苏联直接进入新疆，也将加速苏联的影响。从更长远的角度来看，中国在亚洲腹地的力量正在衰退，不仅从新疆衰退，也从蒙古和东北衰退。就中国自身而言，为适应新的形势而进行的政治经济变革所导致的动荡，已经把整个国家的血液集中到了内地，令中国无力去控制曾经的边缘领土——亚洲和欧洲之间的缓冲区。两千多年来，中原王朝在亚洲腹地的实力有增无减，在匈奴、党项、回纥、鞑靼、蒙古等北方势力面前时而对抗，也时有衰弱。在我们的时代，中国在亚洲腹地的力量正随着苏联发展到新高度而衰弱，苏联影响了外蒙古，苏联的阴影笼罩着东北，新疆的潜在财富现在向苏联开放。

贸易协定的效果立竿见影。苏联的亚洲部分与新疆喀什、伊宁、塔城之间的贸易加快了，与此形成鲜明对比的是，几年前，2000 英里外的天津仍是新疆的出口港。所有的贸易路线，包括穿越蒙古的商路、沿着黄河河谷的商路、经典的"丝绸之路"以及古

---

① 拉铁摩尔此处对新疆的局势作出了错误判断，他针对的是当时新疆受地方军阀控制，面临苏联外部影响的历史情形。他自己在 1975 年版的序言里也指出了这一点。——译者注

74

代帝国的官道，都与通往天津和沿海的铁路相连。古城是商队贸易的中心，控扼着蒙古商路，也很便捷地通往哈密以及帝国的官道，由于古城靠近首府乌鲁木齐，省长就近掌控了这处经济脉搏。即使是在和田、莎车和喀什这些最偏远的绿洲，土产也会被东运，经过乌鲁木齐到古城，再发往省外。为了贸易收益，省长表示，他无意严厉执行限制外国人在内地直接贸易的条例。结果，天津一些最稳健的外国公司也在乌鲁木齐设置了代理机构，这些机构中有一些不过是旧式的中国分号，还有一些是新式公司的分支机构，任用俄罗斯人管理，俄罗斯人已经失去了条约赋予的特权，被认为是这种半合法业务的最佳代理人选。

事实上，选择俄罗斯人是一个严重的错误。这种职位需要的是旧式的"代理型"人才。一个机敏、睿智、自信的人，适合凭借自己的个性和能力主持旧式的远途贸易竞争。这样的人在俄罗斯人中是很难找的。俄罗斯在中亚的整个行动都建立在强大的军事、外交支持的基础上。粗略了解一下，就可以发现俄罗斯人和英国人在方法和气质上的显著区别：贝尔上校（Colonel Bell, V.C.），或者荣赫鹏只带着一两个随机挑选的汉人、维吾尔人随从，就穿越了整个内地、蒙古和新疆。而俄罗斯远征者，如普尔热瓦尔斯基，一定要带着一群武装哥萨克行动；又如俄国驻喀什领事彼得罗夫斯基（Petrovsky），他的哥萨克、武力巡行和霸道手段，与更有声望的英国代表马戛尔尼形成反差，马戛尔尼凭借自己的正直和一贯的"稳健"逐渐赢得了中国官员的信任和赞同。

一些被选中在新疆建立英国贸易机构的俄罗斯人被认为是了解中亚的，他们中有几个人掌握了维吾尔语。他们之所以被选中，大概是考虑到眼下有利可图的贸易机会，但他们当中没有一个人是合适的选择，他们不了解新疆的汉人统治者，也不会与汉人统治者打交道来为他们的公司建立长期、安全的根基。

在最初的关键时期，当贸易路线上的混乱开始让贸易变得有点困难时，他们就露怯了。他们没有自信，心理上不适应独创性的商业活动，因为他们是在俄罗斯开拓中亚的"蒸汽压路机"式传统中成长起来的，不是在发展中成长，而是在占领中成长。他们之所以被雇用，是因为他们在十月革命后抛弃了俄罗斯，被认为比布尔什维克更值得信赖。事实上，当苏联在新疆再次占上风的时候，这些人放弃了与故土的牵挂，开始漂泊。他们觉得自己是没有祖国的人，到目前为止，他们一方面拒绝与中国人合作，担心由此提高中国人的地位，另一方面害怕不熟悉的中国人可能会把他们作为牺牲品交给苏联，以促成中苏贸易协定。国际贸易（英国在其中处于领先地位）并未成为连接中国内地与新疆的纽带，反而消失了，大多数外国公司亏了本，退出了新疆。

最近，新疆的外贸对象除了苏联的公司之外，还有一家德国公司和几家在美国注册的"唯利是图"的公司——纽约的俄罗斯犹太皮草商。这家德国公司的成功依赖与苏联的邮政协议。它通过"样品邮寄"收到稳定供应的最便宜的商品，这些便宜货进入了一些城镇的商店中。出售这些商品所获的资金被用来购买原材料并运往西伯利亚。这家公司最初成立于天津，但为了适应新的工作环境，现在几乎完全仰仗俄罗斯人来运作。其代表人包括一个德国人、一个在这儿待了50年左右的俄罗斯化的英国老人以及一些俄罗斯人。

更有趣的是两个杰出人物的事业，一个是西伯利亚的俄罗斯农民，另一个是西伯利亚的鞑靼人。这两个人都能讲流利的汉语，实际上是省长和汉人官僚的商贸代理人。他们归化成中国人，向省长作出了承诺，无条件服从中国警察的管理和中国的法律。他们都不是布尔什维克，但他们在中国入籍，从而可以在苏联政府部门和贸易代理之间自由往来，扩大贸易发展的可能性。这些人对各种活动都感兴趣，不仅是商品出口贸易，还有金矿开采、交通运输、棉纺和炼油项目。

我在新疆的时候，很难说苏联的贸易机构运作高效。中国和苏联都在以同样的兴趣开发这些机构的潜力。众所周知，苏联的外贸是由区域性的贸易公司专营的，它们在新疆销售的苏联产品，大部分是由苏联境内的其他垄断企业提供的，它们充当这些企业的代理。在这些外贸公司中，大约有三家在新疆的指定区域经营。这意味着它们能够在每个区域提供统一的买卖价格，而且不用担心来自俄罗斯的竞争。由于我前面提到的原因，新疆与内地贸易的减少意味着之前主导市场的汉人在与俄罗斯人的竞争中处于下风。

新的情况下，贸易总额可能会增加，但汉人能否保留他们原有的利润份额，这一点值得怀疑，而且很明显的是，所有原材料的初始成本价格正在被俄罗斯人操纵压低。因此，塔城市场上活跃的交易与汉商的不满是并存的。过去，汉商在这个市场上买到了很多省内最好的毛皮，一路送到古城，由商队经蒙古东运。现在他们看到俄罗斯人以他们无法给出的价格从塔城买到了这些毛皮，并运到了西伯利亚，其中的原因在于，商队贸易的衰落导致他们的购买力不足。主要的贸易物流不再是从塔城到乌鲁木齐和古城，而是从塔城进入西伯利亚。吐鲁番的棉花和焉耆的羊毛由马车和驼队一路运到西伯利亚人和俄罗斯鞑靼人的代理机构。虽然物流方向的改变没有给新疆的省内贩运带来损失，但塔城的汉商势必会抱怨他们在贸易中所占的份额太小了。

　　贸易物流的方向变化也对新疆行政的分散化倾向产生了重要影响。在物流东进时期，乌鲁木齐凭借其控扼天山南北两路的独特位置，仿佛一个巨大的阀门，财富从古城进出新疆都要通过这个阀门。随着西伯利亚边境的重新开放，喀什、伊宁、塔城发展成为小规模的贸易阀门。对乌鲁木齐的省长来说，所幸这些地区的长官更愿意在省长的支持下面对苏联，而不是利用新获得的经济资源来维护个人政治地位。

　　毫无疑问，汉人完全理解这种立场，正如我说过的那样，他们正在适应环境。中国的衰落（或者也可以说是改革）正在让他们遭受损失。一场政治崩溃可能催生公开的亲苏活动。与此同时，新疆的经济钥匙正在落入俄罗斯人的手中，而汉人一直相信这把钥匙可以锁定自己的政治主导权。我不认为俄罗斯人的前进政策带有邪恶的企图。的确，苏联几乎是原封不动地发展着旧时代的前进政策——沙俄的"东进政策"，他们的许多做法与他们所宣传的并不完全相符。正如我们中一些自诩有远见的人所认为的那样，如果中国人未能控制欧亚之间有两千年历史的缓冲地带——蒙古、新疆，可能会导致东西方沿着历史上从未出现过的边界对峙，并引发敌意。然而，必须记住的是，俄罗斯人对这些缓冲地带的控制，正如中国人放松对它们的影响一样，无疑受到了历史惯性的驱使。

第九章 重 逢

　　塔城与巴里坤争夺着"世界寒极"的可怕头衔，与其说是温度问题，不如说是寒冷的性质的问题，它可以把已经起床就餐的人再赶回床上。塔城不远的山里面有煤炭，但无论是产量、技术、运输方式都不能满足需要，在乌鲁木齐、玛纳斯，再穷的人花一点钱都能烧煤取暖，而塔城的煤价与之相比可谓十分惊人。在塔城，上等的房子用俄式暖炉取暖，也就是修在墙上的壁炉，想烧什么就烧什么，而且燃烧缓慢有效，一天添一次燃料即可，沿着墙壁的弯曲烟道使整个房子暖和起来。在塔城，人们通常用牛粪或灌木柴来烧炉子，这两种东西都是蒙古人和哈萨克人运到城里的。很多中国人也采用了俄罗斯的取暖方法，但他们中的一些人也使用地炕——通过烟道加热砖地板取暖。还有一些俄罗斯人，尝试饮酒取暖，但没什么用。老话里有一个词可以形容塔城的冷——"死冷"。当牛粪被堆在毡帐中的圆形铁栅火塘里燃烧的时候，我对牛粪怀着友好的敬意，但我觉得它待在牛身上肯定比待在炉子里要好些，因为牛身上要温暖一些。

　　两三天后，我的"大人物"朋友去了苏联。在那儿，人们认为有比"煤和牛粪哪个更好"更值得讨论的话题。他蜷缩在他的毛毡里面，因为这一路雪厚得没过车轮，所以这次他没有坐马车，而是坐着雪橇，由塔城的各阶层代表护送出城。事实上，除了我之外，所有人都在和他道别，我则在昨晚"送别过他了"。众所周知，塔城的蒙古名"楚固恰克"意思是"木碗"，表明了这里的饮酒传统。[①]这一传统延续到了今天，塔城人和古城人一样善饮，中国的白酒（或者可以说是烈酒）酿造工艺成熟，它们的酒劲各有不同，第一口喝下去，人们就知道它的类型和相应的饮酒节奏，便于避免宿醉。在塔城，有大量的白酒和烈酒，这些酒是由苏联一家垄断企业生产的，里面充斥着投机取巧、旁门左道、没有下限的套路。我相信其中的酒精含量是受控制的，但制作过程中肯定放了什么奇怪的东西。俄罗斯人非常喜欢颜色和甜味更浓的调和酒，这很容易识别和避开。伏特加是他们名气最响的蒸馏酒，白兰地则是陷阱。

我第一次喝那白兰地时，我的胃比脑袋更排斥它。第二天醒来时，我就像跳了一整晚华尔兹之后那样一片空虚，其他人喝得更少，抱怨有种吃了变质螃蟹的感觉。我非常尊敬布尔什维克，因为他们在逆境中取得了许多成就，但白兰地绝非他们的成功作品。在"大人物"离开前的那晚，我第二次尝试白兰地，我喝得极少，我认为我应该少喝（因为中国人和俄罗斯人的热情好客都很难逃避），然后清醒地上床睡觉，但醒来却已是半瘫状态。从那以后，我就再没见到"大人物"，至少在东半球没有再见。我们的再次相会是在梵蒂冈跪领圣餐，接受圣父和教皇的祝福，但这和新疆的故事有什么关系呢？

但那是一个美妙的夜晚，一个亚洲腹地式的夜晚。它以一场完整的中式宴会为开端，结束于一场俄式生日宴。由于一个房间不

81

①　有人告诉我，这个小城的名字源于它坐落在山谷里，就像坐落在木碗里一样。更有可能的是，这是个古老贸易驿站的名字，源于西伯利亚所产的桦木碗，蒙古人把这种碗放在胸前。可以与归化城附近的可可以力更意为"青衣"做个类比。塔城是这个城市的汉文名，即塔尔巴哈台城，像新疆所有城镇一样，它也有别的名字。塔尔巴哈台的意思更确切地说是"旱獭山"。

够用，我们二三十人分别聚集在两个小房间里，四对舞伴在中间跳舞。三个醉醺醺的鞑靼小提琴手演奏着丰富而美妙的曲子。这是我第一次看到这样令人印象深刻的幸福状态。一般的模式是一个人拉琴，另两个人躺在旁边，在角落的桌子下面打鼾。当拉琴的乐手从椅子上倒下时，另两个人中的一个就会被唤醒，他把一个酒瓶子斜到嘴边，然后就把小提琴塞到下巴下面，演奏一曲俄罗斯音乐。直到那时，我还没有非常关注著名的俄罗斯小调，这种小调我曾在中国沿海的舞厅和粗俗场所看到过，但这次听到的是另一回事。毫无疑问，这是一种俄罗斯式的旋律，汹涌澎湃，直击人心，令人愉悦。有个人仔细地跟我解释说，这三个人不是一般的跳波尔卡舞和民间舞蹈的人，他们是塔城的三个小提琴手，风流的鞑靼三兄弟。当你要举办聚会时，你会在外面的沟里找到他们，你把他们带到你家，给他们酒喝，就可以让他们在一个俄罗斯式聚会上忙活 10 小时、12 小时或 14 小时。然后你把他们推出门外，下一个想办聚会的人就会在另一条沟里找到他们。

　　除了音乐，我们还有俄罗斯菜可吃，这比俄罗斯的酒要好多了。数不清的香肠、咸鱼、生鱼片、腌鱼、红鱼子酱，在整个西伯利亚，你想要多少就有多少。我们也看到了俄罗斯舞蹈，依旧很棒。那一晚，人们跳了所有可以想到的舞蹈，单人的、双人的、四人的。最好的舞蹈是需要穿长靴的哥萨克踢腿舞。一个年轻人在地板上，旋转、跺脚、下蹲，直到蹲在脚跟上，在这个姿势下，他先伸出一条穿靴子的腿，然后交替伸出另一条腿，直到最后，他似乎是坐在离地面几英寸的半空中，用两个脚后跟交替敲击前面的地板。之后，一个女孩走进圆圈，在他对面跳着同一种舞蹈，他们互相配合着，在难以想象的旋转中完成表演，最后以相反的切线方向向圈外飞去，跳得精疲力尽。紧张的氛围为之舒缓，大家又开始喝酒了。

这里有不少乌克兰人，他们一遍又一遍唱着令人感动的乌克兰歌曲"伏尔加，伏尔加，母亲伏尔加"。我也唱了这首歌，这是一首挽歌，挽歌中最好的那一种，但由于我未能掌握俄语，我唱了一首"她很穷，但她很诚实"。也许令人尴尬，但你会怎么做呢？人是有感情的，在亚洲腹地，一个人必须竭尽全力应对生活。

主人家的每个人，包括最小的九岁左右的孩子，都会演奏小提琴、巴拉莱卡琴和两三种吉他或曼陀林。大多数客人也会演奏，他们带来了自己的乐器，也演奏了一番。我模糊回忆起来我们在庆祝主人的一个女儿的11岁生日。孩子们高兴地睁大了眼睛，但我们的开心程度可能更甚。每个人都很开心地与他人聊天（但我能做的只有咧嘴笑），共享咸鱼、伏特加、舞蹈、白兰地、音乐。我因为害怕第二天早晨头痛而不得不中途离席，这似乎很丢人。每个人都会挨个走过来寒暄一番，即使听不清也能看得到："我听不懂你的话，你也听不懂我的，但至少我们可以一起喝一杯。"之后，他们常常就靠在我的肩膀上，诉说生活和流亡的痛苦。

他们所依赖的这种友谊的护身符，强烈地坚定了我戒酒的决心。宴会上还出现了一个致命的词"barmasu"，起初我以为这是俄罗斯人急切的劝酒词，让我尽快喝醉。但并非如此，这是他们的一种请求，他们以为我听得懂。我去咨询一个会说俄语的中国人，barmasu是俄罗斯人对某个中国方言词汇的理解么？他说不是，他和我一样也是被这个词搞疑惑了。俄罗斯人恳求地说："barmasu, barmasu!"趴在我们肩膀上，把酒倒进嘴里，好像在做示范，然后杯底朝上地展示空杯子："美国人，barmasu!"他们又这样喝了一遍。那个中国人喊道："啊，是的，的确！我想起来了，这是美国的 barmasu!"然后他解释道，1925 年，有两位美国学者经过这里，他们从甘肃敦煌的千佛洞出发，沿着天山北路，经乌鲁木齐前往西伯利亚，再从那里乘火车到北京。他们在塔城停留，他们的签证来自苏联更高级别的机关，就是他们教会塔城人用美国的方式喝酒，我一下子就明白了，barmasu 就是"bottoms up"（干杯）。加上一点法语和德语，我竟然能听懂这么多东西，这真让我吃惊。所有这些俄罗斯人都是流亡者，他们是革命的弃儿，被赶出故土。他们中一些人效力于反革命的白军。有个人目睹过蒙古冬季战役的恐怖。当时，一支溃军经过科布多和乌里雅苏台，与恩琴男爵在库伦制造白色恐怖的那支部队会合，但在那骇人听闻的几个月后，他们又想起了新疆，并回到了这里。他曾因身体不适而免于服役，因此活了下来。大多数流亡者只是在中国勉强度日，他们等待着，看看俄罗斯会发生什么。其中一些人已经及时登记为苏联公民，其他人观望得太久，想要确定苏维埃是否昙花一现。这些人现在正试图通过苏联领事馆获得大赦和公民权，但他们不得不苦苦哀求。在这样一个支离破碎的社会里，间谍和谣言并不少见。只有极少数人是不折不扣的反共分子，他们大多在内战中留下反革命记录，因而无法得到特赦。然而，那些在苏联领事馆里一意逢迎的人依靠暗中监视自己的同伴来获益。在这样的聚会上，男人们一喝酒就想起过去的日子，他们一首接一首地唱老歌，其中不乏被苏联禁止的曲子。他们无法抑制自己的感情，希望从我这个外国人那里得到短暂的同情，他们会走到我面前，吹嘘自己曾是白军军官，说各种各样的蠢话。

　　我知道，第二天早上第一个起床的人将率先到领事馆告发其他人。我意识到我应该多说点清白的话，苏联领事馆已经够让我为难的了。我非常相信他们的好意，但我也完全知道，他们一定会报告所有旅行者在塔城的行为，莫斯科认为这个地方是高度政治敏感的。即使在场的人相信我的诚实，可以看出我没有"任务"（对所有俄罗斯人来说，这是个需要敬畏的词语），也要遵守纪律，小心翼翼向莫斯科汇报任何可能使我的旅行有"特务"嫌疑的事。如果上级不这样做，而一些渴望升职的下属在他们不知情的情况下把一份吓人的报告传了出去，那对他们来说就是在背后捅刀。即使是好人，例如在新疆的一些苏联官员就是一流的工作人员，也被一个高度重视间谍活动的体系所羁绊。这是一个困难的局面。哪怕我专心忙自己的事，第二天也会被告知我在窥探苏联社会事务。因此，我表现得很健谈，玩得很开心，不怎么（有一点）关心政治，对人和舞蹈很感兴趣。但即便如此，我也不知道他们是否把我算作良民。

　　晚会还没有结束的迹象，我在寒冷的星光下提前告别。"大人物"把他的雪橇借给了我，我踩着街上的积雪，"咯吱咯吱"地从"集市"——沙俄时代的俄罗斯租界，现在的俄罗斯人居住区——来到我住宿的汉人商圈。所有人都在沉睡，除了一个偶尔出现的打更人，手里拿着个摆动的纸灯笼，或者是一群哈萨克巡警，他们除了哈萨克语之外什么都不会说，他们的职责是殴打任何没有坐体面雪橇或没有打灯笼的夜行者，他们可以因为听不懂任何辩解而把这项工作干得更好。

　　第二天一早，我和摩西在塔城的孤独氛围中大眼瞪小眼。"大人物"走之前，在苏联领事馆帮了我不少忙，事实上他在乌鲁木齐也帮了我很多忙。当时的情况是这样的，我的妻子能够拿到苏联签证去西伯利亚旅行，但我不确定是否能弄到签证前往西伯利亚的火车站接她。连官员也不能豁免的那种政治氛围，在某种程度上更容

85

易允许一个女人通过政治敏感区域与她的丈夫团聚，而不是允许丈夫跨越敏感的边界去接妻子。

乌鲁木齐的苏联总领事，虽然我认为他会相信我没有什么穿越中亚的"秘密任务"，但他很可能无法说服莫斯科的上级相信他的观察结果的准确性。在这种情况下，最革命的官员会查阅沙俄时期的档案，看看沙俄时代对旅行者的态度。我阅读了一些相关材料，也向两个稍微熟悉旧政权的俄罗斯人了解了一下，沙皇如果觉得一个中亚旅行者的报告读起来很无辜，他会认为那位汇报的官员很愚蠢或者被贿赂了。

86　　　乌鲁木齐的苏联总领事在任上的两年中，非常热心地帮助了两批美国人的旅行，但这两批人都有其他途径的资料可以交由莫斯科方面对比确认。我觉得，在政治上，我是个更难得到垂青的对象。我妻子的证件已经顺利通过了，她被允许通过戒备森严的苏联边界来新疆见我，至于我自己，我从蒙古突然来到新疆，而且我觉得任何人都可以证明，我可能一直在"监视"苏联的活动。错的是苏联官方对中亚的态度，而非苏联总领事对我个人的态度。总领事从乌鲁木齐给莫斯科发了电报，请求允许我进入苏联境内的塞米巴拉金斯克。但当我到了塔城的时候，我发现莫斯科方面拒绝了我的请求。无论怎么说，塔城的苏联领事仍然表现得友好可亲。他的德语说得很流利，领事馆的一名低级官员来自波罗的海沿岸地区，德语说得也不错。领事对他所在的塔城地区的蒙古人和哈萨克人并不特别了解。事实上，整个新疆都有这样的情况，这让我感到很失望，我找不到了解新疆的俄罗斯人。我们的谈话很有限，也不够有趣。在乌鲁木齐，我能通过翻译用法语、英语、汉语与人交谈。苏联领事对当地缺乏了解这一点令人失望，因为我原以为和其他俄罗斯人比起来，领事馆的人似乎显得更加"有活力"，思维也更加自主。

领事虽然不能允许我进入苏联，却以最大的个人善意向我承诺，当收到我妻子抵达的信息之后，我可以越境到苏联边境的巴克图哨所去迎接我的妻子，并把她带回到中国哨所。他还为我发了几封电报到塞米巴拉金斯克，通过他，我收到了妻子从塞米巴拉金斯克发来的回电，说她将独自出发。不幸的是，大多数电报都受阻于大雪，在许多地方，仅有的一根电报线被大雪掩埋损坏，通信中断了数日。在妻子发出第一封电报之后，我们竟失联了半个多月。

在得知俄罗斯人不让我去塞米巴拉金斯克之前，我与中国相关部门协商，获得了离开中国领土并重新进入的许可。塔城的道尹①不在，我的事情都是在外事办完成的。外事秘书由一位古怪的老头担任，他曾是前清的一位要员，在过去几十年，他曾多次从新疆前往北京，觐见过皇帝。当我被告知他是个旗人时，我自然希望看到一个有着古老传统的满族人，并听到完美的北京官话。他曾获得皇帝近乎直接授予的权力与身份，但现在的工作是为车夫及其雪橇签发越境执照，在去衙门的路上，我的脑子里慌乱地准备了一系列礼貌谦逊的话。然而，这个硬朗的老头令我震惊，他只知道几句老掉牙的当地方言，甚至看不懂我护照上的汉字。房间里到处都是刀剑，比衙门里的还多，还有一群带着兵器的壮汉。我听得出，他们的语言既不是蒙古语，也不是维吾尔语，而且尽管他们穿的衣服和汉人、满人一样，但看样子完全不同。后来我发现，我被"旗人"这个词误导了，他们都是索伦人，我曾经提到过这群人，他们从出生开始就是戍边者。

① 应为李钟麟（1867—1942），新疆伊犁人。清末任伊塔道署外交局长、塔城都统，辛亥革命后任塔城道尹。——译者注

在我离开官员的办公室前，我拜访了一个有魅力的邮政局长。这位北方汉人已经忘了大部分英语，转而学俄语。我和苏联的领事下过一两次棋，我甚至读了他的三本书：切斯特菲尔德信件的教学版本（最适合安慰那些与官员打交道的人）、法国对德国的调查（也是一本教学用书），还有一本恐怖的法国小说《莱迪之子》(Le rice de Lydie)。莱迪的缺点是她对婚姻感到害羞，这本书的大部分内容都在描述她所缺少的东西。

我几乎每天都去拜访一对俄罗斯夫妇，妻子能说一些法语，丈夫只能说一点德语。丈夫带我去打野鸭。我们坐着雪橇出了城，驶入雪野之中，来到一条小河和一汪池塘①旁，水边有一个磨坊。磨坊主是个俄罗斯人，他是动荡日子里最不寻常的幸存者。在十月革命之后的内战期间，他指挥大约两千名农民进行劫掠，并在边境的山区建立了据点。这些人似乎没有政治目的，他们是西伯利亚边境的农民，因为内战导致他们的农场难以经营而落草为寇，他们强烈反对沙皇和布尔什维克。他们在这个文盲首领的领导下退入山区，对抗这个世界。中国人私底下给他们提供支持，因为他们可以在布尔什维克控制西伯利亚之后将发生冲突的军队阻隔在远离中国边境的地方。这些亡命徒大多受够了残酷的山中生活，他们动摇了，脱离了他们的领袖，回到了西伯利亚干农活。现在，苏联方面通缉他们的首领，而中国方面给了他庇护，让他在这个磨坊安身，这个磨坊现在属于一家中国的商号。他和家人建了一个农家庭院和一间木屋，里面有一个俄式的灶台，就像一张可供睡觉的大炕。他是个长胡子的大个头，动作迟缓话不多，他在匪帮当头目的暴戾日子已经

---

① 这个池塘里一定有温暖的泉水，因为它没有结冰的迹象。

一去不复返了，他不再发号施令，重新变回了一个农民。我们在外面的雪地里挖洞，在洞里撒上粉状的雪，以便藏身，在寒冷刺骨的　89
夜晚等待鸭子的到来。铁锈色的阳光落在白色的荒原上，柔和的蓝光从天边泛起，缓和了冬夜的严寒。鸭子们开始起飞。

就这样，闲散的日子在我紧张的神经之中一天天过去，乘雪橇从塞米巴拉金斯克到塔城要十六天，十六天过去了，却没有妻子的消息。

她独自一人从北京到满洲里，再从满洲里乘火车，经西伯利亚大铁路到达新西伯利亚，然后从那里沿着铁路支线到达塞米巴拉金斯克。尽管严重偏离了国际卧铺列车的路线，但她仍然得到了各级官员的妥善对待。这条路线穿过荒蛮的西伯利亚，一些旅客因为对当地的成见，躲在封闭的包厢里。妻子得到了特别许可，这使她在守备森严的苏联海关遇到的麻烦减少到最低限度。由于不可避免的延误，在她离开苏联之前，签证已到期，但即使是这一点繁文缛节也被毫无疑问地放过了。她遇到的每一个苏联官员都慷慨相助，不仅帮她顺利上车，还确保她的舒适和安全。列车上的俄罗斯旅客和塞米巴拉金斯克的俄罗斯人对她都很友好，如果没有这样的待遇，一个只懂一点俄语的人是不可能完成这趟旅程的。

我们原指望她能利用苏联的汽车服务，用一天半到三天的时间从塞米巴拉金斯克到达塔城。然而，这项服务由于大雪中止了。塞米巴拉金斯克有一名能帮忙的翻译帮她安排了旅行，不是乘坐普通的乘用雪橇，而是搭乘运火柴的货运雪橇班列。这样做的主要原因是中国驻塞米巴拉金斯克领事馆的一名信使与这列雪橇同行，他会说俄语和维吾尔语，妻子可以用汉语和他交谈，可以说有了一名翻译和向导。妻子必须穿越的这片草原被称为"寒极"，冬季的平均　90

温度比北极还低。在这个冬季，整个西伯利亚，以及从蒙古到准噶尔，再到喜马拉雅山地广大地区，雪都比往年记录的要厚。货运雪橇很难像往年那样跑8小时、歇8小时（喂马、休息）——8小时行程常常延长到12小时甚至更长。妻子没有像往常一样住在驿站里，而是睡在雪中的哈萨克冬季小屋里，同俄罗斯雪橇夫、一对哈萨克夫妇及他们的羔羊、婴儿、牛犊、猎狗同处一室，陪伴她的还有我们跨越国境的爱情。货运雪橇的雪橇夫人手不足，有一次，在一场暴风雪中，妻子不得不自己驾驶雪橇。即使路况较好，货运雪橇的速度也不如步行。一路上，妻子只有用茶解冻的面包可以吃，偶尔也吃炖羊肉或马肉。

苏联驻塔城领事替我发的电报（甚至不要我付费用）因大雪造成的故障而延误，在妻子启程之后才送达塞米巴拉金斯克，她甚至不知道我在塔城迎接她。领事曾安排我"私下"越过边境，在十几英里外的巴克图时去接她，但这个安排也落空了。我想，或许是因为天气的缘故，又或许是因为妻子已经有了中国官方人员的护送。

第十七天，依旧没什么消息，我待在俄罗斯夫妇家里，尽量掩饰着自己的沮丧，但又忍不住地想妻子在路上、在人群中、在大雪天会遇到什么事情。突然，一个裹着毛皮衣的奇怪的中国人闯了进来。在我用汉语询问他之前，他已经用俄语和维吾尔语问了我数次，然后他把我拖到街上，滔滔不绝地吹嘘他把我妻子带到塔城的英勇无畏和骑士精神。妻子站在旁边，穿着皮衣，我几乎认不出她来了，寒冷的街上停着她的小雪橇。她完成了令人难以置信的事情，我们在亚洲腹地重逢了。

第十章　成为一个考察者

就这样，我们证明了自己的执着是正确的，我们同心协力取得了所有成功。我们在亚洲腹地的一个角落重逢，这个地方叫塔城。我们每个人都独自完成了旅行中最艰险难测的部分。作为旅行者，我们做得很简单。从现在起，根据惯例，我们不再是旅行者，而是考察者。我们可以像考察者那样，带着改绘旧地图的崇高使命，在没有被详细了解但至少为人所知的道路上跋涉，希望能在求知的事业中搞清楚那些仍然模糊的东西。

不幸的是，我们在北京没有预想到这样的考察，所以没有带上饰有独特的考察队徽章和个人头衔抬头的信笺。我的妻子甚至在填写她的领事文件时，将自己描述为"家庭主妇"。我的行事风格太过于散漫，认为自己是一个对人感兴趣的人，而非让人觉得有趣的人，这不是一个考察者应有的样子。

如果我们最初能预想到这次考察，我们无疑会在旅行中享受到微笑和礼貌的接待，因为据我观察，旅行者往往被视为普通人，而考察者则被视为名人。

信笺的抬头应该看上去也不错，比如——

第一次

拉铁摩尔—摩西　独立考察队

欧文·拉铁摩尔，领队（临时）

埃莉诺·拉铁摩尔，领队（常务）

摩西（助理）

这可能需要一些完善（宣传是考察者的习惯）。"第一次"的意思是吹嘘还会打算再来一次。写"独立"是因为你要在报纸上发表文章宣传赞助你的牙膏制造商的名字，但不要在你的所得税申报表上说明你已经为此取得了报酬。我们没有透露我们使用的是什么牌的牙膏，因为我们很快就用完了。

但是要注意，不要再犹豫了，延期的考察会让媒体感到恶心。我们来新疆太晚了，除了省长为印刷纸币预留的那台印刷机，没有别的印刷机可用。

不管是不是考察，我们在塔城又待了半个月。如我之前所说，塔城的商业重要性在于往来西伯利亚的长途物流，而汉人掌握的货物越来越少。这导致的一个结果就是，路上大多数的马车是重型的两轮马车，用于运货；而四轮的俄式"台车"非常紧俏，因为这种车可用于载人旅行，为汉商所青睐，汉商愿意支付更多的车费。载着摩西来塔城的那个山东车夫在塔城待了几天，第一次收到车费后，他觉得一定要回乌鲁木齐。他悲哀地跟我们说，在塔城买马料太费钱了，不过生意还是得做，他首先敦促我们制定一个计划。他打算卖掉他的轻型四轮马车，买一辆笨重的两轮马车和几匹好马，在车上搭个木屋，然后载着我、我的太太、摩西还有行李，穿过新疆，这些都是免费的。只要当我们到达印度时花钱请他坐船回中国，便算是支付酬劳。他说："你看看，这是老天爷的旨意，我和摩西是隔壁村的把兄弟，而你不一样，你说天津话，做事地道。顺便说一句，这位太太也是最聪明的太太，她出门在外话不多，也不做生意，但明事理。""我们就像一家人一样旅行，以前我曾走过天山南路，知道很多吐鲁番话的词，等我们到印度的时候，摩西能说的外语足够带我回中国了，我们在中国等着少爷回来，指望跟着少爷发财呢，在这个地方我的运气还不够好，我有两个媳妇，没有儿子，但我已经把钱存起来了，我要回老家生孩子，不过对于我这种普通人来说护照很难办。我可以跟着少爷一起翻山去印度，这是个好办法。"不得不说，我被他的劝说打动了，他是个顽强的市侩，是最适合旅行的人，他可以为了他的利益让我们避免受骗。但我不能带他同行，因为我们计划跟着驼队翻山，他的驾车本事派不上用场。不过，他还是给了我一些忠告，告诉我在新疆跟着天津向导可以做些什么。

　　有好几天没见到其他的车夫了，但我们在塔城建立了幸福之家。妻子在西伯利亚之旅后需要休息。客栈的老板是个胖胖的、和蔼可亲的人，是汉商团体的领袖，过去曾是个有名的强盗。他很早的时候来到了这块边境地区，以劫掠商路和牧民而闻名。他在名声大噪的时候急流勇退，开始做生意了，这个时候做买卖就很安全了。他是个地道的天津人，非常能干，做生意、盗抢都是言出必行。然而，他没有儿子，汉人总把这种命运归咎于之前造孽太重。最后，他买下了一个哈萨克婴儿，这个婴儿现在已经是一个满口天津话的 12 岁顽童了。据说，来自天津的亲戚曾多次来塔城，找这位老板要好处、求帮扶，但都被他轰走了，那些亲戚要么死在山里，要么被关进了监狱。我们离开塔城不久，他的人生就走到了尽头；一个之前的手下败将用左轮手枪向他和他的主要同伙射击，邮政局长也受了重伤。这件事甚至在乌鲁木齐等地都引起了轰动。

94

在客栈后面，老板有一片私人园林，里面有一座很美观的中式凉亭，隔着墙，前面有一个被雪遮住的花园，还有一条由纤细的、光秃秃的白杨树构成的林荫道。在我们房间的一个角落里，有一个砖砌的炕，像个烤炉，四周是木雕的围栏床架，使整个床看起来像亭子里的亭子。房间里其余的地方都靠一个俄式火炉取暖，虽然我们的脚很冷，但如果我们把脚踩在地砖上一会儿，那么我们对自己的住处还是很满意的。摩西时不时来一趟，看看我们是否需要什么，一天送两次饭——油腻、热气腾腾的中式餐饮，都是从客栈的厨房端来的，而我们可以在炉上自己煮咖啡和可可。

在我们离开之前，塔城道尹回来了，因为他的名声和他作为一个政权缔造者的不同寻常的性格，我很高兴见到他。新疆的人都管他叫"李派卡"。[①] 这个名字表明他有新疆本地汉人血统，他的祖辈就已经在新疆了。他是乡下出身的人中少有的一个有勇有谋的人，一个具有最强悍边疆精神的人。他会说不止一种母语，还会说俄语，可以像蒙古人或哈萨克人那样骑马和生活，可以从容地管理部落。他没有陷入（或者说成功达到）汉人们称为"高雅"的那种懒惰。他娶了一位有教养的天津太太，这体现了他的一个政治成就。她早餐只喜欢喝牛奶——正统的汉人认为牛奶、黄油、奶酪是腥膻的，只有那些受过蒙古"落后"教育的人才会碰这些东西，但是李道尹用最好的中国方式规训太太："我娘喝牛奶，你能比她还强吗？"——媳妇把自己置于婆婆之上是不妥的。他刚从伊犁河

---

① "派卡"是新疆最令人惊奇的词语之一，是汉语中的维吾尔语借词，来自波斯语，意思是"不工作""不好"。汉人用它来指代任何便宜、劣等、虚假、无用、行不通的事物。新疆的土生汉人被俗称"老派卡"，像大多数俚语一样，它有贬义，使用它的人不会用它称呼自己。它暗示着新疆土生汉人不如内地汉人优秀，正如人们可能会说的那样，这是"本地人"最基本的一层含义。根据人们的幽默习惯，这位道尹的这个诨号是一种暗含赞赏的嘲讽。

谷的老家回塔城，完全没有按照官家人的惯例乘马车走大道，而是选择了一条较短的、人不多的山间小路骑马而行，途经艾比湖和博尔塔拉，冒着大雪，露天夜宿。更不可思议的是，他的女儿一路骑马相伴，这在温文尔雅的汉人中是没有的，甚至是不可想象的。

李道尹为老省长做的最杰出的贡献就是巧妙处理了阿连科夫（Annenkov）的白俄残军。阿连科夫是反布尔什维克力量在1920—1921年的"白色希望"。他率领的一支哥萨克小分队被赶出了西伯利亚，但保持了完整建制，有能力在蒙古或新疆建立独立的白俄力量，他们与游牧民联合起来对抗布尔什维克和汉人。在与游牧民的首领发生分裂之后，白俄的松散军队开始解体，一些小头目向蒙古进发，阿连科夫则带领一群强大的追随者沿着天山北路向甘肃进军。中国人虽然害怕他，但没有对他表现敌意，因为中国人无力对付这支白俄武装，中国人劝说阿连科夫无论如何不要把他的主力开进乌鲁木齐。然后，按照故事的常见情节，中国人为阿连科夫准备了给养，"仿佛"他要进军甘肃（在哈密和甘肃安西之间有18站沙漠行程），然后让他重新启程了。李道尹似乎明白这样处置的风险——如果哥萨克人证实数量可观的军队可以穿越新疆的戈壁，他们可能会为甘肃某个军阀效力，然后率领一支敌对的内地军队回到新疆，推翻新疆的现有秩序。因此，当哥萨克人正行军在乌鲁木齐与哈密间的半道时，阿连科夫收到一封信，信中邀请他返回乌鲁木齐，参加省长举行的正式欢迎会和庆典，让他的部队慢慢前进即可。由于他之前在新疆与中国人相安无事，所以只带了很少的卫队回来，随即被投进了监狱。李派卡精明地利用了他对哥萨克人性格的了解，哥萨克人并没有调头返回乌鲁木齐营救阿连科夫，反而乱

96

作一团。军官们为领导权而争吵，士兵们如无头苍蝇。中国人解除了他们的武装。小股残军随着商队穿越蒙古，流窜到归化，其他人则流窜到甘肃边界，他们被拘留在敦煌绿洲。在敦煌千佛洞的壁画上，这些孤独的囚犯用潦草的涂鸦证明了他们被囚禁的悲惨遭遇。

　　阿连科夫的后续故事很值得一提，这是在长城以外的地区常见的事情——他被置于一群烟鬼狱卒的看管之下，在他无所事事的时候，就从狱卒那里学来了抽鸦片的恶习。省长下令（同时也是广大民众的意愿）：当他每天能抽二两鸦片（相当于二又三分之二盎司，这个量很大，足以毒死几个人）的时候，就可以释放他。最后他被释放了，省长说不必害怕一个烟瘾这么大的人。

　　这是一个通俗的历史故事，没有任何证据表明省长和道尹有意要把他们的俘虏变成一个瘾君子。我猜想，新疆的大多数狱卒都吸鸦片，而阿连科夫是个自制力有限的人，他很容易染上这种恶习来消磨时间。[1] 阿连科夫获释之后，他去了甘肃，在那里落脚下来，可能是在南山高地，用他从白俄难民处买来的俄罗斯种马为中国市场培育一种改良马。1925 年，基督将军冯玉祥接管了甘肃，大约在同时，他开始在张家口接收苏联人经蒙古，沿着恰克图—库伦—张家口路线送来的军火。1926 年，冯玉祥抓住了阿连科夫，并把他交给了苏联。这位前任哥萨克指挥官为了保命，加入了苏维埃的事业。他的"皈依"在所有苏联报纸上引起轰动，在哥萨克地区尤甚。之后，他可能被苏联送回了冯玉祥帐下，负责训练和带领骑兵，据报

---

[1] 阿连科夫、省长和鸦片的故事，即使不是真实的历史，也是很好的通俗演绎，因为它反映了有关人物的性格。在语言、习惯和宗教差异很大的不同人群之间，野史可以迅速成为亚洲腹地真正的传奇故事。因此，我在蒙古从一个商队的人那里听到了这个故事的迷人传奇版本。在这个版本中，有人告诉阿连科夫，他被关在一棵空心大树里，只有学会了抽鸦片才能争取释放。

道，他在内蒙古的一次小规模战斗中，被正在侦察张家口冯玉祥部阵地的张作霖部骑兵击毙。

李道尹在策划了驱逐阿连科夫的行动之后，挂名等待晋升。在被派去执行特殊任务后，他被任命为塔城道尹，由于他了解游牧部落和俄罗斯人，他很适合这个职位。他是个高大魁梧的人，一个接地气的人，没有那种陈腐的"有涵养"的官僚作派。我们刚在他的接待室坐下，他友好地招呼了一下，叫来了白兰地。这是一种由驼队从天津经蒙古运来的三星级白兰地，比俄罗斯白兰地好喝。我们喝了三杯，"barmasu"地喝下去，这是我学到的塔城礼仪。李道尹以酒风勇猛而闻名，我估计这是他为了跟俄罗斯人打交道而锤炼出的外交技能。喝下白兰地后，他开始忙正事了。"让我说明一下，"他用一种友好而直率的方式说，"在新疆，你应该遵守省政府的命令，无论到哪儿都得登记，省长的命令非常严格。"我鞠了一躬，猜到发生了什么事。"我在贵地待得太久了，"我回答道，"不是因为不知道这个规矩，你可以看到我的名牌就在衙门的门房里，我的护照滞留在外事办公室。你从伊犁回来后，别人迟迟未把此事报告给你。"片刻间一阵骚动，我可以从外面隐约听到的喊叫声中猜到，勤务兵被从放着烟枪的炕上拖走，从外事办公室抢出了我的护照。我和道尹又聊了一下乌鲁木齐的共同的熟人的近况，然后就告辞了，他一路送行直至我上马，毕恭毕敬。

两三个小时以后，我们正要出去散步，忽然听见客栈院子里传来一阵嘈杂声。摩西冲了进来，叫道："李大人来了！"然后立刻清理了房间。我走到门口，李道尹到了，他身边有一群神气活现的骑兵护卫——他们是真正的军人，穿着漂亮的卡其色制服，和那些守卫电报线的穿灰色粗布的"稻草人"截然不同。李道尹骑着那匹大腹便

98

便的马，踱到台阶顶上的栏杆旁，伸出一只脚踩着栏杆，下到台阶上，他不愿意让自己的脚踩到台阶下解冻的烂泥里。他亲自带回了我的护照，签了字，准备回去。我们愉快地聊了半个小时后，他看了看我的"宝库"和双筒望远镜，对我没有瞄准镜很失望，然后退到了门口，爬上栏杆，骑上马，在不和谐的喇叭声中疾驰而去。

我们又等了几天，在塔城三城的泥泞中闲逛。在辛亥革命之前，塔城有汉城、满城和回城三城，城外的一边是集市，是当时的俄租界，商贸被吸引了过去，汉商也因此集中在了这片紧挨城墙的近郊。新疆城市的近郊对于商人，尤其对旅行者来说，是一个方便的地方，因为城门晚上是关闭的。这样，旅行者可以夜宿在城门外的客栈中，商人也会跑到城门外支摊，等待旅行者的生意。塔城最早的城市是也迷里，位于附近，但不在目前的城市位置上。它是西辽（喀喇契丹）人所建的城市，12 世纪时，他们先被从中国北方赶到西部，经准噶尔定居于额敏河、伊犁河的河谷地带。[①]这两条河的下游通往今天的七河和塞米巴拉金斯克。额敏河上可能还有一座更早的城市，它已经不见于史籍。12 世纪以后，亚洲腹地不断发生战争，征服的浪潮从蒙古穿越准噶尔到达西方，每次的征服都努力实现对这些宜人土地的永久控制，只留下一些城镇遗址和一些君主、首领的陵墓，没有留下历史记载。柏朗嘉宾和威廉·鲁布鲁克，先后于 1246 年和 1253 年[②]路过也迷里城，出使蒙古。

在我们现在这个时代，塔城三城几乎是空的，人们都挤在城墙

---

① 这座也迷里城大约建于 1125 年，西辽王朝是由一个汉人所熟知的辽王子耶律大石建立的，女真人摧毁了中国北方的辽（契丹）之后，耶律大石率部分离而出，他们的喀喇契丹王朝被汉人称为西辽。

② 更不用说还有 1250 年的龙汝模修士，可能还有阿塞林修士。

外的集市里。在墙里面，我们看到了覆盖着积雪的空旷田野，雪地上有醒目的兔子脚印。在满城里，我们看到了一座道观，[①] 它很小，但庄严地建在紧挨着城墙的平台上。我们在里面看到了一个老道士，一个单纯无知的农民，多年前满族人建造这座道观时，他漂泊至此。这个悲伤的人窝在自己的小屋里，坐在炕上，回忆着美好的过往。除了这个道观和城中心的鼓楼，城里的前清遗迹很少。

100

　　城郊的生活更加热闹，有谷物市场、皮革市场，还有来自天山南路的商人们在兜售俄罗斯商品和维吾尔服装、靴子。白天，哈萨克人和一些蒙古人来到街头，他们的雪橇上装着用作燃料的杂木和牛粪，在街道上拖着肮脏的雪泥和污水前行。融化的雪在城外乡野中并没带来什么变化，但在温暖的城市中，融雪已经开始起作用了。一群又一群人在这片狼藉的地方胡乱清理着，其中许多是为了多挣两个钱而工作的士兵。有些雪已经被清掉了，但即便他们用扫帚扫掉污水、铲掉上层的脏雪，下面仍有足足两英尺厚的积雪，被压成硬冰。在城市的边缘，乌鸦们开始对光秃秃的白杨树高处的旧巢产生兴趣，每到晴朗的夜晚，它们就会在斑驳的树影中聒噪着，而我们则坐不住了，我们要上路了。

---

① 道教是汉人或他们的满族统治者在最近一次统治新疆的时候引入的唯一一种宗教，形式也简单粗糙。我不记得见过一座佛寺，我所看到的道士要么来自甘肃，要么就是甘肃籍贯的人。官方对这些道观的唯一认可是，在偶尔举行的节日仪式或由地方官举行的特殊仪式（比如祈雨）上，道士们能得到布施。

埃莉诺·拉铁摩尔和她乘坐的雪橇（在塔城附近）

塔城的城门

第十一章　西部游牧民

　　"你还是走吧。"车夫用恳求的语气对他那匹失足的马说，马掉到泥里去了，它的呼吸像一台坏了的发动机一样格格作响。"再不走，我就要揍你了！哪怕是个木凳子也得给我走。"这就是我们返回乌鲁木齐的行程的缩影。我们在塔城租了一辆"三套车"，出发后才发现这个车夫以拥有全路最糟的马而闻名，他也以幽默和机灵为人所知，非常适合那些地方的幽默风格，他总是能得到旅行者的青睐，旅客为了赶路而多掏路费，而他总是迟几天才走完，却仍能让旅客很满意。他的弱项在于对马匹的诊疗照顾，他用刀子、针以及偏方汤剂来给马治病，这种办法在内地和亚洲腹地都不常见。我们在路上一站路又一站路地聊着，他说他习惯买别人不要的马，在自己的马场里用"马市造假术"给它续命，操作得非常好。在去塔城的路上，他的一匹马死了，他用我们的预付款又买了另一匹"灯笼马"，这是新疆的叫法，意思是马的肋骨间可以透光。他既诚实又无赖，是个不折不扣的天津二流子。他一路上债台高筑，说下次出门得换个方向。但当有一天一个轮子掉下来的时候，他高兴地说："也许你是为了快乐而旅行，但我是为了娱乐而旅行。"

　　总的来说，他和我们很合拍。拉车的马由于长期工作，加上每天被鞭打快跑，身上长满了生疮。我们并不急于去乌鲁木齐，在春雪融化的泥泞道路上，马车的缓慢步伐让我们的路途变得漫长，我们得以在沿途几个城镇停下，有时间看看这个地区的更多细节。

　　我本来打算在塔城给我妻子买一匹马，这样我们俩就可以同时骑了，但事实证明那里的马不如乌鲁木齐的好，而且更贵，因为西伯利亚的货运更需要马来拉车。我的马在长时间休息期间被小心地护理过，但它从来没有真正地适应这段旅程，在我们到达乌鲁木齐之前又扛不住了，我把它遗弃了。因此，在相当长的一段时间里，我们俩和摩西都坐在马车上。

　　在塔城，积雪融化得很充分，街上到处是雪泥，到了晚上又结了冰。在空旷的田野里，雪没怎么化，但也很稀疏，一簇簇干枯的茇茇草上开始铺上一层薄薄的黄色的光。我们坐着雪橇，经过漫长的两站路程，来到了河上，马车停在那里。我们准备过桥，桥上的雪塌了，路被满载羊毛的大车堵住了，车陷在深深的泥和雪中。一群骡马，或14匹一队，或16匹一队，吃力地、摇摇晃晃地拖曳着大车，当我们吃力地走过此地半小时后，它们依旧忙成一团、停在那里。后面的道路是下坡，我们在一场好雪中度过了愉快的时光。首先是蒙古美丽的日落，然后是众神真正的黄昏，夜晚的第一层薄纱轻轻地落在大雪上，坚定了我们心中那种亚洲腹地少不了的孤寂和旅途中难以停歇的冲动。在那奇迹般的光亮中，我们经过一匹刚死不久的马，旁边已经有一些体型大得出奇的食腐鸟摇摇晃晃地啃食着尸骸，这是荒野上少不了的蛮荒。然后我们看到一匹没有人骑的马，不慌不忙径自小跑着。它冲进雪地里给我们让路，装出一副漠不关心的样子看着我们，然后又回到路上。我们走了四分之一英里，遇到了一个蒙古人，很不幸，这是个走丢了马的蒙古人。他吃力地跑着，上气不接下气，但可以肯定他在诅咒我们没有阻拦他的马。上帝竟会让这种事发生在蒙古人身上？

　　在河上，我们住在整个亚洲腹地最糟糕的客栈里，这里糟糕得

103

让人刻骨铭心，与之前我和"大人物"在同一个地方受到的接待形成了鲜明对比。新疆的一般规律是，城镇越大，客栈就越糟糕。我们之后一整天都待在那儿，车夫在修理车轮和轮轴，用支柱把马撑住，防止它们晕厥倒毙。然而，救星来了。下午，一个勤务兵骑着马来到客栈院子里，紧跟他的是一辆俄式马车，车上端坐着李道尹，如同巨大的神像一般。他挤进我们的"牢房"，坐了一会，聊得很愉快。他这次着急跑到河上来是为了检查那里的大木桥，这可是他引以为傲的东西，一年前，他付钱给俄罗斯工匠修了这座桥。现在正逢额敏河冰雪消融春汛来临，激流咆哮于桥头堡下，使李道尹十分担心。一座桥是一项好政绩，是一个父母官想留下的东西，但他不想为反复的修葺付出代价。他出门时，从一个正在筛马料的矮个子车夫身边走过，他弯下腰，抓了一把马料，像一个庄稼汉一样把它握得吱吱作响，作为一个"父母官"，他问道："你在筛什么？"车夫慢慢答道："马料，他祖宗的！我一个车夫该筛啥？"旁边一个人认出了李道尹，踢了马夫一脚，喊道："他妈的！你还不知道咋回事吗？这是李大人！"然而李道尹已经笑着走了。"他奶奶的，"车夫不快地回道，"我哪知道他是李大人？他除了戴顶貂皮帽，和我们说话的时候哪有当官的样子？"

次日，我们感受到了融雪的力量，这比冬天还要可怕，我们沿着额敏河一条流经河上的支流往下游的河谷边缘走，从一个叫"三道桥"的地方穿过这两条河。低地到处都是潮湿的沮洳，野鸭无处不在，我在100码之外用萨维奇0.22英寸口径步枪击中了一只很大的野鸭。之后，我们在迅速消融的雪中看到了通往老风口及哈萨克营地的迷宫般的路。我们选择了一个貌似好走的方向，却陷入了困境，没多久我们就陷在了有三个车轮那么厚的雪中，车夫下了车。"我们到了！"车夫愉快地说。我、摩西和他三个人用肩膀顶着车使劲推，但除了使劲的声音之外，车子纹丝不动。李道尹派了两个士兵到我们这里来，这实在是担待不起。此前李道尹的部下在每个路段接力护送我们，每一站都有士兵帮忙。这些士兵本应是贴心的仆人，但这两位被鸦片搞得晕头转向，只是呆呆地看着我们陷入困境之中。

然后一个哈萨克人骑马从后面赶来，他满脸麻子、胡子拉碴。他跳下他那匹花斑马驹，咧着嘴笑得前仰后合，像老朋友一样向我们大家打招呼，令我们吃惊的是，他说的是夹生的汉语，并且一反"本地人"和汉人之间互动的常态，命令那两个目瞪口呆的士兵到泥里去帮忙。大车一颠一颠地出来了。这一切还没完，另外两个哈萨克人就从另一个方向骑了过来。那位热情的哈萨克人大叫一声，冲到这两个人跟前，从马鞍上扯下一人，又把马鞍甩了下去，牵着马往回走，吼得更凶了。摩西提了提裤子。"一个强盗，"他无奈地说，"少爷，把左轮手枪准备好。"那个丢了马的哈萨克人趴在湿漉漉的雪里哀嚎起来，那是一种拖长腔的、凄惨的、干呕的亚洲式的嚎叫。他的同伴在一摊烂泥边上蹿下跳，挥舞着双手，发出刺耳的吼叫。我们那位可疑的朋友只是笑得更开心了。他从自己的羊皮大衣里掏出了汉文和维吾尔文的文件，拿着这些文件，加上含糊不清的解释，他终于清楚地表明，他是河上衙门的信使，是奉命顶替护送士兵而来的。他会一直陪我们到下一站的西湖庄的公所，在那里换班。他证明了自己是个好伙计，帮了我们很多忙。

这时候，为了回应我们关心的问题，他解释说，作为一名哈萨克人，他有权向任何哈萨克人征用马匹，这样可以让他跟上我们。他的马累瘦了，可以从别的哈萨克人那里换马来，不会有问

105

题，"国事"为重。我们说服他用不着换好马来陪我们，最后我们继续艰难地赶路。那天晚上，他证明了自己的价值，很显然，我们找不到去老风口的路了，但他把我们带到了雪野之上的一个哈萨克营地。

我妻子从塞米巴拉金斯克到塔城的路上大部分时间都夜宿在这样的地方，而这是我第一回尝试。一道平坦的坡道通向一个半地穴式的大杂院，这是一种开放式的农家院，屋顶上盖着灌木、草捆和草皮，只比地面稍高一点。马厩、羊圈、牛栏都是分开的，有的用土墙，有的用栅栏，有的只是用树枝简单隔开，这些树枝会和屋顶的树枝再绑起来。小粮仓里面，妇女们手工劳作，储存着冬天的谷物和面粉。有一两间起居室，需要通过门洞进去。进了房间，我们用行军床隔出来一个四边形的区域。摩西在院子里找了个地方，从哈萨克老乡那里买了点柴火，用我们自己带的食物做饭。房间里其余部分挤满了这个家庭的几个成员——老头、老太、姑娘、小伙、小男孩、小女孩以及摇篮里的婴儿。两个士兵的铺位被拴在角落里的一只黑色母羊和一条正在寻找食物残渣的灰色母猎犬围住。这条猎犬颜色微暗，耳朵和尾巴上有一撮毛，这是克烈哈萨克细犬 [①] 中很不错的一个品种。

这种猎犬与英国灰狗相比，体型更小，颜色都是微暗的，但在毛色上有一点区别。似乎只有克烈哈萨克人养这种狗，而且更多是西部的人在养，古城附近的人不养。在伊犁北部山地的哈萨克

106

[①] 哈萨克细犬是波斯灵缇的一种略有退化的犬种。中国有一种细犬，耳朵和尾巴上几乎无毛，出现在很古老的石刻上，也可能有波斯血统。在山东，当地农民用这种犬在麦茬地里抓野兔。北京和华北其他地方的满族人热衷于行猎。他们的犬可能是山东细犬和西方犬种的混血，也许还混合了东印度公司带来作为礼物的灰狗的英国血统。自从清朝覆灭后，满族的犬种几乎灭绝了，在北京十分少见。

部落似乎根本不培育这种犬，可能是那里没有那么多适合狩猎的开阔地。克烈哈萨克人非常重视猎犬，一条好猎犬比一匹好马还要值钱，价格仅次于一只鹰。游牧民煞费苦心地保持猎犬血统的纯正，但城里却能看到杂种犬。关于克烈细犬，值得注意的一点是，它依靠目视和气味来追踪，一条好猎犬是不会被臭味干扰的，抓狐狸的时候，即使猎物足迹杂乱也不会跟错。它的主要用途是抓狐狸，有时候也抓野兔。

像猎犬一样，哈萨克的猎鹰"布尔克特"①主要用于捉狐狸。这些鹰是尚在巢中时就被捕获的，这是勇敢的年轻人的壮举。盗鹰者通常要吊着绳子下到危崖上的鹰巢处，而且有时会被母鹰攻击。小鹰一开始就被戴上眼罩，用手喂食精选的肉。通常，在手上训练它一个季度后，它就能很听话地飞回来吃肉了。小鹰在被捕获后的第一个秋天出猎，那时候已经一岁多了。雌鹰比雄鹰更大、更好。

鹰和雕在捕猎之前都是禁食的，鹰可以禁食七八天，雕可以禁食二十天。完成禁食后，它们会攻击所发现的第一个猎物，或者找个高处待着，等待自己青睐的猎物出现。一只优秀的鹰在抓狐狸时，会用爪子抓住狐狸的脖子后面，用爪尖刺穿其头骨的柔软部位，狐狸会立刻毙命，皮毛没有任何损伤。

107

猎犬和鹰有时会一同协作，②以保证猎物在虚晃躲过猎鹰时被猎犬抓住。然而，所有的哈萨克人都认为，最优秀的鹰可以在没有任何帮助的情况下带走一匹狼。他们都断言，在鹰巢中发现过成

---

① 天山南路的维吾尔人会使用雕，斯克林称其为黑鹰。我认为天山北路和天山山地的雕（即哈萨克地区的维吾尔语中的布尔克特）也许是真正的金雕，天山南路的雕（喀什的卡拉库什）是颜色更深的同一品种。不管怎么说，卡拉库什似乎也来自天山山区，可能是来自天山南坡。

② 在满族人和中国北方的捕猎活动中，也会同时施放猎鹰和细犬。

年狍子（可重 40 磅）的骨头、角以及成年狼的骨头。雄鹰 7 岁后就过了巅峰，还可以用于猎兔，但不能再猎狐了。人们很自然地认为，野生状态下的鹰能更持久地保持精力。在哈萨克人中间，拥有一只好鹰是一种荣誉的象征；它的名义价格相当于两三匹好马，但实际上很少被交易。它往往是作为非同寻常的礼物送给部落首领，或者密友之间交换。

有种观点认为，猎犬即便跑不过狐狸，也能跑得过兔子，它们大多数的奔跑路线都不是直线冲刺，而对耐力的考验甚至比速度要重要得多。对于哈萨克人来说，野兔除了剥皮卖钱没啥别的价值。在亚洲腹地的每个地方，野兔虽然有时被游牧民拿来吃，但并不被认为是一种洁净的好食物，它与猫存在天然的关系。在某种程度上，汉人也不喜欢野兔的味道。[①] 这个冬天雪盖得厚、时间久，野兔们都饿得虚弱不堪，连草根都吃不到。在塔城，兔皮只值新疆纸币五分钱，或者说半毛钱。

第二天，我们到了老风口的山口处，情况好多了。我们走过一片隆起的地方，大部分的雪都被吹走了，路的边缘留下了一溜堤状的堆积物，那是冬天被车子轧得像冰一样硬的雪，而且尚未消融。我们的车夫一遍遍遍告诉我们，前些日子我见到的那些圆形土屋连成的线标记着山口的方向，但在他看来，这些房子之前都是挂着铃铛的蒙古包——这一定是因为那些土屋是圆形的。山口处的冰雪融化，露出了一座我以前从未见过的岗哨，那里住着几个脾气暴躁的人，个个都在忙着抽鸦片。我们只能睡在车里。

这座岗哨深处于积雪中，但转场的蒙古人和哈萨克人在此夜

108

---

① 野兔在汉语中通俗的叫法是"野猫子"。

宿得很好，他们在春季沿着和布克河从加依尔山出发，前往塔尔巴哈台山、吾尔喀夏尔山的春夏牧场。土尔扈特人和克烈哈萨克人和睦地驻扎在一起。夏天，当他们分散在宽阔的夏季牧场时，就没有了冬天的和睦，他们会互相劫掠、袭扰对方的畜群，道路也会被中断。

在这个临时营地里，没有搭起完整的毡帐，用来搭建毡帐侧墙的毛毡和棚架被留在了他们的包裹中，人们挤在毡帐的帐顶之下过夜，这些弯曲的桦木杆就像雨伞肋骨，是毡帐顶部的框架。与雨伞伞骨在伞顶合拢的情况不同，这些桦木杆的顶端插入毡帐顶部中央的圆形木框中，这个木框为毡帐顶部提供了一个天窗。在完整的毡帐中，桦木肋骨的末端与帐篷垂直的棚架墙骨的顶端绑在一起，形成了毡帐的圆形侧面。按照搭帐篷的顺序，需要先把棚架墙骨立在地面上，形成低矮的棚架后再覆毛毡。

这些人是土尔扈特人的重要一支，被编为三个旗（和硕），他们因夏季牧地在和布克河畔而被称为"和布克土尔扈特"。和其他土尔扈特人一样，他们是一个民族的残余后裔，这个民族的命运是亚洲腹地历史的重要见证。毫无疑问，对于所有的蒙古人以及历史上出现在蒙古高原范围内的游牧民来说，他们的起源和早期历史都是模糊的。在相对更晚的时期，即 17 世纪晚期，在清朝入关后，109 这些蒙古人开始崭露头角。那是亚洲腹地历史上周期性循环的动荡期之一。清朝的征服可以被看做是从新疆、准噶尔和蒙古到太平洋的大变局，而非灾难性的事件，这样理解会更好。

和蒙古人一样，满族人的祖上也曾是中原的统治者，最初是契丹鞑靼人的辽，然后是女真鞑靼人的金，13 世纪，金为成吉思汗所灭，其残余力量撤退到现在的中国东北，在几个世纪之后重新入主中原，建立了清王朝。满族人的祖先——金的统治者被赶回老家，无疑带回了足够多的中原文明成果，在之后的几个世纪里潜移默化地进步。而且，在这段时间里，他们无疑与内地保持着一定的联系。因此，对他们来说，语言并非是陌生的。从那以后，华北地区受到了关外征服者持续不断的影响，以至于他们对关外的民族比对同族更加了解，在北方汉人中也存在一种趋势，即他们与关外邻居的关系，好过与南方更"纯粹"的汉人的关系。因此，当"纯汉人"的明朝灭亡，帝国被一场严重的内乱所破坏时，北方汉人准备与满族人结盟，而非屈服于那些占据了北京的陕西起义者。至于"纯汉人"的明朝，在其发祥地南京已经没有势力来重建统治了。这导致长城沿线的汉人军队和满族军队之间达成谅解，他们兵合一处夺取北京，北京一旦被占领，满族人就准备接管中国北方的统治权，然后征服整个国家。满族人在北方汉人的支持下入主中原，这导致南北方汉人中间出现了永久的隔阂，南方汉人不会忘记北方汉人的"背叛"行为，然而在北方，由于与统治者的联系，一种观点认为南方人不适合统治国家，更不适合统治北方。这种尚未被充分理解的对抗，至今仍在中国的政治冲突中发挥强大的作用。

我这样大篇幅地讨论明朝和满族人，只是为了给清时期蒙古人的历史铺垫一个背景，否则，这些蒙古人可能只被视为一种强悍、无意义的暴力力量。正如我所说，当清朝入主中原时，他们并非唯一正在进行征服活动的人。当时，整个蒙古（这个好战民族的策源地）都躁动不安，无论是人口增长造成的压力，还是气候变化、草场退化，都迫使游牧民寻找新的土地。在蒙古的中西部，一个又一个的草原强者正试图把分散的部落重新整合成征服者大军。因此，满族人的第一要务是巩固他们北部和西部的边界，并以此来强调其在蒙古诸部中的影响力和权威。

在蒙古中部，主要的威胁来自察哈尔林丹汗的征服活动，在林丹汗的压力下，内蒙古诸部反而与自己的汗王疏远了，转而效忠清朝，承认其宗主地位以换取保护。而在西方，新的秩序是由漠西蒙古诸部的联盟来主导的，这个联盟被称为卫拉特（显然是因一个早期首领的名字而得名），这些蒙古人在珲台吉噶尔丹的领导下，实力迅速膨胀，在1690年征服了撒马尔罕、布哈拉和叶尔羌。在噶尔丹之后是他的侄子策妄阿拉布坦，[①] 在他的治下，准噶尔独霸了卫拉特，之后准噶尔成为他们汗国中部牧区的地理名称。最后一位准噶尔珲台吉是冒险者阿睦尔撒纳，[②] 准噶尔及卫拉特诸部联盟与清帝国发生了直接冲突，并被清帝国平定。

对清朝来说，幸运的是，他们早期的两位君主都是武功赫赫的人，既能打天下，也能治天下。康熙皇帝首先开拓了蒙古边疆，巩固了戈壁以南的蒙古诸部，使其成为自身臂膀，然后发起了对察哈尔的战争。[③] 漠南蒙古诸部或多或少地自愿与清朝联合起来，在这种情形下，漠北蒙古为清朝的优势所慑服，即便是戈壁大漠天险也无以为恃。内外蒙古的划分一直延续至今，影响深远。康熙之后，乾隆皇帝完成了帝国的整顿工作，向西推进得更远，平定了准噶尔，征服了天山南北。之后，蒙古中部、西部尽归其统治。他开

<hr>

① 参见《从塞北到西域：重走沙漠古道》，了解额济纳土尔扈特以及土尔扈特和其他卫拉特部落的纷争。（策妄阿拉布坦（约1663—1727），准噶尔原首领僧格的长子，噶尔丹之侄，曾反对噶尔丹，在噶尔丹死后扩张势力，自立为准噶尔汗。后为清军所败。"珲台吉"也作"黄台吉"等，源自汉语"皇太子"，原为蒙古汗王太子的称号。——译者注）

② 关于准噶尔的毡帐、移民和民族更替的详情，参见卡拉瑟斯的《鲜为人知的蒙古》。

③ 察哈尔为蒙古旧部名，曾多次犯明辽东，屡次与后金作战。康熙年间，乘三藩之乱时，察哈尔举兵反清，被清军平定。——译者注

始把一切都安排就位，移民和迁徙成为游牧民族历史上最壮观的
一幕。

112 准噶尔残部被从他们的权力中心地带迁出，其中一批人被转移
到青藏高原的青海湖畔和柴达木，另一小群人从蒙古区域的西部一
路东迁出界，安置在东北的黑龙江地区，位置在齐齐哈尔以西，编
为一旗（依克明安旗），^①他们至今仍在那里，称作"莽喇卫拉特"。
清朝鼓励来自内地西北部的回民移民到准噶尔地区，重新充实当
地人口，使他们在天山北路扎根。除此之外，清朝安置了东归的
土尔扈特人，并将中部蒙古的察哈尔部（察哈尔的势力也被清朝击
溃了）的一批人从张家口以北的草原迁徙到准噶尔地区的博尔塔拉
山谷。^②

因此，在清朝武力整合内地、蒙古和天山南北的同时，古代
蒙古征服者的最后一次崛起也被压制了。我们再来回顾土尔扈特人
悲壮的历史，他们的迁徙是中亚大规模移民血泪迁徙史的最后一部
分，同时也是令人印象最深刻的一部分，其悲壮远甚于察哈尔和准
噶尔。

在一系列部落战争后，卫拉特诸部第一次由一系列部落联合
成一个强有力的联盟，此时，土尔扈特人作为卫拉特的一部，不愿
委身于联盟之下，而是期望在本部首领的领导下自立。而联盟的整
合非常成功，以至于土尔扈特人无法再与他们的同胞们对抗，他们
收拢了自己的牛羊、收起了自己的毡帐，远走他乡。整个部落从位
于卫拉特西部、以塔尔巴哈台山为中心的祖居牧场启程，穿过西伯
利亚南部和中亚两河流域间的大草原，跋涉三千英里，直到遭遇了

---

① 依克明安旗位于齐齐哈尔以东。——译者注
② 关于察哈尔的博尔塔拉，参见第 188、203、207 页。

俄罗斯人才停下来。最后，他们在伏尔加河下游草原获得了一块土地。这件事大约发生在 1690 年，准噶尔珲台吉噶尔丹正在将今日中国、苏联之间的大片地区收入囊中。显然，土尔扈特人跨越西伯利亚和中亚的边界地区，这与其他卫拉特诸部寻求扩张的压力有很大关系。准噶尔人无法沿着天山南路自由移动，因为绿洲之间的沙漠是阻止游牧民自由移动的障碍。他们被迫沿着古老的游牧民族的道路，穿过北准噶尔，沿着阿尔泰山的牧场而非天山的牧场西行，直到他们来到塔尔巴哈台山。之后，他们转向西伯利亚（土尔扈特人没有挡他们的路），他们可以沿着天山北路，沿着富裕的伊塞克湖区的牧场前行，到达今日安集延附近的区域。从此，不仅中亚两河流域向他们敞开，他们也可以轻易地翻越天山，向天山以南开阔的绿洲进军。

土尔扈特人并没有在伏尔加河沿岸找到完全符合期望的土地，而且他们似乎与俄罗斯人及其他游牧部落有冲突，也没有其他的地方可做备选项了，他们在那里待了 80 年。到了 1750 年，乾隆发动了对准噶尔的战争，20 年后，他终于将准噶尔置于自己的掌控之下，他邀请土尔扈特人回来。1770 年，土尔扈特人开始了东归，回到了故土。他们的人数难以准确估量，但根据俄罗斯的统计，东归土尔扈特人约有 4 万帐，而中国人声称有 5 万帐回到了准噶尔，[①] 伏尔加河西岸还滞留了 1.5 万帐，他们的后裔就是今日俄罗斯的卡尔梅克人。[②]

———————————

① 卡拉瑟斯：《鲜为人知的蒙古》。
② 卡尔梅克人先民主要为卫拉特蒙古人，16 世纪末 17 世纪初，部分西迁至伏尔加河下游里海西北沿岸一带。语言分土尔扈特和杜尔伯特两种方言。今为俄罗斯境内少数民族。——译者注

　　东归的土尔扈特人在严酷的困境中完成了他们的长途跋涉，这必然严重减少了他们的人数。走完 3000 英里的全程共花了十个月，其中包括在开阔的草原上熬了一个冬天。他们一路上受到敌对的哈萨克人和乃蛮鞑靼人 ① 的袭扰。当他们最终抵达清帝国的边陲后，他们中的一部分被安置到塔尔巴哈台的祖居地，另一部分沿着阿尔泰山安置，还有一部分安置在曾被他们的卫拉特同胞所占的裕勒都斯河 ② 草原，这里位于焉耆的上游。从那以后，土尔扈特人就被限制在这些区域，只是在两代人以前的西北战事中，他们的封地有过小的调整。它们的迁徙仅限于夏季，即频繁地短途移动以寻找好牧场，每年在冬、夏牧场间远迁两次。由于阿尔泰、塔尔巴哈台、裕勒都斯三地间距离遥远，它们的部落事务不是由一个最高首领统辖，而是由几个地方王公各自管理。③

　　据我所知，在清朝的治下，土尔扈特人有六个不同等级的王公家族。最高的一个似乎是焉耆的汗王，他的部众编为四个旗。至于其他的王公，我知道有两个汗王统辖着库尔喀喇乌苏土尔扈特人，位于西湖庄的附近，部众编为两旗；有一个汗王统辖着一个精河土尔扈特旗；另一个王公是贝勒，统辖着一个额济纳土尔扈特旗。其

---

① 也是哈萨克人的一支。——译者注

② 今开都河。——译者注

③ 拉铁摩尔在这一章谈及清初准噶尔之乱和土尔扈特东归等史实。卫拉特是清时西部蒙古各部的总称，分杜尔伯特、准噶尔、土尔扈特、和硕特等四部。其中准噶尔从明朝开始并吞其他三部，势力最大，几乎包括整个天山北路。在噶尔丹时期扩张至天山南路。后被清军平定。

土尔扈特在准噶尔迫使下，于明末清初西迁至额济勒河（今伏尔加河）下游，1771 年历经艰难，东归至伊犁河畔。乾隆帝将其分为新旧两部。旧部牧地在裕勒都斯（约今新疆焉耆）、库尔喀喇乌苏（约今新疆乌苏）等地，计十旗。新部牧地在科布多西南，设二旗。别有青海土尔扈特部、额济纳土尔扈特部等。

拉铁摩尔依据的应该是当时西方相关史书的叙述，可能有所演绎，亦存在不够严谨之处，请读者留意鉴别。——译者注

他的土尔扈特王公统辖着阿尔泰和和布克河的土尔扈特人。所有这些王公家族都在联姻。[1]

这些人就是我们在老风口西侧的营地看到的人。第二天，在山口的厚雪中，他们在古老的游牧事业中拼搏，他们的游牧就像一个传奇故事一样凄凉而激动人心。带着孩子和财富冒险，一如既往地追逐着草场，这样才能使畜群繁衍孳息。外面的世界可能会从游牧时代进入农耕时代和城市时代，然后是商业与铁路的时代以及海洋与天空的征服者的时代。但对于土尔扈特人来说，无情的风吹过无情的雪，随着时间的推移，他们在高原和低地间往返，就像他们的祖辈在荒蛮的塔尔巴哈台和伏尔加河之间往返一样，他们的全部期冀仍然聚焦于一个目标上，那就是开阔、自由的牧场。他们的队伍困在雪地里，牲畜因寒冬而虚弱，人和牲畜一起在严寒中苦熬、挣扎，但仍然不假思索地迁徙着，收拢毡帐、把孩子裹进襁褓——之后，他们隐藏在浩瀚无垠的世界里，迷失在无边的平原上，被困在亚洲腹地的无名山岭之中，在那里，死亡孕育着未来的生命；他们在某种程度上把人的精神拉回到黑暗、充实、荒蛮的过去，这是最高尚、无瑕的事情。

115

---

[1] 关于科克苏河、特克斯河一带的土尔扈特人（没有王公统辖），见第 270—272 页；库尔喀喇乌苏和四棵树的土尔扈特人，见第 185 页；关于精河土尔扈特人，见第 185 页。

融冰里的马车

埃莉诺·拉铁摩尔和她乘坐的马车

哈萨克人和他的猎鹰

土尔扈特人的春季迁徙

毡帐里的哈萨克小孩

第十二章　春季迁徙

　　我第一次从东方来到托里的时候，在一个低矮突兀的山嘴处停留过，看到了这个小村庄，它就像一个巨大、空洞的白雪世界中一个不规则的斑点。这一次从塔城归来，雪已经稀疏得很难看到了，露出了荒凉寒冷的原野。那块充斥着大量腐烂杂物的洼地向高处的老风口收窄。我们从黎明开始赶路，到上午 10 点，从托里到了老风口，天气十分寒冷，凝固的空气几乎能共振传声。这一次，在老风口和托里之间，我们起起伏伏，从清晨一直走到天黑，在晚冬之中慢慢挣扎着，残雪中升起了比冬季的干冷更令人厌恶的湿冷。

　　我们在老风口找了个简陋的住处，把车停在营房旁边的一面岩墙边，睡在了里面。第二天一早，护送我们的士兵想到了新办法，把他们的一匹马挂上一辆雪橇，分担一部分马车的负荷，然后我们的速度就提了上来。但即便如此，如果不是有一位中国官差坐在这辆五匹马牵挽的两轮大车里，我们也是很难提速的。我们行驶在老风口侧面宽阔易行的斜坡上，视线模糊不清。我们前方的上坡路是冬季的道路，现在已经破烂不堪、坑坑洼洼，马走在上面会踩进坑里。拉着雪橇的那匹马瘦弱但聪明，可以沿着那条路前行，但是我们的车轮子是无法走过那种道路的，对我们来说，最好的路是未融化的雪道。拉车的马颠簸着前行，突然它们脱离了胸革带，车夫的长鞭子在它们身上抽打着，赶得它们拉着大车奋力向前冲了 30 码，脑袋甩着缰绳乱晃，颤抖的腰背在缰绳之间紧绷着，随后停了下来。车夫跳进雪中，不停地咒骂着，检查了车轮、车辙和挽具。然后他又上了车，他只能坐在辕杆后面才能驾好车，一马夹辕，其余四匹在两边且没有缰绳。他只靠鞭子和号子赶车，如果他从驾车的位置下来，马车就会歪向一边。马车又颠簸前行了 30 码，后面跟着一辆大马车，之后是我们的小四轮马车，马车的轨距要窄得多。两辆大车能突破雪的阻力，但四轮马车很难。我们的一匹马累得上气不接下气，开始嘶吼起来，真是件糟糕的事。

　　太阳已经很高了，我们尚未挣扎到今日行程的一半，此时我们遇到一些土尔扈特人和哈萨克人，这是之前在夜宿营地时遇到的那批人的同伴。他们排成一溜不规则的长队，按所属营地分成几组，一直延伸到我们看不到的雪地深处。严酷的春季大迁徙检验着部落民对荒野旅行的熟练知识。最前面的是马群，它们由最强壮、熟练的年轻人驱赶到最前方踩路，他们手持末端有活动绳套的杆子，这是哈萨克人和蒙古人的套马杆，是一种粗放的升级版套索。之后是牛，驮着帐篷、新生的幼畜，也有妇女抱着婴儿骑在牛上面，后面绑着狗和锅具；排在牛后面的是骆驼，驮着更重的东西。最怕骆驼脚下打滑，一旦摔倒，人们不但得挖土，还要连打带拽才能救出来。许多牛和骆驼背上驮着裹着帐毡的新生幼畜，也驮着帐篷箱子，里面放着更值钱的东西。幼畜的脑袋伸出"巢"漫不经心地上下晃动着，它们的母亲看不到它们，以为它们丢了，嚎啕大哭，发出最可怕的声音。队伍最后是羊，上千只绵羊和上百只山羊在颠簸中挣扎着，走得慢且费力，但它们很珍贵，是游牧文明的基本财富。半大小孩骑着小牛小马，负责赶羊，不时从粗糙的马鞍上探下身子抱起疲惫的羊羔，他们的头顶和鞍子上挂满了羊毛绺和雪。从秋天到春天，不断有羊羔降生，产羔期尚未结束，就我所看到的情况来说，路上至少有一只羊诞下了羊羔，秋天出生的羊羔这时候已经能独自行动了。营地的狗喜欢随心所欲地跑来跑去，一路上非常安静，但瑟瑟发抖的猎犬却被皮绳牵着。最有价值的是戴着头罩的猎鹰，由不适合在队伍中跑上跑下的老人负责照看，他们的马镫插着根拐杖，手腕架在拐杖上，鹰又站在手腕上。我们艰难地走向前面一支艰难跋涉的队伍，他们身后的雪地上被踩出了一道长长的"路"。

当隘口缓缓的上坡变成缓缓的下坡时，我们来到了几间小茅屋旁，茅屋围有一圈土墙，这是另一个兵营。我们待了一小会，只来得及喘口气，除了煮一壶茶喝一喝，再想做点别的都不行，这儿太脏、太让人难受了。随后我们继续向托里前进。积雪少了不少，车轮在薄薄的泥水中滚动着，泥地上到处是脏兮兮的雪块和冰垄。马儿们都扛不住了，我自己的马也累坏了，它只能比挽车的马快一点点，于是我走到了最前面，在夜幕降临时看到了村庄。我们骑着马穿过村子，一直走到我和"大人物"住过的那家客栈，但那间还算凑合的房间已经被人占了。我又在一些更糟糕的地方找了找，找到了家维吾尔客栈，有个相当新的大房间——一个公共休息室，我确认了一下这间屋子的全部用途，把它清理干净，把我的马安顿在露天马厩最隐蔽的地方。然后我走到街上，去迎我的马车。但是天黑了，除了村子的边缘，我看不到更远的东西，也没见到马车，我继续往前走，看到了我妻子，她一个人走在路上。她说车夫抛弃了她和摩西，而摩西试图自己赶马车，这些牲口只习惯于熟悉的声音和熟练的鞭子，停滞不前，最后他彻底死心了。我把她带到客栈安顿好，然后踩着泥水走进黑暗中去。20分钟后，我找到了马车，哀怨的摩西从车里爬了出来。我问他为什么让车夫跑了，他说："那伙计下车走路了，想到他的脚都冻麻了，所以我就没说什么，但是那个'龟儿子'一下子就溜了。"这就是摩西所知道的一切——纵使我的妻子和摩西都被抛弃在亚洲腹地荒野中，我也觉得这有些好笑。我把摩西送到客栈，他比我妻子还要疲惫、饥饿、痛苦，然后我回到车前面沉思着，没有带烟草真是个错误。辕侧马的轭脱落了（这是摩西为了驾车想的主意），天气太冷了，空着手是没法修理的。

过了一段时间，我听到一声喊叫，绝不是一个文明人的喊叫。我用悲怆的声音回复了一声。不一会，黑暗中出现了一个人影，是一个长腿的哈萨克青年，他骑着一匹狂野的马，牵着另一匹。我们互相胡言乱语了一通，然后他一声欢呼骑马走了，颇令人费解。也许他是牧民迁徙队伍中的一员吧，如果周围有更多他这样的人，他们可能会认为轻轻松松就能把马车掳走。但应该不用担心，我们在村子旁边，我的车里有步枪，足以防御劫掠。不久，我又听到更多的喊叫声，那小伙子又从黑暗中回来了，不是带队伍劫掠我，而是带回了我的车夫，他也骑在一匹马上。

120　　我松了口气，从喉咙里挤出来一些独特的词汇来打招呼，那都是我在蒙古的商队中积累的，最后我用一些老天津粗口来问候这个天津车夫的归来。他受伤了，一直在走路暖脚，突然想到找匹马来代步，所以他跑到村里找马。但这些地方的人太精明，雇马的费用比他所欠的债都多。多说无益，我们换好挽具和马，一瘸一拐进了村。摩西已经气炸了，那天晚上妻子下厨为我们做了饭，她自己也吃了不少。第二天，我们仍然待在那个精致的房间里，不论是两脚的人还是四脚的马，都不想上路。

又过了一天，也就是3月31日，我们从托里爬上了加依尔山，一路上没有积雪阻碍，只遇上了一次降温和小雪。上了山，我们看到土尔扈特人和克烈哈萨克人的迁徙队伍集结在那里。他们的迁徙方式是一样的，但当我们细看他们的数量构成，可以发现显著的差异。每个哈萨克部落都有自己的细犬和猎鹰，蒙古人很少使用这些动物，这些不是蒙古人的标配。哈萨克人在他们的狩猎中习惯于碰运气，喜欢骑马行猎的排场与刺激，蒙古人行猎时则更讲究耐心和跟踪技巧。另一方面，蒙古人迁徙队伍里的骆驼比哈萨克人的多，他们是更优秀的骆驼主人，因此他们在戈壁大漠中能喂养更大的驼群，那里的骆驼有更精确的判断力。哈萨克人养的骆驼（可以通过更脏的皮毛、更笨的步态以及粗疏的鼻棍来识别，最后一点尤其重要）则被认为是不太好的。

我们的路程不算长，但由于马匹不堪劳苦，我们在雅玛图停了下来。时间尚早，我们沿着锥形山丘之间的一个浅沟走了下来。这里荒凉得没有生机，像沙漠一样贫瘠，平坦的山坡上散落着碎石，稀疏地生长着一丛丛细小、粗陋的"白草"，这是遍布蒙古的一种草。然而牧民和他们的驼群可以靠这个非常贫瘠的地方熬过严冬，直到雪融露出更好的草场。在浅沟的一个拐弯处，我们来到了一个哈萨克营地，毡帐在山丘单调景致的映衬下显现出不起眼的灰色。一群群正在回家的绵羊稀疏地散布在山上，被拴在营中的羊羔咩咩叫着，召唤老羊返回，狗冲着我们冲出来，孩子们欢呼雀跃，无所事事的男人们从毡帐中探出身子，妇女们放下手里的活直起身来看着我们。

我们带着一只在路上捡到的松鸡回到客栈，顺便一提，我们又和那个在老风口走在我们前面的大车里的官员碰在一起了，他是一位在北京任职的新疆议员，也就是说，他是省长任命的驻京代表。

他现在正返回乌鲁木齐，担任警察局长的新职务。但省长对下属的严格审查，使他在塔城滞留了多日，在此期间，他返回新疆、前往省会的申请被上峰反复权衡。换句话说，省长的其他密探查明，他从北京回来时，没有受到危险思想和外省关系的"污染"。他当时正在为乌鲁木齐的一家棉纺厂运送机器，这家厂建了两年，是省长的商业代表的企业。部分机器被分解为适合骆驼驮载的重量，通过穿越蒙古沙漠的商队运送而来。机器是在英国制造的，通过一家天津的日本公司购买。英国商人不喜欢赊账，棉纺厂推销商也不喜欢付现金，一方面是由于这个新奇的现代工具不是十分可靠，另一方面是由于，如果你可以按照西方利率水平获得贷款，同时让自己的钱按照更为虚高的东方利率水平来放贷赚利息时，付现金就不划算了。我们在路上与官员车队同行了好几天，由于亚洲人在机械方面的"聪明才智"，他们把装着所有零件螺丝的箱子给弄掉了，于是他们不得不停下来去找回掉落的东西，幸亏他当了警察局长，这使他在这项任务中免受审查，从而确保了一切顺利进行。

官员、客栈老板和车夫们挤在客栈一个房间的炕上聊天，这是真实的、愉快的中国式民主讨论。客栈老板和那个把摩西带到塔城的车夫是兄弟，我不知道店主是不是出于礼貌才这么说，但我觉得只是因为他们来自同一个村庄。于是，摩西就欢欢喜喜地和他套起了近乎。"闹拳的时候我就在你们的村呢，"摩西说，"但那以后就再没去，你那时候在哪儿呢？""别提了！"客栈老板叹道。尽管摩西向老板保证自己当时也是义和团拳民，但这也并不能让老板安心谈论自己的家乡和过去。因此，摩西向我保证，老板以前必定是失败后受过惩戒的拳民。

除了经营旅店之外，政府还安排这个曾经的拳民维修电报线路。在这一段路程中，电报线固定着电线杆，同时电线杆也支撑着电报线，然而在许多地方并非如此。老板家门口堆放了一大堆新电线杆，官员问（不是以上级对下级的方式说话，而是以普通人之间的方式说话）这怎么回事。老板回答说："首先，地面还结冰呢，所以插新电线杆的成本比我的报酬还高，话说回来，承包商带来的新电线杆太次，难以立稳，如果我把它们插进去，只怕是会带来更多麻烦。"他的语气非常笃定。然后，话题优雅地转到新疆省的邮政部门，在这里，人们早已对电报失去了一切希望，以至于电报被称为"骆驼电"。

话题又回到了电报上，这位官员试图回忆电报运行多少年了，却想不起来。大家都挠着头冥思苦想起来，因为电报被认为是重要的大事，与国家和本省的官方政务密切相关。大家都意识到这很尴尬，电报投运时间这么重要的事情，竟没有人能告诉省长的这位副手。这时，我的车夫像安慰孩子一样大声说："我们别费口舌了，它该用了多少年，就多少年。"这种苦力的幽默把大家逗笑，这时候茶水煮开了。

电报让我们知道了地震，发生在日本和甘肃六盘山的地震，在那座山上，古代帝国的大道盘旋上行，这是从中原延伸到西方的丝绸之路。我不久前读了《金枝》(*Golden Bough*)，随身带着这本书的精简版。我还从那些车夫们的故事中了解到，山口有一处带有性禁忌的圣山崇拜古迹。据说女人经过山口要保持安静，如果她从车上下来，踏上神圣的土地，大雨一定会降临，并冲走她的足迹。在准备穿越山口时，车夫们也不能和女人做出轻佻举动，或者肆意谈论女人，这种禁忌无疑会让大多数车夫们感到厌烦和无趣。

我们睡在马车里，客栈的院子里停满了马，它们互相踢着肋骨、尖叫着，互相争斗，想把头伸到我们的车前面，咬我们缩在睡袋里的脚趾。

　　第二天早上，我们走过了石门子，和游牧民们一同向加依尔山中部进发。加依尔山的水从溪谷中流向塔尔巴哈台山的方向。在我们上方一个极为壮观的高处有一只羊，遥远而渺小，不羁地俯瞰着我们这些人——迁徙的游牧民、两个外国旅行者以及随从摩西。我们随即聊起了打猎，傍晚，我们快走完这一站路时，我们打了一枪。当时，一个低矮的身影从面前闪过，车夫激动地站了起来，说那是一只狼。我说不是狼，而是一只"细狗"——瘦狗，因为它像一只杂交的哈萨克猎犬。然而车夫发誓这是只狼，我们的哈萨克信使也支持他的看法，他们应该知道关于天山北路的边缘地区大白天出现狼的传说，我也听说过这个传说。于是我把步枪从车子里拿出来，取下了枪衣。那只动物绕着大圈跑着，善解人意地停了下来。由于距离超过了 300 码，且目标不大，我采取卧姿瞄准射击，它无力地倒下了，连腿都没蹬。我们走过去一看，是一只杂种的猎犬，但愿以后有机会这样顺利地击中一只更有价值的目标。此外，我们从狗躺着的地方可以看到庙儿沟，那是我们打算夜宿的地方，幸运的是，应该没人听到枪声，更幸运的是，这条狗不属于庙儿沟岗哨。这样的话，它应该是某个哈萨克营地迷路的狗，根据我对中国的了解，谋杀这样的狗要赔偿很贵的钱，相当于优秀的同种活犬价格的三倍。我们在庙儿沟电报站借宿，我注意到了电报线对文明的影响。母鸡的出现表明生活的安定，而这里有两户哈萨克人要定居下来照顾母鸡、羊和牛，电报站的长官在钱够用的情况下会买光这些禽畜。这两户哈萨克人在毡帐四周打起了土墙，这是成为定居哈萨克人的第一步。直到毡帐破损不堪用之后，他们才会在院子角落

搭起房屋，从而逐渐摆脱游牧传统。第二天的上半程，一路狂风 125
暴雪不停歇，我们见到了另一个汉人扎根边疆前线的例子———一座
毡帐，里面住着一个汉族巡路兵副官和他的哈萨克妻子，他们是一
个混血家庭。这段路是最孤独的一站路，容易在夏季遭到俄罗斯哈
萨克人的劫掠。于是，一个长期在岗的士兵被提升为副官，也就是
说，如果没有巡路部队的话，只有他掌管着这条路。对于这个副官
来说，最有价值的东西就是耐心，他的耐心也许是恰到好处的。他
亲自护送我们到乌兰布拉克，汉人叫它旱山台，这个名字与其说是
指乌兰布拉克河，不如说是庙儿沟和乌兰布拉克之间的区域，这之
后，我们就到了真正安全的地方了。

第十三章 拓荒者的土地

4月1日，我们的马车从乌兰布拉克肮脏的旅店驶出，开始沿着加依尔山东麓干燥的长斜坡隆隆驶下。我们离开了积雪已久的山区。清晨的寒意已不再那么逼人，空气也更加柔和了。春意沁入大地，给万物带来了喘息之机。无论风把我们吹到哪里，只要我们走到阳光下，对春天的感知就萦绕在我们身边，让我们悠闲和放松。然而，路上的旅人几乎没有机会放松。我们在停下来的时候可以喘口气，在出发之前可以打个盹，但是当我们走在路上的时候，在站与站之间，我们还得对付最糟糕的东西——融雪留下的泥沼。

在我们的右前方远处，我们看到了天山高耸的雪峰；在我们的左边，广袤的沙漠与天相接。羚羊在沙漠中移动，当我和"大人物"西行的时候，没见到过它们，但随着季节的变化，它们正从山里未知的冬季栖息地返回沙漠。我们看到它们零散地分布在我们周围，穿过前面的道路，与我们保持几百码的距离，隐隐约约出现在沙漠中的红柳丛里。低平的地上出现了微弱的海市蜃楼，我在低矮的红柳下无法瞄准射猎。

在沙漠的谷地中，我们找了一个地方停车，那里寸草不生，名 叫小草湖，几个汉人家庭刚刚在这里开垦了土地，打算用当地的泉水灌溉。我们继续往前走，沙土中较重的沙子迟滞了我们的速度，我们进入了一片更茂密、有生机的红柳丛，靠近之前穿越的那片冰冻沼泽，现在必须转道沙漠绕过它们。

　　当我们来到路的分岔处时，我和妻子走在前面，我牵着马，她也下车步行，给疲惫的车队减轻点负荷。车夫向我喊了一声，我也回复了一声，我们就在岔路口向右转。过了一会，我看到我们的马车竟往左拐了。那个哈萨克信使一直和我们在一起，我问他这是怎么回事。他说这两条路实际上是一条路，就像蒙古商队常见的路线一样，一条路分两个岔，最后又合在一起，形成椭圆状的轨迹。我们继续前行，没过多久发现马车渐行渐远，便让信使去追马车，吩咐他要么把马车带回来，要么让马车回头来追我们。我们以自己的速度前进，妻子感到有些累了，我们在高大的红柳丛中迷路了，只剩一匹跛马和我们在一起，不知后面要怎么走。在那之后的大约四个小时里，我们除了看到一只漂亮的羚羊之外，什么有趣的东西都没见到。这只羚羊从前面不到50码的红柳丛中走出来，停一会，看一眼又溜走了，变成一个游移不定、闪着微光的暗褐色身影，骚动但不恐惧。

　　我们只能继续这样走下去，别无他法。幸运的是我已经熟悉了这条路的路况，遇到难走的就从左边绕，这样我们就走到了车牌子，这是个检查车辆的地方。茂密的树丛说明大沼泽就在附近。红柳多被胡杨取代，还有矮小、浓密的灌木丛和缠结在一起的石楠。我们不时沿着巨大的芦苇荡前行，芦苇荡的边缘就像十英尺高的黄色栅栏，芦苇荡中穿插着水湾，眼前突然就出现了黑水，还有沼泽的阴暗气息。我们周围可以看见混乱的车辙，这些都不是真正的道路，而是人们为了盖房或烧柴来此砍伐芦苇后留下的便道。之后我们发现了部分失修的堤岸，废弃的人类活动痕迹，日久而陷于沼泽。再往前走，我们开始看到空地，远处的农场地势较高，光秃秃的泥地里遗留着茬子——这些是稻田，由沼泽地的农民开垦而成。

最后，一条岔路把我们带到河边，那里有半游牧的哈萨克人的农场，我找了根长棍子来赶狗，走近了看，这里不过是一圈土墙，靠墙搭着一座棚子，中间是毡帐。

我们在木栅栏门口停了下来，后面有狗向我们狂吠，一个面目狰狞的哈萨克人不情愿地走过来。他不懂汉语，也可能是假装不懂，总之什么都不做，挥挥手让我们离开。这说明在这些地方旅行时，外表是多么重要。如果我随着一阵马车铃声到达这里，伴随着信使、护卫人员，提出免费索取食物、茶水和住处的要求，那么这个人就会对我殷勤起来。全世界都在为富人提供便利，在亚洲腹地流浪的穷人却只能得到最低贱的施舍，而马背上的乞讨者会被当作流氓无赖。在愁眉苦脸的哈萨克人面前，陌生人徒费口舌毫无意义，我们是一对看起来备受折磨的夫妇，还牵着匹跛马，我们不得不坚持下去。

我把礼貌的语气换成了命令的语气，用汉语接二连三地命令他告诉我去车牌子的路怎么走，毋庸置疑，他至少知道车牌子这个地方。同时，我装作不经意地敞开了我的外衣，露出了腰带上的子弹和左轮手枪。我绝不是在威胁他，而是因为，在这个严格管控的地方，携带任何看上去很现代的武器本身就是一种重要的身份标志。这个哈萨克人立刻表现出更好的态度，礼貌地告诉我如何找到不远处的大路。

129　　我们没走多远，在多条沼泽小径会合的地方碰上了我们的哈萨克信使。他浑身泥污、垂头丧气。原来他骑了一大段路，马也跛了，也没有赶上马车。这些对于一个游牧民来说够狼狈的了。我们带上他的马，继续向前走了几英里，我们每个人都骑着一匹疲惫的马，失落地走进车牌子。马车久久未到，我们的车夫错误地走到了老车牌子，那里是车牌子的旧址，马车深陷在泥里，他不得不到农场雇马来拖车。

最糟糕的是，就在我们走进旅店院子的时候，跟踪我们的人群中有人从我的马鞍上偷走了我的望远镜，那时候妻子已经很累了，我正在帮她找房间。那里有一个小军官，他很容易就能命令人们在屋顶上或路中央找到这只望远镜。但是，当我们上次停在这儿的时候，这个军官曾经对"大人物"很无礼，现在既然"大人物"不在，他非常高兴能为难我一下了。他命令搜查，但同时又大声抱怨说，这不关他的事，我应该自己解决。对村民们来说，这已经足够暗示他们，不必对公共良心感到太大压力，当然，搜查变得毫无希望。我敢说，我们刚一离开村子，那个军官就下了新的命令，把那副望远镜拿去给他自己用，而且他现在还在炫耀——除非它确实是被什么上级从他那里征用了。他真是个小人，带有一种他那样的底层官吏不应有的自负，对所有的旅行者来说都是避之不及的，但我提到他还有一个原因，他是新疆唯一一个对我们毫无礼貌的官员。

第二天早上我们出发晚了，我们院子里的马疲惫不堪，我从村里的头人那里要来一匹马，沿着之前来的小路骑了回去。头人已经能根据我的描述辨认出我们遇到的每一个人，我们在村里几名稳重的壮汉的护送下骑马去拜访他们每一个人。最后还是没有任何结果，却让我对这片荒野上的定居者中的一部分人进行了一次有趣的调查。

头人是一个讨人喜欢的维吾尔老人，能说点汉语，正派的商人都是维吾尔人。村里的汉人大多是客栈老板和小商贩，卖烈酒、鸦片，发一些不义之财，他们可以说是所有远道而来的拓荒者群体中最卑劣的一类人，总是在违法追逐暴利，用小恩小惠收买小官吏，在保护伞下坑蒙拐骗、投机取巧，并协助这些官僚放高利贷。

　　许多拓荒者都是正派人，但即便如此，我确信，认为拓荒者品性较为优秀的那种想法是荒谬的，认为只有大胆有活力的人才会脱离文明、扎根荒野的那种想法是错误的。相反，那些留在人口饱和地区的人能够养活自己，而拓荒者则主要来自那些在竞争中被淘汰的人，他们来到边疆，总是希望碰上什么新机会转运，指望撞运气赶上土地涨价，或者幻想着随便干点啥就能发大财。多数汉人农民是从玛纳斯和西湖庄迁过来的，一些在新疆定居了好几代人了，与内地断了联系；另一些则是河北人，在这儿最多待了三代人。东干人农民也来自玛纳斯地区，古老的农耕痕迹表明，这里很早就已经存在一个东干人农业聚落了。维吾尔农民的老家最远，他们来自天山南路的库车、焉耆。分散在这些人中间的是哈萨克人，他们或多或少处于即将脱离游牧生活的阶段，这里曾经是他们的越冬地。有一些汉人娶了哈萨克女人，形成了混血家庭。

131　　许多农家院落邋遢得与猪圈无异，另一些院落在门旁有汉式小神龛，院里充满干净、富足的繁荣气息，园圃被篱笆围起来，沟洫房舍建在台基上，便于排水和保持干燥。这些人都比较活跃，是社区的中坚力量，而且大多是河北人。他们接待我时有些害羞，这是因为他们在孤独、偏僻的生活中很少见到陌生人。妇女和小孩都跑开了，然后又胆怯地从大门口和院子角落往回看着、叽叽喳喳议论个不停。人们也不按照汉人的传统习惯聚居一庄，而是至多两三个亲戚住在一起，距离邻居一两英里。当我们从一个地方骑到另一个地方，穿过空旷的小路时，野兔从人迹罕至的沼泽灌丛中摇摇晃晃跑出，野鸡则出其不意地从里面飞上天，这是个和平、宽裕、安逸的地方。

　　这些边远地区的社区只能算程度有限的繁荣。开垦荒地、经营农业并不难，一个人不用太累就可以在这里求得温饱，难的是贸易，要创造剩余的财富是很难的，除非增加成年男性农业劳动人手数量和提高人们的营养水平。一些谷物可以卖给那些往返路上的大车，但车上的商品不是供本地消费之用。主要的贸易形式是过境贸易，这对那些在沼泽边缘开垦的拓荒者没有影响。他们的产品种类单一，不足以刺激贸易，而城市市场又太远，并且什么都不缺，他们即使进城也无利可图。这些拓荒者社区属于地球上几乎随处可见的自给自足的社区。而唯一的提供各类服务的商人，是本地区中心车牌子一条窄街上的小贩。

　　我们从车牌子出发，穿过满是野鸡的灌木丛。在我们前面的路上，我们每隔几码就能看到野鸡，它们多不愿飞起来，更愿意跑到灌木丛里去。此外，由于它们是最顽强、熟练的奔跑健将，我一只都没能抓到。后来，路变得崎岖不平，穿过沼泽，经过有水鸟经常出没的、芦苇环绕的水潭。我们走了大约 30 英里，来到一个偏僻的地方过夜，这里的地名听起来像蒙古名字。一个汉人和他的蒙古妻子在这里经营着一家孤零零的客栈。客栈既凄凉又肮脏。但不知道为什么，正是在这样的情况下，旅行的无可比拟的吸引力才得以体现。一团火在黄昏中燃烧着，当火焰升腾的时候，可以看到布满皱纹的坚韧面孔在红光中闪闪发亮，棚屋的弯柱子和低垂的灌木屋顶这时也非常突兀。从暗处传来旅客用各种混杂的语言闲谈的声音。

　　在夕阳的余晖中，我们向沼泽地走去，在沙沙作响的芦苇丛中尽量往前走，一直走到暗黑的水边。落日光辉颤抖着，将要融化在黑暗中，刚惬自用的人们驯服了很多土地，在那些地方是看不到这

132

样的光的。我们停下脚步，向沼泽中心望去，黑暗仍低低地笼罩在地面和水面上，只有西侧残留了一点光，仿佛从天上的一扇窗户里射来一样。成群的鹅和鸭子飞回家去了，它们振着翅膀向平静的水面掠去，那令人难以置信的成群结队的噼啪声和叽叽喳喳声从苇荡传出来，在空气中激荡着。星星出来了，我们回屋去了。

我们次日接近老西湖的时候，道路的泥泞更严重了。这是个稻米产区，春天道路会解冻，烂得不成样子，泥沟交错延伸，我们放弃从路上前进，选择了一段荒地，那里的积水都排到了路上。我们的马踉跄着往前移动，在四分之一英里的路上挣扎了一个小时，总算走到了前面的村子，脚踝已满是泥浆。

133　在 19 世纪六七十年代的战争以前，老西湖庄曾是西部绿洲的中心，但这座城市在战争中被摧毁，后来拆除，在更高、更干燥的新址重建。新址的位置更好，便于控扼通往伊犁河谷的道路上的商贸。而旧址老西湖庄现在则成了一个大农村。

大多数人都忙着开渠挖沟，以便给泥土排水，为种水稻做准备。很少有人关注我们，于是，我把妻子留在茶馆外的土桌子旁，带着两个热心的向导，走进稻田去猎野鸭。鸭子们在离房子和劳作的人们几码远的地方无所畏惧地聚在一起，急切地吃着去年丰收时抖进泥里的谷粒。

当我听到赶马号子和鞭子的噼啪声时，我回到了路上，这些声音意味着大车已经从泥里挣扎出来了。然后我发现妻子被一群小孩围起来动弹不得。几个村童聚在一起向她扔泥巴，同时喊她"俄罗斯！"。这反映了俄罗斯人在革命、内战的悲剧中所遭受的歧视，那时候俄罗斯难民曾经纷纷涌向这里。年长的人在一旁看着，不当回事，他们尽管没有参与进来，但也没有阻止孩子们。我很生气，责备那两个向导，说他们村子里的人不礼貌。他们卑躬屈膝地道歉，但辩称"那只是小孩子的玩闹"。中国孩子的恶行不被视为恶行，以我们的标准来看，小孩子们，尤其是男孩子，得到一种可怕的放纵。的确，没有比惹恼或惹哭一个孩子更严重的罪过了，甚至有一个谚语"出门不惹三子"，所谓"三子"，包括有胡子的男子（老头子）、小孩子（男孩）和瞎子（盲人）。"有胡子的男子"绝不是指外国人，因为外国人留长须发是要受责备的，而成熟中国男人（过去，男人直到 40 岁后才留胡须）的稀疏胡须则是地位、声望的标志。关于孩子，我已经在上文讲了惹恼孩子的麻烦之处。至于盲人，他们在中国各地都受到礼遇，通常被称为"先生"，这个词通常用来称呼老师，甚至比我们的"sir"更有敬意。因此，对于小孩子做的事，无论多么过分也不能严肃对待。然而，当我责备他们的时候，村民们感到丢脸，不过这根本不是因为扔泥巴本身，而是因为我提起了这事。在中国，只有你觉得丢脸的时候才是真的丢脸。

134

我们从老西湖庄向西湖庄前进，走了有六七英里的路之后，因为路面干燥了，所以路况也就变好了，没有太大的困难了。我们进了西湖庄，那里热闹非凡，因为那天正是伊斯兰教某个重要节日的前夜，我不确定是不是斋月的结束。汉人把这叫"回历新年"，[①] 但新疆的汉人管所有伊斯兰教节日都叫"回历新年"——都不是汉人的节日，汉人也不深究。我们的车夫第二天就不愿走了，这里所有的车夫都这样，假日就是假日，即便是别人的假日也不耽误他们享受。我们的人花了一上午时间把车轮卸下来，检查轴承，再装上。这些车的车轴是固定的，轮子绕轴转动，而不像某些中国车的车轴

---

① 回历即伊斯兰教历，亦称"希吉来历"，在中国旧称"回历""回回历"。

与轮子相连，并与轮子一起转动。轮毂用两个金属环加固，转动的轴卡在轴两端的铁轴瓦中。我们这个幽默的车夫说："我的马车比我的马好不了多少，但我没钱修，咱们就瞧好吧！"

整个上午，我们的客栈和街道上都挤满了东干人和维吾尔人，他们衣着整洁，头戴无边便帽，周边裹上头巾，进行正式的礼拜。下午举行了一场盛大的公众表演——叼羊。在新疆，这种叼羊游戏用于最热闹友好的庆典，尽管它是牧民的游戏，但城乡皆有，而且常常用于欢迎一位贵客，受欢迎的人要支付一只羊的费用，并向赢家赠送礼物。叼羊时的勇猛是男子气概的证明。

这种游戏用刚宰杀的绵羊或山羊做玩具，但城里人力气不及牧民，所以喜欢用稻草填充羊皮来替代，既便宜又轻便。开始时，一个人骑着马，把"玩具"携于鞍上，飞奔而去，所有参赛者纵马紧随其后。整个队伍向前飞奔时，那个人就将玩具扔出，一场自由战斗开始了。离"玩具"最近的人从马鞍上探下身子捡起"玩具"，其他人挤过来，试图把他从马鞍上挤下来，或借助人、马的重量挤走他，或试图打他的头，让他松开"玩具"。人们自由地挥舞拳头和鞭子，马也兴奋地互相撕咬踢打取乐。如果一个人获得了全部的"玩具"，或者在"玩具"被撕碎的情况下抢到了最大的一块碎片，他就会设法挣脱出来，骑马逃逸。其他人紧随其后，在马鞍上使尽各种办法，用鞭子打，伸手拽他的衣服、腿、笼头、马鬃和马尾。如果他能逃脱，或者是最好的情况，他骑回来把战利品扔到裁判或比赛的主宾面前，他就是赢家。

这个城镇充满了小道消息，通常是快速传播的关于地区形势的消息。在这片地方，旅行者的口耳相传就相当于电话，而两三百人中只有一个人能读懂简单的官方通知，所有消息都是口耳相传，在这样的场合，成千上万不同语言的人聚在一起并兴奋起来。"比赛是在大清早举行的 / 比赛将在第二天举行 / 比赛马上就要开始了 / 比赛将在城市这一边举行 / 不，在另一边举行 / 比赛一直持续到有人能拿出一只羊 / 比赛因为太刺激而被官府叫停……"如果比赛被禁止，我也不会感到惊讶，因为汉人的官府忌惮情绪兴奋的人群，很多军队被从边远哨所召进城，名义上是护送正式到访的军官，但实际上军队人数是超出护送需要的。

早上，我们买了几匹马，和那个快活的车夫一起出去看比赛，结果一无所获。下午晚些时候，我们步行出了城，发现比赛正在进行中。比赛是在一个平坦的悬崖边举行的。"羊"已经被撕碎了，但拿着碎片的人还在飞奔，一边骑一边凶狠地打斗。一匹马倒了，屁股压在脖子上，有的追击者绕过了翻滚的马和骑手，还有的撞了上去。还有一个穿着节日盛装、鲁莽骑行的年轻人，他的马肚皮带要断了，他即将滚落到一群癫狂的马蹄之下。还有两个人，没抢到碎片却挂了彩，并排骑了过去，膝盖顶着膝盖，用拳头和鞭子猛烈互殴。他们都没有受伤。

我的相机镜头让我们捕捉到了最精彩的原始场面，也使我们成为几千人的中心。通常的要求是在人群中腾出一条通道，以便我们拍摄一些闻所未闻的照片，人群中每个人都激动不已，用身体来表达情绪。我们悄悄地来回，显然是不切实际的。身处一群极其兴奋的中国人中，最好的办法就是找一位你见过的最年长、最受尊重的人，请他陪同返回客栈。但这次我们可做不到。老人们都避开了这些俗人。有几个流氓看到我们不喜欢这样的"待遇"，就开始折腾我们，然后用汉语起哄道："他们不喜欢挤，咱们就推他们、挤他们、逮他们！"如果旁边的人都是汉人，可能会被这些起哄者挑起情绪，不顾一切向我们涌来。但在这群人中，有几个维吾尔人和哈萨克人，他们不想惹麻烦，开始往后退，避开我们，这减轻了我们的压力。我们蹑手蹑脚走了出去，尽量装作没事，因为我们如果表现出被冒犯的情绪，就会引起麻烦。我们慢慢挤了出来，只听到了后面某个汉人流氓的奚落。我们漫无目的地走到人群的另一边，既不能停，也不能跑，停下来会引来新的一群人，逃跑也会引来追逐。当广场上的人回到城镇中后，我们也开始走回去。有几个年轻的泼皮，他们大多是东干人，他们瞪着眼哈哈笑，不是跟在我们后面，就是跑到我们前面。只有到了城镇中心的时候，他们才不再跟随，在那里他们可能会被更有公德心的人谴责。

　　一场大型叼羊比赛引发的兴奋持续了数日，当我们从西湖庄出发的时候，在村外数英里处，遇到一群人在沿着路赛马，激烈地比拼。

　　西湖庄这个地方，我一共到过三次，尽管一些有大量汉人的伊犁城镇非常混乱，但西湖庄才是我们所到的城镇中最狂野的一个。在这里，礼貌与规则的缺失可以用民族杂居来解释，每个民族都失去了自己的优雅，只学会了让别人最不舒服的习惯。西湖庄不仅是富饶农业区的中心，而且位于三条主要道路的交会处，一条通往乌鲁木齐，一条通往塔城，一条通往伊犁，因此这里有大量的流动人口。此外，它还是伊犁路上的蒙古部落和塔城路上的哈萨克部落的贸易中心。游牧民的交易场所并不单纯。首先，当游牧民来到市场中时，他们必然被糊弄，如果还有余财，则会被骗去挥霍、酗酒或直接被抢。在这样一个地方，常听人说有人在黑暗的巷子里被放倒。包括蒙古人和哈萨克人在内的游牧民，以及败家子、酒鬼汇集于城镇中，车夫、小贩、游商、牛马贩、商队临时工、小偷、恶霸、流浪汉数量激增。这些家伙掌握了几种语言，专门诱骗远道而来的游牧民，把他们带到恶劣的旅馆、钓到不法商人手中大获其利。这里的风气是恃强凌弱、招摇狂妄、坑蒙拐骗、无耻逐利。许多年轻的汉人，喜欢自视为统治阶层的一员，对当地其他民族颐指气使。但这里地处亚洲腹地，矛盾会引起动乱。种族、信仰和传统是坚定不可动摇的，然而在每个民族和社会群体的边缘，权宜之计和妥协非常盛行。而在本地民族中，可以发现，那些所谓的具有"城里人头脑"的人多是老流氓和年轻恶棍，他们与占主导地位的汉人一样招摇。要想在这个城镇生存下去，就得有一副伶牙俐齿和厚脸皮，而且最好是后脑勺长一双眼睛。

在一天的娱乐中，叼羊是最令人兴奋的，但其他项目也非常有趣，令人意犹未尽。其中最好玩的游戏是敲蛋，这显然是伊斯兰教传统认可的庆祝节日的游戏。所有选手在准备好煮熟的鸡蛋后，都会跑到街上去挑战其他的敲蛋爱好者。人们把鸡蛋握在手里，只露出最硬的尖端部分，然后与另一个人手中同样握法的鸡蛋对磕。输家要把自己的鸡蛋让给赢家，而且经常会输一点钱。看到这个游戏，摩西告诉我们，汉人在新年有个习俗，就是把煮熟的鸡蛋送给上一年生了男孩的人，男孩的父母满心欢喜地把熟鸡蛋染成红色，再回赠——我想这是表达夸奖和答谢，意思是"我们希望你们家也能添男丁"。

"天下一理，"摩西说："天底下都一个理，大约在中国清明节的时候，有基督教的复活节，在天津我们把这个叫'洋蛋节'。"

在西湖庄，我们就和我们的哈萨克信使友好地分别了，我们给了他一笔不菲的小费。其实我们在乌兰布拉克就离开塔城辖区了，但他一定要把我们送到西湖庄，把我们和他的文书交接给负责下一站行程的官吏。在节日的晚上，他又出现了，白酒喝高了，昏昏沉沉地说着汉语，手里拿着一大堆开裂的熟鸡蛋，看得出他是个敲蛋高手。也许他最初的想法是，这些鸡蛋可以换来另一笔"小费"。然而，我们的热情接待令他非常高兴，他以最温和的方式拍了拍我们，带着一种模糊的诚恳笑了一会，然后摇摇晃晃出门，告诉他的朋友们我们是多么慷慨的人。摩西让他留步，我们去找别的回礼。"这个对于一个粗人怎么样？"摩西身上汉人的精明暂时胜过了仆人的认真，"两瓶酒，不用给别的了，他够本儿了，可以走了。"

第十四章　越过博格达山

从西湖庄往东去，看到的景色比我骑马踏雪西行时要美丽得多。在南边，偶尔可以看到天山的雪峰在准噶尔的尘土中时隐时现；但是，在天山雪峰和我们的道路之间，有一排狭小的、贫瘠的丘陵地带，随着我们往东走，这一地带变得更加明显了。在我们的北边是一片沼泽地，在尘土的薄暮中与准噶尔低沉的凹地融合在一起。汹涌的洪流从山麓奔流而下，流进了沼泽，洪流的红褐色表明，它所冲走的是春天融化的低处积雪，而不是盛夏融化的高山雪床。这些河流中最大的是玛纳斯河，它进入沼泽后向西、北延伸，最后消失在遥远的帖勒里湖中。河水冲刷在两岸的页岩上，发出怒吼，河岸上的冰架抵挡住了春天的温暖，人们在一个合适的地方把冰块堆成桥基，把圆木跨河横放在上面，圆木上铺着灌木，再把泥土堆在上面，就形成了一座可以撑过春季的桥。

在玛纳斯，我们通过了最大的一片沼泽地。在远处平坦的平原上，出现了短暂的春草，到处都有商队的帐篷，帐篷前面没有任何货物，只有食品、毛毡和驼鞍，此即"坐场"，在冬天的远行结束后，他们把骆驼赶到牧场上休养生息。低洼平原上的牧场会随着气温升高而干涸，商队将向东迁移到古城的山地牧场，之后是巴里坤的高山牧场，那里给骆驼提供了优质的草料，让它们在掉毛的季节结束后保持健康，并使它们适应最伟大艰巨的旅程——穿越蒙古回到归化，回到内地的边缘。

用古伯察的话说，这段旅程的最后回忆是在一个中间凹陷的地方，当地称作"湖头皮"，根据摩西的词源分析，这个地方就是"蝴蝶杯"。我们行到一条横穿公路的沟渠处，车夫试着让马车斜着过沟，避免颠簸和费力拖车，结果把我们翻扣在车下，马也倒下了，四蹄空蹬。幸运的是，车棚上的铁箍还顶得住，我们只不过是在被服卷和毛毡下阴暗柔软的空间里倒立了一会儿，箱子的棱角吓了我们一跳，我们爬出来坐在路边，笑得浑身无力。

车夫看了看车子的惨状，叹道："好了！倒霉了！车也倒了，马也倒了，他们就只会笑。"

在乌鲁木齐的远郊，春天的解冻已经结束，一抹绿色使土地焕然一新。城内的情况还不太好。我们不得不在最偏远的郊区下马，步行到我们的住处。整个冬天，街上的雪都被踩得又厚又硬。当它融化时，街道变成了泥沟，充满了粘脚的黑色泥浆，可能有两英尺或一码深。在一个多月的时间里，人们必须费力地把这些东西挖净、清运，留下一些坑坑洼洼的道路，露出房屋和墙壁的地基。在这段时间里，人们要么乘一辆马车出行，要么在路边堆着干泥巴的人行道上，以最快的速度蹦蹦跳跳。一到夏天，沉陷的街道上就铺满了几英寸厚的软土，这是次年的泥渠的主要成分。我们用了三辆北京马车才把行李从城边运过来。

这次我们没有在友好的中国内地会的招待所里停留，而是在一家贸易公司的客栈住宿。我的朋友潘绮禄曾在这家公司持有股份，这家公司通过商队向我在东部沿海工作的那家公司输送新疆的货物。两年多前，我在北京和天津认识了年轻的潘先生。那时他在处理生意和家事，同时提高自己的英语水平。我第一次去归化城，就是和他一起去的，归化城位于蒙古地区的边缘，商队在那里集散，这第一次旅行激发了我前往亚洲腹地旅行的雄心。我从潘先生为人处世的才能中学了一些东西。当我告诉他我决心跟着商队旅行时，他向我保证他对此事感兴趣并乐意协助。我知道他是个有魅力的伙伴，幽默讨喜，他很年轻，但已经是一个杰出的旅行者了，从北京到中亚，他走过三条不同的路线。他的谦虚使我未能察觉到他在故乡有多么显赫的地位。他的父亲前不久去世，是一位威严、睿智、博学的官员，曾先后在和田、阿克苏担任地方要员，还担任过新疆省最高的财政官员，为奥雷尔·斯坦因的探险做了大量工作，在新疆被称为潘善人。潘先生在政府部门迅速攀升，他对世界的了解和他的语言能力使他成为处理外交事务的理想人选。他在新疆度过了自己的青年时代，不仅学过俄语，一个天主教士还教过他法语，新教传教士也帮他打下了英语基础，此外他还懂维吾尔语，这在新疆高官中是极为罕见的。

　　当我到达新疆省界并被监禁时，[①]潘先生发挥了独一无二的作用，使我获准前往乌鲁木齐。后来，他向省长所作的保证使我拿到了护照，我可以自由地到处旅行，无论我在新疆走到哪里，所有人都知道我是"潘先生的朋友"，他为我们赢得了最亲切的礼遇。当我初到乌鲁木齐时，他还在阿克苏任职，我前往塔城后，他回来了。他在贸易机构的代理人盛情款待了我们，仿佛整个新疆及其所有的一切都可以由我们支配。我们甚至只能偷偷买东西——如果我们问"哪里可以买东西？"，得到的回复是"我们会派一个伙计去取"，我们也不知道价钱如何，也不用付钱。收客人的钱？不可能！临走时，我们费了很大的力气才把一份礼物分发给伙计们。除

143

---

① 参见《从塞北到西域：重走沙漠古道》，第 293 页。

了得到一个杰出外国人所能享受到的一切礼遇之外，我比他们同胞的地位还要尊崇——这是一种恭维，甚至导致了一些短暂的尴尬，尤其是对我妻子来说。在中国人当中，一个家庭佣人就是家庭成员，是主仆之间愉快、真挚的关系的一部分，与封闭庭院中的秩序一致。仆人们在最私密的房间内进进出出，丝毫不受拘束。所有的房间都朝向内院，外墙把外界隔绝在外，院子里的一切都是家庭。这就是为什么陌生人难以轻易适应这种亲近的关系。只要我们的地位被认可，仆人们就认为，不敲门、直接掀开帘子进入我们的房间是天经地义的事，他们轻声走进来送上一盘蛋糕和美味，或者确保壶里的茶叶常沏常新。

当然，在这样的商人家中，一般是见不到女人的。汉商去新疆这样的偏远地方，即使是停留一段时日也几乎不带家眷。不过如果是一个能力负担得起的人，方便的话也可以另组一个家庭。而对于官员来说，妻子陪伴远宦并不罕见。

我们和潘先生一起去乡下旅行走访，甚至在集市上参加俄罗斯婚礼。集市以前是沙俄的租界，现在有四分之一的俄罗斯流亡者和旅华俄商在此，由中国当局提供特殊的警卫服务，对其大门启闭和其他市政事务有特别的规定。苏联总领事馆就在沙俄领事馆的原址，但对租界区不再有管辖权。

我觉得最有趣的是离乌鲁木齐不远的水磨沟的野餐。骑马经过光秃秃的草原，可以看到白雪皑皑的博格达山，还有一个安逸的山谷。那里有许多老柳树和磨坊，一座砖砌的烟囱带有一种现代感，矗立在一座兵工厂之上，兵工厂使用河水的水力运作。磨坊池塘里到处是红色的野鸭。山谷外的峡谷中有神龛、亭榭，古朴精致，隐约让人想起北京的西山。这是一位清朝宗室^①的流放地，他在1900年大力煽动拳民袭击外国人。战后，外国人要求将他逐出朝廷。当地流传的另一种说法是，这里只有一个盲人，他们认为，载澜的这些房子一直保留着，但他自己却不愿受远谪塞外的痛苦，在相对不那么偏远的甘肃了却了残生。

这是一场国际性的野餐。在座的人包括：爱尔兰人麦克莱伦和他的太太；我们的一位俄罗斯朋友，曾经是华俄道胜银行的负责人，直到该行倒闭后，他被困在了中亚；一位伊犁河谷的锡伯人阿兴额，能够说流利的汉语和俄语，此外还有其他人。由于麦克莱伦太太和我妻子的出席，一些中国人的妻子得以一起出席——除了跟随外国人的引导之外，男女共同出席的饭局对中国人来说仍然是一个难以跨越的障碍。麦克莱伦太太不会说汉语，只会说一口流利的俄语，她的父母从英国去了彼得格勒，她也出生在那里。因此，人们在席间用俄语、英语和汉语交谈，没有人会受到阻碍。只有在俄国人较多的聚会上，法语和德语有时才不时被用作辅助语言。然而，最奇怪的例子是一位在邮政部门工作的年轻中国人的妻子。她是直接从南方的汕头来到新疆的。她一句北方官话都不会。而在乌鲁木齐，也没有人说汕头方言，汕头方言对非汕头人来说太难了，以至于成为一种独特的语言。因此，她只能通过丈夫的翻译和其他中国官员的妻子交谈。这是乌鲁木齐的一个小小的奇迹，因为在公务人员的生活中，女士们通常在没有男士在场的情况下才互相拜访交流。

我们骑马来到一座小山上的一座与世隔绝的寺庙，这里俗称

145

---

① 应指辅国公载澜（1856—1916）。——译者注

红庙子，这座寺庙的红墙是这个俗名的成因。红庙子这个名字经常被延伸指代乌鲁木齐，因此这个城市也被称为红庙子，一如"乌鲁木齐"（源于蒙古语，目前由蒙古人和维吾尔人使用）和"迪化"（乌鲁木齐的中文官方名称，使用最少）。也许最常用的中文名称是"新疆省"，这个词在乌鲁木齐城内的使用要比在省内其他地方的使用更为普遍。还有一个非常口语化的表达，"在省"，字面意思是"省会所在"——乌鲁木齐。在红庙子和乌鲁木齐之间，可以看到残破的城墙。乍一看，它们的年代似乎并不古老，应不会早于19世纪60年代，但另一方面，它可能是建立在一个更古老的城市的遗址上。

我们打算到吐鲁番进行一次短途旅行，这是一段非常愉快的插曲。我急于进行这次旅行，不仅是为了了解新疆的南北两部之间的贸易路线，更是为了参观吐鲁番盆地的内陆水利系统。博格达山将乌鲁木齐一带的准噶尔东部与天山南路分开。这个山脉的名字意为圣山，是天山山脉的延伸。从沙漠中望去，它似乎是一座雄伟的孤峰，但实际上它有三座海拔超过 2000 英尺的山峰。按照卡拉瑟斯的说法，博格达山最初被误认为是一个火山。事实上，直到今天，奔波在蒙古商路上的商队在营地篝火旁聊天，说笼罩着云雾的博格达山仿佛冒烟了，他们并没有觉得那烟是真的，更没有认为那是火山。

博格达山与天山主脉之间有一个缺口，海拔不超过 5000 英尺，连接天山南北两路。这不仅是天山南北最接近的地方，也是唯一一个南北两路间的交通要冲，最重要的是，它可以全年通行。这对于政府、贸易以及全省的地缘格局来说都十分关键。实际上，天山南路的终点就在吐鲁番。在冬季，吐鲁番与哈密的交通不需要经过山口绕行乌鲁木齐，但一年中大部分时间内，这条线路对于繁忙、缓慢的贸易运输路线来说太热太干旱了，一般来说，贸易物流需要绕行乌鲁木齐，在那里，它可以通往古城，由商队调度；也可以沿着天山北路通往塔城、伊犁河谷，再到达西伯利亚；或者向东穿过博格达山、喀尔力克山之间的山口，通往哈密，然后进入甘肃和内地。

新疆天山以南有两个封闭的地区——罗布（或称"塔里木""塔克拉玛干"）和吐鲁番。在这两个地方，水源都来自半封闭盆地 147 周边的高山，水流经荒凉的隔离地带，灌溉了平行于山脉的绿洲地带，最后流入沙漠下渗、蒸发，或者流入盐泽、盐湖。亨廷顿的《亚洲的脉搏》对这两个盆地的区别做了最好的描述，他的这部著作即便算不上亚洲腹地地理的《旧约》《新约》，也可以算是《启示录》。他说：

吐鲁番很小，一眼就能看到头，不是庞然大物，这个盆地东西宽不到100英里，南北宽50英里，只有它的邻居（罗布/塔里木盆地）的百分之二大小。在海平面之下300多英尺的盆地底部，白杨河尾闾的盐湖西岸，可以一眼看到罗布盆地的所有特征，这些特征只有在罗布盆地旅行数月才能了解——被环形结构环绕的山；同心圈景观；逐渐缩减和干枯的河流，从梯田般的山谷流向平原腹地变幻莫测的湖中，大多消失不见；山前的砾漠；平缓倾斜的盆地平原上要么覆盖着干燥的棕色芦苇和淡绿色的骆驼刺，要么是裸露的粘土，要么是盖着坚硬盐壳的盐碱地；五六百英尺高的巨大沙丘聚拢在一起……村庄坐落在灌区的"暗色补丁"上；荒废的城镇和枯死的植物证明过去的水源更加充足。[①]

此外，吐鲁番的水源地博格达山也不像天山那样有那么多雪（至少在博格达山的南坡是这样）。由于这个原因，在吐鲁番，春季的水量是最多的，夏天的水量没有增加，所以夏天这里要比天山南路其他绿洲条件差一些。因此，吐鲁番的绿洲社会完全依赖绿洲农业，没有我之前所描述的能为绿洲居民和山区居民提供贸易便利的"垂直"结构——山区能够提供牧场、森林、野生动物、产金的河流、煤和铁。

148

从乌鲁木齐出发，我们穿过光秃秃的山麓，第二天就到了博格达山和天山之间的山谷。博格达山北麓是一座山峰，在山峰和我们的公路之间，是一片向上延伸的荒漠。在 6000 英尺处的高山冰川之下有一个圣湖，湖心岛上有一座道观，里面有道士。毫无疑问，他们继承了其他民族的圣人传统，纵观历史，博格达山的山峰对于亚洲腹地的人民来说都是神圣的。湖周围是一片森林禁地，那里不能伐木、狩猎，它守护着整个区域的生命之源。

在我们的南侧有一汪湖，它没有明显的水源和出口，但毫无疑问，它的水来自山前的碎石带，又通过地下潜流而出，入溪水而南，通过垭口流向天山南路。在这又长又窄的湖的另一边，是一座座光秃秃的山，山的两边大面积覆盖着碎石。无论是游牧民还是定居居民，都普遍认为天山南北的狂风是由某个湖底的一个洞吹出来的，那里有一扇铁门或铁盖，盖子盖上，风就能停止。据说吐鲁番的风就来自这个湖。[②] 在湖的末端，朝向吐鲁番的方向，有三块巨

---

① 《亚洲的脉搏》，第 295—296 页。
② 《亚洲的脉搏》，第 300 页。

石，其中一块已经倒下，五个土包排成一列，周围光秃秃的地面上有奇怪的小圆石。整个场地的布置被一口竖井外的土堆破坏了，显得混乱，竖井通往一口废弃的坎儿井，坎儿井也叫做井渠。亨廷顿似乎没有注意到倒下的巨石和上面模糊的人脸雕刻，它类似于在东西伯利亚和蒙古北部发现的回纥人面立石，有时是完整的人头，有时则类似这块石头上浅浮雕的人面。[①] 亨廷顿说："这些未知民族的遗迹的整体面貌，几乎和我在此以西 600 英里的伊塞克湖和松克尔湖看到的某些土堆、石像的样子一模一样……"[②] 亨特神父曾告诉我，伊犁地区也有这样的遗迹，后来我也亲眼见到了不少。

在湖的另一边，道路延伸很长一段距离之后，穿过干涸的沼泽，到达了一个叫达坂城（山口之城）的小镇。离开乌鲁木齐，很快就能到达通往天山南路的达坂。这里有一条源于一处沼泽的河，穿过一片几乎是平地的峡谷向南流去。沿着河边是一条古道，路边有石碑标记，由于受洪水破坏，这条路已经被废弃。水位低的时候，大车可以在河床的巨石间颠簸前行，水位升高时，就要上行到山口上前行，需要经过两个非常险峻的深谷，碎石和砾石的滑动使行走极为困难，不仅上山费力，下山也很危险，马车很可能会失控而掉队。

在两山夹峙的峡谷中，水边长满了杨柳和白杨树，道路延伸到山前斜坡地带的砾漠中。在这里一处小泉眼旁的土崖下，有一家孤零零的维吾尔客栈，道路分为两条，一条是通往吐鲁番的岔路，另一条是通往喀什的大路。在这个地方有一些奇怪的圆形土屋，就像页岩和砾漠里的气泡。在阳光耀眼的炎热午后，我们"躲"在小客

① 卡拉瑟斯：《鲜为人知的蒙古》，第二章"古西伯利亚"，图片在第 54、60、66 页。
② 《亚洲的脉搏》，第 300 页。

149

栈里，晚上前往一个叫"三个泉"的地方，那里有几个小客栈。当
我们在黎明的第一道曙光中再次出发时，我们发现自己置身于裸
露的砾漠中，四周是奇异、虚幻、苍茫的美景。客栈低矮地伏在
地上，窗户朝向院内，不开朝外的窗，在这些灰褐色的客栈附近，
是"三个泉"的其中之一。涓涓细水流在石头间，这些水发源于我
们看不到的某个山峰，潜流于低山的斜坡之下，在山脚下的碎石堆
中潜行，直流到我们几码远之外的地方才浮出地面。泉水奇迹般地
在石头间造出一片不规则的绿色，一簇簇鸢尾花在那里盛开，在左
侧的山前斜坡上，有另外两处泉水，每个泉水都造出一片绿色的斑
点，说明下面的岩层中有断层，使水浮出地面。其他地方正如我们
所看到的，不过是缓慢起伏的砾漠景象，这是山顶滑落的碎石日积
月累而成，不知在山脚下堆了多厚。这片荒漠向低处倾斜，通往一
望无际的天山南路，我们将以螃蟹爬行一样的角度横穿过它，探索
一切未知。

第十五章　荒城之地

我们现在正以一种新的方式旅行。我和妻子骑马，摩西则坐
着一辆维吾尔式两轮马车，带着我们的厨具和一些财物，走得更
慢。我妻子骑的是我们刚在乌鲁木齐买的一匹漂亮的黑马，我骑的
是潘先生借给我的一匹枣红色赛马；这种友好的关照只有马的主人
和去过亚洲腹地的人才能充分体会到。潘绮禄是当代新疆著名的旅
行家。中国官员的易地任职即使不如意，也要尽可能保持尊崇和悠
闲之态。然而，对于潘先生来说，每一次宦游都是一次连续的急行
军。在从阿克苏返回乌鲁木齐之前，他精挑细选买了一群马。他把
轻便的行李放在一匹马上，只带三四个随从，中间只停了两三次。
这些马品质优良，因为一路上没有一匹掉队。

借给我的那匹马，虽然是在著名的焉耆地区（或者更确切地
说，是在它上游的裕勒都斯高原）培育的，却带有明显的俄罗斯血
统。这不是潘先生自己的坐骑，没有最时髦的步态——"大走"（大
踏步）。但为了应对长距离的跋涉，它被训练得善于小跑疾驰，即
"小走"，没有比这更舒服的了。潘先生没有告诉我他借给我的这匹
马有多贵重，这就是他为人的特点。几个月后，我在阿克苏听到了
关于这匹马的描述，有人问我是否知道这些——它两英里赛跑赢了
所有参赛马匹。这样一匹马能借给我骑到吐鲁番，让我荣幸之至。
这是亚洲腹地的最有趣的事情之一——我在几百里之外听到了我骑
过的一匹马的美名，而这能使我结交许多陌生人。这些陌生人大多

身份卑微，但在路上能帮很多忙。

"三个泉"的黎明是阴冷而清新的，但干燥的空气驱除了这种清新感。太阳一升起，强风一般的炽热阳光扑来，把人压在灼热、沉闷的砾漠之上。泉池之外再也没有任何生命的迹象，再也没有黑戈壁上能看到的瘦弱矮小的红柳。这比我在蒙古见过的任何沙漠都要糟糕。我们的马和我们一样被高温压得喘不过气来，在砾漠中沮丧地小跑着，身上的每一滴汗珠都被身上和四周的热浪晒干了，再蒸发上来。太阳升起的时候，突然刮来一阵风，帽子以令人难以置信的速度被吹走了。除了一条薄薄的手绢，我头上什么也没有。不过，虽然我们两个从里到外都烤蔫了，我却没有中暑的迹象。我们沿着这条路在荒原上足足走了30英里。疯狂的海市蜃楼在我们周围晃动跳跃。有时地平线上出现了一些海湾和河口的幻象；在其他时候，虚幻的小山、树木和旅客在空中盘旋，看不到真实的世界。有一次，幻影在我们前面只隔了50码左右，我们看见几个疲惫不堪的维吾尔旅行者，骑着愁眉苦脸的驴子，由于笼罩着热浪，当他们穿过空旷、布满石头的沙漠后很快就消失不见了。午后，我们看到前面的路下沉了，灰绿色中透着真实的粼光。马儿要么是看到了树梢，要么就是闻到了水的味道，心甘情愿地慢跑着，将我们带到了吐鲁番沙漠地带的第一个水源、第一个绿洲和第一个客栈。

我们现在到了山前地带的边缘，水从砾石下冲出来，在土崖上豁开了一条大缝。尽管天气很热，还是有几个人在建造引水渠。这条水渠是用劈成两半的中空白杨木建造的，用支架支起来穿过峡谷。小杨树下的沟里流过一股溪流。在那里，妻子把脚伸进水里，吐着舌头，而我走得更远，找到一个僻静处，脱掉衣服躺在水沟里，任浅浅的水冲过我的身体。

在这个地形封闭的地方，即便到了黄昏或者夜晚，热度仍未消退。摩西的马车追上我们后，我们的晚饭吃得汗津津的，一支蜡烛照亮了我们肮脏的土墙屋子，似乎让整个地方热得难以忍受。我们在床上焦躁地躺了几个小时，午夜时分又爬起来，开始了最后一次行军，这一趟应该会到达吐鲁番城。空气似乎仍然令人窒息地紧紧缠绕着我们，即使在黑暗中也能嗅到尘土的味道。过了一会儿，一轮苍老憔悴的月亮升起来，在陡峭的土崖上投下无精打采的光，我们在泥岩峭壁间一条黑暗的路上找了个洞钻进去。我们的马看到模糊的影子就害怕，它们看不见东西就会哼鼻子，搞得我们也没法入睡。接着，星空开始变得苍白，比挣扎着的月光更模糊了，闷热的夜晚结束了，在黎明前冷却下来，给了人一点喘息的间隙。

随着灰色的光线逐渐散去，我们从一条沟的黏土质边缘走下去，喝清凉甘甜的水，回头只见一片撕裂的黏土，仿佛是巨大防御工事的碎片。到了河的另一边，我们又爬上了土崖的平顶，在那里，我们看到了黎明的曙光，看到了四散分布的树木、房屋、水渠和绿色的田野，田野被平坦的荒漠分割开来。当我们到达吐鲁番时，天已经很热了。

"你要去吐鲁番？"在天山北路的一个衙门里，我曾遇到一个做跑腿和翻译的维吾尔老人，"啊！吐鲁番，是个好地方，干净！干净！我很小的时候就离开吐鲁番了，也没有攒钱回去过，但确实干净，集市的街道比汉人的炕还干净！即便没人来清理，过路的马也不会在路上留下任何东西。"没有比这番话更高的赞扬了。然而，像其他城市一样，我们发现吐鲁番的小客栈比沿途的小客栈更糟

154

糕，而且店家也更无礼、更懒惰、更鬼鬼祟祟。但是，就在我们为这糟糕的情形哀叹的时候，我们遇到一个俄罗斯鞑靼人。他是我在乌鲁木齐认识的一个商人，看到我们穿过街道，他就来"拯救"我们，把我们安置在一个凉爽的维吾尔房间里，这里有厚厚的土墙，拱形窗户朝一个私人庭院开着。我们安顿好住宿后，就去"开开眼"，这是一个极好的汉语短语，表示在街市上参观。

城墙环绕的城市与开阔的乡村形成了鲜明的对比，这里凉爽且树木葱茏。中央街道既是道路，又是市场，上面有棚架，棚架上盖着草席、葫芦、柳枝和杨枝。人们穿着宽松的长袍，光着脚或趿着拖鞋，在斑驳婆娑的树荫下轻轻地走着；当他们用维吾尔语交谈时，喉音柔和，女人的眼睛在纹饰工整的眉毛下闪烁着，男人的牙齿从黑胡子间闪出。男孩们赶着数不清的驴子，驮着装水的木桶，从土城门旁的沟渠、水井向城里运，水洒出来溅在路上。从酷热的清晨，一直到微凉的黄昏，人们不断把水泼在房子的墙上和地面上，洒在路上、沿街贩售的蔬菜上、干净的街道上。我们把水泼在房间的墙上，但几分钟就干了。人们的光脚和拖鞋不停地拍打着街面，使地面变得光洁美丽。

上午9点之后，集市散去了。此时在空旷的街道上骑行，只能在街边店铺的深处看到一些盘腿坐着的人，他们在黑暗角落中的地毯和明亮器皿的柔和反光映衬下，显得十分富态，泰然自若地躺着，体现出被称为"东方尊严"的雍容与闲适。从荒芜的门里可以瞥见雕刻的木制门廊和清真寺的石膏圆顶，还有一些商栈，商栈院子四周围着成捆的棉花，挤满昏昏欲睡的驴子。

我用一台相机打破了日光恍惚的魔咒。首先出现的是一个小男孩，之后是另一个小男孩，把他驮水的驴子抛在一边——那水是用来泼洒街道的，他们欢呼雀跃地招来了德高望重的哈吉们，[①]这些人虽去过麦加，但没见过相机；商人们不会为一桩买卖走十步，但会为了拍照片飞奔五十步凑过来；还有大胆的少女们，神气的小伙子用胳膊肘推了推她们；最后是兴奋的主妇们，如果有人用胳膊肘推推她们，她们就会高兴坏了。由于吐鲁番离乌鲁木齐很近，又经常有汉商来往，吐鲁番的维吾尔人很多都懂汉语。由于有了与汉族人对话的能力，他们已经失去了大部分维吾尔人对喀什的那种恭敬和胆怯。然而，他们的兴奋不会失控，相比之下，天山北路上的人群有时会因为兴奋而失控，继之以不怀好意地围观。当我们需要一个干净的地方放相机时，前排的人非常会意地努力给我们清场。可是 50 码以外的人群聚拢在一起，听不见我们说什么，那就麻烦了。事实上，我们经常骑马外出，大部分照片是在马上拍出来的。这是一项刺激、有趣的娱乐活动，人们想第一个拍到照片，有时，某个小男孩为了抢个最佳位置而从某匹马肚子下面探出身来……这个有趣的娱乐活动能让人乐在其中，让人小跑几十步，顾不上卷心菜、厨具店和婴儿。

我妻子是最受关注的人，我们多次被告知，她是第一个来到吐鲁番的白人女性，她只要上街就会被一大群人跟在后面。尽管如此，人们的自然举动还是令人愉快的。我们想买一个用罗布软羊毛编织的鞍囊，颜色鲜艳、图案精美，在商路上偶尔能见到这种从天山以南最偏远的角落贩运出来的鞍囊。一位德高望重的哈吉以惊人的速度当选为"鞍囊采购委员会"的主席。"委员会"没有进一步征询我和店主的意见，就敲定了一个公平的价格，带着一分深思熟虑的慎重，把钱从我们手里接过去递给店主，然后从店主手里接过鞍囊交给我们。

156

----

① 哈吉，意为"朝觐者"，伊斯兰教对朝拜过麦加克尔白的穆斯林的荣誉称号。——译者注

　　吐鲁番城是吐鲁番盆地所有城镇和村庄的中心。它坐落在"火山"的南麓。"火山"是一条红色的山脉，标志着博格达山脉南麓底部的一个地质断层。在这个断层上，高山冰雪融水从砾石坡下流出，穿过红色山脉的峡谷进入吐鲁番盆地。每条小溪的水都被分流到平原上的多个支渠中，而在溪流之间，或在超过提水上限的地方，农民们依赖坎儿井引水，这是一种来自波斯的灌溉技术，在18世纪末引入吐鲁番。坎儿井是汲取地下水流的一连串的井，每口井都深及地下潜流，然后在井底向前挖掘隧道到下一口井的井底，井之间间隔二三十英尺，形成一条地下运河，或者说是一条下水道。地下水道清淤时，井口可供人出入。水井的深度从上游近山处向下游绿洲递减，直到最后流出地面，进入地表的水渠中。

　　亨廷顿在20年前估计整个吐鲁番盆地的人口约为5万，其中2万人完全依赖坎儿井的水源生活。[①] 在坎儿井灌溉区之外，吐鲁番盆地的最低处是盐泽，排水不畅，并不宜居。吐鲁番城的海拔位于海平面附近，而盆地的最低点在海平面下300英尺的白杨湖，这个湖冬天有水，夏天只有泥。通往盆地外缘的坡地覆盖着砾石，向上延伸到荒漠边缘，未开发的荒原一直延伸到甘肃。

　　在古代，尽管坎儿井的使用还不为人知，但吐鲁番的气候肯定要好得多。亨廷顿的观点是理解这个亚洲腹地区域文明周期性盛衰的关键理论，气候变化则是这一关键理论的主要因素。他指出，即使现在开凿的坎儿井能够支持40%的人口，农业所受到的条件限制也远甚于古代，人口也不像古时候那么多。那时的水源一定更充沛，而且输送距离一定比现在坎儿井的输水距离更远，正如坎儿井

157

①　参见《亚洲的脉搏》。

灌溉区以外的无数废墟所证明的那样。大约在公元初期，吐鲁番盆地与更广阔的罗布盆地一样，人口密度大，文明程度高。接着是几个世纪的干旱，远处山上的冰盖消退，河流干涸，人口减少。在公元前的那段时期，吐鲁番文化达到了顶峰，之后逐步恢复，但是因间隔期的不同，每次的有限恢复都程度不一。公元一千纪末，伊斯兰教扎根于亚洲腹地，[①] 此后，艺术、文字以及古老而丰富的佛教记忆，除了最微弱的残影之外，都被完全遗忘了。

　　在较晚的一个气候改善时期，吐鲁番进入了它第二重要的文明阶段，原因在于这个文明阶段是许多国家和民族文化的融合期。一些"次生"遗迹就属于这个时期。"哈拉和卓就是这里最大的废墟，建于874年至913年，毁于1644年，在这个时期，吐鲁番以其藏书、艺术、工艺及武功而闻名，对其语言（依据从废墟中复原的纸、皮革和木头上的手稿）的考察表明，当适宜的气候条件提高了吐鲁番盆地的人口承载力时，人们是如何从四面八方涌入这里的。那格利文和两种婆罗米方言来自西南方的印度人；吐蕃人从东南方带来了他们的语言；汉人来自东方；回纥人和突厥人来自东北方、北方、西北方；叙利亚景教徒来自西方，他们带来了叙利亚文和摩尼教的语言，以及一种与叙利亚有关的未知语言。藏文手稿在吐鲁番的存在是非常有趣的一件事，8世纪末，吐蕃大举入侵天山以南地区。造成这个情况的根本原因尚不清楚，但很显然，在之前较为干燥、温暖的时期，青藏高原相对宜居，而之后，当气候变冷时（也就是说，高山冰盖向下蔓延，增加了天山南北绿洲河流的夏季水量，使这些绿洲的人口承载力增加），青藏高原上的农牧业则

158

---

① 尽管在此之前就有传入，但此时才扎根。

举步维艰，迫使吐蕃人寻求新的家园。"[①]

公元 1000 年左右，来自西方的征服者将伊斯兰教传入了新疆，以喀什为伊斯兰教入华的第一站。此后，尽管气候在某种程度上有所恢复，文化却再也没有恢复到佛教时代的高度。其原因可能是，尽管生活变得更加便利，人口也增加了，但古代贸易线路从未恢复到可以"自由发展"的状态，历史上曾有两个"自由发展"的伟大时期，一个是公元前 2 世纪的汉代，另一个是在公元 7 世纪达到鼎盛的唐代。在我看来，串联各个绿洲的贸易路线连接了中国和西方，所产生的刺激效应是财富增长的主要原因，继而促进了大型城市中各行业的发展，带来了优秀文化的繁荣。一旦没有串联交通线的刺激，可以很清楚地看到，亚洲腹地这些封闭区域的自然趋势是陷入永恒、迷醉的停滞之中，既不前进，也不后退。[②]

159

伊斯兰教影响了亚洲腹地的大部分历史，但有两条纽带继续将这里与以往的繁盛联系在一起：一个是一系列的圣地，另一个是一种模糊却持久的生活传统的传承。在今天的伊斯兰教圣地附近搜索，依旧可以找到更古老的圣地和更古老的宗教的痕迹。其中的一些与穆斯林和佛教原住民之间纷争的传说有关，一些圣地的传说鲜为人知，人们崇拜那里仅仅是因为那里自古以来就很神圣，人们不过是继承了崇拜的力量。一个名声显赫的圣地可能位于遥远的沙漠中。去那里旅行的朝圣者可能不知道，不远处是一座曾经繁华的古城废墟，抑或他们知道这些废墟，但没有意识到当代圣地的附近就是那个古城圣地的所在地。随着时间的推移，许多不同宗教的痕迹

---

① 《亚洲的脉搏》，部分基于 Grum-Grshimailo 和冯·勒科克的研究。
② 参见我的《亚洲腹地的商队路线》（"Caravan Routes of Inner Asia"），载《地理学杂志》（Geographical Journal），1928 年 12 月。

可能会叠加在一个圣地之上，这一点在我拍摄的吐鲁番附近一座墓地的照片中体现得淋漓尽致。坟墓的圆顶是伊斯兰教风格的，入口处横亘着一道笔直的矮墙，显然是不必要的障碍，这不过是汉人的辟邪墙（影壁）。汉人相信煞气会笔直地冲射门户，所以在城市、私宅或墓地门前设置这样一堵墙，可以迫使煞气绕道而行，从而避免其影响。在这种情况下，墙上挂着亚洲腹地随处可见的野羊头骨，这是古人类原始宗教的自然遗存，它是萨满教和巫术的证物，而萨满教和巫术的历史比佛教还要古老，现在仍然存在于游牧部落中，在绿洲穆斯林的生活中也可以找到其遗存。

废弃的城市、堡垒和寺庙等遗迹几乎只存在于沙漠中的干河床上。我已经描述过今天绿洲附近的河流是如何从高山冰川发源，如何冲破荒漠隔离带，如何流入沙漠并消失于沼泽、盐湖和沙地之中的。这些死寂的城市曾经是这类绿洲的中心，由于来自遥远山区的水源不断减少，无法继续流向更远的平原，这些绿洲就被废弃了。由于气候整体上日益干燥，在这个区域内，城市总体上是沿平行线分布，最远的那条线上是亚洲腹地佛教黄金时代的城市，位于这条线和当代绿洲之间的线代表着调整时期，当河流复苏时，人们会再次涌向沙漠。显然，这些恢复时期都无法与之前的一次恢复相比。因此，尽管人们在旧城市废墟的基础上建立了新城市，但更常见的情况是，每个废弃的城市都只代表着它自己的那个时代。

水源消失后，几乎和埃及一样干燥的气候将丝、纸等纤维物品及绘画、灰泥上的色彩完好地保存下来；干燥的沙土侵入废弃的城市，把它们覆盖在一个干净的木乃伊化的坟墓里。先后多次建立城市的地方，城市地层一个比一个高，这有助于确定不同的地层所处的时代。其他城市——离现在的水源最近的城市，可能从来没有因为缺水而废弃，但已经在战争中被摧毁过了。在最近两代人的时间内，农业的发展、灌溉的扩大和人口的增长，使这里一些土地重新成为农耕区。因此，田地一直延伸到那些遗址的残墙里，农民在挖掘中毁掉了许多宝藏。

161　　　我们原以为从吐鲁番骑一两天马就能到达哈拉和卓遗址，但我们没有考虑到天气因素。我们知道，吐鲁番在 4 月底会很热，[①]但我们没想到这时的沙尘暴也是最严重的。太阳越晒，气温越热，风就越强，从沙漠卷起沙土，从田里吹走松软干燥的土壤。天空都变黄了，即便是在城里，冒险出门也会非常糟心。有时，风在傍晚会减弱，但有时会持续到深夜，在古城废墟里，除了露出地面的土墙什么也看不见，想要寻宝必须挖地三尺，然而令许多自告奋勇的向导失望的是，我们不是来寻宝的，我们只待了三天。

　　在吐鲁番城附近，我们确实看到了一个大城镇的废墟，它有可能追溯到中世纪的伊斯兰教时期，但更有可能追溯到五六十年前的战争。它遭受遗弃的伤痕正被耕耘和收获所抹去。它附近的重要纪念物是一座巨大的砖塔，是由当地统治者苏来满在 18 世纪末建造的。[②]像新疆的许多纪念建筑一样，这里也有"神圣"的鸽子，但我们在塔附近一座废弃清真寺的大堂和拱顶里发现一些小男孩在捉鸽子。他们任由鸟儿在塔里飞来飞去，直到它们被昏暗的光线和柱子弄得头晕目眩，蜷缩在地上……这些鸽子炖菜的味道可能和其他的一样好。

---

① 斯克林（Skrine）《中国中亚》（*Chinese Central Asia*）关于喀什的文章指出，由于当地的极端"大陆性"，4 月比 10 月更热，而世界上其他地方的 10 月比 4 月更热。即便如此，我们还是对当地的高温感到惊讶，和北京七八月的天气一样闷热，早晨过后，阴凉处的温度计保持在 90 华氏度以上，而就在一个月前，我们还在老风口的雪中艰难跋涉，这是我能回忆起的有关新疆地区极端温差和气候突变的最好例子。
② 应指苏公塔，又称额敏塔。苏来满系第二代吐鲁番郡王。——译者注

　　当我们对友好安置我们的鞑靼东道主说我们要离开吐鲁番时，他吓了一跳，因为我们的停留如此短暂，他还没有带我们"游览"更优美的风景，人们会认为他在敷衍我们。所以我们至少得和他去葡萄沟野餐。尽管天气不好，我们还是决定再冒险多待一天，于是他开始兴致勃勃地组织野餐。

身着骑行装的埃莉诺·拉铁摩尔

给小孩剃头的维吾尔老人

吐鲁番的街道

吐鲁番街上的维吾尔人

第十六章　葡萄园和沙漠

在"火焰山"的几个红色砂岩山谷里，除了葡萄，几乎什么都不种。火焰山的名字就像博格达山的"烟"一样，曾经导致了关于中亚有火山的报道。这些山谷中最著名的是吐峪沟山谷，那里有个七圣人墓。

这个山谷出产的葡萄，以前只作为贡品运往北京。然而，离吐鲁番最近的峡谷是在汉语中被称为"葡萄沟"的峡谷，它是一个著名的风景名胜区和野餐胜地。在这些种植葡萄树的山谷中，几乎不种植其他作物，村民们的食物供应大部分来自平原。这里种植了许多品种的葡萄，其中有一种可以酿造相当不错的白兰地，尽管葡萄酒不是汉人或维吾尔人的传统食品，但这种葡萄最近很受欢迎。最著名的葡萄是用来做无籽小葡萄干的，这是古老的皇家贡品。每年有数百头骆驼从古城往外运葡萄干。它们是汉人春节最受欢迎的礼物，但最重要的是，在富裕的蒙古寺庙和中国内地的佛教寺庙里，它们都是珍贵的食品。招待贵宾和方丈的客人，总是要端上一盘美味佳肴，配上迎客的茶水，托盘上总是要出现几粒吐鲁番葡萄干，哪怕只有一小把，只要是吐鲁番葡萄干就行。这就是汉人的顺口溜里常说的葡萄，这个顺口溜里列举了新疆的三样宝贝——

吐鲁番的葡萄，哈密的瓜，库车的姑娘一枝花。

在吐鲁番，我们也吃瓜，这是去年夏天的收成，存放在地窖里，凡是没听说过哈密瓜的人都会说吐鲁番的瓜是世界上最好的瓜。甜瓜保鲜的方法是将成熟的瓜切成条状，在阳光下晒干，制作成扁平的瓜饼。哈密瓜最适合晾干，因为它们保留了最多的风味，这些瓜饼肥厚、粘嘴、香甜，让人想起无花果。强烈的干热使瓜肉可以在腐烂前晾干。

那位鞑靼东道主早上来接我们，事实上，他是如此急切地想按照汉人的礼仪，早早地来向我们表示欢迎，以至于天还没完全亮他就来了。他带我们到山上去，坐的是一辆没有弹簧的两轮马车，外国人叫它"北京车"，汉人叫它"小轿车"，上有一个蓝色小车厢。这些最好的车通常是从北京来的，用骆驼拖着穿过蒙古，走了2000英里左右的路程。但现在，大部分"北京车"都是在新疆制造的。我们驾车行驶了六七英里，穿过平原边缘，沿途大部分是沙漠，到达了红峡谷的入口。然后，进入峡谷，我们发现在层层梯田之上以及峡谷深处的灌木和树丛中生长着葡萄藤。

招待我们的佳肴摆放在一株巨大的葡萄藤下，这株葡萄藤是主人的骄傲，主人说它已有150年的历史了。它的树冠大约遮住了40英尺见方的空间，形成了一个凉亭。葡萄的主人，可以说是我们东道主的东道主，是个88岁的白胡子高个儿男人，一点也不因年老而衰弱。吐鲁番虽有沙尘和酷暑，但气候干燥而有规律，农民的生活是如此安逸、无忧无虑，据说这儿的人常常能活到100岁。这个长者曾参与阿古柏的叛乱，他显然也是个有地位的人，因为在叛乱被镇压以后，他曾在内地当过15年的俘虏或人质。

除了我们的鞑靼东道主和他的弟弟，参加聚会的还有一个年轻的吐鲁番人，曾在乌鲁木齐接受过汉式教育，这种教育主要面向那

164

些想做低级官吏的维吾尔人，这个年轻人干了几年政府工作之后回吐鲁番当了商人。和他一起的还有另一个吐鲁番人，会讲俄语，去过两次下诺夫哥罗德，那里的大市场向中亚商人们展示了俄式生活的吸引力，在亚洲腹地商人的心目中占有很高的地位，以至于下诺夫哥罗德与麦加、鲁姆（君士坦丁堡／伊斯坦布尔）一道成为亚洲腹地人民自我定位时为数不多的几个域外坐标。至于北京，它是如此遥远，与其说是远行目的地，不如说是个传说。这个人两次前往下诺夫哥罗德，从那里带回了发亮的黄色靴子和进化论，他的到来使得这个年轻商人成为我们聚会中最久经世故的角色。

一般来说，中国朝廷施加在天山南北的统治力度是非常轻的，但中国的文化却在一件不同寻常的事情上表现出强大的影响力。聚会上没有汉人，没有一个人的母语是汉语，但我们大家共同使用的唯一语言就是汉语。此外，汉语就像一道奇特的光影，从头到尾笼罩着我们的整个聚会，不时产生些奇怪的繁文缛节，隐现于聚会之中，为吐鲁番式的闲适与快乐注入一种独特的感受。俄罗斯鞑靼人从他们与俄罗斯人的交往中，学来了一些令人舒适的礼节，这被认为是俄罗斯中产阶级和小商人的良好表现。大多数时候，维吾尔人慷慨、豁达、不拘小节。至于我们，我们尽可能自由随意一些，因为大家都希望我们多表现出一点西方的俗气、异乡人的笨拙和游客的冷漠。

鞑靼东道主除了戴着穆斯林的无边便帽外，还穿着俄罗斯的"商店装"，而他的弟弟则穿着俄罗斯农民衬衫。两个维吾尔人穿着自己的民族服装，为了在俄罗斯人眼中显得有欧洲范，他们的衣服有过一些改款。去过下诺夫哥罗德的那个吐鲁番人，有着椭圆形的橄榄脸，饱满而慵懒的眼神，任性而娇嫩的嘴，端庄而珍贵的、令人心醉的小胡子，这让人联想到一个法国式的印象：一个可爱的年轻人，打扮得漂漂亮亮，在他的东方公寓里接待一个可以老得做他姑妈的有夫之妇；他柔软的腰部、迷人的臀部可能会因为发福而在几年内走样。

然而，他的英俊容貌只不过是昔日在政府做事的写照，他的昔日魅力更多地体现在他那甜美的天性和迷人的灵魂上，而不是体现在身材上，因为他的身材呈圆卵形，魁梧、柔软且汗流浃背。这个椭圆形身体的上端装饰着一顶紫红色绒面刺绣便帽，而下半身则被上身衣服遮挡住。他的白上衣里边是一件带褶边的白衬衫，衬衫下面是一条鼓鼓的紫色裤子，这条裤子是按照欧洲式样裁剪的，而且是前扣的。这些扣子一定是在他年轻时候买的，因为扣子现在都扣不上了，他的衬衫像一件枯萎的皮囊一样耷拉着。他说着流利的——不，是丰富的汉语，很夸张，声音甜美，像一只维吾尔腔调的夜莺。他的思想，不仅体现在裤扣之上，也在更远的地方。

他所接受的教育并非毫无价值，他对维吾尔文明的熟悉让我感到惊讶，因为他的多数同胞对伊斯兰教传入之前的自身历史不甚清楚。他说，吐鲁番人民真正代表了古代维吾尔人，但自从近一千年前皈依伊斯兰教以来，他们已经完全忘记了自己的起源和文字。事实上，如果亨廷顿是正确的，那么吐鲁番人不可能是维吾尔人，因为他说："在17世纪中叶，由于蒙古人的袭扰，吐鲁番几乎没有人口，绿洲无法维持耕作。"[1]亨廷顿如此随意地说"袭扰"，是比较奇怪的一件事，因为他一般更加关注气候对人的影响。关于其原因，亨廷顿认为是天山北路的准噶尔人（卫拉特人）崛起引发的剧

166

---

[1]　参见《亚洲的脉搏》。

变，他们征服了撒马尔罕，一度想挑战满族对中原的征服。准噶尔人被击败后，一群西边的维吾尔人，沿着始自喀什的道路来到了吐鲁番，使这个地方再一次变得人丁兴旺。

我们这位在下诺夫哥罗德见过世面的朋友对逝去的历史旧事并不怎么关心。他宣称自己是一个知识分子，一个自由思想家，但主要关注我们现在生活的世界。此外，就像他自由思考旧信条那样，他还随时自由地思考新信条。他告诉我们，进化论是俄罗斯的新宗教，那里的人们疯狂地追求该理论，但是，据他的自由思想的经典，说"人和猴子有相同的祖先"，就跟"三个上帝与一个处女结合，生了一个儿子"①等其他教派说法一样，是无聊的迷信。至于我们的鞑靼东道主，他是一个朴实、务实的人。他相信聚会和友谊有助于生意兴隆。他主要经营著名的吐鲁番棉花，这种棉花是一种来自美国的长绒棉。中亚地区开始种植棉花缘于美国内战。美国内战爆发后，沙皇俄国棉纺厂的原料供应中断，造成了巨大的困难，因此，大约在同时，俄罗斯人开始大举进军中亚各汗国，他们对种植棉花的可能性非常感兴趣，为的是实现纺织业原料的自给。他们在布哈拉和撒马尔罕引进了美国棉花，尤其是在费尔干纳省。由于引入这种新作物的高额回报，它被引入中国新疆。俄罗斯内战之前，这种棉花只向俄罗斯销售，内战造成的贸易阻断，导致人们试图将其引入中国内地市场。当时上海的棉纺厂商发现，新疆种植的美国棉花可以由骆驼商队驮载，走三四个月穿越蒙古，在归化城转火车运到天津，再海运到上海，成品仍可以与美国货一较高下。然而，从那时起，蒙古局势动荡和中国内战，导致中国铁路运输长期

---

① 应指基督教的"三位一体"与"圣灵感孕"教义。——译者注

中断，使贸易物流又回到了俄罗斯。中国商人再也无法与之竞争，而俄罗斯对新疆棉花市场的垄断是他们经济控制新疆的主要手段之一。尽管在中国市场上，长绒棉一直被称为吐鲁番棉，但事实上，一等的新疆长绒棉产自西部更远的库车一带。

俄罗斯鞑靼东道主在讨论了这些问题之后，继续阐述汽车交通的商业价值和个人娱乐价值。他一边调侃我们艰辛的吐鲁番之行，一边说如果能开车前行的话，亚洲腹地也不是一个很糟糕的地方。我们抑制住恐惧的惊呼，因为在亚洲，你在一个地方能走得越快，那么它就一定越好。人们这种信念甚至比美国人都更强烈，这就是为什么他们都认为美国一定是一个如此美妙的地方。

总的来说，我们的问题不像他们的问题那么多、问得那么快。紫裤子终于把我们这些高级知识分子的辩论给打断了。他悄悄侧身靠近过来，仿佛背后藏了一把扳手。

"为什么这些外国人要买我们所有的羊毛？俄罗斯有很多羊，美国肯定也有羊。"

我向他保证美国确实有很多羊。

"嗯，如果美国羊像我们的羊一样长羊毛，我想它们也会像我们的羊一样咩咩叫。"

"哦，是的，世界各地的羊都差不多。"

"那么，如果吐鲁番的羊和美国的羊发出同样的声音，为什么美国人和吐鲁番人不说同样的语言呢？"

我吃了很多东西才避开了这样的问题。我们先吃了大把核桃和葡萄干，几近饱腹，令人后悔。但一看到木炭上烤的烤肉串，我们的食欲又恢复了。肥瘦交替的羊肉块穿在木条上烤着，然后我们从木条上咬下去。肉串上撒着一种特别香的"胡椒粉"，这是由汉人的商队运到新疆的。我也不知道这种佐料是哪里来的，特殊的香味可能是源于精明的商业掺假。我们的东道主尽管有一大群厨子、伙夫，以及一群本地常见的、只能被形容为"下人"的帮工，但仍在凉亭边的泥灶旁亲自掌灶，这种灶是专门为这样的野餐而搭建的。

直到有人提议去散步，我们才散席。我们爬上峡谷的一侧，去看镂孔砖砌的晾房，在晾房里，热风穿室而过，烘干葡萄。这样，葡萄优美的色泽就不会因阳光直射而变暗。我们眺望着一片美丽的景色，峡谷中肥沃的、精心培植的绿色树木和峡谷两侧的红葡萄梯田，环绕着我们所处的山崖，远处一条小溪消失在朦胧的平原上。这片土地的结构再明显不过了，只要山谷高处的沟渠能将水输送到梯田中，就有了丰裕和安逸的生活，而那被人类的劳动所救赎的狭长地带的边缘，则是一片无情的荒凉。在峡谷的边缘，就在我们的脚下，葱绿突然停止了生长，仿佛有灼热的铁片在上面划过。

然后我们又回去吃了更多的羊肉，这次是煮羊肉，但还是撒上了美味的胡椒粉；很明显，我们必须再走一段路消化一番，否则就吃不了下一道菜了。我们爬上峡谷，去看佛窟的遗迹，那里的墙壁上还粘着几块壁画的小碎片。"很抱歉，我们没有图像或绘画给你们看了，"他们礼貌地告诉我们，"在你们来之前，它们都被别的外国人拿走了。"如果这些天你想要什么，就得去挖。他们认为，当我们表现出认真地购买古董的意图时，他们就能利用我们的渴望，成为我们的古董代理，他们误会我们了。某种意义上，是俄国、德国、法国和英国的探险队所取得的一些考古发现，使那些文物重见天日。汉人统治者从来没有对新疆的这些考古财富感到好奇，因为他们对摩尼教徒、回纥人、景教徒或其他难以理解的"蛮夷"没有兴趣。在汉人眼中，荒废的城市没什么价值，只有手稿才会让他们

169

感兴趣。所有已发现的前伊斯兰文化证据已经损毁。这些壁画原本可以在干燥的气候下再保存一千年，却被虔诚的人和懒散的人砍成碎片，"只是为了了解它们"。至于手稿，很不幸，由于水分增加，它们变成了一种容易腐烂的东西，被撒在地里当肥料。冯·勒科克给出了一个可能是最可惜的毁坏的例子，一位农民向他描述，在第一支德国探险队到来的五年前，他发现了不下五车的手稿，其中大部分据说是"小字"——可能是最有价值的摩尼教手稿。[①] 发现者首先担心的是"异教徒"手稿中可能潜藏着邪恶的诅咒，其次担心的是汉人可能会怀疑这是一个宝藏，并对这么大的发现进行调查。于是，他不假思索地把整堆东西倒进了河里。

作为迟到的无知者，我们对过去唯一的敬意，就是在那些漆黑的洞窟盲孔之下，沿着山谷漫步。我爬上土崖上一条摇摇欲坠的小路，走进一处曾经的小礼拜堂洞穴或者隐士小屋，蜷缩着身子，从茂密的杨树、柳树树梢上向外望去。洞里的黑暗令我感觉受到斥责一般。我爬下楼梯，继续和朋友们友好地聊天。回到凉亭下，我们又吃了一顿美食，这一次是由那棵大葡萄藤的主人来招待我们。

170

最后一顿也是最丰盛的一餐，我们吃了一顿由米饭、羊肉和切碎的胡萝卜制作的抓饭。经常吃抓饭的人会变戏法，把饭抓在手心里捏成一个小球，然后用拇指把小球送到嘴里。所有的维吾尔菜都应该只用一只手吃，不使用筷子或其他辅助工具。多用一只手是不礼貌的，除非要处理超过一口大小的羊肉，需要左手把羊肉块放在嘴里，右手拿起一把刀，在靠近嘴唇的地方把羊肉割掉。我们在努力按照礼仪吃饭的过程中浪费了大量的饭粒，把自己的耳朵都抹得

---

① 《新疆的希腊遗迹》(*Auf Hellas Spuren in Qst-Tukistan*, Leipzig: J.C.Hinrichs'sche Buchhandlung, 1926)。

油腻腻的。不过，在其他人中，只有紫裤子稍稍掉了一两粒米，因为他的手必须从肚子下面绕着拿上来，距离较远。甚至他的浪费也不是绝对的，因为大部分散落的米粒都掉进了他扣不上的裤子里。

用手吃饭需要养成饭前饭后洗手的习惯，人们用铜制的水壶把水端到客人面前，倒在他们的手上。

等到大家想不到再吃什么、肚子也盛不下的时候，天已经凉了，就连地上的薄雾也更稀薄了。我们向这位主人——一位值得尊敬的长者、维吾尔人的高尚典范——鞠躬告别，维吾尔人无疑是世界上陷入困境中的民族里最善良、单纯、可爱的民族。我们乘坐三辆马车返回。赶车的维吾尔男孩们争先恐后，以免落后吃灰，第一场"比赛"中，我嘴里叼着一支烟，在我抓紧坐稳之前，我几乎烧掉了车顶的悬挂物和垫子，由于我们的赶车男孩操作熟练，我们赢了。他赶车时不顾我们的反对，毫不犹豫地猛抽马背上的一块生疮。

我们从吐鲁番启程返回乌鲁木齐，中途先去天山南路主路上的托克逊，然后向右转，回到我们从乌鲁木齐出发时经过的那个地方。通往托克逊的道路分为两段，穿过一片软土荒漠，荒漠的一部分被尘土飞扬的低矮灌木覆盖，还有干涸的芦苇荡，那里除了芦苇根什么都没有。由于吐鲁番洼地水源匮乏，树木不像其他绿洲那样丰富，因此建材和燃料也匮乏，于是，我们可以看到一群群的人在古老的河床上挖芦苇根当柴火。

由于天气炎热，我们直到下午晚些时候才从吐鲁番出发，打算一直走到夜里，休息几个小时，然后在第二天最热的时候到来之前到达托克逊。我们骑在马车前面，没多久就看不见吐鲁番城了。太阳快落山时，在靠近火焰山的一个谷口，我们遇到了一位老人，我们骑过去看那些在软质土崖上难以辨识的古老佛窟。"外国人！"老人说，"你是来挖废墟的吗？很多俄罗斯人（最常见的外国人）都来这个山谷挖东西。"我们立刻转身朝山谷前进，留下那位老人斜坐在土路边，他的灰色胡须摇动着。20分钟后，我们来到了一座巨大的粘土悬崖，它在峡谷中央支棱着，就像一艘战舰停在干船坞里，峡谷两边是更狭窄的峡谷。一条像城墙坡道一样的路把我们带到了它的边上，我们很快就来到废墟中间的山顶上。我们在马鞍上坐了几分钟，太阳就落山了，我们透过朦胧的薄雾望过去，就像透过一扇窗户望过去的历史一样。整个断崖上都是废墟——只有破损的树桩和土墙、经幢和塔的碎片。随处可见的坑洞见证了本地寻宝者或外国考古学家的探索性挖掘。有一口井看上去像是很深，是为古代城市的供水而开凿的。只有最粗糙的建筑结构留在了地面上，因为没有其他建筑能够经受这么久的风沙磨蚀。毫无疑问，这就是雅尔和屯，所有考古学家都在寻找的悬崖之城。[①]

在峡谷的一侧，有一个由古老的神龛和石窟寺组成的平台。另一边是一个当代村庄，水沿着山谷的梯田，被输送到田野和一排排的柳树下。水就像几个世纪以前一样被输送到这座死城的梯田上。我们这个时代的农民几乎没有改变远祖时代的生活方式和耕作方法。我们知道，他们大部分的建筑和房舍的风格几乎没有变化。只有他们的宗教信仰变了，戴着白色头巾、胡须灰白的人求告于精巧的、干净的、光秃秃的清真寺，而非峭壁洞窟里供奉着的安详的佛像，洞窟墙上的圆润壁画因希腊艺术的余泽而变得十分生动。信仰对于这些善良随和的维吾尔人来说，是生命中的光，这些光现在来自麦加。战争、侵略和风沙适时抹除了一切，也遮掩了一段历史，

---

① 即交河故城。——译者注

使这些维吾尔人甚至不知道他们的绿洲曾在更早的时间里触碰过亚洲之光，当时，希腊化的佛教犍陀罗艺术从克什米尔穿过亚洲腹地，经过沙漠商路要冲敦煌，直达更远的山西大同云冈石窟，沿途无处不留下自己的印记。他们更不知道摩尼教的晦涩教义、仪典，也不知道大批东行的景教徒。

或者，与其说是遗忘，不如说是无意识，毕竟，亚历山大的名字仍在维吾尔人的口中流传。最惊人的是，他们使"以弗所"之名永垂不朽。冯·勒科克指出，[①]哈拉和卓在人们口中既叫"阿普苏斯"（以弗所），也叫达吉亚努斯城（这来源于罗马皇帝狄希阿斯的名字，他是一个基督教徒的迫害者）、亦都护城，古代中国人称之为高昌。[②]关于"达吉亚努斯城"一名的源起是这样的——"在邻近的吐峪沟里，有个神圣的七圣人墓，直至今日仍有极高的声望，即使是来自阿拉伯和印度的穆斯林旅行者也会来此朝圣，然而七位圣人的传奇最初并不是由穆斯林带到这里的，而是可以追溯到佛教时代，伊斯兰教迟至13、14世纪才传至此处"，正如冯·勒科克后来发现的那样，在这座当代清真寺后面的岩石上开凿着一座古代佛窟。

当夕阳西下、暮色渐深时，满布灰尘的空气，在白天是那么粗糙，现在变得柔和而亲切了。我们正准备策马离开，那个引导我们发现这个遗址的老人骑着一匹瘦马走上斜坡。他担心他在我们心中激起的看遗迹的疯狂冲动会使我们迷路，所以他骑马回来找我们。"现在天黑了，赶路已经太晚了，"他淡淡地说，"但我会引你们重

173

---

① 《新疆的希腊遗迹》。
② 维吾尔语的"哈剌"意为"黑"，经常用于指"毁灭"。"火州"即"和卓、主人、老爷、长官"，很可能是"高昌"的模糊谐音。（此处指高昌古城，在今新疆吐鲁番市东哈拉和卓西南，"亦都护"为维吾尔语名称。——译者注）

新上路的。"

我们安静地沿着山谷骑行，河水刚到谷口就消失在茫茫的荒漠中。我急切地想知道，在干燥的土废墟里、在外人们的口耳相传中、在商栈的单调而欢快的色调里、在沙漠骆驼营地的气味里……有什么东西能使人在多彩的现实和远方虚幻的地平线之间不懈前行，使人产生"崇高的理想"并无休止地"探索秘境"。我自认为旅行的真正形式是对生命奥秘的一种礼赞。

> 从红棕色的泥土中，从灰棕色的溪流里，
>
> 走来了这一尊冒险的躯体，怀揣着冒险的梦想。

刚刚启程的旅行者，紧随自己的梦想，带着关于历史的遐想和对正在消失的事物的好奇走向域外，他图的是什么呢？在许多方面触摸现实，让历史像一盏灯一样闪耀，使他在历史的启示或神秘中洞悉一切，不是关注死亡和复活，而是关注死亡和延续。没有未来，只有下一个目的地，但当这位冒险者离开了人间，梦想从躯壳中离开时，谁会是下一个再次收纳这些梦想的人？

斯坦因爵士有一段话，表达了从古至今的一种感受。他在没有向导和地图的情况下，用六天时间成功穿越罗布泊，以下的这段话来自他对这次经历的描述。①

> 一个年轻的驼夫喊道，他看到了一座炮台！所有的目光都指向他所指的东方，很快我就用我的望远镜证实了那个远远高

---

① 《沙漠契丹废址记》。

吐鲁番附近的古城遗址

葡萄沟的野餐

拉铁摩尔和好客的鞑靼东道主在吐鲁番

吐鲁番烘制葡萄干的晾房

吐鲁番老人

出地平线的小圆丘，确实是一个土墩，很明显是一座佛塔。若羌人都突然兴奋起来。但对我来说，最奇怪的事情是看着我优秀的骆夫哈桑·阿坤展示的胜利的身影和姿势。他站在雅丹顶上，伸出右臂，支在一根像胜利者旗杆的棍子上，左手叉腰休息。他对劳工听众讲话，他喜欢他们在旅行中时而欢呼，时而怒吼，他的神态一半是真实的先知，一半是欢欣鼓舞的煽动家。他不是经常向他们灌输这样的思想吗？老师可以用他的纸和仪器——例如地图和指南针——在可怕的塔克拉玛干探察所有藏宝之处。在他的指导下，一切都会顺利的。到了约定的日子，就领他们到所应许的"车尔臣阔纳协海尔"。① 我一直知道我那位麻烦和反复无常的仆人有他的用处，他特别能在沙漠中胜任任何艰苦的工作。但我从来没有如此清楚地感到，他身上保留着一个古希腊探险家的精神和风度。他站在那里，穿着鲜红色的长袍，戴着紫色的高顶帽子，充满了骄傲和英雄气概，把沮丧和任性的情绪忘得一干二净。他让我想起了色诺芬手下一个希腊雇佣兵喊道："萨拉塔②！萨拉塔！"这一天后，在罗布泊，我不止一次地感受到一种挥之不去的念头，或许这个驼夫有东地中海血统，他的远祖就像古马其顿商人梅斯一样，找到了从东地中海前往中国的道路，这个血统赐予哈桑·阿坤灵活的思维、丰富的才艺、奔放的性情、间歇性亢奋和古典式放肆。

佛塔只是用来说明这类事情的吗？这是问题的根源。

---

① 即且末古城。——译者注
② 古希腊神话中的海水女神。——译者注

第十七章　西行伊宁

　　我们发现托克逊很像吐鲁番，但更有活力，有更多的东干人，集市上有更多的汉人，天山南路的商旅使客栈拥挤不堪。它是南路上第一个与丰饶的山区有联系的城镇，山区有蒙古人，那里的羊毛市场是新疆最好的，因为羊毛的质量不错，而且靠近乌鲁木齐的贸易总部。我们住在一个巨大的商栈里：一条小巷从主要的集市街道通向一个巨大的杂院，杂院的一边是一些小马厩。院子里是整队整队的马车，在杂院的两个长边坐落着成排的土屋子，这是旅客的唯一住所，他们必须进入集市在小餐馆吃饭，或者自己买烹饪食材。事实上大多数马车夫睡在车顶，或睡在车底下六七英尺高的车轮之间，小男孩们爬上棚屋的屋顶，把一抱又一抱的饲料卸下来，大胡子的车夫们扛着一袋袋金黄色的玉米，从集市摇摇摆摆地走了进来。在马厩的院子里，马儿们又斗又踢又叫。有一次，一匹种马为了发泄精力，横冲直撞，不得不被人用长棍子打回马槽。四周躁动着一股干燥、炎热、发黄的空气。这真是一个生机勃勃的小镇。

　　集市上一个十五六岁的汉人少年搭上我们的便车了。他两腿细长，身体干瘦，有一张成熟而狡猾的脸。他以一种奇怪的方式让我想起了时光老人，想起了《无名的裘德》（*Jude the Obscure*）。他像许多同龄的男孩一样是一名军人，这种情况在新疆和内地都很常见。他告诉我们，他曾在阿富汗待过，我想他的意思是他曾在帕米尔高原上的中国岗哨服役。他独力赡养一位年迈的老母亲，对美国人友好。显然，他在一年前遇到了一支经过这里的美国探险队。他告诉我们，吃过美国人的食物后，他感到自己与整个美国建立了精神联系，他打算在母亲去世后恢复这种联系，这样他就可以自由旅行了。为了巩固这种联系，他送给那些美国人一个甜瓜，作为回报，那些美国人给了他一笔相当于甜瓜价格 20 倍的钱。如果我们给他买瓜钱，他就会把瓜作为礼物送给我们。最后，他说他知道本地所有的废墟，他很乐意陪我们同去。

这处废墟被证明是托克逊的老回城，大半城区在 19 世纪 60 年代的战争中被摧毁。这个地区的战斗很激烈，不仅是官军和当地军队之间有战斗，东干人和喀什的阿古柏武装也发生了战斗，阿古柏妄图将这些东干人置于自己的统治之下。在这座被摧毁的城区的中心，有一座精致的清真寺，几个维吾尔人靠着残垣断壁搭起了帐篷。清真寺的对面是一座宣礼塔，看上去就像抹了泥的马格德莲塔。清真寺的掌教是一位蓄着许多白胡子的老人，他彬彬有礼地把我们领进他的房间，房间又凉又暗，他给我们提供茶，安排女性招待。这些女性负责招待外国妇女，而非外国男性。尽管维吾尔人坦率、风趣，待客热情，但是如果男性客人没有携女眷随行，清真寺的掌教也不会让自家女眷出现在男宾客面前。然而，那些兴高采烈的妇女们，尽管抑制住了自己的闲谈，在陌生人面前却并不胆怯。虽然关于妇女的规范非常严格，但这些维吾尔妇女不戴面纱，这体现了维吾尔人的宽容随和。

当天傍晚，我们走了半站路来到了山前沙漠的边缘，在那里我们住进了一家半地下式的维吾尔人客栈，马厩安置于生活区内。我们牵着两头喷着鼻息的马穿过我们睡觉的地方，来到内部一个壁凹式的马厩里，马厩的灯是个破陶罐，里面是冒烟的灯芯。人和牲

178

口的住处都有厚厚的围墙和屋顶，这不是为了抵御冬天的寒冷，而是用来抵御夏天的炎热，我们仿佛被关在一连串的洞穴里。过了午夜，我们起床开拔，以尽可能避开暑热。我们半睡半醒地跟在马车后面小跑着，浑身冰凉，头晕脑涨，一直跑到天亮。但日出后不到一个小时，我们就热得不行了。

我们沿着灰色的砾石坡慢慢地向上走了将近 20 英里，突然看到一堆泥土和碎石，在这儿，我们发现了一个深不见底的洞。我们后来被告知，这是一口没挖到水的废井。人们说，井已经挖到了 40 丈深的地方——也就是四百多英尺，我想，这已经远远超过了本地工程技术的上限，但仍没有水的迹象，当井底部开始危险地塌陷时，它被遗弃了。

走完了这 20 英里，我们来到了一家坐落在灰色荒野中的孤零零的客栈，我们的到来惊醒了一位慈祥的维吾尔老人。他在黎明时分起床后，在光秃秃的炕边趴在一本《古兰经》上睡着了，而他的小鸡则在他光秃秃的脚趾间跳跃，寻找着早餐的面屑。他忙着用陈旧的杯子给我们端茶来，告诉我们这个地点叫"大缸子"，因为他把所有的水都装在一个大陶缸里，旅行者可以用水为自己泡茶，但旅行者的牲畜不能喝水。他的儿子每隔一阵就要来一趟，坛子里的水和吃的食物都是由儿子用驴从下一站路的地方驮来的。但凡有其他选择，旅客们是不会在这里停留的。35 年来，除了《古兰经》和鸡，他几乎没有什么同伴。在这 35 年中，除了数不清的动物之外，有十个人在绵延 20 英里的砾漠中死于酷热和严寒。早晨 7 点，我们在令人目眩的热浪中骑马离去，他站在那间凄凉的旅馆门口，手里拿着我们给他的几个硬币，凝望着我们。

我们还有整整一段路要骑，到达一处山顶后，我们转向，与群山旁漫长杂乱的一串小土丘保持平行。在这个高度上，这些土丘都被砾石掩盖，顶端的土不时露出。当我们到达一块绿色的岩石时，马儿们筋疲力尽，这块岩石就在大湾下游的河流上，也就是我们前往吐鲁番时所路过的那条河，现在这条河已经远离了商路，继续向下游流入托克逊附近的吐鲁番盆地。这个地方叫小草湖，一泓泉水流过这里，这里的草仅够养活几只羊，外加从天山南路过来的驴队，它们被用来驮运羊毛、棉花。还有一群鹳在泉水周围盘旋。我们在这里遇上一场暴风扬沙，延误了一天，其间遇到一群从和田坐了两个月的大车到这儿的俄罗斯人，他们在和田的生意失败了。其中一个人的妻子是个漂亮的亚美尼亚女孩，她会说几句英语，告诉我们她在纽约有一个哥哥。对我们来说，他们似乎比"大缸子"的老人还陌生。

在看似轻松的日子里又过了两天，我们穿过山口回到了乌鲁木齐，我怀着一种悲伤的心情把我在乌鲁木齐的最后一次停留记录了下来。事实上，在我体验了冬天的乌鲁木齐后，我很不舍得向这座城市做最后的道别。当时城里最好的地方是热气腾腾的中国澡堂，有一个周到的理发师。春天，汉人开始穿着颜色鲜艳和有花缎的丝绸衣服走在街上，维吾尔人换下了红色、紫色和绿色的冬装，换上了温暖的白棉长袍，在初夏时节，当树木的嫩叶还没有蒙上尘土的时候，在日落时漫步在城墙上是一天中最美妙的事情。

因为我们大多数时间都和中国的东道主在一起，所以我们对这里的小型外国人社区所知甚少。然而，我们在苏联总领馆遇到了许多非常棒的人，有的人曾因为频繁的职务调动去过中亚很多地方，也有的人在革命前的流亡时代求学于德国或法国。很多时候，当我和这些人在一起的时候，我觉得他们中有些人并没有更深刻地袒露过去留下的伤痕。他们背后一定有传奇的历史，因为其中有些人多

180

年来一直渴望革命，并为革命奋斗着。他们属于这样一群人——被鄙视为神经错乱的知识分子，被嘲笑为不切实际的梦想家，被当作政治疯狗进行折磨。然后他们经历战争、革命和恐怖冲突的血腥浪潮。一切都结束后，他们崭露头角，他们中有些人代表着俄罗斯，他们把一切都献给了俄罗斯，认为俄罗斯是真正的人类信条的推动者和捍卫者。他们所在之处与其说是中国的一个省会，不如说是亚洲腹地的一个中心。在我看来，俄罗斯人是明智的，在选择他们的代表方面总体上是成功的，尽管我听说他们与中国官员之间有时并不融洽。他们不仅从革命者队伍中选拔人员，还从非常稳健的人中抽调人员，这些人没有任何强烈的政治信念，他们接受了新俄罗斯的现状，并为国家的利益投身于新国家的建设。

我们得到了他们友好的接待，我们用多种语言交谈，或直接交谈，或经过翻译。如果你完全听不懂某个人向你说话时使用的第一种语言，你只要害羞地咧嘴笑着，摆手示意，那么他甚至可能会叫一个会说意第绪语的人来翻译。

华俄道胜银行留下的是美好的菜肴，佐以小茴香泡菜（张家口的老 B.A.T. 餐厅做得最好，据说已经在内战中关张了），而在邮政专员那里，在高官到场或喜庆的场合，我喝到了地道的杜松子酒和很正的苦艾酒，从归化城到喀什这一路上只有这里才有这些酒品。

但最棒的还是护送我们离开乌鲁木齐的"红庙子——水磨沟骑行团"，麦克莱伦夫妇乘坐一辆俄式马车，我们的汉商朋友乘坐一列蓝顶的北京马车。潘先生是最后一个和我们告别的人，当我们最终调转马头，离开这个快乐的新疆首府时，我和妻子难过得说不出话来。至少我们在乌鲁木齐的告别之旅是完美的，在晴空的衬托下，博格达山的雪峰在城市的身后壮丽而精致地升起。

　　我们现在要去伊宁和伊犁河谷。从那时起，我们将翻过高山地区，之后沿着天山北路的岔路前进，翻越天山最高的山区，再次下行到天山南路。我们应该会沿着这条路到喀什，在那里为离开新疆进入印度做好准备。

　　卡拉瑟斯称，乌鲁木齐和伊宁之间的总路程为 430 英里。[①] 旅程分为 18 站，平均一天约 24 英里，但有几次我们一天骑不到 10 英里，有一两次我们骑了 40 英里。摩西再次乘坐着一辆轻便的四轮马车，由三匹马拖曳，驮着我们所有的行李。一路上有一群天津商人，以同样的方式和我们同行。大多数的重载车辆在冬天出行，行驶在硬雪覆盖的道路上。在夏季，伊犁的贸易由俄罗斯人主导，因为它与西伯利亚接壤，但由于伊犁河谷是天津人的最大聚集地，天津商人仍然像过去一样涌入那里。成群的人坐着这种轻便的快车，每个人所带的商品不超过一个小贩包裹——一袋丝绸、缎子及其他"奢侈品"，返程时带着西伯利亚出产的鸦片，或者其他轻便又贵重的货品。

182

　　旅程的第一阶段是沿着那条众所周知的路到西湖庄去。时值 5 月中旬，道路已经干涸，河流水位很低，这段时间正处于春季融雪期和夏季洪水泛滥期之间，高山冰雪融水量较低。玛纳斯河在宽阔的卵石河床上化为涓涓细流，很不起眼，以至于在我们的马涉水过河好几英里之后，我们还在骑着马寻找它。在这几段路中，我们最兴奋的是看到汽车。苏联驻乌鲁木齐总领事借用了省长的汽车，驱车前往西湖庄与塔城领事会面磋商。塔城领事则开着从苏联采购的汽车前往参加会议。

---

① 参见《鲜为人知的蒙古》。

这次会议旨在讨论乌鲁木齐和西伯利亚之间汽车交通的可能性。苏联人一直迫切需要一家卡车公司，以增加贸易量和提高运输速度。中国这边一直在犹豫。改善贸易固然很好，但他们不喜欢把经济主导权交给西伯利亚。此外，改善道路以适应现代交通，以及卡车队的存在，将使新疆在战略上和经济上倒向西伯利亚方向。然而，与内地贸易的持续下降使他们负担过重，必须不惜一切代价维持新疆的繁荣。各民族越繁荣，他们在稳定、和平的统治中就越休戚与共，发生变乱的可能性就越小。

因此，汽车服务已经列入了日程表中，我相信这个计划目前至少有一部分已经开始运行。乌鲁木齐的一所司机和机械师学校已经在招生了。这说明了该省复杂而矛盾的情况——尽管汉人的统治严重依赖经济控制，但新汽车公司禁止雇用汉人担任机械师或司机。汽车行业雇用的那一小群人不仅属于一个内部联系密切的组织，还垄断了新疆的一项重要技术。如果他们是汉人，那么他们很容易就被省内某个政治派别或国内其他政治军事力量关注，从而被用来威胁省长的统治。

乌鲁木齐之所以有这么一辆汽车，是因为之前的一次汽车运输尝试失败了。省长确实已经拥有了其他几辆车，但那是战前的德国古董，全都不能用了。它们是从西伯利亚运来的。另一辆是派克特双六汽车，车型高大，原本属于华俄道胜银行。这家银行在俄国革命中存续了很长时间。它曾经是沙俄政府的半官方机构，是沙俄扩大在华利益的有力工具。

俄国革命后，华俄道胜银行在中国境内的分行或多或少都是"自行"设立的。乌鲁木齐、喀什和伊宁的分行无法汇款，也无法使用在该省的资金，只好投资生鲜农产品，然后把这些农产品运到沿海城市天津出售。起初生意很好，而后他们被鼓励去提供汽车服务。最终他们破产了，在我们旅行的这个时候，他们唯一的官方雇员是清算师。

在外蒙古仍对汉人贸易开放道路的时候，曾尝试过提供汽车服务。没有理由认为它不应该繁荣，然而，企业掌握在"流亡"白俄人手中，他们不知道如何与中国利益集团和解及结盟，结果商队老手对这些白俄人不仅怀疑，而且忌惮。事实上，白俄人必须聘请经验丰富的商队老手作为向导，只有这些人知道能在哪条路上找到井，并且应该怎样寻找最坚硬、平坦的路线。但是，为从事传统商队贸易而培养出来的人，深受商队意识浸淫，只能接受循序渐进的改变。突然到来的汽车竞争使他们感到不安。他们争辩道："当汽车来时，骆驼就会被淘汰，我们也不懂这些外国机器，以后怎么活？"因此，他们带领着无辜的拓荒者，开着十三四辆不同型号的汽车，故意在砾漠中转圈。有两辆车最终开到了新疆的边缘。一辆被遗弃在那里，而派克特车是唯一一辆到达乌鲁木齐的车。当我在蒙古的时候，商队的人经常在谈论这个故事，称赞那些狡猾的老手击败了外国引擎。我由衷地同意他们的意见。

当我们接近玛纳斯时，总领事的汽车从我们身边经过。第二天，他轻松地到达西湖庄，而这段路我们走了六天。到达西湖庄的那天一大早，我们又遇到了这辆车，总领事办完公务即刻返回，想在一天之内赶回乌鲁木齐。我们正在前往西湖庄方向的一个砾石坡上的小村庄吃早饭，突然有人发现一股迅速逼近的尘土，这说明那台奇异的、不可思议的机器就要来了。毫无疑问，这是塔城和乌鲁木齐第一次通过汽车联系起来。"汽车！汽车！"那人喊道，所有的人都奔向门窗，或者爬上厚厚的土房顶。那辆汽车轰鸣而过，发出

184

阵阵浓烟。

"不过是一辆蛤蟆车而已。"摩西用天津土话说道。"蛤蟆"是指那刺耳的汽笛声。但是,村子里的人们刚从冰凉的土坑上惊醒,在惊讶中低沉地叽叽喳喳起来。"这样的东西怎么过玛纳斯河呢?"一个圆脸男人问。一位长着山羊胡子的长者振作起来,作为村里唯一的老人,他已经习惯了担任最后裁决者的尊严和对外部世界的一切事物作最后判断。他不能让自己的权威扫地。他说:"嗨!这些机器是外国人的!你在戈壁滩上怎么知道机器是什么东西?是机器在起作用。汽车的机器不就是'气机'吗?('汽车'的'汽'相当于气体、呼吸、蒸汽,被不懂科学的人认为是可以改变物质的超自然力)当汽车的'气机'靠近玛纳斯河的时候,河水会自动分开,它就通过了干河床。"

到了西湖庄,我们离开向北的塔城路,转向伊犁路,接下来的五天里,我们骑马穿过土尔扈特人一个主要部落的冬季营地。在第一站路中,我们到达了他们位于四棵树的驻地,这是一个汉人与蒙古人进行贸易的小村庄。山脚下有水,茂密的灌木丛和胡杨林的边缘有芦苇滩和沼泽。因此,"四棵树"这个中文名字可能只是一个蒙古名字的变体。驿站位于一条很短的街道,到处都是肮脏的货摊、客栈和酒馆。这片丛林地带蚊蝇四处可见。由于丛林茂密,蚊子白天比晚上更厉害。我们在夜间穿过这个村子,骑得飞快,因此尽可能避开了蚊虫。因为夜晚路况模糊,我们不想在大车前面走得太远,所以我们会飞快地骑上几英里,然后停下来,在树枝上挂蚊帐罩住自己并等着。

在四棵树有一位高阶蒙古王公——郡王,还有一位贝勒,在更远的精河也有一位贝勒,这个地区通常被称为"库尔喀喇乌苏",

四棵树附近的旅馆院子

"喀喇乌苏"意为黑水，这条河从不远处发源，绕过西湖庄，穿过我们在通往塔城的岔路上经过的一些沼泽，从东侧汇入艾比湖。

土尔扈特人在四棵树有统辖两个旗的一个部落，在精河有统辖一个旗的一个部落。根据普尔热瓦尔斯基的描述，[①] 这些土尔扈特人似乎都是在西北内乱中从裕勒都斯高原迁来的，四棵树的一位郡王是著名的帕勒塔亲王的儿子，但是我们直到到达伊宁才获悉这一点。

在夜间的行程中，我们从森林的尽头穿越连绵 10 英里的沙丘，那片沙丘从南部贫瘠的砾漠向北延伸到艾比湖所在的遥远洼地，天山北路的所有岔路都要穿过这片洼地。这和我们从乌兰布拉克的加依尔山下行前往车牌子附近的盐沼时所经过的是同一片洼地。尽管这些沙丘的高度都不超过二三十英尺，完全不像商队在阿拉善遇到的那种要跑三天的沙山，但车夫们非常不喜欢它们。据说，如果风遮住了足迹，人往往就会迷路。在进入沙丘之前，任何人都不能自吹自擂，或者大声说话，以免引起邪灵的注意，邪灵会用人类的声音把他引向迷途，让他渴死。从汉人最早的记载开始，人们就把罗布泊沙漠与这些邪灵联系在一起，但它们在国外为人所知，要归功于马可·波罗的记述。[②]

我们离开了沙漠边缘一座荒凉的驿站，那里有一座破败的土堡和一个客栈，与我们同行的是一个维吾尔商人，他赶了 3000 只羊从玛纳斯前往伊犁河谷，在那里把羊赶到俄罗斯人的市场上。我们骑到了沙尘的前面，在夕阳的辉光下，羊群在沙尘中拥挤着前行，再往前，我们遇到了羊群的先头部队，它们已经在此扎营，等待大

---

① 普尔热瓦尔斯基：《从伊宁穿越天山到罗布泊》(*From Kulja Across the Tian Shan to Lob-Nor*)。
② 《马可·波罗之书》，裕尔译注，考狄补注。

部队到来。营地扎在一口井旁边，井用木板封住，防止沙子掉入，井深达十英尺，这样才能得到更多有红柳根味的苦水。这些羊商友好地招待了我们，他们中有维吾尔人，也有哈萨克人，在任何一个拥挤不堪的集市上都能见到这样的人。他们都是些大大咧咧的人，一年到头就穿一件衣服，由于天气炎热，他们歪戴着皮帽，敞开厚重的长袍，露出毛茸茸的胸膛。他们点了三堆火，中间圈着羊，我们在离井最近的那堆火前坐了一会，他们喉咙里说着些含混不清的话，很随意地分享给我们一些苦口的茶，这种流浪者的临时营地与高档客栈不可同日而语。在归化城以西的商路上，营火标志着夜晚的休息。187

接着，月亮升起来了，在忽冷忽热的火光后面，呈现出一片淡金色的荒野，有闪闪发光的沙子和黑色的红柳，四周是蜿蜒的沙丘轮廓，在暗淡的星光衬托下显得格外鲜明。在另一堆火堆处，我们可以看到人们的黑色身影，听到他们低沉的谈话声，而在我们自己这边的火堆上，光在黝黑的、长满胡须的脸上颤动，还有哈萨克人的狐皮帽和维吾尔人的黑色羊皮圆帽。这条路充满了魔力，使我们不知所措。最后，我们开始听到一群绵羊和山羊正在逼近，它们的嘶嘶声越来越大，仿佛黑压压的大浪越过沙丘向我们涌来。过了一会儿，我们又听到了车夫们催促的吼声，听到了鞭子的噼啪声，最后听到了马儿们在拖着沾满沙子的车轮时发出的绝望嘶鸣。

我们起身要走，在这支看不清楚的队伍中，有一个东干商人骑着马来到我们的队伍中，说他认得路，提出跟我们一起走。营火旁的人站起来催促我们快上路，我们骑着马向沙丘赶过去。片刻之后，沙丘遮住了营火，阻断了说话的声音。我们在轻软的沙土上骑行了几个小时，离沙丘越来越远，在寂静中经过一个哨所，它的名字是混合了维吾尔语与汉语风格的"库姆卡子",意思是"沙地中的检查站"。再往前,我们迎来了一座碎石山。

路过西湖庄之后,我们一直听到有关俄罗斯哈萨克人越境劫掠的消息,本地人也又一次告诉了我们这件事。从这个路段到中苏边界只有两天路程,冬天,边界的积雪足够深,可以阻挡劫掠者的来路。但在前两年的夏天,他们成群结队来到这里,十几二十人一伙,劫走了成千上万的蒙古羊和成百上千的牛马,甚至封锁道路,吓得人们不敢出行。有人告诉我,劫匪会埋伏在我们所经过的白杨林中,躲在靠近道路的树上,当有人骑马从下面通过时,就给他后脑勺来一记闷棍。我们的车夫在一年前遇到过强盗。当时,他载着几个天津商人,带着一批价值连城的鸦片,但是强盗不认识鸦片,只抢旅客的现金,又把车夫痛打了一顿,然后抢走了他们的马。今年,中国作出了新的军事部署,人们希望劫掠问题能够得到遏制。俄罗斯哈萨克人的入境劫掠并不是什么新鲜事。卡拉瑟斯在 1910 年曾提到了这一点,[①] 那时中国和俄罗斯还都处于帝制时代。劫掠产生了一个最奇怪的效果,博尔塔拉的察哈尔人在冬天而非在夏天驻牧于高山牧场,之所以能够这样做,是因为高处的山谷风力较大,雪被刮得干干净净,绵羊可以找到没有被雪掩埋的牧草,而上山的道路被雪堵塞,把劫掠者挡在外面。

当我们穿过低矮的山腰时,我们看到一个骑马的人从山的另一边走来,他的马在月光下静静地走着。我们同行的东干人朋友在马鞍上睡着了,当我问他"那是什么?"时,他猛地惊醒了,快速策马至路边 50 码远的地方。陌生人同时看到了我们,并在另一边给

---

① 参见《鲜为人知的蒙古》。

我们让出了 50 码的距离。即使他们两人发现彼此都惧怕对方，仍小心翼翼地分开，不打招呼就过去了。

　　我们骑着马从山上走下来，进入一片光秃秃的碎石地，月光渐渐暗了下来。接着，一大片黑黢黢的树木从无形的黑夜中冒了出来，我们涉水过河，从沙漠进入了绿洲。我们从黄昏一直骑到黎明，当我们骑到树下时，鸟儿们开始醒来了。在前方的路边，有一片很深的老榆树林，在朦胧的光线下映出一座破庙的斜墙和残檐。189 天越来越亮，我们走过一座高大的牌楼，看到了一座墙土剥落的坚固城池。在城内一侧的集市上，狗都懒得冲我们叫。我们敲响了一个客栈歪斜的门，一个面色苍白的大烟鬼打开门，他和我们一样因为睡眠不足而晃晃悠悠站着。我们给自己找了一间没有窗户的黑暗牢房，把一路上绑在马鞍后面的毯子取下展开，倒头就睡。我们到精河了。

第十八章 马

190 我们已经买下了妻子去吐鲁番时骑过的那匹黑色矮种马，就在我们离开乌鲁木齐的那天早上，我们又买了一匹巴达赫尚的栗色种马，它成为我的坐骑。我买它的时候，它刚被骑了两个多月，是一个俄罗斯人从和田把它骑过来的，他就是我们在小草湖绿洲遇到的亚美尼亚姑娘的丈夫。他从一个阿富汗鸦片走私犯手里把这匹马买了下来，这个走私犯无情地骑着它穿过帕米尔高原，到了和田，它和另一匹同行的马都被卖了，价钱比腐肉好不了多少。另一匹马死了，但俄罗斯人还能使这匹马恢复元气，这一点可以从我接手它时的健康状态中得到证明。在它从和田来乌鲁木齐的第二天，我骑着它启程前往400英里外的伊宁。它向我证明了自己是一匹勇敢忠诚的马。尽管它是一匹种马，但驯服它并不比驯服一条大狗麻烦多少。

我们称这匹栗色种马为伊斯坎德尔，或伊斯坎德尔·贝格，即亚历山大大帝，因为传说巴达赫尚的马属于布塞弗勒斯（亚历山大大帝的坐骑）那个品种。我确定它经历过攻击。我知道一声枪响就能把马车上的挽畜吓得惊慌失措，即使它们当时已经筋疲力尽。但是伊斯坎德尔不同，有一天早晨，当我们在高山峻岭上骑行的时候，一只雄鹿从我们前面100码的地方跳了起来，在茂密的草地上一跃而起，向山下跑去。我把步枪放在鞍座上，左腿从伊斯坎德尔的脖子后面越到右侧，滑下去，以跪姿开枪。我原以为它会逃跑，然后让我追十分钟。相反，它只是哼了一声，然后静静地站着看。

我可以很容易地训练它在我用马鞍架枪射击时站稳。甚至当我匆忙地从它侧身滑下来时，它也能保持镇定，令人惊讶。所有的中亚马，特别是游牧民族的马，虽然是半驯服的，但只能从左边接近。 191如果一个男人出现在右边，即便它们不乱踢乱咬，也会十分畏缩。而我的巴达赫尚马，可以在两边上下。普遍的做法是只从左侧接近马，这本身就是一个奇怪的传统，我相信这是冷兵器时代的旧习，因为剑必须在身体左侧上鞘，这样就可以右手轻易拔剑，所以只能在左侧上马，避免被挂剑所阻碍。我认为，北美大平原上的印第安人从来没有佩剑作为武器，他们是唯一的骑兵种族，对他们来说，从左侧或右侧随意地上下马都是理所当然的事，而不是一种技巧或技能展示。

奔跑的伊斯坎德尔是货真价实的良马；而我妻子的矮种马叫"漫步"，叫这个名字没什么很好的理由，只是听着顺耳，虽然它身躯不算矮小，但跑起来的步伐仍然是矮种马特有的。伊斯坎德尔的步态是快跑快走。我们拉马车的马每小时小跑六到八英里，这取决于路面情况，但伊斯坎德尔可以轻松地小跑在它们前面。"漫步"以一种令人舒适的小跑步态前行，丝毫没有上下颠簸的感觉。它是一匹奇怪的马，因为虽然它身上有焉耆马的印记，但没有焉耆马的任何特点。事实上，它看起来很像一匹伊犁马。它肯定是被裕勒都斯的土尔扈特人从伊犁马群里取走的，唯一的缺点就是有一双猪一样的小眼睛。另外，它有紧张和胆小的毛病，它有时也会跌倒。尽管如此，在长途旅行中，它仍然是一匹好马。它会不动声色地吃掉放在马槽里的任何东西，这是一件非常重要的事情，因为不同地区的标准饲料有所差异，而且在很多时候，当第一次遇到某种饲料时，比如玉米，一些马会拒绝碰它，因为它从未见过这种食物；如果主人第二天要骑它走 30 英里的话，这样挑食就很容易让人担心。

我们为马花了一大笔钱，两匹马加起来大约 150 银元，这是一笔巨额的支出，要知道在当地，40 银元足可以买一匹常见的上乘骑用马，或者称之为单程马，这种马每天都能跑一程，日日不停歇。不过，我们正在进行一项重要的投资，我们得到的是质量可靠的马，它们的样子也会让我们很有面子。按照当地的标准，这两匹马不算年轻，当地人喜欢四五岁的马，但这种马经验不足，我们的马是阅历丰富的成年马，黑马 10 岁，栗马有十二三岁。新疆马市繁荣，好马的价格高得惊人。原因是，人们但凡会骑马，就不会步行；哪怕是坐着马车旅行的中国官员，也会尽量炫耀自己的坐骑和侍从，以营造一种排场。由于在旅途中都必须因陋就简，没人讲究自己的外表。此外，存在一种普遍的亚洲式谨慎之风，使富人在外出时打扮低调。结果，一个旅行者的社会地位可以更容易地从坐骑而非其他来判断。如果你骑的马比一般人的好，你在路上就会受到礼待，在客栈里也会受到尊敬。好奇心重的人如果在别处喜欢观察旅行者的着装和外表，那么在新疆就要先看看旅行者的马了。在客栈里，当人们围着我们的马赞叹时，我总是很高兴。"嚯！这俩马！你看阔不阔！"

我们的马虽然没有至高绝技"大走""小走"，却仍然受到了称赞。"大走""小走"这些步态虽然不常见，但受到了亚洲腹地的农牧民及汉人的追捧。唯一的原因是，这两种步法对于骑手来说是绝对平稳的，让他可以放心坐在一个垫着大垫子的马鞍上，尽管马看上去急躁匆忙。在大幅度的炫目步法中，左侧的两条腿同时向前，然后是右侧的两条腿，这样每一边都以交替的节奏独立运动。这种步态更显尊荣，但是也可以获得很快的速度。人们为了训练马的

"大走""小走"，通常用绳子拴住一匹马的同侧两腿，这样它就必须同时移动同侧的腿。然而，后天习得的步态从来没有自然步态那么平稳。马的致命缺点是，当骑得用力时，马的肩膀容易受伤，而且受伤后很难确定它何时痊愈。一匹"大走"的马应该保留在城里使用。

"小走"实际上与"大走"无关。我从来都把握不住步法节奏，但是，就我所能辨认出的情况来看，那匹马开始以单拍子的速度慢跑，而在后面以双拍子的速度小跑。它的步伐有许多变化，每一种都有一个技术名称。"小走"是一种非常舒适的步态，一般比正常的小跑慢。其缺点是有大量多余的动作，会导致不必要的疲劳，所以它不是一个理想的长距离旅行步态。

在新疆的每一个绿洲，以及每一个哈萨克人、蒙古人和柯尔克孜人的营地都繁殖马匹，但最有名的三种马是巴里坤马、焉耆马和伊犁马。尽管在历史上，部落、国家和民族一直在这些地区间转移，但他们的马并没有融合成一个共同的类型，就像他们自己的民族一样。

巴里坤马因巴里坤城附近的巴里坤湖而得名，几个世纪以来，巴里坤城的官方名称是"镇西"，即威镇西方。这些马是在多石的高山牧场上长大的，那里的草很甜，很有营养，但并不茂盛。甚至它们的越冬地也相对植被稀少。它们体型小、结实、坚韧、能快跑、能自己觅食、能面对任何天气，在山区是无与伦比的。巴里坤马平均身高不超过 12 手（1 手等于 4 英寸），却是勇敢的负重者，好到没边，沙漠、山区的汉人对马的了解和任何游牧民一样充分，他们说，良马和好骑手的耐力不相上下，但最强壮的骑手在骑上巴里坤马之前就已经做好了从马鞍上累得掉下来的准备。

　　当然，这并不是径直疾驰的情况，而是指以合适的速度长距离骑行。我很愿意相信我听到的故事，即这些马一天可行一百多英里。当我被扣留在三塘湖的时候，[1]我雇了一匹巴里坤马，让同行的骆驼客骑到巴里坤去。这段路程大约有80英里，要穿过一个被雪覆盖的隘口。饥饿的严冬中，这匹非常瘦弱的马在向阳的洼地里觅食，以粗糙、枯萎的草为生。骆驼客早上很晚才出发，一直骑到深夜。当他来到森林深处时，他生了一堆火，等待黎明的到来，而马没有东西吃。天一亮，他又骑上马，一大早就到了巴里坤城。

　　巴里坤马在工作和长距离行程中像猪一样"皮实"，但是，正如汉人所说，"它们心眼不正"，狡猾、险恶，拉车时尤其难以驾驭，容易受惊。现在的巴里坤山曾经是匈奴人的据点，匈奴人越过沙漠进入了甘肃，给汉人带来了几个世纪的麻烦。事实上，汉人直到7世纪的唐王朝时才降服了巴里坤的游牧民族，他们给他们建立的城市命名为镇西，[2]并把自己的力量继续推进到今天的天山南北。因此，公允地说，巴里坤培育了真正的匈奴马。

　　然而，巴里坤马最大的名气来自清朝时的皇家牧群。巴里坤和古城分别设有官牧场，每一处都有各自的标记。每隔一段时间就会有马被送到北京的皇家马厩里。为了让它们在即将面对的接待仪式中表现平静，需要预先给它们放鞭炮听，这是最有必要的预防措施，因为它们容易受惊。辛亥革命以后，新疆省长把这些从前的皇家牲畜全部查封，把它们从满族牧户的照顾中转移出来，组成骑兵预备队，那些满族人长期以来一直利用这种特权牟利。之后，这

---

① 参见《从塞北到西域：重走沙漠古道》。
② 唐于西域置安西都护府，至德元年（756）为威慑西域，改名为镇西都护府，后复称安西都护府。——译者注

些马被交给克烈人，后者是唯一被允许进入博格达山牧区的哈萨克人。克烈人被要求每年增加一定数量的马匹，同时可以出售额外增加的马匹以获利。古老的巴里坤马群和古城马群合并为一了，而纯正的巴里坤马现存于喀尔力克山北麓的哈密回王牧群中，哈萨克人和"二混子"的牧群中也有纯种的巴里坤马。至于古城马，我不太了解，但我认为它奔跑的幅度比巴里坤马更大，这显示出焉耆马的一些血统特征。

除了"御马"的历史特色，巴里坤马还有一些传说故事。每一个接触过巴里坤的汉人都知道这个传说。很明显，这是那种被列入史书，且一直流行了几个世纪的传说，它吸收了人们丰富的想象。一个走南闯北的活泼老商人，把这个传说告诉了我，这个人跑遍了中国的亚洲内陆边疆的各个角落，从东北到养驯鹿的乌梁海，从天山南路绿洲到西藏的边缘，最后在我们经常做买卖的归化城以北的一个地方死于鸦片导致的疾病。他说（当我到达西方时，这一点得到了证实），有一条龙住在巴里坤湖那边的山上，或者就住在湖里，或者在山上一个更小的湖里。龙有时会从它的巢穴中醒来，来到马群中，盘在母马身上……因而有了"千里驹子"——千里马。

这种良马一天可以跑一千里——差不多 320 英里。这无疑是俗语"千里马"的起源，用来形容最优秀的马。最不幸的是，龙更多出现在古代而不是我们这个乏味的时代。根据我所知道的情况，我认为，在初夏时节亚洲腹地游牧民普遍举行的关于马的节日中，甚至在今天这个地区的某些仪式上，还能找到祭龙的痕迹。

根据 13 世纪中国作家马端临的记载，[1] 在乌浒水 [2] 地区的吐火

196

---

[1] 雷慕莎（Rémusat）：《亚洲杂文新稿》(*Nouveaux Mélanges Asiatiques*，Paris，1829)。

[2] 即阿姆河。——译者注

罗或巴克特里亚，有一匹住在山洞里的种马，它到山脚下与母马交媾，诞下了中亚名马汗血马。裕尔记载了这个传说，但没有提到汗血马，[①] 他仅仅暗示，亚历山大的坐骑布塞弗勒斯在巴达赫尚留下了自己的血统，是中国的千里马传说的另一个版本。不管怎样，我认为吐火罗和巴里坤的传说在起源上是一样的。在迁往巴克特里亚之前，吐火罗曾在今天的新疆一带建立政权，汉人称之为"吐呼罗"，在新疆一带至少有三处与之相关的地名，最东端的一个是位于喀尔力克山谷中的"吐葫芦"，与巴里坤之间仅隔着一个"达子梁"。[②]

　　我从未见过这种汗血马，但它们曾被不同时代的汉人称作是中亚的祥瑞，兰登·华尔纳[③] 在敦煌旅行时，买了一群中亚马，他说："最初，我担心它们劳累一天之后，身上的一些伤口会流血，但别人告诉我西方的马也会这样，而且它们也不会因为流血而停下来。"他将这种流血情况描述为一种"可能由某种寄生虫造成的怪症"，他也提到了古代历史记载，事实上，他已经获得了"汗血马"最初记载中所提到的那种马。

197

　　焉耆马因在天山南路的焉耆马市上交易而得名，和巴里坤马一样值得称道。焉耆马由土尔扈特人饲养培育，这些游牧民夏天在裕勒都斯高原和相邻的天山山谷中度夏，冬天到下游的焉耆绿洲过冬。焉耆马最引人注目的地方就是头、颈、耳的形状，它们的耳朵比纯种蒙古马的短耳要长得多，长在头顶的鬃毛前方。焉耆马头的比例尽管和蒙古马一样大，但轮廓非常独特。脖子也和蒙古马一样，在肩颈连接处很结实，而它头、颈的整体轮廓与希腊雕塑中的

---

① 《马可·波罗之书》。

② 《从塞北到西域：重走沙漠古道》。

③ 华尔纳（Langdon Warner）：《在中国漫长的古道上》（ *The Long Old Road in China* ）。

马惊人相似。人们几乎可以说，应该在焉耆马而不是巴达赫尚马身上寻找布塞弗勒斯马或马其顿马的血统。当然，说他们是"唐马"的原型是没什么问题的，在中国的考古发掘中所见的"唐马"造型，与今日以科尔沁马为原型的"中国马"几无相似之处。

　　焉耆马放在城里亮相很有面子，却不像巴里坤马和伊犁马那样强壮。焉耆马的肩膀容易受伤，它们中有很多优秀的走马，但不像巴里坤马盛产那么多走自然步法的溜步马。这些马明显要比巴里坤马大，身高有13—14手，焉耆的汗王（不是焉耆城的王公，而是裕勒都斯的王公）年纪尚轻，所以部落的事务都由监护他的喇嘛掌管。这个汗王精力充沛、行动敏捷，对养马很感兴趣，他以高价从苏联进口了许多种马。俄罗斯以外的地方如今也有这些优良的马种了——帝制时代的俄罗斯各地都有种马场以改善当地的马种，私人养马者也会饲养优秀的马，大批英国纯种马进入了这些俄罗斯种马场。现在在焉耆马市上，人们可以买到许多名副其实的欧洲马。我骑到吐鲁番的那匹马就是这样一匹。在乌鲁木齐，我还看到了一匹漂亮的俄罗斯种马，它是焉耆的摄政喇嘛的坐骑。不幸的是，所有亚洲腹地的养马者对于他们所说的"外国马"只有"尺寸"这一种评价标准。所以他们常常被象征"俄式时髦巅峰"的大块头马欺骗，这种大马常被用做俄罗斯三套车的夹辕马。它们都是快马，这类快马中最优秀的就是大奥尔洛夫品种。不幸的是，随着挽马血统的引入，出现了一种高、瘦、窄的杂交品种，有剧烈的小跑动作，骑起来很不舒服。

　　通常见到的所谓"伊犁马"在中国的出现是偶然的，是由一个官员经官道用车带来的，这些马一般是丑陋的半俄罗斯混血马，动作矫捷。伊犁马被认为是中国本土最好的品种，不过不知何故人们

198

认为引进的马至少在体格上是优秀的。而纯正的伊犁马相当独特，那是一种最高贵、最勇敢的马。它更多是在特克斯河谷这样的高原山谷中繁殖，而不是在平原或伊犁河下游，最好的伊犁马种群由当地哈萨克人蓄养。这表明原始的品种一定是从西边来的，因为科克苏蒙古人离特克斯哈萨克人很近，这些蒙古人蓄养着一种纯种蒙古马，一定是从准噶尔，或者更确切地说是从阿尔泰带过来的。这种蒙古马是很优秀的山地马，但和伊犁马不是一回事。可能伊犁马的独特品系来自俄罗斯中亚地区，它看起来和我在伊宁看到的一两种优良品种很像，俄罗斯人告诉我它们来自比什凯克，我敢肯定这些比什凯克马一定和土库曼人的汗血马有亲缘关系。

199　　　总之，伊犁马有小马的特点，它的头和脖子更像马驹，而骨头更重，比我的那种高贵的巴达赫尚栗色种马要重，但一眼就能看出它们比真正的蒙古品种更匀称。伊犁马步态非常可爱，脾气和精神比蒙古马更好，是不知疲倦的旅行者，可以在雪下觅食，如果用心调教抚养，会是无与伦比的伴侣。毫无疑问，这个品种更全面地传承了祖先的优点，因为伊犁马甚至不需要马厩养殖，它所处的夏季牧场在亚洲腹地是最好的，另外，冬天的伊犁容易收获足够的野生干草作为饲料。因此，伊犁马在幼年时期可以生长得更加自由，避免了冬季饥寒交迫的影响，而这正是蒙古马品质粗劣的重要原因。在身高上，焉耆马和伊犁马之间没有太多区别，伊犁马略高一点，平均约有 14 手，但在这个高度范围内，伊犁马的体型显得更健壮。

　　这三种著名的山地马各不相同，而绿洲地区的人们饲养的"hu'rh-chia"马混合了三种马的血统，却不受待见。它们享有的优待是在冬天大部分时候都是在棚子里喂养的，但由于夏季的低地酷热难耐，它们更"柔弱"。在吐鲁番这样的绿洲里，马根本不可能繁殖。它们几乎全部来自焉耆，来到绿洲的头三年夏天是它们的环境适应期，必须非常小心地照看它们，早晚带它们去洗澡，白天最热的时候把它们拴在阴凉处。等到它们适应了，就再也不能忍受山区的冬天了。在所有的绿洲，必须不断地从山上输入"新鲜的血液"。

　　在绿洲地区，维吾尔人用马的主要特点是偏爱种马。如果沿着天山南路向西行，会发现这种特点愈发明显。汉人和游牧民族都不喜欢种马。他们说种马经不起粗暴使用，而且衰老得更快。游牧民甚至会让他们的种马随群而行。而想要展示好坐骑的人要挑选最好的骟马。至于母马，它们是最不体面的坐骑，亚洲腹地的游牧民族在这方面与阿拉伯人大不相同。毫无疑问，人们对公马有偏见是因为它们仅仅是为了繁殖而饲养，很快就会变弱。维吾尔绿洲培育的种马经常在工作，健壮耐劳，很少与母马放在一起。我自己的种马，属于习惯被经常驾驭的品种，有绅士风度，装上马鞍后，即便它附近有母马也很听话。它唯一给我惹过的麻烦是，有一天在一家小客栈里，它闻到了一匹母马的味道。它轻轻挣脱绳圈，开始求爱。当事情被发现时，它已经发狂了，把这里的每匹马都狠揍了一顿，即使是我接近它也很危险。一个敏捷的车夫终于抓住了它，他爬过马槽，用一根长竿子把套索套在它头上。之后，当它被带回到马槽时，立刻就开始尽情地吃起来，完全忘记了十分钟前它还殴打了同伴，我妻子的坐骑的肩膀被撕开了六英寸。而那匹母马，可怜的宝贝，觉得自己受到了虐待，受到了巨大的惊吓，因为它已经怀了一匹小马。

　　很明显，绿洲的维吾尔人更喜欢种马，如果能弄到一匹母马，他就会用它干活，原因是母马能生育小马，主人就不用再买新马了。出于同样的原因，在山区的游牧民尽力使母马和种马远离低地的人。在玛纳斯绿洲也培育出一个优良的品种，这是史家的马群，他们可能是新疆最富有的家族，也是玛纳斯绿洲的大地主，据说拥有玛纳斯半座城。他们在绿洲的草地上放牧他们高贵的马，但他们在山上也有牧场，夏天他们把马群赶到山上，正是这些高山牧场造就了他们最优秀的牧群。他们所繁育的马似乎是伊犁牧场上最好的。

也许是因为我不再带着那条陪我穿越蒙古商路的狗了，我的兴趣急切地转向了马。而且，这片土地上的人总是把马放在心上。我懒洋洋地坐在马槽里，看着我们的马吃草，我蹲在商栈的灰土里，盘腿坐在帐篷里的毛毡上，和亚洲腹地的各个种族和部落的人交谈，马总是闪现在我们的谈话中。但最重要的是，我每天都给我们的马喂食、饮水、备鞍，还尽力帮它们梳洗。当你这样每天关照你的马，它们就跟耐心、敏捷的黑色伊犁马和热忱的巴达赫尚碎步绅士一样，每天心甘情愿地载着你走40英里的路，你和它们之间就有了友谊。

牵着矮种马的埃莉诺

在达坂城给马钉脚掌

埃莉诺在伊宁附近一家旅店的院子里

绥定，马车里的妇女

第十九章　赛里木湖和塔勒奇达坂

我们离开西湖庄后停驻过的村庄都是木篱笆、土房子，中间一条路贯穿而过，精河城显然是另一种样子。它必定是在满族人的统治下建造的，因为满族人非常了解清帝国的辉煌，作为一大片蒙古人区域的行政中心，精河城能够给游牧民留下深刻的"统治者"印象。然而，所有这些满族建筑都有一个共同的标志——它从未能维持与计划相符的规模。宽阔道路上的牌楼现在已经坍塌，高贵的寺庙糊满了蝙蝠粪，官员们住在宽敞的旧衙门里，聚在补了又补的角落区域办公。尽管如此，许多建筑自由而有力的线条、寺庙上大量的木雕以及庄严的壁画，证明了新疆曾经有优秀的艺术家和工匠，远非今日懒散粗笨的匠人可比。与帝制时期相比，贸易是现在更重要的事，所有有技艺的人都成了店主和商人，匠人低人一等，体力活留给了天资不足的汉人或既没有技能也没有汉文化传统的维吾尔匠人。

从精河前往塔勒奇隘口的路上，哈萨克劫掠者出入自由，我们在护送之下前行，骑着马穿过一片宽阔的溪谷草地，它们一直向墙一般的高山延伸。南部是土尔扈特人的土地，溪水沿岸土地已有东干人和维吾尔农民在开垦了。在北部和西北部，我们望向博尔塔拉，那里仍然居住着察哈尔人。卡拉瑟斯1910年拜访了他们，他说他们远没有像新疆的其他蒙古人那样衰颓，反而更振作。[1] 当时，

---

[1] 参见《鲜为人知的蒙古》。

有几个农民被安置在他们的地界上，"以极高的价格从蒙古首领那里租下土地，据说首领会收取他们百分之五十的农产品"。辛亥革命以后，察哈尔人就失去了帝制时代的特权地位，"殖民化"在他们中似乎出现了更快的进展。他们的主要贸易中心是大河沿子镇，但他们所管理的旧要塞仍然位于博尔塔拉山谷中，通常被称为大营盘。

察哈尔人是最顽固的反对派之一，清朝入关后，立即开始对蒙古宣示主权。为了在察哈尔人战败后根除他们的力量，清朝政府从张家口以北的察哈尔故地转移了该部落的大部分人，并将他们迁往最偏远的西部，安插在博尔塔拉谷地，禁止他们外迁，并确保他们不与其他部落接触，而这种接触的自由正是蒙古人游牧生活中最珍视的条件。通过这种激进的民族迁徙手段——将这些察哈尔人安置在西方，同时将一些准噶尔残部远迁至帝国最东部的东北地区——清朝验证了他们对帝国外围各部族的控制力。

博尔塔拉的察哈尔人就像其他几个坚决反抗清朝的部落一样，自己原本的部落组织被废除，由清朝编旗设佐取而代之，因此，他们成为帝国的预备役人员，只要有需要，他们就得在部队中服役。其他蒙古人没有直接被征召入伍，但当需要额外征召时，各部首领、王公都会召集部属，前往清朝统治者面前听候调遣，每个王公都像高地首领一样，带着自己的扈从。统治者把察哈尔人编旗设佐，最初是为了削弱他们的力量，最后却给了他们特权地位，这是一个亚洲式自相矛盾的真实案例，察哈尔人成了皇帝的"自己人"，不受任何汉人的干涉，不受当地行政当局的管辖，只服从镇帅（镇守使）或伊犁将军的调遣。1911年辛亥革命之后，他们失去了这种特权地位，现在他们和新疆其他民族一样，都得缴税、服役。

我们的第一站是大河沿子镇，在地图上的名称是"Takianzy"。也许这是一个维吾尔语地名，被汉人简单音译为"大河沿子"。在我看来，"Takianzy"更有可能是对汉语地名"大河沿子"的维吾尔语简单音译，因为它在地图上的标注是由早期俄国探险者雇用的哈萨克向导所决定的。沼泽洼地的水通过这条小溪流进博尔塔拉河，最终流入艾比湖。这一带是一个通向艾比湖的斜坡，朝向天山北路的低洼宽谷，我们之前的旅途曾经过这个位于车牌子和加依尔山之间的宽谷。此外，还有一片沙漠向准噶尔盆地绵延过去。艾比湖盆地向北延伸，在阿拉套山和玛依力山之间形成一处荒凉的峡谷——伟大的准噶尔之门，[①] 亚洲腹地仅次于吐鲁番盆地的低洼地，卡拉瑟斯认为它是由地质运动形成的裂谷，而非水力侵蚀而成。[②] 这个山谷曾经是准噶尔地区和西伯利亚南部的连接处，山谷两端的湖泊链（巴尔喀什湖、阿拉湖、艾比湖等）是古亚洲内海的残迹，如果水位上升几百英尺，就会冲决准噶尔之门，淹没南北部的平原。他描述道，这片峡谷最窄处有 6 英里宽，约 46 英里长。从他的描述来看，无论是峡谷本身还是它面对的山坡，都是可怕的荒漠。

的确，这条峡谷引人注目的地理结构使它成为准噶尔和西伯利亚之间一扇明显的"大门"，因此卡拉瑟斯认为，它一定是过去主要游牧民族迁徙的必经之路。然而，依我看，游牧民通过塔城和额敏河谷迁徙的可能性更大，正如我曾经指出的那样，[③] 这

---

① 　今阿拉山口。——译者注
② 　《鲜为人知的蒙古》。
③ 　参见《亚洲腹地的商队路线》。

是连接阿尔泰和蒙古西部的更好走的通道，因为在这里有连片的牧场。

记清楚准噶尔之门和老风口的相对位置，有助于澄清关于这个区域的某些明显的错误和混淆，这是由 13 世纪的柏朗嘉宾和威廉·鲁布鲁克留下的。柏朗嘉宾似乎颠倒了经过也迷里（额敏）与准噶尔之门的顺序。威廉·鲁布鲁克似乎颠倒了他对额敏河谷和塔尔巴哈台山的叙述顺序。针对这些矛盾，柔克义推测，在这两个例子中，抄写员调换了段落位置。[①]

我认为，柏朗嘉宾的叙述中弄混了两个以大风闻名的峡谷——也迷里西南方的准噶尔之门、东南方的老风口。要么是他自己把这两部分放在一起介绍，然后继续谈论额敏河谷，要么是抄写员以为他重复介绍了相同的内容，故而进行了"精简去重"。至于鲁布鲁克，他在 12 月出行，而他的先行者柏朗嘉宾是 5 月出行。因此，鲁布鲁克很可能没有继续穿越阿拉湖和也迷里之间的雪原，而是转向玛依力山—加依尔山，那里冬天没有积雪，所以至今仍是游牧民的冬季牧场。之后，鲁布鲁克来到了今天的贸易之路所在的位置，实际上也就经过了老风口，到达了也迷里城，在这种情况下，正如柔克义所认为的那样，他所描述的高山和岩石峡谷就不是在塔尔巴哈台了，而是石门子，我在关于加依尔山的章节中介绍过这个地方。

从大河沿子出发，经过五台和四台，沿着一条光秃秃的长山谷向上走，大半的山谷被碎石填满，在峡谷两边很远的地方有云杉林，云杉林很高，由于这里极少有泉水，土壤中的水也渗流到遍布于山谷河

---

① 柔克义：《威廉·鲁布鲁克》。也包含关于柏朗嘉宾的叙述。

床的碎石中，这些云杉依靠冬季的雪维生。在四台，水是从数英里之外的一处罕见的泉眼中用木槽引过来的。夜晚，一些羚羊前来喝木槽里的水。它们是我见过的最温顺的野生动物，夏天常出没于野外，冬季很容易在低地的丛林边缘区域捕获它们。它们走到离营房和小客栈不到 300 码的地方，眼睁睁看着我拿着步枪走过去，趴在一个小土丘上，在不到 200 码的距离上击中了它们中的两只。

在四台之后，道路穿过山谷的尽头，通往赛里木湖边的三台。因为这里是整段路上劫匪最常出没的地方，迷宫般的小山丘为袭击者提供了绝佳的藏身之处，所以最近这里建了一个有栅栏的木制堡垒。当我们经过时，十个守军中只有三个在堡垒里，其中两个人陶醉在鸦片之中。至于其他人，两个人在外面执行护卫任务，一个去打水，另一个在下一站的堡垒里因不明疾病奄奄一息，还有三个人已经逃跑了。堡垒里的一口井挖了 40 英尺深，但没找到水，所以必须让一个人走几英里到山上的泉里取水。

有人说，一天时间就可以骑马绕赛里木湖一圈。但他得有匹好马。由于几个简单而引人注目的原因，这个湖有着古老的神圣名声。它没有明显的入水口或出水口，水却是可饮用的。然而，尽管水质很好，却没有发现鱼。在湖边，我们看见一大群鸭子，这是我在新疆见过的唯一的鸭群。在赛里木湖，不允许出现枪响，因为当地人认为任何暴力行为，特别是枪声，都会引起天气的变化。在我们经过的湖岸有一个岛，旁边有几个露出水面的小洲，在这个岛上 207 有座庙，表明了汉人对这个湖的崇敬。

赛里木湖被确定为博尔塔拉的察哈尔人牧区的一条边界，冬天，他们在湖畔驻牧，他们的牧场与伊犁牧羊人的牧场以一个大敖包为界。牧区的东界是博尔塔拉河，我们就是沿着这条边界到达了

湖边。北方和西北方，越过山脊就是西伯利亚，西以塔勒奇达坂^①
为界与伊犁相邻。在三台的村居、营房附近，道路在湖水和临水陡
崖间蜿蜒数百码。在最狭窄的地方有一堵矮墙，上有城垛，还设置
了一个加固的城门。他们说，这堵墙在辛亥革命的时候见证了最后
一次战斗，当时，乌鲁木齐和伊犁的汉人为了争夺权力进行了短暂
的斗争。然而，这堵墙可能是在清末西北回民起义期间修筑的，甚
至可能更早，旁边的坟墓修建时间也一定很早。

从湖边到塔勒奇达坂只有几百码的距离，那里有一座汉式神龛
和一个蒙古敖包并排矗立着。当你通过关口时，也就进入了一个新
国度。我们并非在干旱的山丘之间穿过遥远的森林，而是在云杉的
阴影下，在混杂着野生果树的芳香中骑行，汉人把塔勒奇达坂这个
隘口称为"果子沟"。虽然这条路大车可以走，但要陡得多，石头
也多，每一处山崖都有水流。一阵猛烈的冰雹迫使我们暂时停了下
来，之后，一场暴风雨从隘口上空向我们袭来。我们尽快骑过碎石
堆积的区域，沿着山谷而下，一路仿佛流水在歌唱，我们抬头仰望
悬在半空中的森林和高山草甸，许多地方的云杉都被砍伐掉了，取
而代之的是一种新生的桦树。往下走，我们遇到了一群群形形色
色的劳工，大都是游手好闲之人，有维吾尔人和哈萨克人，也有几
个汉人，他们正要去挖一种药草的根。我不时经过他们居住的地
窝棚，这些窝棚前有灌木丛遮蔽。在新疆，伐木、采金等季节性劳
动，以及其他需要在山里住窝棚的艰苦工作，都少不了一群游手好
闲的人，这些人在城里猫了一个冬天后出城进山，他们的营地是最
难管理的是非之地，充斥着赌博、冲突和械斗。

---

① 今新疆果子沟。有"伊犁第一景"之称。——译者注

　　我们骑马进入了二台，这是一个建有小木屋、伐木场的村庄，有点阿尔卑斯的气息，穿着漂亮长袍的维吾尔人懒洋洋地躺在那，还有一些哈萨克人和一些汉商。冰雹又来了，所以我们在一间镶着木板的房间里躲了大约两个小时，恢复了些元气。炕占了房间的一半面积，两个炕之间由一条大约两英尺宽的通道分开。当我们再次离开时，地面已经被融化的冰雹形成的泥浆覆盖了一到两英寸深，每条小溪里都搅动着浑浊的洪水。当我们沿着山谷走下去时，山谷变宽了，山坡不再那么陡峭，森林间有大片山地草甸，在草地的边缘，我们经过了许多哈萨克毡帐。山谷的出口稍微狭窄了一些，就像另一个大门一样，当我们骑马离开它时，我们来到了一片开阔的丘陵地带，在那里可以看到散布各处的哈萨克营地。我们催马继续赶路，这是旅途中最艰难、最长的一段路，最后到了芦草沟①——伊犁的一座"城镇"。在我们进芦草沟之前遇上了最后一场阵雨，搞得我们满身是泥，连我们的马也被弄得浑身是泥，疲惫不堪。我们被误认为是流浪的俄罗斯人，因为我们的运输车被我们甩开了好几英里远，护送我们的士兵也被甩开了，他吸鸦片吸高了，一连好几个小时都在忍受着烟鬼在受潮受冷时所特有的痛苦。一个魁梧的汉人流氓在人群中晃荡，他抓住了我的缰绳，对我们说了我从未听过的最下流的话。我反问他这座城镇里是否有懂礼貌的天津人和天津客栈，情况立刻就有了变化。消息传开了，一个能讲天津话的洋人来了，不久后一个天津青年在泥泞不堪的客栈里想尽办法给我们安排出一个舒适的环境，本地的上流天津商人来找我们，急切地向我们询问关于天津和世界的事情。

209

———————

① 关于这个地方的名字，不同的旅行者有不同的说法，我认为那些都是错的，其中有一个叫"老草沟"。

第二天我们前往绥定城，这是伊犁最大的城镇之一，与蒙古人的贸易是该城经济支柱。我们很幸运地在那里找到了一位天主教神父，他来自德国的波兰人聚居区，第二天和我们一起去拜访惠远新城的军事长官，他在那里的衙门里有一些朋友。我们很庆幸能够如此迅速地离开绥定，因为它是一个不讨人喜欢的地方，五方杂处，贸易给各种无赖提供了混世的机会，无序和喧闹远甚于西湖庄。与此形成鲜明对比的是三四英里外的惠远新城，与惠远新城相连的是一辆轻便的"公共汽车"，俄式三套车一路载着乘客，在坚硬的土路上欢快地行驶着。

我认为，这种差异一方面源于历史原因，另一方面体现出惠远新城的核心灵魂——镇帅。惠远新城似乎是在平定准噶尔、收复伊犁河谷之后重新建成的，[①] 作为一个驻防城，主要用以控制山区的部族，同时在边境上展示一个良好的国际形象。因此，它是清朝传统的最后几座地标之一。坚固的城墙、宽阔的街道、严谨设置在指定地点的寺庙……这些都表明，清朝能够在他们最偏远的领土留下随处可见的痕迹。在清朝，这里驻扎着被称为"四大将"的军官，他们在伊犁将军的领导下管理着满、哈萨克、蒙古和锡伯——索伦的旗人。

辛亥革命期间，伊犁的革命活动比新疆其他地区要激进得多，在多个城镇出现了对满旗的大屠杀。这在历史上的同类起义中是很常见的，在中国各地，驻防城里的满人坐困愁城、引颈就戮，无论是死于饥饿还是屠杀，一切听天由命。相比之下，索伦人和锡伯人有自己的土地，故能不被城墙所束缚，他们生存下来，并形成了坚韧不拔和团结一致的乡土社会，他们不甘被剥夺土地，做好了激烈

210

---

① 惠远是清代伊犁九城之一，有新旧二城。旧城建于乾隆二十八年（1763），1871年沙俄侵占伊犁后被拆。1882年收回伊犁，另筑新城。伊犁将军驻此城，故俗称"伊犁大城"。辛亥革命后改将军为镇边使、镇守使。——译者注

斗争的准备。在民国时期，满人失去了他们的身份，在少数幸存下来的人中，大多数人改用汉人姓名，不愿意承认自己的满人身份。然而，这个种族确实"存活"了下来，在惠远新城的街道上，人们可以听到一种带有乡土味的北京官话口音。

惠远新城几乎没有商业。街上的男人大多穿着制服，从乌鲁木齐方向来的人一眼就能看出他们的军人模样。在新疆的其他地方几乎不需要军队，所有能抓到的乞丐和烟鬼都被征召进了军队。在伊犁，旧的传统和戍边的必要性仍然存在。驻防部队的精英是满族和锡伯族血统的人，他们是战斗民族，再加上一些"驯服的"哈萨克人和蒙古人，还有少量来自河北、山东的壮士。总的来说，他们是令长官满意的好兵料子。

我们穿过宽阔的青砖衙门，找到了镇帅，他专门负责山区的部落。我们希望从他那里得到在上山旅行的特别许可，在我们见到他的主要参谋后就进行了一次会谈。这位参谋是个年轻人，令我们高兴的是，他原来是我们的朋友塔城李道尹的儿子。① 这个年轻人穿着时髦的丝绸衣服，说起话来带着最优雅的北京口音，风度翩翩，丝毫没有任何时髦的"西方主义"的味道。然而，他童年的大部分时间是在俄罗斯度过的，他在那里上学，据说他能说一口流利的俄语。聊了几句后，他带我们去见镇帅，② 这是我接受过的最愉快的"官方"采访之一，也是最不正规的一次，原因是东道主发现我妻子也在场。

然而，我的妻子在她的整个旅行中都非常体面。的确，保守

211

---

① 即李凤翔，字丹初，李钟麟之子。——译者注
② 应指牛时（卒于 1933 年），字正中，云南会泽人，保定陆军军官学校毕业，曾参加武昌起义，后被杨增新调聘至新疆，历任伊犁镇守使署参谋长、伊犁镇守使、全省总司令等职，1928 年任焉耆区行政长。——编者注

的人可能会认为她只是一个"女伴游",因为"体面"的女人不会放弃她作为家庭主妇的尊严。另一方面,见多识广的人钦佩她的精神,欣赏她对旅行的兴趣。摩西不厌其烦地宣传她有大学学位("功名"),这给普通百姓留下了深刻的印象。我常常在旅馆里或路边听到热烈的讨论,大概是这样的——"这些人是美国人,这是个新国家,但非常富有。他们不像英国人那样冷漠,也不像俄罗斯人,俄罗斯人的事没人能搞明白。那个女人吗?呀!她是一个非常特别的女人。她有'功名'!是的,一个'功名'。真是有才!毫无疑问,她家里是当官的,她丈夫没有学位,一辈子不过就是个商人。事实上,所有的决定都是由媳妇做出的,媳妇当家。"

镇帅是我在该省遇到的最优秀的中国官员之一,一个像省长一样的云南人,他当时只有 37 岁,但已经担任这个官职六年了。[①] 在这段时间里,他至少处理过三次麻烦,最后一次是俄罗斯哈萨克人的大规模入侵,他们把中国哈萨克人和蒙古人的牲畜全部劫走了。镇帅亲自带兵进入险峻的山区,经过一场精彩的游击战,平定了边界地带。中国政府获得了巨大的、"急需"的声望。正如我以前说过的,俄罗斯哈萨克人能够购买到现代武器,而中国这边是不允许的;此外,与伊犁毗邻的旧七河省地区,现在属于哈萨克苏维埃社会主义自治共和国。所以,那里的哈萨克人有一种冲劲和进取性,而中国哈萨克人在这方面难以与之相比。因此,俄罗斯哈萨克人在遭遇边境匪帮时总能成功应对,这大大折损了中国的颜面。

镇帅是一个瘦削、白皙的年轻人,有一双文人的纤巧的手,一副指挥者的冷静神态。人们说,由于他在无数的诉讼中秉公处置的

212

---

① 关于牛时的出生年月,多处资料均未考,按拉铁摩尔的说法,牛时当时(1927 年)37 岁,其出生年应为 1890 年。——编者注

技巧，他获得了好讼多辩的哈萨克人极大的尊重。他的办公时间从中午一直延长到深夜。在汉人首次统治天山南北的汉代，他们似乎就有这样勤奋的官员，擅长妥善地处理矛盾。当前，中国在边疆的影响力被社会政治变乱所削弱，能够继续提供这些公共服务，无疑是汉人元气尚存的标志。

镇帅不仅给我们提供了通行证，还派了两个人护送我们。那天晚上，他们在我们落脚的一家干净的锡伯人小客栈报到，第二天我们就可以去伊宁了。在这期间，摩西在衙门门口遇见一个宪兵士官，他发誓说认识摩西，但摩西却说不认识他。那人问道："你从没去过南非吗？"摩西承认自己去过南非。那人接着说："那么你是谁呢？"摩西说："我姓李，这可能对你来说不算什么，但我跟你讲我也有洋名——'摩西'。"摩西告诉我："之后，那个士官就称我为先生，我在南非的金矿里干活的时候，因为学了一些黑人语言和英语，老板让我当翻译，在办公室给我安排了一张桌子，对，我这个不会读写的人，曾经在一个办公室里拥有自己的桌子，上面摆着笔墨纸，成千上万的人都认识我是谁。"

那个士官仍然坚持说认识摩西，他告诉摩西，有二十多个山东、河北的人结束了在南非金矿的工作后，漂泊到新疆来，都担任了文吏武弁，他们大多知道摩西。士官还热情邀请摩西去参加他们的聚会。我让摩西去，但他说他的衣服不体面，他不愿和这些曾经仰望他的人聚会，感觉他好像越混越差了。确实，他衣衫褴褛，脸晒得黑红，看上去像个拦路土匪。他不仅坚决拒绝我给他买新衣服，而且当我想买一件上好的小羊皮外套送给他的家人时，他也不答应。"我知道你很穷，"他坚定地说，"你没有薪水，只是花自己的钱去旅行并指望将来能找份工作。我和你在一起不是为了发财，

213

而是为了冒险，因为我为你父亲工作。等你下次来中国，那就不一样了，那时候我们再一起发大财。"

尽管如此，我还是不想让他错过这样一个场合。"你可以穿我的马裤和花呢夹克，"我说，"我有一双羊毛长袜，我那件最大的衬衫你穿也合适。我们可以把你拾掇得非常体面。"不过他还是拒绝了。

摩西说："去了也不过是再喝醉一次罢了。"

第二十章 "我不知道，那又怎样"

"我不知道，那又怎样，"（*Ich weiss nicht，was sol es bedeuten*）旁边一个声音喃喃地说，然后用温暖、舒适、轻笑的语调补充道，"我很伤心。"（*Dass ich so traurig bin*）我向露天舞台挥手，舞台上有两三个天津演员，在受过天津口音训练的"本地人"的帮助下，正在上演一出精彩的戏剧。它不是古典戏剧，而是通俗戏剧，但天津口音使它成为伊犁时尚的巅峰，它喧闹且壮观，有舞秧歌和杂耍。我向我的旅伴保证："古代的童话"（*Ein Märchen aus alten Zeiten*）这出戏在离我们不到十码远的地方上演，使我们连互相讲话都听不到，他很会意，随着《罗蕾莱》（*Die Lorelei*）挤了出来。这曲子把我从遮阳棚下的酷热中带了出来，也让我从伊宁的招待会场里浓郁的混合气味中解脱了出来，使我想起了寒冷的塔城。在伊宁的这场招待会中，空气里混合着 17 种烟草的香味、羊膻味和俄罗斯女人的浓烈体味，这些俄罗斯女人曾经是商人和小官僚，她们从小就相信淋湿意味着有患感冒的危险，所以得深思熟虑之后才会洗澡。当我来到塔城时，会说的德语只有"Die Lorelei"。但我发现，苏联领事精于德语，他是一个非常好的人，他往西伯利亚到处发电报，竭尽全力帮我联系到我妻子，还要告诉她我在哪里。在我离开塔城之前，他让我明白自己的棋技不佳，我还从他那里学了一些别的德语，这些德语在伊宁很有用。

我们当时正在参加一场官方的招待会，6 月茂密的树木小心翼翼地把我们和衰朽的大衙门隔开。在原道台衙门花园，一片宽阔的树荫下有一连串的水池、灌木丛和假山，最具汉式风格的是一个巨大的棚——一个将草席搭在光秃秃的脚手架上形成的遮阳棚。在这个棚的一面是一个突出的舞台，演员们煞有介事地在上面又踩又跺，每在上面跳一下，舞台上的木板就会弹起灰尘。在舞台的对面，有一道用栏杆围起来的栅栏，在栅栏后面坐着汉人官吏的女眷。她们穿着镶了花的绸衣，头发光滑，缀满珠玉，身体纤细，面容甜美，她们优雅的仪态有时突然变得飘动起来。与此相比，在一旁的几张桌子上，有几拨戴着头巾的人，他们是旁观者、被统治者，而不是客人。他们笼罩在鲜艳的长袍之内，以一种难以形容、令人担忧的方式来修饰自己的举止。

在中央的一张桌子周围，一群官员正在玩一种中国纸牌，赌注很高，桌上堆着那么多钱，几乎看不清是怎么玩的。朋友们热切地簇拥在他们肩膀旁边。年长的人都穿着纯黑色的衣服，但有些人已经把黑色圆帽换成圆顶礼帽或宽边灰色毡帽，这些毡帽是由骆驼商队从沿海省份小心翼翼地运到新疆来的。年轻人青睐浅绿色和蓝色衣服。有几个人抽着老式的长烟斗，或者冒着气泡的黄铜水烟袋，其他人则手持极考究的烟嘴。他们没人注意舞台上的表演。

一群粗人聚拢在园外，比如厨子媳妇的亲戚的朋友的朋友之类的闲杂人等，张大嘴巴看着表演和贵宾们。一份演出场次清单和演员剧目表被送到贵宾面前，由贵宾为每个演员选择一个场次，在适当的时候表演，并在他们的名字上写上要打赏的金额。这张单子也提供给了我，这是对我的极大尊崇。这并不是说我在花钱为自己找乐子，而是我得到了一个机会来显摆我作为艺术赞助人的面子。戏班老板会在第二天上午来收钱。在这个消费不够便利的省份，来自沿海地区的戏班子很少。如果一个老板真能从天津或杨柳青招到女戏子，并且牢牢抓住她们，就肯定能赚快钱，因为天津和杨柳青的戏班往往粗枝大叶，男女兼收。离家在外的人们多愁善感，更渴望在这些女性的陪伴下重新唤起对家乡的思念。

午餐上桌时，戏台上的戏还没有唱完，我们和一群人围坐在圆桌旁。按照我们"野蛮"的习惯，我们这些外国人是男女混坐的。有两三个腼腆的俄罗斯姑娘，还有一个阴沉的老妇人，她不会用筷子，她那卷曲的鬓发在碗边不停地抖动着，她用一个勺子把碗里的食物扒拉到嘴里。还有一个苏联官员的妻子身处于我们这群"政治对立"的人中间，从衣着和举止上一眼就能看出她的特点，她正在用法语和一个蒙古公主聊天，她的英语和德语运用自如，据说她是莫斯科一个大户人家的女儿，一开始就热心于革命事业。在新俄罗斯有许多这样的人物，坚定的信念促使他们到苏维埃社会主义共和国联盟最偏远的角落服务于自己的事业。

语言隔阂不利于午餐氛围的营造，所以必须有大量的酒饮，这算是一些地方的传统。据大家所说，从前帝俄的领事馆颇长于此道。与此形成鲜明对比的是，苏联领事馆不那么"好客"，他们会提供很多饮品，但不强迫，也不会在餐桌上起哄劝酒。与此同时，在其他各类对外场合，他们都极为注重自己的形象和声望，因此，外派的苏联官员的收入要比在国内高得多。不过，我们的东道主是一位高级官员，在旧式学校里学过怎么招待外国人。他相信，对于一个外国人来说，喝醉了就等于开心了，这个观点可能已经被过去的观察证实了。东道主吩咐秘书和随员，要劝每个贵宾都喝一些酒，如果遇到能喝的，要多让他喝。果然，负责招待我的彬彬有礼的随员劝我连喝三杯俄罗斯白兰地，他先干为敬，给我打了个样，

217

我曾经在塔城喝过这种酒。散席的时候，我们走到一条灌木丛生的林荫道下，这位勇士的手下跑在我们前面，喊着我们的名字帮忙招呼马车，而勇士本人已经躺在一个小藤架下不省人事了，旁边是一个为大烟鬼准备的凉亭。

前文中所说的蒙古公主是伊宁社会地位最高的人。[①]她是一位著名的蒙古王公的女儿，这位王公逝于北京。童年时代的公主在北京接受外国教育，后来又被送到巴黎。在她带着大学学位和巴黎服装回家的路上，她突然产生了一个念头，想去看看祖先的毡帐，和新疆的亲戚们叙叙旧。她抵达奥伦堡——图尔克斯坦铁路的尽头，然后乘马车沿着比什凯克公路到达维尔内，[②]最后到达伊宁边境。中国官员完全不知所措。这位公主来自新疆最著名的蒙古家族，但她不那么像蒙古人。官员们不想冒犯她的亲戚，但根据老省长的严格规定，她必须被隔离，直到有了正式的报告，才允许她继续前往他处。与此同时，蒙古的使者从遥远的山谷营地列队来到伊宁，以适当的礼节迎接她，她却穿着巴黎的衣服，梳着凌乱的头发，天知道使者们是怎么面对这个情况的。

对于负责招待她的中国官员来说，这是够困难的。在他那代人中，妇女们跟随在男性家长的后面，坐着封闭式的马车外出。至于在公共场合露面……可是现在他碰上这么个年轻的姑娘，看上去像个外国人，穿得也像个外国人，而且有着最令人反感的外国人风度。她家族里没有一个男人赞同她，也无法让她保持"体面"的隐居生活，她上街发电报、乘车、购物、随意串门，带着一种不可

---

① 应指尼尔吉德玛公主（1907—1983），旧土尔扈特亲王帕勒塔之女，曾在欧洲留学。——译者注
② 今哈萨克斯坦阿拉木图。——译者注

容忍的漠然走进混杂的人群中……这位官员是一位有礼貌的老派绅士，我能想象出他对这一切的看法，但我无法用语言来表达。

我在这位官员家里的聚会上碰上了公主，自从上次由巴黎的一个理发师修剪后，她的蓬乱头发长期没得到打理，开始显得挺直了，她的巴黎服饰也因为半个月的俄罗斯之旅而变得黯淡，但她仍然带着一种真正公主的快活自信走了出来。东道主很担心地问我是否会说法语，我说我会，东道主如释重负地长舒一口气，我想知道接下来会发生什么。二十来岁的公主目光闪闪地向我看过来，她用地道的巴黎法语，轻快且具有讽刺意味地操着会客腔调，询问我们待在这里的情况和天气情况，并微妙地暗示我们的衣服看上去风尘仆仆，以攻为守预防别人批评她的出席。

我挣扎了一会，很希望自己会用法语说《罗蕾莱》，公主用英语认真地告诉我妻子："您丈夫作为一个美国人，法语讲得已经非常好了。""上帝呀！"我小声叹道，我能反驳的唯一理由是她作为一个蒙古人，法语讲得也太好了些。不管怎么说，我们又回到了英语的交流中，公主的英语和法语几乎一样流利，俄语也过得去，北京官话更是无可挑剔。我们交流了很多关于北京的消息，公主不时把我们所说的英语迅速翻译给那位老官员听。

老官员看起来已经不知所措，情况已超出他的想象。那位最不像蒙古人的公主仅仅在到达国境的前一天，才宣布自己正在从巴黎返回故乡毡帐的路上。第二天就有几个老官员从未见过的美国人登门拜访，他们不会说俄语却会说中文，和外国人相关的这两件事是完全违背他之前的认知的。一方面，美国人和蒙古人不仅愉快地用相互听得懂的法语交谈，另一方面，他们甚至都知道北京的某个人要生孩子了。他只能想到一句话，他像个家长一样告诉公主，她应

219

该让她的男性长辈尽快为她找一个丈夫。

伊宁是个令人难以置信的小镇，在伊宁的其他居民中，我们发现了一位德国制革匠。他多年前就来到这里，建立了一个他称之为"无臭皮革厂"的工厂，对此他感到非常自豪。然而，他抱怨说，由于无法将制作马靴用的漂亮柔软的皮革出口到苏联，他感到很痛苦。他说，通过苏联与德国的优惠贸易协议，苏联的大型半官方垄断公司或信托公司能够进口制成品，并将其转口到亚洲腹地的所有地区。这刺激了苏联对外贸易的扩张，推动他们在所有竞争中获取优势。为了防止任何逆向贸易流，他们对从亚洲腹地邻国进口到苏联的所有制成品提高了关税，因为他们需要输入大量原材料，以平衡制成品的出口。

还有一个传教士，他出席过好几次我们经常参加的聚会，在最后一次聚会上他也招待了我们。我们相处得很不错，他是一个真诚友好的人，但我担心我们伤了他的心，这是最大的遗憾。桌上摆满了俄罗斯人和德国人的食物，几乎没地方吃饭，但这还不是最困难的，他从中国人和俄罗斯人的娱乐中学到，要让桌上的人们轮流喝酒。于是他从俄罗斯开胃菜和伏特加开始。这固然是很好的，但当我们终于坐下来的时候，我们被桌上触手可及的一堆瓶子吓到了。大多数瓶子里都是他自己酿的陈年上等白葡萄酒，其他人拿着一罐俄罗斯啤酒。他把一个空瓶子当作征服、胜利的象征来欢呼，在众目睽睽之下，把醉倒的人排列得整整齐齐，并随着醉倒人数的增加而鼓掌。杯中酒是否喝完是他衡量他的热情好客的标准，他决心打破所有已知记录。"这是上好的白葡萄酒，"他说，"我自己酿的，在新疆任何地方都没有这样的酒，一定要喝，只有使劲喝才能帮助消化。"

220

我们吃完这一顿"午饭"，终于得以离开了，这顿饭从中午之前一直吃到下午四五点钟，他面露愠色。"你不喜欢我的房子，"他说着，绝望地开了一瓶新酒，"你们没有玩开心就走了。伊宁是一个令人悲伤的地方，很少见到旅行者。我以为我们会玩得很开心。我在甘肃待了 20 年，那可比沉闷的伊宁好多了。在甘肃我接待过许多游客，其中不少是美国人。我知道喝酒有多开心，我也知道你们玩得不开心。怎么了，怎么了？我在甘肃的时候，所有来访的美国人都喝得很开心。他们从我的房子离开的时候，没有不摔下马的。"

第二十一章　伊犁河谷

　　伊宁与众不同，因为它是伊犁九城 ① 的治所。这是一个前线地带，是数百英里的旅程中最脆弱、危险的前线。在此聚居的所有人群都明白，繁荣和安逸的生活之下，存在动荡和恐慌的可能性，正因为如此，他们都表现出不计后果和不顾一切的精神，城里的居民尤其桀骜不驯。

　　伊犁河及其支流的河谷堪称亚洲腹地最富饶的土地。正如我们在肯尼亚或欧洲之外的其他地方谈论"白人国家"一样，汉人也在谈论伊犁，因为伊犁是一块肥沃的、令人向往的土地，用一句不知源自哪种语言的话说："当地人必须遵守秩序。"这里不仅有丰富的水源，也有充足的降水，所以在河流之间和城镇之间几乎没有真正的沙漠。新疆的粮价很便宜，而伊犁的粮价比新疆其他任何地方都更便宜。在山区，铁、金等金属都很容易获得，而煤更容易获得，木材供应充足。伊犁还能生产所有必需的纺织品，而且更坚实、舒适，因此，来自内地的商品仅限于茶叶、丝绸和需要熟练制造技艺的奢侈品。伊犁在政治上维持着汉人的统治，经济上却脱离对内地的依赖，这解释了它激荡的历史。的确，它的现代史只是漫长、激烈的征服史和战争史的缩影。

　　伊犁河谷是蒙古和南俄草原之间的迁徙路线上最重要的一个中

---

① 设于清乾隆年间，包括塔勒奇、绥定、惠远、惠宁、宁远、广仁、熙春、瞻德、拱宸等。其中惠远、惠宁为满营驻所，伊犁将军驻惠远。——译者注

枢，这条路线对游牧民来说十分重要。在伊犁，冬天有林地的庇 222
护，夏天有诱人的牧场，这种优厚条件似乎吸引了每一个临时居留
此地的部落，诱使他们放弃长途跋涉，并永久占领此地。然而，这
是一个陷阱，因为它是南俄草原和蒙古草原之间的中枢，它向所有
路过的游牧民族敞开了大门，无论谁占领了它，都会丧失在辽阔草
原上自由行动和逃避的能力（在游牧民族的战争中，这是不可或缺
的），而且受限于它背后的天山。因此，有足够的证据表明，吐火
罗人、月氏人、[1]匈奴人和原始突厥部落曾在伊犁河谷停留了长短不
等的时间。从中世纪早期开始，回纥人、西辽人、蒙古人和哈萨克
人及其分支的相继崛起、衰落和远迁，我们对此有越来越连贯的记
载。至少可以大胆地说，对伊犁河流域的遗址进行彻底的考古，包
括从伊犁河谷上游的坟墓到巴尔喀什平原上死寂城市的区域，可能
会让我们获得对该地区漫长的民族兴衰史的完整回顾，且比我们迄
今所知的更完整、更准确，甚至可能对我们认识斯基泰人提供一些
帮助。这个民族的文化遗存分布在东至蒙古、华北，西至黑海北岸
的广阔区域，他们的特征、影响及明显的"反向迁徙"（从西向东
迁徙，与后世常见的由东向西迁徙相反）是历史研究中最值得探讨
的问题之一。

今日伊犁河谷错综复杂的民族分布格局源于清朝征服准噶尔汗
国之后所采取的措施。在与准噶尔的战争结束后，乾隆不满足于仅
仅征服准噶尔人，而是将来源各异的新移民填充进伊犁河谷。就 223

---

[1] 如果"吐火罗"和"月氏"不是一个民族的不同名字（即他们实为一个民族），那么他们可能与早期的斯基泰人有联系。斯基泰人是金发碧眼的印度—日耳曼人。冯·勒科克的《新疆的希腊遗迹》利用从吐鲁番发掘的手稿和图画中获得的知识，对模糊却有趣的早期民族迁徙进行了研究，可能会发现最重要的新的民族身份。

在那时，哈萨克人从西伯利亚平原逆流而来，占据牧场。与他们同时或在他们之后，来源不同的蒙古人也来到伊犁，他们都与准噶尔有关，但其中一些是对准噶尔怀有敌意的土尔扈特人，他们一直徘徊在故土的边缘，其他人是失败的幸存者，他们在俄罗斯领土避难后，在适当的时候被允许作为臣民返回他们曾经统治的故土。

也就是在那时，满族的驻防城和锡伯人、索伦人的军事屯垦地也被建立起来。乾隆皇帝从天山南路上的阿克苏、喀什等绿洲，迁徙了六千户维吾尔人，跨越天山，安插在伊犁谷地。他们成为农民——塔兰奇人，[①] 这个名字来源于"塔兰"，意思是小米。他们的后代仍然构成了伊犁维吾尔人口的大部分，当内乱中人们彼此反目时，塔兰奇人已经是举足轻重的力量了。据说，在不同的塔兰奇群体中，还可以追溯到天山南路不同绿洲的维吾尔方言，塔兰奇人就是从那里迁徙过来的。然而，在城镇里，普通的旅行者难以区分塔兰奇人和新近迁来的维吾尔人，因为城镇乃至一些乡村不断流入来自大山之外的新移民。与其他城镇形成鲜明对比的是，伊宁是塔兰奇人的中心城镇，也是最重要的贸易城镇（它现在仍然占据着这个位置），而其他城镇主要是戒备森严的边防要塞。

清朝还积极把汉人移民引入伊犁，在伊犁与天山北路同步建立起东干人的屯垦地。由于距离内地路途遥远，起初要强迫才能将汉人们迁到这里，因此，在整个清朝统治时期，伊犁成为一个收容流亡者、流放犯和各种不受欢迎的政治犯、刑事犯的地方。1900 年之后，似乎有不少义和团的拳民也被发配此地，他们都是强壮、勇

224

————————

① 蒙古语音译，意为"耕地人"，新疆伊犁地区过去对一部分迁自南疆的维吾尔族农民的称呼。最初是 17—18 世纪，准噶尔部曾迁移一些农民到伊犁。清乾隆二十五年至三十三年（1760—1768），又有 6000 多户被清政府迁至此地。——译者注

猛的人，适合安置在边境地带。尽管汉人现在不再被强迫迁到伊犁，但很容易理解他们对勇武传统的坚守，由于对历史上的血泪记忆，这种传统得到加强，也由于他们感受到自己是伊犁的一支"少数民族"，有强烈的群体身份认同感，比新疆其他地方的人更显得团结、独立。毫无疑问，伊犁的汉人没有遵循内地汉人的传统——低调地积蓄财产，而是多赚多花。他们生活在一种潜在的对立气氛中，其紧张程度远甚于其他人。如果再出现动乱，他们会像历史上一样坐困愁城，面临战争、饥荒和瘟疫。难怪这里的天津人变得更加狂热、粗野、冲动。

没有什么比伊犁人的"天津"社群更奇怪的了。在其他地方，他们是一小撮繁荣的商人，在这里，他们是一个完整的社群，从理发师、食品摊贩到富有的商人和地主都有。事实上，天津之名来自离天津不远的杨柳青。他们说，在内战前的繁荣时期，有很多远在伊犁的父亲或儿子供养着杨柳青殷实的家。你常听人说："伊犁就是小杨柳青。"很难解释为什么这么多人会来自一个小镇。有人说，当左宗棠在收复新疆时，这些杨柳青人以随军小贩和商队的身份"赶大营"来到这里。左宗棠是湖南人，他的军队除了索伦的旗人之外，大多数是来自两湖的壮丁，所以，收复新疆之后的文官武弁多是两湖人。毫无疑问，在义和团运动结束后，又有许多杨柳青人来到伊犁。

尽管杨柳青人在伊犁非常神气，但在提到"杨柳青"时需要留意到它别有一番意思。杨柳青镇在华北曾以制售春宫图而闻名，这是一种描绘性交技巧的绘画，都由或曾经由未婚少女绘制，这足以证明春宫图的古老起源——用于促进生育。距长城尽头山海关不远的唐山，也因类似的绘画而闻名。

　　从地图上可以看出伊犁河谷作为边境地区的脆弱性，这进一步揭示了它动荡的历史，也解释了为什么哈萨克人会不停地在中国和俄罗斯之间往复迁徙。实际上，伊犁河谷就像伊塞克湖盆地一样，不过是天山以北的一个突出部。跨越山谷或者紧挨着山谷的边界具有不稳定性，这是放之四海而皆准的道理，因为山谷是贸易和文明的走廊，也是竞争和战争的通道。如果山脉正好是不同自然环境、种族、文化之间的"分水岭"，那么最稳定的边界走向应该是与这样的山脉重合的。然而，如果俄罗斯和中国之间的边界沿着天山山脊延伸，那么就会形成一个不安定的楔子，它的顶端位于木扎尔特冰川隘口，一面几乎能俯瞰从阿克苏到喀什的天山南路一线，另一面威胁从玛纳斯到塔勒奇达坂的天山北路一线。

226

　　19世纪六七十年代，俄罗斯人确实占领了这块楔状地带。中国人为了自己的威望和"祖宗之地"，同时也为了重建他们对于山地游牧民的权威，自然急于收复领土，伊犁问题成为一个双重问题。俄罗斯人比中国人更容易进入这个谷地，但这里对于中国人巩固贸易和游牧部落的战略来说至关重要。出于这些原因，从清朝的征服到19世纪60年代内乱的爆发，"Kulja"，或者说绥定，比乌鲁木齐更像是天山南北广大地区的首府。俄罗斯人直到1881年才把伊犁河谷归还中国，这只是为敲诈中国的一笔赔款，并就安集延和喀什之间的战略性关隘的控制权问题，让中国作出一定的让步。俄罗斯进取伊犁通常被描述为一种赤裸裸的侵略行为。根据当时亲历此事的美国著名外交官尤金·斯凯勒（Eugene Schuyler）的中立记载，毫无疑问，俄罗斯人确实这么做了，而且他们给自己列出了一系列冠冕堂皇、理所应当的理由作为侵略的依据——保持秩序的必要性、调停这场正在波及俄罗斯的冲突、维护俄罗斯的利益。一方面，地方当局没有莽撞行动。另一方面，当涉及与中国人谈论归还伊犁的问题时，圣彼得堡当局就大肆渲染他们占领伊犁的既成事实，外交官们则遵循着自己的方式行事。

很明显，从中国东北到帕米尔，广阔的亚洲腹地注定是未来最不稳定的边缘地带。中国几乎有半壁江山面临危机。[①] 历史上，这些区域内的势力多次入主中原。今天，游牧民族作为一种战争力量永久性地衰弱了，但对于汉人来说，即使在这一历史转折之后，他们也从来没有完全控制过这些地方，因为他们目前在其陆地边疆处于守势，而一个强权扩张时代的开端已近在眼前。这种扩张的第一波浪潮打碎了中国所有旧的社会标准和政治形态，下一次巨浪将由内而外，冲击中国的所有边疆地带，同时，随着苏联的日益壮大，它必然会与苏联人的强力干预合流。

亚洲腹地的山脉和沙漠是俄罗斯和中国之间的缓冲地带，这种状态已经持续了几个世纪。俄罗斯是最伟大的西方国家之一，而中国则是最伟大的东方国家，双方都开始向这片人烟稀少的土地进发。俄罗斯人和中国人迟早要面对面。这将是前无古人的碰撞。中国唯一开放的边境地带现在实际上只是一片模糊地带，未来必将严密地划界。一些边界已经在承受着挤压（如在东北和蒙古）。这是一种强力的碰撞，远比肤浅的政治博弈更重要，政治博弈仅仅是一种表征，并以令人困惑的方式变幻。古代移民的主要路线，从中原内地经过蒙古通向西伯利亚南部、中亚和俄罗斯，途经伊犁河谷，几个世纪以来莫不如此。形塑伊犁河谷历史的地理因素没有改变，原因背景不变，结果也不会有改变。

227

---

① 包括名义上仍属于中国的外蒙古。

　　我已经讲过伊犁河谷是如何向俄罗斯呈开放态势的。我想，除了斯蒂芬·格雷汉姆（Stephen Graham），[1] 没人注意到它的地理位置。他指出，俄罗斯人必须从中国控制的伊犁河上游区域开河引水，才能开发俄罗斯境内的伊犁河下游区域，获得充分的水利灌溉收益。这个区域不会因为水资源的潜在改善而受到任何影响，应当认识到，伊犁河是一条流量足够大的河流，足可以让轮船从俄罗斯一路开进中国境内（尽管无法开到伊宁这么远）。

228

　　有人可能认为，当两国人民沿着开放的、容易跨越的边界交流、接触时，有关中国境内的俄罗斯人和俄罗斯境内的中国人的传言就会少一些。然而完全不是这样，身处边疆地区的人们谨小慎微、忧心忡忡。人们对外国人的任何善意动机都不以为然，陌生人的陌生感会越来越明显，陌生人的动机总是令人怀疑。

　　因此，在中国这边，尽管高级官员能够辨识与自己相同阶层的俄罗斯人的个性和态度，但关于"俄罗斯"的具体印象，大众的认知仍然没有改变——俄罗斯人是比汉人统治下的少数民族更莽撞的"野蛮人"。俄罗斯人脾气暴躁，行动难以捉摸。好在俄罗斯人好酒，总是可以被灌醉，然后要么被赶到眼不见心不烦的角落，要么乖乖受人摆布。俄罗斯盲目而强大，它闭着眼瞎打一气，但被它碰到了就会受伤。尤其应该小心的是，俄罗斯当局还是一个强大的纸币制造商，据传，很多纸币都是为了向中国投机者抛售而印制的，抛售之后就宣布毫无价值。它本身就是黑党和黄党之间模糊、持久、血腥战争的结果——用中文来说，相当于红军和白军。

---

[1]　斯蒂芬·格雷汉姆《通过俄罗斯中亚》(*Through Russian Central Asia*, London：Cassell, 1916）。

斯蒂芬·格雷汉姆则给出了普通俄罗斯人最典型的观点。[①]格雷汉姆是现代旅行家中最著名的人物之一，他观点中立，遍访各类最朴实、最平凡的人群，以了解人们的本性。1914年时，他就在俄国境内的伊犁河谷，生动描述了一个"中国杂技班"在小城科帕表演的情形，这座小城靠近13世纪的鲁布鲁克所记载的泰姆格里。

> 公众……人数有100至120人，有俄罗斯人、鞑靼人和吉尔吉斯人。镇上所有俄罗斯官吏似乎都在那里了，陪同他们的还有衣着光鲜的女眷……都是殖民者和他们的"babas"——一群面无表情、头脑简单的农妇，她们被异教徒中国人的邪行吓呆了，对于他们来说，中国人是异教徒而非基督徒，这不是玩笑，而是现实，他们把中国人看得像魔鬼。

这种杂耍令俄罗斯人感到极大的迷惑，我从身后、身边的人那里听到了些有趣的评论。冒着热气的茶壶突然被变了出来，尤其令农妇感到不安，我听到有人对另一个人说："上帝才知道他从哪变出来的。"另一个严肃地说："这跟上帝有什么关系？这是撒旦的力量。"

---

① 《通过俄罗斯中亚》。

第二十二章　上天山

230　　我们和一群驮马一同离开了伊宁，置身于喧闹的畜群中。赶路第一天，牲口们是精力旺盛、毫无经验的"菜鸟"，它们用力摇晃着背上的负载、互相推搡着挤进集市，或者选择在最讨厌的地方甩掉身上最易碎的箱子。过不了几天，它们就会失去这种肉体上的骄纵，会以慢得惊人的步伐蹒跚前行。在上路第一天，它们不仅要挨骂、挨拳打、挨石头砸，还要设法渡过伊犁河。从远处的群山中流出的河水，在远处南岸的河滩与北岸又矮又陡的黄土峭壁之间，平稳而迅疾地流过。这次横渡是用一只平底船完成的，对岸的船主们一看见我们，就把远处的船拖到上游，一直拖到离我们很远的地方，然后放船顺水向我们冲来。我们的两匹马走上了船，虽然也有些害怕，但并没有遇到多大的困难。它们静静地站在那里，等我站在它们的马头前，我拉着伊斯坎德尔的笼头跟它们说话。驮马们被连打带骂，背着货物上了船，大船又撑开了，我们向对岸驶去，被冲到了下游很远的地方。神父和无臭皮革厂老板骑了几英里的马前来送我们，我们挥手告别。那天晚上，我们睡在一个塔兰奇农庄的庭院中央的高台上，第二天我们开始向更高的天山腹地攀登。

231　　在我们从归化启程前，摩西曾对我说："我有些担心买马的事情，不过，说到马，我相信你能给我找一头可靠的好驴。"现在，他脑袋上戴着一顶哈萨克毡帽，有着双下巴的脸上露出了灿烂的笑容，他骑在一匹褐色的驮马上，鞍囊里装着自己的所有财产。他穿着我的射击夹克，身上挂着我的水瓶和一台备用相机。他擎着缰绳，那是他用来引导马的唯一工具，他挥舞着一根刚折的树枝，然后非常放肆地大力抽打坐骑的臀部。马却没有加快脚步，也没有抬起头来。"马的事办得很顺，"摩西对我喊道，"骑过了骆驼之后，就不怕骑马了。总之，旅行就是旅行。我们把所有的东西都试试。"在我们的旅行结束之前，他可以轻松地骑牦牛。我对他说："你回天津以后，会成为一个传奇的。""在天津？！"摩西说，"你觉得在天津有谁会相信这其中哪怕一半的内容呢？"

我们跟着一支奔波在伊宁和阿克苏之间的天山商队，商队由两名维吾尔人负责，其中一人瘦削结实，勤劳能干，有一张谦卑而充满热忱的脸。他用一种恭敬的方式爬进我们的帐篷，我们在早上醒来，从睡袋里往外看时，会发现他蜷缩在我们身边的毛毡上。从那以后，我们就只能叫他"忠实的菲多"了。摩西、菲多和另一个商队负责人，都有各自的帐篷，但他们却懒得支起来。他们把货物堆起来挡风，围着篝火睡觉。只有当空气中又有一丝寒意时，菲多才会一言不发地钻进我们的帐篷。

另一个人胸部鼓得像个低音鼓，身体宽得和菲多的身长差不多。他一边走，一边用又短又粗、摇摇摆摆的腿扭动着庞大的身躯，脑袋上下摆动着，嘴里嘟哝着、哼哼着，咯咯地笑着，有些木讷。这样的人被认为是被真主的手触摸过的，他们在中亚可能比在其他任何地方都更容易受到善待。这种善待使他成长为一个平和的人，和一条圣伯纳犬一样，他无意滥用他的身材与力量。如果你给他一支点燃的香烟，他就会像一只受过训练的狒狒那样嬉戏。事实上，所有人类的行为，比如吃饭和吸烟，他都表现得像一只训练过的动物而不是一个人。他的词汇量是如此有限，以至于不能完全

232

表达他所拥有的那些模糊的想法，而只能做鬼脸，或者在胸腔里咕哝。他穿着一身破烂不堪的衣服，除了随身携带的东西外，没有床上用品，也没有其他任何财产。无论在雨天还是在任何天气，他都光着膀子在路上荡来荡去，在光秃秃的地上不盖被子也睡得很开心。叫他"赛迪"——猩猩女孩似乎是合情合理的。

当我们第一次见到赛迪的时候，他正渴望弄到一小瓶纳斯尔——维吾尔人的一种鼻烟，农牧民都吸它，称其为瘾品也不为过，这东西是用烟草粉做的，加入了石灰和其他成分，我想有时会包含印度大麻。它通常装在中空的葫芦里，人们在舌尖和下唇之间放一点，直到吸收或逐渐吞咽下去。我们给了赛迪玻璃瓶和钱去买纳斯尔，他高兴了好几天。他好不容易才把纳斯尔放进瓶子里，而后意识到瓶子通常是盛液体的，于是他往里倒了点水，纳斯尔沾水结了块，倒也倒不出来。不过赛迪比以前更高兴了。他可以整天装着在吸纳斯尔，永远也吸不完。

我们就没那么幸运了。大多数访问特克斯河谷和天山山地的外国人都是来这里打猎的。他们通常提前得到许可，从印度经过喀什、阿克苏和木扎尔特前往，但是根本没有从伊犁河谷上山的外国人。这不怪中国政府，而是大环境的问题。外国人越过木扎尔特后到达第一个军事哨所，在那里，他们会得到护送服务。在这个岗位上工作的士兵不是每个人都抽鸦片，他们对这个地区了如指掌，知道一些外国人的奇怪套路。我们到达指挥部，亲自拜访衙门，正好有人在场。他们都是"坏衙役"，这类人在中国各地都是令人避之不及的。其中一个衙役是本地的"汉人"，他整洁的警械、灵巧的举止和对哈萨克语的熟稔立即给人留下了良好的印象，他肯定是个好人。另一个衙役是"熟"哈萨克人，是那种抛弃游牧生活、在城市里四处游荡的人，他充当密探，或者当向导带着士兵到山里，或者追踪通缉犯。他不是军人，唯一的装备是一把巨大的铜柄刀，它太笨重了，不能挂在腰带上，骑马时得绑在马身上，走路时得用胳膊抱着。有人告诉我们，由于哈萨克人多为文盲，不能阅读本民族的文字，因此他们中的那些被派去执行公务的人得到了一把这样的刀，一把不允许普通人携带的刀，以此作为权威的标志。这位哈萨克衙役是独眼，鼻子边上有个疣子，几乎和鼻子一样大，而且长着一副嗜酒的样子。他是那种生性快活的家伙，如果我们能直接跟他谈谈，他会成为一个很好的随从，但他一句中文也不会说，我们叫他巴道夫。

我们给那个"汉人"起了很多不同的名字。一开始我们知道他是锡伯人，所以我们叫他锡伯（sibo）。后来，我们发现他早已完全变成了一个汉人，就把他的名字改成了"谢伯"（sheepo），一个原因是随着他屡屡犯错，又装出一副羞怯的（sheepish）的样子，另一个原因是他喜欢吃羊肉。他开头干得很好，给我们找到了价格合理的交通工具，他在各方面都帮了我们的忙。可是一进了山，他的衙门功夫就一文不值了，简直一无是处。他不知道怎样才能让哈萨克人就范，并且这还不是为了推进我们的行程，而是为了自己发财；同时，他的鸦片瘾使他变得懒惰和拖延。由于没有别的翻译，我们不知所措。不过，我确实学会了很多维吾尔语和哈萨克语，可以和我们的马夫们及路上遇到的普通人相处得很好。我无法在协商中说服谢伯，因为我没有足够的地图，而谢伯不喜欢走无人区，因为在无人区，他找不到毡帐舒服地抽鸦片，而且我后来还发现他设法把我们的路线从唯一可行的小路移到了海拔最高、最荒凉的喀拉盖塔什（石杉林）。

234

　　尽管有他的阻挠，我还是设法从一条最艰险的小路钻进了那个壮丽的地方，或者说挨到了它的边缘。但代价是让我们的驮马远离营地和牧场，且数日无法狩猎。因此，我们决定干脆就在哈萨克人的地盘上扎营，这样可以尽量多学些东西，毕竟我们旅行的目的不是打猎，搬运猎物也十分不便。不管怎么说，我们没有赶上打猎的时候，因为这时正是 6 月，猎人们在猎捕尚未脱毛的马鹿。[①] 最好的猎人都在林子里，只有花大价钱才能请他们出来，由于他们的活动，所有猎物都躲进了最难接近的地方，变得格外警惕。猎人们不仅射杀牡鹿，还使用陷阱和网，更糟糕的是，他们成群结队把鹿逼进林子里。哈萨克人是我见过的最鲁莽的猎人。一个优秀的汉人猎手，或者最好是蒙古人，能把我带到距离野羊 50 码的地方——没有比野羊更警觉的野兽了。许多外国冒险家对蒙古人是猎人的说法感到不以为然，这很令我不解，除非是因为外国人不愿充分信任蒙古人，但这绝对是不对的。

　　蒙古人通过追踪旱獭成为熟练的猎手（至少在这个地方是这样），因为旱獭的皮毛有稳定的市场。他们能在 50 到 100 英尺的距离用笨拙的燧发枪或火绳枪射击旱獭，这需要无尽的耐心和费力的跟踪。哈萨克猎手只会用陷阱、毒药抓旱獭，别无他法；在追猎过程中，他要么试着去驱赶（经常失败），或者碰运气，指望在近距离碰上意外之喜。特克斯河最好的猎人是蒙古人，由于当地蒙古人和哈萨克人关系紧张，蒙古猎手很难穿越遍布哈萨克营地的区域来找到我，为了找到一个蒙古猎手，我必须前往蒙古人的地盘亲自寻找和护送。哈萨克的猎手懒惰、急躁，离开马就不行。出于这个原

235

---

① 我已经在《从塞北到西域：重走沙漠古道》中介绍了鹿茸贩运。

因，哈萨克猎手喜欢带上自己的鹰犬，与朋友们大张旗鼓地骑马追猎野鸡、鹧鸪。

我有一次打猎，碰上了有趣的事。一天晚上扎营时，我发现附近有野猪在灌丛里翻动的痕迹。然而，第二天早晨，赛迪比我起得还早，天还没亮就出去看马有没有走失。他摇着头，咯咯地笑着回来了。"猪，"他说，"非常坏，非常坏。"他模仿一头猪，拱着发出呼噜声，以表示"猪"的意思。"啊哈，这个老家伙，我朝它的藏身之处扔了一块石头，它跑得远远的。"

在哈萨克人的地盘上扎营，很适合我们的护送者。每次停下来，他们都为自己征用新马，并为每个人征用一只羊。他们不喜欢我捕猎的狍子和野山羊，因为这减少了他们对哈萨克羊肉的需求。谢伯告诉我们，我们不能为我们所得到的任何东西付钱，因为这些都是哈萨克人向汉人统治者缴纳的贡税的一部分，统治者要求哈萨克人招待护送所有官方的旅行者。这一点我能理解，因为这是所有游牧民族的通行做法。至于以我们的名义宰杀的羊，根本不用担心，因为主人们总是吃得比我们多。后来我们才发现，谢伯之所以每天要宰一只羊，甚至是羊羔，其实是因为他要把羊皮据为己有，他总是根据羊皮的价值、颜色和状况亲自选羊宰杀，回到伊宁时，他可以从中获利。

合理征用马匹也是司空见惯的事。蒙古人、哈萨克人和柯尔克孜人在旅行时每天都要借马。然而，这种做法是基于这样一种理解，即旅行者将沿着他的去路返回，在每个营地返还他之前借的那匹马，并从牧群中找到之前换下的那匹马，依此类推，直到在出发后第一次停留的地方，归还第一次借来的马，取回自己一开始出发时所骑的马。由于我们不打算从来时的那条路回去，护卫队就有机

236

会侵吞更多的马匹了。首先，他们威胁要征用富人的马，并得到富人的贿赂。然后他们会征用穷人的马，再征用一个人把马送还。而当巴道夫想逞逞官威时，他甚至会多征用一个人来扛那把象征权威的刀。谢伯用了中文单词"抓"来表示"征用"，这个词用得很贴切。

当这些宵小做得很过分时，我提出抗议，他们总是回答说："你不了解这些人。你一定得'衙门'一些，对待他们不能客气。如果你对他们客气，他们会认为你好欺负，就会变得不守规矩。"这个熟悉的恶性循环让我想起世界上其他地方的统治者的逻辑。不过，当他们太过分时，我还是会提出抗议。去年，一个从印度来的美国摄影队遇到了麻烦，或者更确切地说，他们的护送队和哈萨克人之间发生了冲突。我们在绥定城已经听到了很多关于此事的消息，我可以顺理成章地想象到，罪魁祸首就是护送队的贪婪，他们太过分，激起了哈萨克人的愤怒抵抗。

过了伊犁河的第二天晚上，我们到哈萨克人的地盘上过夜。这是一个羊的国度。马群都跑到别的地方去了，只有几匹需要骑的马拴在毡帐附近。营地建在陡峭山坡上的肥沃牧场中。所有的营地位置都比溪流高，离最近的水源通常有一英里远，而且取水还得爬上爬下。把夏季营地安排得这么高的原因有很多。一方面是可以更好地看守畜群，更好地防范敌人的袭击，另一方面是这里中午非常热，高处则更凉爽。也许最重要的原因是，畜群住在高处，能远离夏季山洪瞬间淹没山谷的危险。在冬天，当需要庇护所的时候，营地就移到山谷里，因为那时已经没有洪水的威胁，厚厚的积雪也把入侵者挡在了外面。至于夏天的取水困难也没有很大。因为夏天是食物充足的季节，人们除了牛奶什么都不喝，做饭只需极少的水。

　　大约在日落前一小时，我们到达了头人的营地，我们将在那里过夜。妇女和女孩们正在给羊挤奶，母羊们被拴在长长的绳子上，头被套住，绑在沿着地面铺设的长绳子上，长绳子用木钉固定住。

　　这样一来，就有两排母羊头对头拴在那里，绳子从它们中间穿过，每只羊头都被套在绳圈里。公羊被拴在附近，小男孩们边跑边叫，把小羊羔赶到山上大约200码的地方挤作一团。挤完奶后，它们就被放了出来，一路咩咩叫着奔下山坡去找母羊吃奶。小羊羔们以为随便一只母羊都会喂奶，但母羊们更挑剔，它们会拒绝蹭奶吃的陌生小羊羔，直到找到自己愚蠢可爱的孩子。

　　头人的毡帐特别大，直径至少有30英尺。较低的墙是由木格子或棚架构成的，大约有三英尺多高。在圆形的棚架顶部，插着一些弯曲的杆子，像伞骨一样，支撑着圆顶的屋顶，但这些杆的末端并没有在穹顶的顶端汇合，而是嵌在一个一码宽的木环中，光线由这个木环天窗进入，烟气从此逸出。用绳子拉一块毛毡穿过这个洞，这样既可以控制通风，也可以挡雨。圆顶上也覆盖着大块的毛毡，毛毡的边角上有长长的带子，带子被拉紧以固定毛毡，然后拴在屋顶内部，由于这些带子可能以优美的弧线穿越帐内，所以具有特别的装饰感。它们是用毛线织成的，有彩色几何图案。冬天，较低的墙壁也覆盖着毛毡，但在温暖时节，只是用芦苇席子遮挡，席子上覆盖着鲜艳的红色和蓝色羊毛纱。席子不是由纱线编成的，而是每根芦苇分别用红、蓝纱线交替缠绕成长短不一的样子。

　　从门口往毡帐里看，右边有一张大床，床上有雕刻和彩绘的柱子，当床被拆散时，得一两头牛才背得动。它挂着鲜艳的帘，上面堆着棉被。一根竿子上挂着马鞍、缰绳和皮带，上面都钉满了沉重的银饰。它旁边倾斜着一支老式的"伯丹"步枪。墙壁周围排列着两三层箱子，上面盖着搪瓷锡的护角，上面还堆放着更多的被褥。在门的对面，铺着厚重的彩色毛毡，有的用布做了贴花设计，有的在毛毡上设计了不同颜色的图案。

晚上，人们会在毡帐中央烧起一堆火，但在炎热的白天，需要在地面掘一个坑架锅做饭。当人们走进毡帐矮门的时候，右边的一个角落被芦苇草席遮住了，那里既是储藏室，同时也是妇女们唯一的隐私地方。

一只小羊很快就被宰割完毕，放进一个大铁锅里煮。肉在沸水中煮了几个小时，直到变得软嫩可口，肉无需调料，却和任何羊肉菜肴一样可口。客人们三五成群地聚集在帐内，围成半圆形，尊贵的人坐中间。在我们面前放了一大块羊肉：整个头、一块尾油、一段腰子和一根羊大腿。那些熟练使用手指和刀具的人可以从羊头上剥下羊耳朵、羊脸颊、羊舌头和部分上颚等极其精致的肉——尽管不可否认的是，它的外观有些可怕，毛发在煮之前就被烤掉了。

当肉煮好后，不要说话（吃主人的食物要吃出声音，但别说话，这是更礼貌的做法），煮肉的羊汤就盛在碗里传递着喝。放点胡椒不放盐，羊汤会比羊肉更美味。女人先服侍男人吃饭，不必等到男人们吃完，随后就可以自己吃。孩子们跟着他们的母亲吃饭，妇女儿童们围坐在帐篷的前半部。一个男人把一块没吃完的肉骨头递给他的妻子，这是常有的事，妻子熟练、快捷地把丈夫的动作重复了一遍，当她完成的时候，除了必须增加工序才能获取的可食部分，就什么也没剩下了，然后她把骨头传给了一个孩子。孩子用牙齿和指甲在上面刮了一遍，只剩下一股模糊的肉味，肌腱和软骨都被吞了。然后，那块难以形容的光秃秃的骨头被送到门外一只苦等的狗那里，当然，如果那是一根有骨髓的骨头，必须敲开，先由一

239

个男人吮吸，后由一个女人吮吸，再由一个孩子吮吸第三次（更多的是为了练习，而不是希望吃到任何东西），最后狗才会得到它。

　　饭前饭后都要洗手，水从一个装饰精美的铜壶浇到手上，吃完饭之后，所有有礼貌的人（他们都能运用这种最准确的表示礼貌的方法）都会用力打嗝，表明他们已经被慷慨地喂饱了。然后，男人们抚摸着胡须，手掌向上张开，抬起头来喃喃祈祷，一天的快乐生活结束了。

第二十三章　高山牧场的哈萨克人

　　伊犁河是由它的两条主要支流特克斯河和巩乃斯河交汇而成。与巩乃斯河平行的是北边的喀什河，喀什河和巩乃斯河的河谷是天山北路蒙古人驻牧的主要区域，他们最重要的部落中心是在喀什河畔的一个大喇嘛庙。①

　　在从伊宁到高山地带的旅行中，我们没有沿着伊犁河上溯到特克斯河、巩乃斯河的交汇处，②再下行进入特克河谷。我们的南面是小山脉，北面是天山中部的大山脉。③我们先从伊犁河干流河谷出发，翻越森林密布的山地，然后下山到达特克斯河谷，看到了哈萨克人夏季牧场的不同类型的地貌，也经过了许多蒙古人的驻地，这些驻地就在他们走出喀什河谷、巩乃斯河谷并渡过伊犁河的地方。羊群聚集在更冷、更陡、没有树木的山坡上，这既是因为它们比其他动物更能爬山觅食，也是因为它们有羊毛，在过夜时需要凉爽的环境。在狭窄、树木繁茂的山谷中，陡峭的山坡上积雪最少，我们找到了牧民的冬季营地，那里有可以安置畜群的大畜栏、可以搭毡帐的院子或木头房子。在更低和更开阔的地方，有成群的牛马。

　　在这个仲夏季节，年轻人挑选最好的马参加一年一度的赛马，

---

① 应指崇寿寺，蒙古语称"喀什乌力扎图"。——译者注
② 应指乌孙山。——译者注
③ 应指博罗科努山。——译者注

这在养马的游牧民族中是一个古老的传统，它源于一种意识，即精 241
选出优秀的家畜以象征畜群的孳息，这些精选的马（最初似乎是母
马）要么被献祭，要么作为圣物保存下来。如果它们没有被杀，而
是被供养起来，那么从那时起它们就是不可侵犯的，任何人都不允
许骑它们，并在它们的鬃毛或尾巴里编上饰带来区分。蒙古人保存
着这种最纯粹的古老习俗，而在穆斯林部落中，这种习俗已经很少
见了。今日蒙古人的圣马可能是母马、骟马或种马，它们被养在喇
嘛的牧群中，只有最高级的喇嘛能在仪式上骑一程。赛马的赛程一
般不少于两英里，比赛的马都是三岁大的，由男孩和女孩骑着，为
了尽可能地减轻重量，人们经常无鞍骑乘，或者只在马背上垫一层
毛毡。

　　在最开阔的山谷里，特别是那些可以挖沟渠、溢洪道来灌溉
的山谷里，我们甚至看到了一些粗放的农耕。田里不除草，耕种一
两年就休耕很长一段时间。在哈萨克和柯尔克孜地区，粗放农业一
直十分少见，但在今天，粗耕的缓慢增长是一个最显著的现象。有
史以来，天山以北的这些土地一直被游牧文化所统治，与游牧民族
的迁移、征服和部落冲突相比，城市的昙花一现是微不足道的。历
史的潮流在很久以前就转向了，但它的力量最近才开始对这些游牧
民产生影响，他们正逐渐被定居的民族所包围，并受到新环境的约
束，这种新环境迫使他们更明确地依附在土地之上。

　　由于没有固定的中心聚落，因此也没有根深蒂固的利益，亚洲
腹地所有的游牧民族长期难以把松散群体团结成更紧密的组织。他 242
们从未在休养中获得凝聚力，只有在被一个非凡的领袖征服时才会
获得凝聚力，而这种凝聚力在战争结束后也从未持续过。"每一个
部落进行武力扩张……要么是因为人口增长的压力，要么是邻居的

政局变动提供了劫掠财富的可乘之机。前几个世纪的哈萨克历史中充斥着冲突，辽阔草原上的劫掠会彻底摧毁任何定居文明。但对于游牧民族来说，这是一个繁荣时代，正是在这种情况下，哈萨克人的财富和声望达到了高峰。"①

游牧民族的人口增长取决于他们冬季牧场的容量，与载畜量几乎无限的夏季牧场相比，冬季牧场能养活的牲畜要少得多。夏天骑马穿过壮丽的伊犁河谷和特克斯河谷，经过连绵不绝的高山牧场和雄伟的森林时，旅行者往往惊叹于人口的稀少。整日的行程中看不到牧场、毡帐，而且在整个夏天，贪婪的牧群永远也不会涉足这大片土地。原因在于冬季的高山和宽谷风饕雪虐。除了每年向俄罗斯市场出售的畜产品外，哈萨克牧民们在牧场有限的情况下，只饲养能过冬的牲畜。定居民族则在大量剩余的土地上扎根，为冬天储备粮食，但人口压力还没有严重到能迫使哈萨克人在这片土地上定居的程度。他们宁可四处流浪，为了夏天的自由而忍受严冬。

243　　在过去，当一个部落因人口增加而感到不安时，它就会向邻居发动战争。夏季突袭的战利品意味着暂时的胜利，而夺取新的越冬地意味着绝对的胜利。中国和苏联之间明确的边界划分干预了这一循环。国际边界是阻止自由迁徙的主要障碍，因为两国政府都不会允许其控制下的部落带着他们应纳税的牲畜财富离开其领土。在每个国家内部，也有一种趋势，即禁止部落之间为争夺越冬地而相互争斗。俄罗斯人甚至在欧战之前就已经开始给每个游牧家庭分配固

---

① 《图兰人和泛图兰主义手册》(*A manual on the Turanians and Pan-Turanianisrn*, London: The Admiralty)。我将自己所有关于哈萨克人和柯尔克孜人的零散信息，以及大部分关于蒙古人的信息，和这本有用的手册进行了比较。它资料来源广泛，可能来自不同的作者，存在些许的矛盾之处，但提供了关于图兰人的独特、学术、全面的调查，包括他们的历史、过去的移民过程等。

定的冬季牧场。因此，在空间充裕的夏季牧场里，哈萨克人坚持古老的部落土地所有制，但在冬季，他们被迫承认土地私有制的外来原则。家族间的私人土地买卖，反过来又导致了游牧部落制度解体的趋势。另一方面，政府的干预，加上当时俄国的其他更严厉的政策，使得哈萨克人越境进入中国，他们在中国所受的管束更少。这种躲避俄罗斯人的迁移在柯尔克孜人中更为明显。

所有的哈萨克人不仅称自己为哈萨克，还承认他们各部落实际上都是一个民族（这在中亚是不寻常的事情），而且他们讲一种共同的语言，不同部落之间的语言差异不大，仅有细微的方言差异。由于这种语言是突厥语的一种相对古老、纯粹的分支，人们通常认为哈萨克人是古突厥人的一支相对正统、纯粹的后裔。然而事实并非如此。尽管哈萨克人的语言同质性很可能表明，在他们的整个历史中，突厥元素占主导地位，其他种族的元素次第被融入，但他们表现出极丰富的混合血统。哈萨克人可能有一张貌似蒙古人的宽阔的脸，胡子稀疏，但却有钩鼻的亲兄弟。这种在家庭中出现的体貌多样性，从整体上证明了血统混合是很久以前就已经完成的。一般 244 来说，用种族的血统结构来区分部落是不可能的。我们只能说，阿尔泰地区的克烈哈萨克人可能是所有突厥人中"最纯"的，他们在阿尔泰地区生活了很长一段时间，避免了与蒙古人或其他民族有过多的接触。

总的来说，哈萨克人的多元血统是由于他们所走过的大草原非常开放，范围也很大，在他们的主要分布区域内的行动自由使他们能够席卷、吸收更古老民族的"碎片"。他们从天山经过巴尔喀什湖，一直延伸到向南流入里海的乌拉尔河，众所周知，他们被划分为三个部分：大帐哈萨克大致分布在天山和巴尔喀什湖之间，中帐哈萨克位于大帐的北部、西部，最远到达额尔齐斯河（克烈部也属于中帐）和塔什干附近，小帐哈萨克大多分布于咸海、里海之间。之后，有一部分小帐哈萨克移民到阿斯特拉罕，他们有时被称为内帐。① 在这个遥远的西部地区，成群的俄罗斯人组成了一个类似于游牧部落的群体，在游牧和定居之间徘徊，他们从真正的游牧民族那里借用了"哥萨克"这个名字，这个词在俄语中是"哈萨克人"的意思，在英语中为"Cossack"。哥萨克的名字起源于某些突厥语或古突厥语单词，意思是"自由"，也有"骑手"之义。但"哈萨克"很有可能也仅仅是一个部落的名字，只是因为俄罗斯人认为它的意思是"骑手"或"自由人"，所以就借用了它。

目前，由于迁徙受限，哈萨克人逐渐有定居的趋势。就像我说过的，在他们中间，总是有一种最低程度的农业活动，因为在冬天，人们需要些许粮食，牲口需要些许干草。近年来，随着经济繁荣和贸易增长，定居农民更容易向山谷中扩散，所有商品的价格都在上涨，尤其是粮食，这是游牧民族的主要奢侈品。粮价上涨已经开始扰乱纯正的哈萨克游牧生活。由于经济压力，哈萨克人无法维持传统的游牧生活，他们有一种日益增长的趋势，那就是将夏季的粗耕地转变为永久的农田，建立对这些土地的私有权，并将畜群降为次要收入来源。这一进程并非没有危险，因为在这一过程中，存在民族冲突的威胁——一方是希望保留故土的哈萨克人，另一方是希望安插进来的其他民族的定居农民，这样的冲突很可能会成为未来亚洲腹地历史中危险的一页。

古老的传统在哈萨克人中根深蒂固，他们非常重视游牧生

---

① 哈萨克三部亦称大玉兹、中玉兹、小玉兹。玉兹是突厥语地区、方面之意。——译者注

活——真正的自由人生活。但凡是能承担得起游牧生活的人，绝不会把自己束缚在一块固定的耕地里挖土刨食。在过去，妇女和不当家不做主的年轻男丁被从夏季牧场派到低地去打理耕地，收割低地的干草作为冬季储备。然而，现在的新趋势是这样的，没有立足之地的年轻人，那些无法成为牧群主人、放牧者和劫掠者的人，会被从游牧生活中淘汰出去，在这低地定居下来。游牧生活的回报属于强壮和成功的牧民。但是，随着时间的推移，这些务农的"被淘汰者"的子嗣因为掌握了农田而重新获得了财富和权力，他们骄傲地抬起头来，成为他们民族的领袖，成为地主，摆脱了不体面的耕种和日复一日的操劳，贫穷的牧民们只能被农业新贵雇来卖力气。

我们（西方人）对美国、澳大利亚和加拿大等国家的发展和成功感到自豪，并渴望颂扬我们漂洋过海的先辈，但是我们认同这样一个假设，即文明的变革和发展是掌握在强者手中的。但如果对欧亚之间这片缓冲地带正在发生的历史进行研究，就会发现一个相反的过程。强者把尊贵的旧式生活方式作为自己的特权，并迫使较弱的少数人充当不可避免的变革的工具。如果我们正确地思考我们自己的历史，我们就必须认识到，我们自己的先驱者，在很大程度上也是因为在旧世界无法站稳脚跟而被迫来到新世界的。而我们作为他们的后辈，现在处于优势地位，还是因为我们出生在幸运的顶点，而与此同时，新的因素正在压倒旧的因素。

246

哈萨克族及其他中亚游牧民族的文化和产业受到的影响比他们生活中其他各方面受到的影响都要大。一两代人以前，部落是一个自给自足的整体。他们生产了所有他们需要的东西：毛毡、地毯和粗糙织物，以及用于染色的染料。他们的金属加工技艺历史悠久，不仅有自己的铁匠，还有银匠，能制造妇女的珠宝和马鞍的饰物。

这些人不仅能做非常精细的工作，还能保存古代流传下来的纹饰。现在，这些部落工匠再也无法在伊宁这样的贸易中心附近生存。旧式的笨重银器正在被集市上的大路货取代，制作旧式马鞍的鞣皮、用于锤打和镶嵌的金属件都是由俄罗斯进口的。他们仍然自己制作毛毡，但大多数地毯都是买来的。现在，羊毛的染色都得靠别人来完成。城里的维吾尔人和塔兰奇染匠带着一包包从德国和美国进口的苯胺染料到哈萨克部落那里，帮助哈萨克人把羊毛染上夸张的颜色，换回羊毛和活畜。

一个哈萨克家庭

哈萨克首领毡帐前的人群

埃莉诺正在渡过天山的一处激流

正在烹饪的哈萨克妇女

哈萨克男子与男孩

第二十四章　马奶

　　我们花了一周时间走到了特克斯河。我们在过河这件事上颇费了一番心思。因为那时还不到 6 月初，所有的河流都因冰雪的融化而涨满了水。河水化为一股大约 200 码宽的洪流，冲过我们的道路，湍流使得许多大卵石嘎吱嘎吱地向前滚动。我们遇到了几次小雨，但是在山区，下雨反而意味着溪水的水量更少了，因为持续降雨带来的水量远小于艳阳高照产生的冰雪融水量。

　　据我们所知，在特克斯河有一座桥，就在木扎尔特商道上，它像往常一样被夏季山洪冲走了。我们到了另一处渡河点，那里的两侧河岸轻微弯曲，这使我们有机会利用水流的推力过河。幸运的是，我们找到了一些刚刚涉水的哈萨克人，请他们来帮忙。我们从一个水流湍急的地方出发，人在前，驮马在后，顺着水流往下走，直走到河中央的浅滩，我们在深不超过鞍带的水面上踉跄地涉渡。我和妻子两侧各有一名哈萨克骑手，还有一名骑手在前面引路。这是我们第一次在这样的考验中骑自己的马。"漫步"比伊斯坎德尔

强壮，但不那么灵活，有一次严重地踉跄了一下，差点被冲走，但两边的骑手合力把我妻子从鞍下抬了上来，用力地把马拽来。伊斯坎德尔在水流的第一次冲击下颤抖起来，它有一匹好马应有的样子，有足够的智商感知危险，也有足够的勇气去面对。它惊恐地张大了鼻孔，同时谨慎地缩小步伐，小心翼翼，在没有站稳之前绝不迈步。它伸长脖子，竖起耳朵，被哈萨克人的马挤在中间而没有攻

击对方，这表明它明白这件事的严肃性。

从浅滩出发，我们涉入另一侧的河道，水漫过了我们的马鞍，我们的目的地在斜前方下游的一处凸岸。这里水最深、最急，水面上连水花都没有。几步之后，马就被水冲得摇摇晃晃，迅速被带往下游。我看见妻子在笑，感到身下伊斯坎德尔在勇敢地努力，它自如地游着，我的心也跟着剧烈跳动起来了。哈萨克人镇定地大声叫喊着，也大胆地笑着，他们在为自己的拼搏意识，为马匹的勇气和自己的技巧而欢欣鼓舞。他们虽然懒散，会有不法之举，也不像蒙古人那样友好，但他们善于冒险。

他们一边疯了似地吆喝着，一边机警地忙碌着，引导着马穿过湍急的水道，以便及时登岸，若再往前的话，河岸陡然升高，在一定距离内是没法登岸的。尽管水流似乎是带着我们错过了登岸点，但当我们被冲到它下游几码远的时候，马儿们发现它们的脚踩到了水底，于是就像被拦河索拦住的小船一样，调转马头朝上游拐了过来，叹着气，绷着劲，挣脱出水，哈萨克人在胜利中抖着身子咧嘴大笑。

我们等了很长时间，行李被分成两半，由比我们的驮马还高大的哈萨克马驮载。那天早上，一些哈萨克马涉水走了五六趟，我们只发现了一次纰漏，一个哈萨克人没能成功骑着马过河，被水冲到了下游。不一会儿，骑手从马鞍上跳了下来，他一只手抓住马鬃，边游边把马推到水浅处。当马重新踩稳的时候，那人神气地从水里站了起来，笑着跳上马鞍，向我们挥手，沿着浅滩逆流而上，直到他再次漂下去，越过水深的河槽。只有一两匹马的负载浸湿了，而驮马则从头到尾拴在一起，整群游过了河。最后是摩西和中国士兵，他们每个人都骑行在一个哈萨克人的后面，两边都有哈萨克人

249

相伴而行。摩西呆呆地咧着嘴笑，士兵却快吓疯了。上岸后，摩西跺了跺那舒适、安全的干燥土地说："我想我快要被吓死了。"至于那个士兵，他的牙齿在格格地打战，那一天剩下的时间里，他再也没有恢复他那公鸡般自信的神气。

就在我们等待的时候，一只木筏从主河道冲了下来，只有两个维吾尔人在操作，一个在筏头，一个在筏尾。木筏在我们下游不远的地方搁浅在一块大石上，横在河中，但两个维吾尔人毫不犹豫地跳下水忙活起来，在一阵起伏摇曳之后，木筏又向下游驶去。然后，他们又一次爬上木筏，大喊大叫起来，很快就掠过去，再也看不到了。

那天晚上，我们睡在能望见天山主脉的大森林的地方，第二天早晨就去了科克苏河，这条河的上游水源地是极佳的猎场。我们一天中大部分时间都在骑马，越过高地，经过许多牧民营地，经过旱獭窝，旱獭在洞穴口向我们大叫，然后潜出视野。成群的马不时地在我们的路上踏来踏去，骑马的人会疾驰而来，邀请我们去他们的营地。之后，我们越过一处又高又平坦的斜坡，进入了科克苏河谷，高地的山顶上有一个牧民小营地。在山谷的远处，即科克苏河的出山口，有一片砾石滩，石头布满红色、绿色和紫色的模糊斑

点，在飘动的云层的暗影下，整片景观显得炫目而壮观。

我们沿着科克苏河向上游走了一小段路，经过肥沃的小片草地，草地上有哈萨克人为过冬收割的干草，有些草地曾经被浇灌过。河岸出现了陡峭的岩壁，我们再次向高处爬上去，之后再沿着一条河沟滑入到河谷中，马在那条沟里一蹦一蹦地下行，仿佛巨大的山羊，而我们在马的前面步行，尽可能灵活地闪躲着。我们在一片柳荫下郁郁葱葱的草地上扎营，旁边是湍急的灰色河水，艰难的

一天结束了。

第二天，我们在一英里外发现了一个哈萨克营地。一天之后，我和住在那里的一位老猎人一起外出。这位老人是我所认识的唯一一个优秀的哈萨克猎人，尽管他懂得追踪，但他太老了，跟不上我的步伐。在这个地方打猎必须登山，在离营地几码远的地方就得开始爬。山上地势非常陡峭，远离天山主脉山脊的谷地里长满了云杉，而雪线下的山坡上覆盖着松散的砾石和稀草。我们爬了几千英尺，非常陡峭，我根本不敢独自攀登。但即便如此，我们还是发现了鹿的足迹，它们是被猎人们从林中赶出来的，这些猎人不仅用步枪和陷阱，甚至还用网追捕它们。在这里，我们看到了激动人心的景观，无与伦比的荒野和难以接近的山脉，一座又一座的山峰，还有高耸的、难以涉足的山谷，它们长期把伐木工和农民拒之门外。在回来的路上，由于对老猎人的方言理解不到位，我错过了他提出的会合建议，我和他走散了，经过长时间的艰难跋涉才返回营地。我涉水经过科克苏河的一条支流，水只有膝盖深，然而我刚一下水，水就涨到了我的腰部，差点把我冲走。老猎人走了一条熟悉的近路到达营地，发现我没有回来，他很苦恼。有人骑马下到我们的营地上，带来一个不必要的警报，让妻子担心起来，以为我从山崖上摔下来，或者出了别的什么意外。

现在很明显，我们的向导和护送者谢伯故意把我们带到科克苏河谷，阻碍我们进一步前进，因为他不喜欢真正的荒野，只在乎大型的哈萨克营地和有利可图的"征用"。沿着科克苏河上行是无法到达河源的，至少没法使用任何交通工具到达那里，唯一的办法就是从谷口侧方上山，但由于没有地图，加上向导的阻挠，我们当时根本无从得知这唯一的办法。然而，我们还是继续前进了一次，这令谢伯感到恐惧，他一看到这条路就吓得脸色发青，拒绝陪我们走，留在最后一个哈萨克营地抽鸦片。我们也把摩西和我们的大部分东西留在那里。两个维吾尔马夫和一些哈萨克人将和我们一起上山，只留一人在营地待命，直到我们派人去把他也叫上来。

这条路的第一段是沿着一片陡峭的岩石峭壁上行，部分路段位于碎石坡上，部分路段位于一个三英尺高的悬崖边上。为了跨越一处边沟，我们必须走过一座危险的桥，桥是由两根原木上覆杂木和泥土而成，在这里和其他几个地方，必须从驮马身上卸掉一些较轻的负载，由人背负过去，并让驮马小心绕过拐角。最后，我们爬了一段陡坡，又从谷肩往下，到达一处峡谷口袋中。远处的峭壁高耸数百英尺，在我们这一侧是一个凹陷部，底部都是桦树林，一股股滚热的硫磺泉从岩石中流出。这种泉水常见的名字为"阿热善温泉"（Arsan Bulaq），我猜其意思是"男人泉"——维吾尔语中"ar"是丈夫，"arkak"是男人。不仅有生病的哈萨克人和蒙古人来到这里洗浴，甚至还有从伊犁的城镇远道而来的汉人，小神龛、散落的破布、敖包和刻在石头或桦树上的多种语言铭文都证明了这一点。

我妻子在这里"守营"，为我们俩做饭，我们的一个维吾尔马夫照顾她，而我则与一个不可靠的哈萨克猎手继续前往更远的地方。爬上山谷，越过更多的谷肩，我们从远处看到了真正的喀拉盖塔什——科克苏河河源，那里的尖峰像树一样。尽管科克苏河源头地区属于天山山地的伊犁河流域，然而，蒙古人声称那里归自己所有，我不确定他们是焉耆蒙古人，还是巩乃斯的散居蒙古人。无论如何，要在那里狩猎，非有蒙古向导不可。我所处的这片地方非常荒僻、难以涉足，如果有个好猎手，我也许能打到不错的猎物。但是和我同行的猎手不仅靠不住，晚上也不愿睡在营地外面。不过，在我们周围没有人的情况下，四处游荡还是很惬意的。我们可以从阿尔卑斯式的山地走到山脚下，穿过森林、灌丛，来到悬崖的边缘，望向深深的空谷。在远处的山坡上，我们看到了许多野山羊，它们也看到了我们。最后，我们在一片云杉林中走了很长一段路，走的是一条只有猎物才会走过的小径。在路中心一块隆起的岩石上，我们发现了一些老鹿的栖息地和监视处，它们的足迹到处都是，还在那里刮掉了很多毛发，因为它们喜欢躺在那里，沐浴着午后的阳光，同时俯瞰整个被树木遮蔽的山谷。

就是在这片森林里，猎人用肘推了我一下，我们停了下来，他朝一个方向看，我则朝另一个方向看。然后我又转过头，只见不到30码的地方有一头巨大的野猪，它正从高耸的云杉林阴影中悄悄向我们走来，看着像犀牛那么大。我举起了枪，由于无法控制完全不必要的激动，我在20码稍远的距离晕头转向地打偏了。那个哈萨克猎手笃定说我没打中，因为我们没有发现猪的血迹，然而我认为子弹嵌入野猪的厚皮中被野猪带走了。不管怎么说，它以惊人的速度消失了，没有发出折断树枝、移动石头的声音，它从一条猎人常走的小径逃走了，我们难以找到它的足迹。这是我最可笑的一次失误，但我为此感到庆幸，因为如果我愚蠢地杀掉了它，而哈萨克人又不能触碰任何"不洁"的动物，那么我们就没办法带别的任何东西回去了。

我们从阿热善温泉回到科克苏河中游，在营地逗留了几天后回到特克斯河谷，转向木扎尔特山口。正是在这个时期，伊斯坎德尔给我们带来了麻烦，因为山上的微风带来了无数马群和母马的气味。它虽然没有变得疯狂，但是，这可怜的家伙终究是一匹种马，它不能不为此心动。它非常渴望特克斯河谷的母马，这导致它食量

253

减少，结果身体状况有所下降。我们晚上把它赶出去吃草的时候，会用特制的脚镣把它铐起来，脚镣用毛毡裹着，以免磨伤它，它只有两只前脚并拢才能移动，但即便如此，它还是走失了一两次，甚至蹒跚地走下危险的碎石小径，沿着几乎垂直的沟爬上了我们最初进入科克苏河谷的地方。如果我们把它拴在桩子上，它会把桩子拔出来；如果我们把它拴在树上，不管绳子有多长，它在天亮之前都会糟糕地缠住自己，有受伤的危险。

　　我们离开了科克苏河，沿着特克斯河谷中远离河水的林带边缘轻松地走了一段路，这段路在天山主脉的山坡上，树木丛生，不时可见泉流。与科克苏河一样，几乎所有溪流上游的尽头都是崎岖难行的峡谷，小溪流过森林和陡峭的山体，之后就进入很平缓的开阔河谷和肥沃的牧场，汇入特克斯河。我们的营地几乎一直设在这样的小溪的边上，其中一个营地就设在我所见过的最奇怪的一处瀑布的下游。这条小溪流出峡谷之后遇到了一条断层，山坡也被这条五六十英尺高的断层所截断，小溪没有从岩架上流过，而是穿透了它，从一个半封闭的岩拱上笔直下落。它猛烈的咆哮声被周围的岩石遮挡，只有在它前面一块巨石前才能听到，巨石后能看到破碎的浪花。毫无疑问，这是一处圣水，瀑布脚下有两三棵树上挂着破布。因为哈萨克人仍然保留着古老的万物有灵信仰，这种信仰如今盛行于"喀木"（kam）的实践中——"喀木"是乌梁海人这样的边远民族的萨满和巫医，也隐藏在亚洲腹地众多游牧民族和定居民族的信仰之中。

　　令谢伯懊恼的是，我们好几次设法在远离哈萨克营地的地方私下扎营，因此他不得不骑上两英里或更多的路，以找到一个可以在里面抽鸦片的毡帐。他知道，他的职责是寸步不离地守着我们，所以他总怂恿我们在哈萨克人附近宿营，因为哈萨克人有热情好客的传统，这种传统保护访客的牲畜和财产，而在远处露营的陌生人则是公共猎物，可能会被任何有技巧或胆识的人劫掠。我当然知道这一点，这是蒙古的商队向我反复灌输的。我们在这片土地上仍然不能冒太大的风险，因为我们的官方地位是众所周知的，关于我们要来的传言已经在我们到来之前传得很远很远了。

然而，令谢伯、我、赛迪、菲多和摩西（我妻子是这群人中唯一不太喜欢牛奶的人）高兴的是，我们尽情享用了马奶酒，因为我们正在沿着世界上最好的"马奶路线"旅行，这就是夏季牧马场联缀成的路线，在那里，每一个营地里都拴着一群母马，它们的小马驹就在附近，母马为人们提供了马奶酒。哈萨克人和蒙古人一样，用马奶酿造高贵的奶酒，绵羊、山羊、牛、骆驼等其他牲畜的奶则另行使用。在内地，汉人们难以接受奶类食品，而当他们适应边境的生活后，往往就变得能接受了。自从我们进入伊犁以来，摩西一直渴望尝尝著名的马奶酒。奶酒的酿造容器是一整张小马皮缝成的皮囊，脖颈处就是皮囊的口。我们本以为，马奶从挤出的时候就又稀又酸，但我们错了，因为鲁布鲁克的记载不是这样的。我完全同 意鲁布鲁克关于制作奶酒的描述，一方面是因为他的记载证明了游牧民族的习惯自 13 世纪（甚至更早）以来长期不变，另一方面是因为他是最耐心、最细心的旅行者。

255

马奶酒是这样酿造的。人们在地上拉了一根长绳，绳子固定在两根插在地上的木桩上，他们就把马驹拴在绳子上。然后母马站在小马驹旁边，让人们能安静地挤奶。如果某匹母马沉不住气，就把它的马驹牵过去吃一点奶再牵走，挤奶人取而代之。人们先将大量的马奶收集在一块，这些新鲜的马奶跟牛奶一样香甜，接下来酿制者们把马奶倒入一个大皮囊或是大罐子里，随后他们开始用一根准备好的棍子奋力地搅拌，棍子末端有人头那么大，是中空的。当他们猛烈地击打马奶时，马奶开始像新酿造的葡萄酒般开始冒泡、散发出酸味并发酵，人们继续不停地搅拌，直到将黄油从液体中分离出来才停止。接着他们会先尝尝看马奶酒的味道，假如酒味带有些许的呛辣，那就代表马奶酒已经酿制完成可以饮用了。马奶酒喝起来跟葡萄酒一样有辛辣的口感，畅饮完马奶酒后，酒精会在舌头上留下类似杏仁露的味道。马奶酒会使人内心感到欢愉，同时也让脑袋变得迟钝，并且极容易引发尿意。马奶不会凝结，事实上，没有任何动物的奶会在胎儿胃里凝结。母马的奶也不能凝结，所以在小马驹的胃里也找不着凝结的奶。然后，他们继续搅拌马奶，直到所有较稠的部分像酒渣一样沉淀到底部，而像乳清或白葡萄酒的纯净部分留在上面。酒渣很白，他们给了奴隶，它能刺激睡眠。现在它被用来制革。这是贵族们喝的清澈的（酒），它无疑是最令人愉快、最灵验的饮料。[①]

256　　还有一种更有劲道的饮料，叫"阿拉克"（arraq），是用马奶酒蒸馏而成的。马奶酒本身被公认为是所有发酵奶制品中最健康的一种。在苏联中亚有专门的可以喝马奶酒的疗养场所。我听说俄罗斯人把那种口味比作香槟。游牧民也会把马奶放在马鞍上（在颠簸中搅拌），要么用制作精美的压花皮革瓶子盛储，要么简单地装在皮

---

① 柔克义：《威廉·鲁布鲁克》。

囊里。我们的路线和到达时间是众所周知的，在一天的骑行中，我们经常得到愉快友善的招待。半路上有一个人骑马从远处的营地飞奔而来，马鞍前放着一只碗和一囊马奶酒。我们都下了马，在芳香的草地上蹲坐一圈。那人把皮囊夹在腋下，解开囊口，胳膊一用力，就把囊中的奶酒挤进了碗里，我们轮流喝下去。再没有什么地方能像特克斯河上游山谷这样适合贵族旅行了。

第二十五章　哈萨克人和柯尔克孜人

我们在从伊宁到特克斯河的途中，经过的蒙古营地不多，几乎所有时间都在哈萨克地区旅行。我们所遇到的大多数哈萨克人似乎都是克烈部，我认为他们是一个独特的部落，其他的是阿勒班部，他们是一个氏族，而非一个部落。要区分哈萨克人的所有组成部落是极其困难的，不仅因为他们的名称多，还因为他们中的许多人似乎有几个不同的名字，自称和他称往往不一样。区分主要部落差异的最简单方法是看已婚妇女的头饰，头饰不仅形状不同，在刺绣的花样和数量上也不同。不管怎么说，他们的名字是很重要的，因为有了这些名字，就有可能研究他们的迁徙，在某种程度上，也有可能研究他们的起源。因此，阿勒班哈萨克人来自俄罗斯境内，曾与伊塞克湖柯尔克孜人比邻而居。同时，克烈哈萨克人长期居住在天山山脉的高海拔山谷里，那里距离其他哈萨克人更远，他们已经在血缘和礼仪上受到了蒙古人的影响。有人告诉我，阿勒班哈萨克人只会在去世的酋长的帐篷上挂白旗，而克烈哈萨克人只要遇到人去世就会在其帐篷上挂旗。

在一个叫"阔克铁热克"（Kök-terek）[①] 的地方，我们第一次见到了真正的柯尔克孜人，在中国境内，这个优秀部落的人口比哈萨克人

[①] "阔克"（Kök）是"蓝色"的意思，似乎等同于同源蒙古语"库库"、汉语"青"——"自然的颜色"。不仅用于指蓝色的地方，也经常用于绿色、清澈、明亮的地方。（此地即青杨树，今特克斯县阔克铁热克柯尔克孜族乡。——译者注）

要少得多，但除了天山南路和帕米尔高原上那些柯尔克孜部落外，还 258
有几个分支居住在特克斯河谷的高处。我说他们是"真正的柯尔克孜
人"是经过深思熟虑的，因为这些人经常被称为"卡拉吉尔吉斯人"，
这种误判主要是因为受到了俄罗斯的影响，俄罗斯人借用"哈萨克"
一名给"哥萨克"命名，而把真正的哈萨克称为"吉尔吉斯"，以避
免混淆。如此一来，他们就不得不把柯尔克孜称为"卡拉吉尔吉斯"
（黑色的柯尔克孜），以避免和哈萨克混淆。在之后的时间里，人们花
费了大量不必要的工夫来解释为什么他们应该被称为"黑色的"。其
中一个原因是，他们皈依伊斯兰教的时间比哈萨克人要晚得多，"黑
色"等同于"异教徒"。事实上，哈萨克人只有跟俄罗斯人或其他外
国人打交道时才会用到"卡拉吉尔吉斯"。哈萨克人自称"哈萨克"，
柯尔克孜人也管他们叫"哈萨克"。柯尔克孜人自称"柯尔克孜"，哈
萨克人也管他们叫"柯尔克孜"。此外，柯尔克孜人看不起哈萨克人，
认为他们低人一等，并反感与他们混为一谈。

　　许多部落声称自己是"最接近古突厥人的"。也许柯尔克孜人最
应该得到这一殊荣，那些哈萨克的贵族除外——阿尔泰山的克烈人。
克烈人和柯尔克孜人都在他们现在所居的山上生活了很长一段时间，
在中国古代编年史上有记载，但这些史书没有说他们是从其他地方迁
来的。他们都说非常纯正的古突厥语方言。这两个人群因为分布在高
山区域——高不可及的隐居之所，很可能在动荡的大迁徙时代免受波
及，当时，亚洲所有的游牧部落都从阿尔泰山南麓涌向天山北路，涌
入俄罗斯的大草原。迁徙的游牧民族走的是最容易的路线，为了追逐
水草可以走得足够高，但为了避免行进困难又尽可能走低处，这样一
来，这些部落就逃到上游的峡谷中，免遭屠杀或吞并。

　　哈萨克人尽管分布范围很广，彼此之间也有争斗和袭击，但他 259

们始终保持着一个统一民族的意识，因为他们大多数人居住在平原上，很容易沟通。柯尔克孜人也有一种群体认同的意识，但是由于他们在艰苦的山区生活了几个世纪，他们之间的交流就不那么容易了。他们主要有两个分支：西部分支在中苏两国间的帕米尔高原一带，东部分支在伊塞克湖和天山南北。

关于他们的起源有好几种传说，其中一些传说只通行于个别部落。[①] 通行于全民族各部落的主要传说认为，他们是40名少女的后裔——"柯尔克孜"即40名少女。[②] 有人认为，40名少女是与伊塞克湖的泡沫孕育了后代，另一个说法是，她们与一只红狗孕育了后代。当然，动物后裔的传说在亚洲腹地并不罕见，但这个传说和我从一个在蒙古跑商队的人那里听来的传说有一种奇怪的相似之处，他说，中国古代有个公主病重，她得的病症是疖子，所有的治疗都不奏效，皇帝宣布，谁能治好女儿的病就可以做驸马。唯一的回应来自一条狗，它进入皇宫，舔了舔公主的疖子，就把病治好了。这在宫廷里引起了轩然大波。然而，皇帝一言九鼎，把公主嫁给了狗，为古代君主所罕见。

不过，这个传说与中国关于盘瓠始祖的信俗更加相似，盘瓠是今日湖南省边缘部落的祖先，这被引用在李济的《中国民族的形成》（*Formation of the Chinese People*）中。[③] 在这些案例中，各个

---

① 见斯凯勒（Schuyler）的著作。

② "柯尔克孜"的含义有多种不同的解释：或指四十的复数，可解释为"四十'百户'"，也就是四十个部落；或指"山里的游牧人"，还有"山中的乌古斯人""依山傍河之人""草原人"的说法；也有说法称"柯尔克"是四十，"克孜"是"姑娘"，"柯尔克孜"就是四十个姑娘。拉铁摩尔提到的只是传说的一种。——译者注

③ 哈佛大学出版社1928年出版。劳费尔（Dr. B. Laufer）也讨论了这个传说，参见《中国人的图腾痕迹》（"Totemic Traces Among the Chinese"），载《美国民间传说杂志》（*Journal of American Folklore*）第30期，1917年。

传说的架构非常相似，甚至可能有共同的起源，我听到的传说都是古代传说的"晚期"版本或转译版本。有趣的是，柯尔克孜传说可能是沿着商路传回中国内地的，传到了内地一些人那里，这些人知道不同地方不同边缘部落的传说，然后加入狗的元素，改编了柯尔克孜人乃至所有中亚游牧群体的传说。

　　汉人对于天山一带的哈萨克和柯尔克孜一般不加区分。他们称哈萨克为"哈萨"或"哈萨克"（纯音译），称柯尔克孜为"黑黑子"或"黑家"，还一种更接近的音译"乞里吉思"，似乎在书面文件中曾使用过，现在可能还在用。叠词形式的"黑黑子"意思是"黑人"（表义不表音），而"黑家"的意思是"黑人家庭"或"黑人部落"。两个名字都与维吾尔语的"卡拉"（黑色）有关系。汉人自古以来就有给四裔人群起名字的习惯，根据其自称用汉字注音，这些名字在字面意思上往往有贬义。我们甚至了解到，8世纪时，回纥强盛、唐朝衰败，一位回纥汗王请求唐朝将"回纥"一名改为读音相似、意义更讨人喜欢的字。[①]

　　也有人说，汉人模仿蒙古人，称柯尔克孜为"布鲁特"（Burut），但事实并非如此，至少在通常情况下不是这样。这个名字在词源上与"布里亚特"（Buriat）相同，布里亚特是俄罗斯领土上一个纯正的蒙古部落的名字，这个名字与贝加尔湖有关，他们与柯尔克孜人根本不是同一类人。音节"ut"表示蒙古语的复数"人们"，而据我所知，音节"bur"可能与现代维吾尔语"buri"（一种狼）有关。这没有什么不可能的，因为突厥语和蒙古语属于同一语系，据我所知，

261

----

① E. H. 帕克（E. H. Parker）：《鞑靼千年史》（*A Thousand Year of the Tartur*）。帕克的作品利用了中文文献，但他的方法不够严谨，没有具体注明引用史料。（788年，回纥长寿天亲可汗上表唐朝请改"回纥"为"回鹘"。——译者注）

蒙古语和古突厥语有差不多一半的同源词根，至于狼，有一个古老的蒙古传说认为蒙古人是青狼的后裔。

我曾询问后来和我们同行的非常聪明的柯尔克孜向导，他的族人是怎么自称的，在犹豫了很久之后，他说："Böliq。"（博里克）他还告诉我，在天山南路的乌什山区，当地的柯尔克孜人属于奇里克部落。这一点我已经证实了，但我还没搞明白"博里克"，我只能认为它一定是"Bö（r）liq"（在维吾尔语中 r 可以省略）。在这种情况下，第一个音节 bö 与"Buriat"中的第一个音节 bur 代表相同的词根，而第二个音节 iq 则是形容词"什么样的人"，如在"taglliq"（塔格里克，意思是"来自山区的人"）中一样。换句话说，这个名字只是"Burut"的一个音转，即变"布鲁"为"博尔"。我想我的向导之所以犹豫，是因为他要想找一个迎合我的答案，在这个地方，通常都会如此回应提问者。他自己的蒙古语说得很好，也知道我只会说几句蒙古语。因此，他给了我一张表格，上面是他认识的一个人的名字，他认为我可能很熟悉。不幸的是，当我们彼此熟悉了以后，我就不再提起这件事了。

中国境内天山北路的大部分柯尔克孜人最初来自俄罗斯境内的伊塞克湖地区。他们的迁徙充斥着关于黑暗、血腥、悲惨历史的模糊记忆，他们留在俄罗斯境内的同宗的命运也是一样的。我们的这个柯尔克孜向导是在辛亥革命时随其他部落成员一同迁来中国的，迁徙时他还是个小男孩。当时，俄罗斯人正迅速涌入七河地区，并在伊塞克湖附近定居下来。由于俄罗斯人几乎都是农民（哥萨克人除外），他们占据了最好的可耕地，特别是那些最容易灌溉的土地。柯尔克孜人长期以来一直从事一些农耕活动，为自己提供过冬的必需品，拉德洛夫（Radlov）在很早之前的 19 世纪 60 年代就证实，柯尔克孜人在农耕方面表现出相当高的技艺。[1] 俄罗斯人把他们赶出这片可耕地，一旦他们被剥夺了这片土地，再怎么充裕的夏季牧场也难以养活所有的人了。因此，他们开始前往中国，当时俄罗斯人很高兴让他们离开。几年后的1914年，格雷汉姆证实了俄罗斯人的情况。[2] 据他描述，一长串缓慢的移民队伍进入大草原，俄罗斯移民反感游牧民及异教徒。游牧民抽税困难，也不能提供令人满意的劳役，他们成群结队地在农庄的周围待几个星期，然后就拆了帐篷，搬了家当，转场上山去了。他们要么为坚定的基督徒腾地方，要么定居下来成为基督徒——这必然"归功"于俄罗斯人的"良好信誉"：俄罗斯人是中亚最仁慈的白人（实际上中亚没有其他白人），一个俄罗斯人可能对当地民族来说并不突兀，但对于俄罗斯人来说，只有"俄化"的当地人才是同胞。

柯尔克孜人当时似乎并未对俄罗斯人表现出任何敌意，因为他们太了解俄罗斯人的力量了。然而随着欧洲爆发大战，俄罗斯人村落里的壮丁们，特别是哥萨克据点的壮丁们，都被征调到了前线。柯尔克孜人也许是温驯的，对于自己的土地被夺走的方式，除了怨恨什么反应也没有。1916年，一个德国人来到这里，他就是维尔纳·冯·亨廷格（W. O. ron Hentig），[3] 他随德国代表团前往波

---

[1] 《来自西伯利亚》（*Aus Sibirien*, Leipzig: Weigel, 1884）。

[2] 《通过俄罗斯中亚》。

[3] 维尔纳·冯·亨廷格：《前往封闭之地》（*Ins Verschlossene Land*, Potsdam, 1928）。也可参见《图兰人和泛图兰主义手册》，以及乔治·马戛尔尼爵士（当时的英国驻喀什总领事）在1929年《中亚社会杂志》第一部分的书评中发表的一些评论。L. V. S. 布莱克少校（后来的上尉）是一名英国军官，他在《高地亚洲的秘密侦查》（*Secreb Patrol in High Asia*）中提到了冯·亨廷格。他自己当时也在执行"特殊任务"。冯·亨廷格受到了英国评论家的严厉批评，因为他逃脱了，留下了柯尔克孜人来承担后果；考虑到英国军官在不远的地方也有同样的伎俩，特别是后来，当苏联恢复向德国供应中亚棉花，而英苏两国在中亚发生冲突之时，英国人的批评可以说是很不公正的。应该补充一点的是，冯·亨廷格在他那非凡的冒险经历的叙述中，几乎没有提到柯尔克孜人的崛起，这让人们认为他与该事件无关。

263 斯和阿富汗，目的是在印度后方分散英国人的注意力。英国人在喀布尔的势力太强大了。他被迫逃入中国（当时还是中立的），到达了莎车。在离开阿富汗前后，他似乎已经派了使者到伊犁地区，在被驱逐的柯尔克孜人中间做工作，散布俄罗斯崩溃的谣言。柯尔克孜人认为俄罗斯人再也回不来了，就回去夺回故土。起义迅速蔓延到俄罗斯境内的柯尔克孜地区，而俄罗斯人的镇压引发了激烈的战斗和对无辜平民的屠杀，柯尔克孜起义者也俘虏了大批俄罗斯平民。

　　大起义是柯尔克孜最黑暗的日子，俄军被派来进行镇压。柯尔克孜人被打败了，被屠杀的人数至少是以前的十倍，他们损失了大量的牲畜，此外，将近六千英亩的土地被没收给了沙俄皇室，现在也不知道这片土地变成了什么样子。起义者残部被赶回了中国境内，但俄罗斯以强大压力迫使中国采取果断行动，拒绝某些人入境，并让其他人声名狼藉。那些获得庇护的人也遭到了沉重打击，不仅被勒索了大量牛，还被勒索了"白条"——所有的银子，包括大量银质帐篷用具、箱子上的银饰、马具上的银饰。他们被赶出来

264 后，冬天就要来了，他们必须为畜栏和食宿付出些代价，否则就得死于寒冬。今天仍可以在哈萨克人的毡帐里看到零散的柯尔克孜人的传家宝和珍贵财产，而哈萨克人则习惯含糊地说："它们来自安集延。"

　　十月革命成功后，苏俄调整了政策，把大多数在中国定居下来的柯尔克孜人"拉"回了俄罗斯。那时的俄罗斯人急需食物和原材料，他们曾经认为摆脱柯尔克孜人是一件好事，但现在他们希望柯尔克孜人能待在俄罗斯，也就是待在今日苏联的哈萨克自治共和国和吉尔吉斯加盟共和国境内。因此，根据苏联当局和中国新疆省长

在 1925 年缔结的区域贸易协定（该协定独立于中苏两国层面的外交关系），那些在 1916 年迁入中国的柯尔克孜人和哈萨克人（因为其中一些哈萨克人也参与了）都应该被遣返苏联。他们很不情愿地被中国人送回去，其间又被贪婪的士兵、敌对的部落劫掠，再次损失了一部分牲畜。

　　然而，就在最近，事情仿佛兜了一圈回到原点。苏联政府给予自治共和国的自治措施看起来比较自由，特别是给予自治民族携带武器和自行执法的特权，这些权利被巧妙解释为恢复旧时流行的友好和睦的娱乐活动——叼羊、赛马，只要不太乱就行。这些消息通过多种渠道传开了，效忠俄罗斯的好处也强烈地影响到中国境内的游牧部落。这些部落对中国限制携带武器的禁令感到不满，于是他们恢复了古老的游牧本能，再次开始迁徙。游牧民不会自发地尊重现代国际边界。阿勒班哈萨克和伊塞克湖柯尔克孜，早在辛亥革命时就已迁入中国，他们未被纳入 1925 年区域协议的遣返者范围，而该协议让他们的一些同族能够返回俄方，于是，他们决心按照"自己的协议"行动。

　　中国人不打算放任这样目无法纪的行为。对他们来说，游牧部落不仅意味着定期的税收、贡赋，而且从战略上看，游牧部落的存在有助于填补"天山凹陷"（伊犁河谷）一带的空白，在一定程度上遏制了俄罗斯人涌入的势头。因此，中国人禁止向外移民，封锁山口。靠近特克斯河源的中国哨所守卫着一处最为开阔的山口，军队和游牧民曾在此发生过小规模的冲突。在这场冲突中，我的柯尔克孜向导作为一名中国军人，被迫与同族作战。由于牧民们采用轻骑战术，而且携带着碍事的牲畜，他们难以强攻山口，最终，他

们不得不放弃，返回指定地区。^①

---

① "柯尔克孜"是该民族自称，也是其他民族对该民族的称呼，国外同源民族被汉译为"吉尔
吉斯"。中国史书有"坚昆""黠戛斯""吉利吉思""布鲁特"等多个称呼。其先民生活在叶
尼塞河流域，历史上曾为匈奴、鲜卑、柔然、突厥、回纥属部，也曾在唐、喀喇汗国、辽、
西辽、察合台汗国等治下。后来迁徙至帕米尔高原及天山一带，有蒙古、突厥部落相继融
入。清初协助平定准噶尔等，"布鲁特"是清朝对该民族的称呼。19 世纪自俄国与清朝签
署不平等条约以来，大批柯尔克孜部落被划归俄国。20 世纪初，俄国境内的柯尔克孜族因
不堪压迫而迁徙到我国北疆伊犁、南疆阿克苏等地。
　　拉铁摩尔在这一章述及柯尔克孜族的历史，尤其是近代迁徙的历史。由于柯尔克孜族的
历史演变较复杂，而拉铁摩尔参考了不同来源的材料，其叙述可能有不严谨之处，请读者留
意鉴别。——译者注

第二十六章　伊斯坎德尔之死

在阔克铁热克，我们受到了当地柯尔克孜人简单、豪放、热情
的款待，我们和他们共进了早餐，然后继续前行。他们的首领不仅
会说俄语，还会写，这对他参与边境贸易大有用处。首领的妻子要
么是个俄罗斯农妇，要么就是个高度俄罗斯化的柯尔克孜人。他的
畜栏大部分是木制的，但他自己却住在一个漂亮的毡帐里。在他的
一个畜栏里，有一只驯服的年轻"马拉尔"（maral），这是随意给马
鹿或天山鹿取的名字，但事实上，这是一只雌鹿的名字，雄鹿的名
字则是"布库"（boghu）——来自柯尔克孜族的一个部落名。鹿可
以在圈养的环境中繁殖，鹿角可以在尚未骨化且带茸毛的时候（鹿
茸）被锯掉，然后出售获利。[①]

我们骑着马，穿过森林边缘之下的区域，有好几次看到鹿在我们
面前跃起、狂奔，这些鹿离开森林，在草丛里窝了一天。之后，我们
来到了阿合牙孜（喀什维吾尔语为"阿吉斯"），意思是"河口"，位
于斯木塔斯河[②]从上游峡谷流出的山口处。我们在这里遇到了另一个
柯尔克孜商人，并在森林边缘扎营。从我们扎营的那一刻起，我们就
不断地听到天山鹿的叫声，很容易将其误认为是狗的吠叫。在阿合牙
孜，天山鹿似乎比其他地方更多。刚扎好营，我就在云杉丛中漫步，
主要是想看看乡野风光。

---

① 《通过俄罗斯中亚》，参见《从塞北到西域：重走沙漠古道》。
② 今阿合牙孜河。——译者注

267　我们的一个人在离营地不到 100 码的地方砍柴。我走到他前面不到 150 码的地方，看不见他，但能清楚听见他砍柴的声音。我不经意地抬头一看，在一片林中空地上有一只鹿。我吃了一惊，完全没有准备，但它非常自若地站在那里，直到我回过神来并开枪打死了它，这让营地里的所有人都非常高兴。野鹿 [①] 是整个亚洲腹地最好的野味，之后是天山羚羊和藏羚羊（这两者在人们眼中难分伯仲），再往后是蒙古羚羊。

我怀疑阿合牙孜之后的山区是比喀拉盖塔什更好的猎场，但要爬进去是极其困难的，它十分崎岖，密林遍布；它的身后冒出来光秃秃的山峰、峭壁和开阔的山丘。在我们营地旁边，虽然森林已经被伐木工弄得伤痕累累，但我看到了鹿和野猪的痕迹，还有无数的狍子。事实上，我不需要向它们开枪，我就想看看我能靠它们多近，以此自娱自乐。第二天早上我们决定让商队先走，自己晚点出发，这样就可以再进山林。我几乎进入了林区，能看到远处荒蛮的原野，一想到要这样错过这里、放弃挑战，我就很难过。我坐在一块 100 多英尺高的岩石上，背靠一棵云杉。在离岩脚 50 码的地方，一只雄鹿躺在灌木丛中，但它和我都不知道彼此的存在。我坐了一刻钟以后，一阵风把我的气味传给了它。它跳进了人们的视野，沿着一片阳光明媚的林间空地飞奔而去，在茂盛的草地上跳得很高。我追了 50 码，但我不知道如何沿着崎岖的道路把它那光滑的躯体背回去，所以我没有开枪。我在这里休息一阵之后，迅速下山越过长满青苔的滑溜的岩石，穿过布满朽木而几乎无法通行的峡谷。

我又遇到了麻烦——我们旅行中最令人悲伤的麻烦。我的坐骑

---

① 原文为 wild ass，直译为野驴，疑似作者笔误。——译者注

伊斯坎德尔——当我第一次看到它那骄傲的头，第一次看到它那坚定的目光时，我就爱上了它，当时它站在尘土飞扬的乌鲁木齐小巷里，站在我们住处的灰色砖墙门前——在营地边肥美的牧场里吃得又快又饱，然后又贪婪地喝着小溪里的水。五分钟后，它开始出现致命的绞痛。我深感自责！要是我再了解更多关于马的知识，我就能阻止它了。它也许应该吃更多的玉米饲料，以便和多汁的草混在一起。我使尽各种办法，想帮助它继续走完荒凉的木扎尔特。它死的直接原因可能是我的疏忽，前一天晚上没有亲自去照料它。晚上，马儿们通常被拴起来，直到它们完全平静下来才允许吃草。这一次，维吾尔马夫们忙着吃肉，没有在正确的时候放它们出去。半夜，它们的踩脚声惊醒了我的妻子，令我感到自责的是，我只是在那之后才下令把它们放了。伊斯坎德尔在深夜吃得太快了。"漫步"并没有感到痛苦，因为它天山血统的活力足以应付任何旅行中的意外和环境。

我们急忙把伊斯坎德尔送到营地附近的柯尔克孜商人那里，这是一个身材矮小、精瘦结实、非常迷人的小伙子。他摇了摇头，开始工作。我讨厌看到伊斯坎德尔在痛苦中遭受粗鲁而无用的治疗，比如撕开鼻孔，用针戳等等。[1]不过，有必要让这个柯尔克孜人放开手去做，他确实有一些兽医常识，想要摆脱肠气，不仅要压、用绳子勒，还要从直肠清理下肠子。病情太严重了。他唯一不会的疗法是从肋骨后面的近侧刺穿肠子，以减轻肠气，我知道有这样一个诀窍，但不知道如何去做。

伊斯坎德尔做了一个高尚的决定，当柯尔克孜人在它身上折腾

——————————————

[1] 我曾在《从塞北到西域：重走沙漠古道》一书中描述过这种治疗。

268

了大半天之后，它突然站起来疾驰而去，勇敢地跑了不到半英里，摇晃着倒地。

我们的商队几小时前就出发了，早就走得没影了。柯尔克孜人让我们在他引以为豪的小木屋里过夜。他是个好人、绅士，他把他的孩子带到我们这儿来，他把他的妻子带来陪我们说话，还带了家里的宠物——一只小鹿来让我们开心些。那天晚上，他用他所有的物资办了一个小宴会。宴会结束后，因为我们仍然心绪不宁，他就用他的拉巴布琴给我们演奏，还唱着柯尔克孜民歌。第二天早上，他给我找了一匹马，护送我们一起去了下一个营地，在那里为我们弄来一匹新马。我的妻子送给他的妻子一枚戒指作为礼物，但到了早上我们出发的时候，戒指已经从妻子手里转移到了丈夫手里。我们骑马的时候，他在马鞍上兴奋不已，大摇大摆地向遇到的人炫耀着戒指。

我们继续向前进发，每个营地的牧民都会自发地借我一匹马，并为我们带路。第二天，我们到达了特克斯河源附近的中国边防哨所。这里有条岔路通往木扎尔特河谷，一直延伸到阿克苏。一路上，我们经过许多古墓，这些墓的主要特色是五个、七个排成一列，最大的在中间。它们已经风化成十分光滑和天然的形状，没有任何人会认为它们是墓葬。它们总是被解释为"从地下长出来的石堆"——换句话说，它们被误认为是外观相似的古代冰碛。它们中的大多数极有可能在过去的某个遥远时期被盗掘过，不过，它们也有可能好几个世纪没有人碰过了。

中国的哨所叫"下坦营房"——较低的平地上的兵营，或者说"在木扎尔特下面的平地上的营房"。这个名字已经被无数的旅行者传得面目全非——"疏塔"或"夏特"。我们发现它是由一个魁梧的"马大人"负责的，尽管他的正衔相当于少校或上校，但他被尊称为"马大人"。在我们短暂停留期间，我们受到了他异乎寻常的礼遇，他不仅是一位通情达理的主人，还是一位好朋友。来打猎的外国人经印度、喀什到喀拉盖塔什去打猎，都要经过这个哨所，因此，有多年经验的马大人对洋人们非常了解，而我是他所遇到的第一个能用汉语和他交谈的外国人。因此他的兴趣更高了，我们聊了数小时，互相介绍交流。

很明显，他对治下的游牧部落进行了严厉的管束，其原因也很好理解，因为这里不仅控制着通往木扎尔特的商路，还监视着通往苏联伊塞克湖地区的山口，这个山口很容易通过，最难对付的偷牛贼就是从这里闯入中国的。同时，马大人性格开朗、乐于助人，这使他与游牧民相处很好。他凭借地位为自己积累了可观的财富，牧民们每年都给他送马、羊，他只需把这些牲畜交给邻近部落的首领打理，就可以靠出售新繁育的幼畜获利。他很精明，在伊宁娶了个天津商人家的女儿，这样他就在贸易中有了可依靠的家庭关系。

他眼皮子底下的游牧民大多是柯尔克孜人，少数是哈萨克人和零星的蒙古人。虽然大多数蒙古人都聚集在喀什河和巩乃斯河的河谷里，但在冬天他们也会在许多高不可及的山谷中扎营。他们似乎不仅把木扎尔特的河谷视为自己的冬季牧场，还要求在天山的汗腾格里峰设置一个特别警卫，以禁止其他部落染指。这些蒙古人虽然与裕勒都斯和焉耆的人有亲戚关系，但并不受焉耆的蒙古汗王统治。他们是古准噶尔或卫拉特人的余部。但到目前为止，我们很难确定他们中有多少是准噶尔人的后裔（18 世纪准噶尔被乾隆平定之后，其中一些人被赶到俄罗斯境内，又返回天山山区）；也很难确定他们中有多少是土尔扈特人的后裔，或者多大程度上是随同土尔扈特人西迁伏尔加、东归中国的少数和硕特和杜尔伯特的后裔；

我们也无法确定他们多大程度上代表了动乱后卫拉特各部的离散部

271 众。从很久以前到现在，他们一直被称为四苏木和六苏木，奇怪的
是他们没有世袭的扎萨克王公。苏木是军事单位，不是社会单位。
在结构上，它与满族的"旗"有关，而且满族的"旗"可能相当于
蒙古的苏木。与此形成鲜明对比的是，蒙古的旗（和硕）则是扎萨
克王公的世袭部众。

在保留蒙古旗的部落中也存在着苏木，两种制度重叠。因此，
据我所知，两个同苏木的人可能隶属不同的旗，也可能同旗的人隶
属不同的苏木。在特克斯河、喀什河和巩乃斯河的四苏木、六苏木
中，苏木完全取代了旗，就像满族的旗首先覆盖了早期部落群体制
度，然后几乎完全将其取代一样。

我们听说，天山山区的苏木蒙古人非常强悍，哈萨克人几乎
在所有地方都较蒙古邻居更占上风，但唯独不敢侵入苏木蒙古人的
领地，尤其不敢侵入他们的冬季住所，除非是受死亡恐惧的逼迫才
会铤而走险。当我们在下坦扎营的时候，两个蒙古人骑马向我们
走来，一个是老人，眼睛昏花，几乎看不见东西，行动不便，只有
靠他儿子的帮助才能上下马，他儿子已经五十多岁了，满脸皱纹。
"这是这片土地上最勇敢的老猎人，"马大人说，"多年来，他一直
为所有显赫的外国猎人担任向导和首席猎人。现在他看不清楚了，
几乎不能出行，但他仍然在高山牧区过夏天。你看他带着一支步
枪，虽然年老体衰，但满肚子都是办法。他知道猎物会去哪。他对
儿子说：'带我到哪去，哪里就有猎物。'然后他的儿子带着他去打
猎，当老人手里拿着步枪时，他还能射击。他也知道圣山的奥秘，
因为我是他的朋友，所以他会把我带到那里。但如果一个哈萨克人
胆敢越过这个哨卡进入高处的峡谷，那老头就会杀了他，老头有许

多外国人给的信件和照片。"那位老人庄严地向我们致意，他的信 272
和照片都在他远处的营地里。他刚从山里走了一圈回来，在山里他
只吃肉，睡在羊皮大衣里。他的儿子抱起他，放在马鞍上，他骑着
马沿着山谷向下走去。

所有这些分散的蒙古部落都属于被几乎所有旅行者漫不经心
地称为"卡尔梅克人"的部落。这一点是需要纠正的，因为许多
人草率地说"卡尔梅克人与蒙古人有密切的关系"，这就好像有人
说"约克郡人和英国人很像"（实际上，约克郡人属于英国人）。卡
尔梅克人本身就是蒙古人。此外，没有一个卡尔梅克人自称卡尔梅
克人，除了遥远的伏尔加河西岸的卡尔梅克人，他们几个世纪以来
一直被说突厥语的民族所包围，由于不断地重复，他们已经习惯于
自称卡尔梅克人。"卡尔梅克"甚至不是一个蒙古名字。它之所以
得到普遍使用，仅仅是因为这些蒙古部落的突厥语邻居称他们为
"卡尔梅克"。人们通常说"名字来源可疑"或"来历不明"。我个
人认为有理由把它和现代突厥语的词根联系起来，这个词根是动词
"qalmaq"（保留）。值得注意的是，所有卡尔梅克部落都是曾经强
大的卫拉特联盟的后裔。此外，据我所知，所有使用"卡尔梅克"
一词的鞑靼人（其实是突厥人，而非蒙古人）都知道，"卡尔梅克"
曾经代表了历史上卫拉特人的两个分支，他们的名声从未消失。在
我看来，他们最初似乎称这些部落为"卫拉特—卡尔梅克"——"卫
拉特余部"或"留下的卫拉特人"——后来则简化为"卡尔梅克"。
当我和马大人谈论四苏木和六苏木的时候，马大人说这些蒙古人是
"准噶尔"，这让我感到很有趣。这是我唯一一次在亚洲腹地听到人
们说这个词，尽管在我们的地图上有这么一个标着准噶尔的地方。

第二十七章 亚洲腹地的美国洋大人

273　　"呸！又错了！你这样能当差吗！呸！"马大人就这样，唾沫四溅地斥责着他的勤务兵。马大人为能体面地接待外国旅客而感到自豪，而勤务兵的无能有损他的贵族精神。他摆了一个舒服的姿势说："现在让我们谈谈吧。"然后他又跳了起来，把戴着黑色圆帽、剃得光光的半圆脑袋伸到窗外，喊道："勤务兵！勤务兵！给客人上奶酒！"当奶酒端上来的时候，他自己并没有拿，直到勤务兵退下。我想，他姓马，可能是个穆斯林，便问他"您是回民？"他微笑着回答道："不，我是在理的。"这说明他是一个秘密教派"在理教"①的成员，据说该教派创教已有约一百年，有人说创教地是在天津，有人说是在热河，还有人说是在东北。无论如何，天津是它现在的大本营。在理教的成员不抽烟，不喝任何发酵的东西，也不抽鸦片。他们非常爱喝茶，据说还练习静修、辟谷、冥想，其间只喝茶。摩西出于极大的好奇心，一度加入了在理教。"不过，我对这个教的奥秘了解最深的就是喝茶，剩下的太难了，我觉得和其他信教没什么不同。你人好就好，你不好就不好。"我想，马大人入教更多是出于为人之道，而非本性清净。在这个遥远的西部地区，信奉在理教几乎是天津人的一种特征。即使是那些不属于这个圈子的人，也经常遵守众所周知的在理教礼仪，以提高自己的威望。

---

① 亦称"在礼教"，清代民间秘密团体，为白莲教支派。自嘉庆后逐渐兴起，光绪时始盛，流行于山东、东北一带，后被清政府取缔。——译者注

"那些洋大人们来的时候真是麻烦死了，没法沟通。他们带一 274
个会说一点英语的克什米尔随从。他们跟克什米尔人说话，克什米
尔人翻译给一个缠头，缠头翻译给我的一个下属，我的下属再翻译
给我。此外，他们也吃不惯这儿的饭，这可不好。现在好多了，你
是我见过的唯一一个既能一起吃又能一起聊的外国人；你带着你太
太，我带着我太太，这样我们就可以一起家庭聚餐了。"

他继续说："是的，当我听到有 Ameriki（即 american，我认
为 Ameriki 是俄语 Американский 的维吾尔语版本）洋大人大驾光
临，我一路派人到金顶寺（伊宁的俗名）订购最好的食材，包括海
参等菜。但他们对这些菜比较抗拒。如果他们看到一道菜全是肉，
他们就会尝一尝，有时他们还挺喜欢吃。因为洋大人们不吃我的食
物，我担心面子上过不去，不能让他们在我这儿挨饿，所以我给他
们弄了一只全羊，怎么做随他们便，他们就放心了。他们没有把羊
肉切得细细的，也没有把它煮熟，而是把它大块大块地放在火上烤
热吃了下去。他们似乎更喜欢这样的东西。"马大人叹了口气，按
照他固有的标准来看，洋大人们的"文明程度"是很难理解的，至
于美国的洋大人和"官爷"，更是令人疯狂！

"我还给了他们一匹马，"马大人说着，更开心了，"我总是把
马送给外国人，他们都是大官——否则，他们的国家为什么要把他
们派到这么远的地方呢？他们也会回赠我漂亮的礼物，当然我也不
是个小官。年迈的外国洋大人想要一匹马，我就给了他一匹。你也
一样，我太太也会送给你太太一匹马。"他说到做到，果真给了我
们一匹马代替伊斯坎德尔，而且拒绝我们回赠任何礼物。他说，交
换礼物只是个仪式，事情到此为止，但他希望我们能成为深交的朋
友。他希望，如果他能把他新疆的财产变现，未来某一天就能回到 275

天津，在那里和我再叙深谊。

我们和他及其家人一起尽情地吃了一顿饭，然后用闪光灯照了一组照片，房间里充满了烟雾，这使马大人很高兴，因为他能够在他那有点飘飘然的妻女面前展示他那军人般的勇气。他不仅用伊宁买来的美食款待我们，这些美食都是商队千里迢迢从沿海带来并作为宝贝珍藏起来的，流亡在这片土地上的汉人珍惜这些美食，就像我们珍惜廷巴克图的鱼子酱一样，他还赠给了我们当地的特产——香菇和乌勒肉。乌勒是一种巨大的山鸡（我认为它和石鸡是同一种鸟），只分布在森林带之上的常年雪线的边缘处，汉人称之为"雪鸡"。它那莫名其妙的气候偏好，以及它在这种环境下表现出的力量和健康，使人们相信它的肉一定是对抗风湿病的一种特别有价值的东西。

马大人是一个真正的民主主义者，也邀请摩西和他的家人一起参加这场聚会及其他的宴会，很明显，这是一种礼遇。然而，摩西却缺乏信心。他以天津人的身份走遍了整个新疆（遇到山东人的时候除外，当时他已经准备好要当山东人了）。这不仅让他很有面子，也让我们很有面子。在一个天津人控制着大量财富的省份，只有最体面的官员才能雇用天津的仆人，这是最极致的奢侈。我们经常邀请摩西吃饭，但他不愿意接受。唯独当他和我单独在一起的时候，他总是乐意和我一起大大咧咧，而且总是给聚会增添气氛。有了这些太太们出席，他觉得有点不太合适。另外，由于摩西服侍过我父亲，无论我们走到哪里，他都称我"少爷"。中国人非常尊重家里的老仆人，他们长期的服务证明他们是诚实可靠的。一个人往往会把他父亲的老仆人当作可信赖的顾问。摩西是一位好相处的同伴。虽然他不识字，但他孜孜不倦地培养出礼貌得体的言行，并熟习旧

式的官方"套路"。他在运用这些知识时，带着一种独特的神气，
滑稽、快乐而又优雅。

马大人问："你觉得我的士兵们怎么样？放在新疆这地方还算
不错吧？不过，我倒想见识见识今天优秀的外国军队，做个比较。
庚子年的时候，我在天津城前面和外国人打过一仗，他们人太多
了。但是，如果用同样的武器单挑，我们能打败俄罗斯人；自从我
驻扎在这里，我们就阻止了哈萨克人的袭击，他们不再像以前那样
过来了。"

他做了许多暗示，表明他不仅曾是义和团成员，还是义和团的
领袖，因为在八国联军占领北京、义和团领袖被驱逐之后，他就不
敢回到自己的家乡了。他是一个山东人，并以此为荣；他一辈子大
字不识，但对自己名片上写的花哨文字倍感自豪，因为名片上写着
他籍贯"山左"——山的左方而非山的东方。我怀疑，马大人在流
亡的最初几年里，在归化城附近的蒙古边境地带当土匪。我给马大
人展示了一些照片，照片里的人叫富宽，曾是归化城的土匪，后来
改过自新，保护归化城商队免遭土匪劫掠。马大人问了一些非常精
明的问题，他想知道富宽的蒙古语名字、他的财富、他是不是我的
朋友。归化城山上一些偏僻地方的名字突然出现在他的叙述中，就
像一个人想起很久以前的场景那样。首先，他想知道富宽是否有儿
子。摩西说："你得相信，他们是土匪，他们都没有儿子。"摩西一
直坚定地相信中国的信条：如果一个人没有儿子，他的名字就会被
遗忘，灵魂也得不到供奉，这是上天对罪恶的惩罚。"尽管他改过
自新，但是太晚了，你看看他，没儿子。"

马大人变得比之前更友好了。他在我们的帐篷里待了很久，摇
着头说："在'鞑子'的帐篷外面，你很没面子的，你该看看洋大

277　人们的那种！你为什么不从美国带一个普通的房子来？"他又扯到
"洋大人"了。在这片土地，人们鲜有共和主义的观念，美国总统
的儿子自然就是一个"洋大人"。所谓"一个人就是一个人，不管
他的父亲是什么等级"——这样的"民主观念"并不适合中国人。
相反，中国人认为，如果一个人有头衔，那么他的儿子也会有头
衔。至于president，他们有一个现代汉语的称呼"总统"；但很明
显的是，即使是最没见识的中国人，也知道总统只不过是某种"不
稳定"的皇帝。与此同时，占据统治地位的汉人开始为中国未来的
可能性而自豪，就像为历史上的辉煌感到自豪一样。那些洋大人模
仿着一个人从长眠中醒来用力舒展筋骨的样子说："中国就像一个
人从漫长的睡眠中醒来，意识到自己的力量。"马大人也把外国人
的言行跟我模仿了一遍，很遗憾，我无法把他的样子拍下来。

从我们进入狩猎区的时候起，我们就开始听到关于那一批洋大
人的消息。他们从黎明开始准备驮马队行装，花了半个上午时间，
他们还有可怕的自动步枪，也被称为机关枪。那些从要塞派来陪他
们的士兵现在也坚称，外国洋大人用机枪扫射了山坡，因此收获了
前所未有的大量猎物。他们还有一部电影摄像机，但最离谱的也许
是他们的狗——他们有专门的仆人来照顾他们的狗！现在还流传着
这么一个传说——这些狗是用轿子抬过喀喇昆仑山口的。人们向我
们保证这事是真的，还包括另外一件事，因为其中一条狗死了，他
们的大部分随从都被耻辱地送回了印度。不过这必定是缘于一个事
实——洋大人们在穿越喀喇昆仑山脉后付清了部分运输费。

我的打字机一拿出来，就在这座天山上的帐篷里引起了议论，
也使那批洋大人的名声稍有下降。他们没有打字机，不得不用手书
278　写，这似乎很遗憾。难道他们小气吗？他们确实写过书，写了关于

马大人和他的部队

新疆的金矿的书，他们用双筒望远镜搜罗地下的每一粒黄金，他们还从汗腾格里圣山挖走了一大堆宝石。我们的罐头食品证明我们和洋大人们都来自相同的国家，但他们不仅有装在罐头里的食物，还有装在瓶子里的酒，而且是从大老远的美国带来的——我们本可以告诉他们这是个错误。他们事实上没有像英国、美国的其他高官那样只在打猎之后的晚上喝个大醉。一群美国官员用双筒望远镜打猎、寻找黄金和宝石，而那些连信头都看不懂的人把这种行为定义为在中亚的"探险"。

　　在射击方面，毫无疑问，洋大人们是无敌的。他们的猎获比其他探险队的都多。有一个奇怪的规律，探险队的助手通常比领队打得好，根据这个规律，小洋大人比大洋大人厉害，但也会发挥失常。有一天，小洋大人来到一群野绵羊面前，绵羊一共六只，他要做的是拍照。猎物们警觉起来，跑开了，小洋大人虽然行动迟缓，但还是及时操起了他的机关枪，射中了五只羊，然后以与他的身份相称的宽宏大量态度说，第六只羊脑袋太小了。在他们从喀拉盖塔什返回的路上，两位洋大人遇到了另一位在他们之后穿越木扎尔特的美国高级官员。这位高官是个老人，地位不如两个洋大人高，因为他没有资格穿洋大人那样的短裤。尽管如此，洋大人们还是很高兴地向他致敬。"为什么美国洋大人穿短裤？这是面子问题吗？他们不仅在热的时候穿，而且在冷的时候也穿，哎呀！不只走路穿，骑马也穿。在美国他们也戴着奇怪的帽子。洋大人们随身戴着一个，但在离开美国后，那顶帽子让他们感到很没面子，所以他们把它送给了一个下人。那是一顶又高又圆的黑色帽子。从上面往下压帽子，它就变垮了。这是一个关于美国人的怪事，他们有很多的机械技巧，当他们的帽子变垮、不好用的时候，可以从内部施加压力恢复形状。然而，用这样的工艺制作的帽子不能抵抗来自顶部的压力。这些洋大人过去都是大军官，难道不是吗？就在那儿，他们听到了！的确，是真的。看，又一个流浪在外的美国人，但会说中国话。但是，为什么大军官要戴一顶又高又圆的帽子？这帽子打仗的时候显然毫无用处。"

现在，我正在跟一个比马大人还谦恭的人谈话，这人是曾经陪同洋大人们的士兵。我问他，洋大人们回家路上遇到的那个老官员是个什么样的人。啊，是的，那位老人，他似乎是美国派来收集鸟类的官员。一整天，他什么也没做，只是打鸟，打那些可以吃的鸟和那些毫无用处的鸟，无论是他，还是洋大人，还是其他美国人，对鹿茸和高鼻羚羊角都不感兴趣。尽管汉人比哈萨克人有学问，会制药，但众所周知，汉人无法理解有效、奇妙的美国药物，认为美国药一定是用鸟类、野羊角以及其他中国人所不知的材料制成的。这位老官员是一位学识渊博的人。打完鸟后，他会剥下它们的皮，在皮里填满棉花，直到它们看起来像活的鸟。如果美国老人能不远万里找鸟做药——不，如果他们的高级官员都能放下架子干这样的工作——那么难怪美国能成为一个强大的国家，正如报道中说的那样，美国人乘坐汽车，拿"金子"（美金）当钱用。

当洋大人和老官员相遇时，双方都感到很快乐。那天晚上，人们打开了许多罐头食品，瓶子也开了不少。这是上层美国人的习俗，又笑又唱，直到深夜。但幸运的是，洋大人们那天晚上没有睡着，因为营地里出了大麻烦，事情是这样的：

280

美国人、英国人习惯带着一群克什米尔人和印度人随从一起来新疆。美国人心地善良，但克什米尔人和印度人辱骂喝奶酒、吃马肉的哈萨克人和柯尔克孜人。此外，美国人慷慨大方地为中国的护送者、猎人准备了酬劳、礼物，这些印度人、克什米尔人却把这些财物克扣下来。坦诚、慷慨的美国人是否会完全抛弃这样的人，取而代之以可靠的哈萨克人呢？

众所周知，克什米尔人和印度人相邻而居，印度是距离新疆最近的英国属地。然而，英国是一个"小国"，因为如果你穿过"英国"（英属印度），你就会到中国的云南省那边。现在印度人与克什米尔人之间经常不对付，就像哈萨克人与蒙古人那样。这位老官员队伍里的印度人比克什米尔人多，印度人一路上欺负克什米尔人，但是当洋大人和老官员的队伍汇合起来时，克什米尔人又比印度人多。所以克什米尔人在夜间攻击印度人。在护送者出面拉架之前，你无法从一派人的脚下把另一派人的脑袋薅出来。他们像狗一样打架，上下打滚。然后洋大人和老官员出现了，他们大声喊停，把每个人都打一顿，方才安静下来。洋大人们挂上左轮手枪，整晚走来走去盯着，非常凶狠可怕。早上，他们进行了调查，最后查到了一个印度人的头上，把他打发回家了。这是一场非常激烈的战斗，克什米尔人赢了，他们把一个印度人狠狠摞倒，摔得喘不过气来，老官员说了许多祈祷词，喂了很多药，才让他苏醒过来。

281　　诸如此类的洋大人们，时不时穿着他们的短裤，尾随着由仆人照看的狗，牵着马，携带着战利品、有关（汉人和哈萨克人尚未发现的）黄金的知识以及在圣山中寻到的宝石，返回喀什，再回到印度、英国和美国。而马大人之后会小心翼翼地向绥定的长官展示洋大人回赠的手电筒。

第二十八章 木扎尔特冰川

离别之时，马大人为我们慷慨地饯行，不仅把他的一匹马送 给我骑，还给我们选派了一个英俊的柯尔克孜年轻人索普，由他护送我们前行。如果我能带他去狩猎，那他绝对是最理想的同伴，因为他不仅知道通往木扎尔特的路，还知道通往裕勒都斯河和焉耆的路，他至少陪同过两次探险。除了母语柯尔克孜语之外，他还会说哈萨克语和喀什维吾尔语，蒙古语、汉语都很好，还会说一点俄语，这些俄语是他在小时候家族尚未从伊塞克湖迁来时就学会的。事实上，他抱怨说，他是聪明反被聪明误，因为，尽管他16岁入伍，当了十年的义务兵，现在已经结婚，希望退伍回家，但是汉人长官断然拒绝他离开的请求，因为他是一个优秀的翻译，在特殊任务中能担大任。作为一名在中国服役的士兵，当他的同族人试图移民返回俄罗斯领土时，他曾被迫与同族人作战。

索普证明了自己是个很好的旅伴，也是最可靠的向导，是柯尔克孜人引以为豪的游牧民族之花。他对我的妻子真是太有风度了，也许是因为在柯尔克孜人中，女性的地位比亚洲腹地的其他任何地方都要高。生活的艰辛可能导致女孩的死亡率异常高，因此，妇女的稀缺使她们获得了尊重，而这种尊重又因她们的独立性而得到了加强，这种独立使她们能独自搭建毡帐，而且当男人赶着马走在前面时，她们还得独自处理沉重的运输工具。索普的举止得体，在亚洲腹地的其他地方，强壮的男人经常碍我的事，他们连推带挤地想把我抬到马鞍上或把我从马鞍上拉下来。只有索普一个人觉得，站在一个女人的鞍前帮她一把，并没有什么不合适。

我们从下坦顺利出发，沿着木扎尔特山谷骑行。在我们的右手边，森林已经被一场大火严重破坏了，这场大火是几年前盗马者为了阻挡追捕而点燃的。在山谷的半坡，海拔大约8400英尺的地方有一处温泉，[①] 根据默茨巴赫的说法，温泉的水温是48摄氏度。[②] 他没有提到当地人多次告诉我们的事情，即温泉每年7月喷发，流动数月后又消失。据说它们比科克苏河谷的温泉还要热，而且和它们一样被认为是药用的。

这个山谷的末端位于森林带的边缘，延伸到汗加依拉克（老牧场），这里即便放在天山山区也是丰饶之地。我们的驼马队的主人是一个喀什维吾尔人，他和他的家人住在汗加依拉克的柯尔克孜毡房里。他也是阿克苏和伊宁之间最富裕的商队主人之一；他的母马群给他定期供应新的幼马，他的牧场可以让驮马们轮换休息。我们在这里扎营一天，翻修装备，更换磨损的马蹄铁；当我们懒散地轮流干活时，我们可以听到森林里狍子的叫声。

当我们出发去"冰隘口"的时候，仅仅走了一两英里远，山谷似乎就被冰墙所包围，山脚下，巨大的冰川在笨重的漂砾和矮小的云杉中变得稀碎。我们在这里向西转了一小段距离，然后向南进入山口。我们在西面的这个转弯处见到了一个冰川，有人告诉我，这是一个通往伊塞克湖的通道。[③] 索普说，一个人骑马从这里出发可

---

① 今夏特温泉。——译者注
② 《天山中部》(*The Central Thian Shan Mountains*, London: Murray; New York: Dutton, 1905)。本章中提到的高度、距离均来自默茨巴赫的这本书。
③ 今托格腊苏达坂。——译者注

以在五天内到达伊塞克湖，这是他的部落使用的通道之一，他们属于博里克柯尔克孜人，来自俄罗斯境内。在默茨巴赫的地图上没有标注这个通道。　284

　　木扎尔特北侧的上坡非常平缓，很难确定峰顶。在我看来，它似乎靠近一群小小的沼泽池塘。默茨巴赫给出的高度是11480英尺，斯克林给出的高度是11450英尺。斯克林的说法相当令人费解，他说这是"天山中部的海拔高度""相当于喜马拉雅山的海拔16000英尺"。① 我一直以为一步的长度是12英寸，克什米尔裁缝丈量的情况除外。

　　到目前为止，我们还没有在冰上走过路，都是在岩石间和冰川边缘贫瘠的草甸上行走。在离真正的山顶不远的地方，我们到达了一个宿营地，在巨石之间长着稀疏的草。脚下云雾缭绕，一座冰川消失在雾中，它从东侧穿过我们的前方，转向南方，是下山的唯一途径。在东方，我们的左边，是一大堆巨大的、好像没有任何瑕疵的大理石，上面覆盖着干净的冰。我们把打了补丁的蓝色毡帐支在一块狭小的岩架上，俯瞰着前面的荒原。温度随着天色变暗而降低，大量的冰雪在白天融化，现在又开始凝固了。每次雪崩过后，回声便在冰天雪地和高耸的石头之间从一座山传到另一座山，直到声音慢慢消失，变成令人紧张的安静。

　　　　无声无息，犹如旷野中的恐惧。

　　在西方不远处，顶天的汗王峰——汗腾格里峰，隐藏在成群的

_____

① 《中国中亚》。

较低的山峰之间，我们看不见它。它是天山中部的最高峰，其不可攀登的峰顶高达23622英尺。这是特克斯蒙古人的圣山，汉人称它为"鸽子山""宝石山"。他们说，蒙古人会射杀任何试图靠近圣山的汉人、哈萨克人。但下坦营盘的马大人告诉我，有一次，蒙古人破例带他到了汗腾格里峰的侧翼。至于那些宝石究竟是什么，我说不上来，不过马大人告诉我，他曾送给过美国洋大人一块。在新疆，野生蓝鸽子受到迷信般的保护，尤其受到维吾尔人的尊崇，在他们的沙漠圣地，总是能发现野生蓝鸽子。这种迷信可能与这样一个事实有关：即使在最恶劣的沙漠里，只要有一点水，人们就能看到这些鸽子，因此，在沙漠中看到它们是一个好消息，预示着水就不远了。能见到鸽子，也就意味着旅行者没有偏离道路，因为鸽子们常待在道路附近，以便在驮畜的粪便里和营地中寻找散落的粮食。我认为，汉人车夫们接受了维吾尔人的信仰，他们断言，如果鸽子被杀死或赶走，水就会干涸。他们还说，杀死鸽子会带来坏天气——这肯定是把鸽子和水联系在一起的观念的延伸。

据说，不仅美国洋大人从汗腾格里峰带走了大量的宝石，而且早在1902—1903年，默茨巴赫远征队和俄国探险队就曾出于考察天山的地质、地理等目的，在天山和汗腾格里峰进行了勘察。当地蒙古人被说服并相信外国人和他们一样相信山顶上有一罐货真价实的金子。我们听到了关于美国人、英国人和俄国人的很长的故事，说他们带着"木头和其他仪器"接近了这座山，但都未能到达山顶。根据蒙古人的说法，山顶上有一堆火，从来没有人点燃过，火上有一个锅，里面是熔化的黄金。我不认为这个故事与火山的传说有任何关系，而是说山峰上的云朵暗示着不灭的烟火。然而，这个故事让早期的旅行者以为在新疆有一座巨大的火山。

汉人和蒙古人一样，都坚定地相信，在汗腾格里峰的侧翼可以捡到价值连城的宝石。我以为，任何一个天真地渴望名垂青史的外国人，都会穿过木扎尔特，前往喀拉盖塔什以及特克斯河、伊犁河的上游支流，并且在公开的报告中声称他从汗腾格里峰带来了宝石，从阿合牙孜、阔克铁热克、科克苏河采集了黄金。一位高级军官在伊宁相当严肃地对我说，不要指望凭报告就能在美国获得巨大的利益，因为美国洋大人们已经拿走了所有的报告，包括地图和所有可以找到的标本。

第二天拂晓时分，我们离开了冰川上方的岩架。隐没了群山的迷雾中闪烁着模糊的光芒，几分钟后，我们的驮马就不见踪迹了。我们到了一个平坦的沟槽里，沟槽里满是碎冰，沟槽的边缘堆积着雪崩造成的山体坠物。巨大的落石有时会滚到宽约 1200 英尺的冰川上。冰川的表面被溪流和冰中的涌水蚀开，布满了从山上流下来的碎石。这是一个缓慢移动的冰川，默茨巴赫称其为"基帕尔力克"（Jiparlik），堪称怪物，^① 因为它冲向山脉的南侧，而其他主要的冰川大部分都在北方。冰川顶部出现了大量奇怪的冰疙瘩，就像破碎的球体一样，默茨巴赫把这种现象归因于奇特的融化过程，这些冰块经常在小石头上保持平衡，用索普的话来说："就像一个人的拳头上的帐篷。"

随着新裂缝出现或雪崩堆积物沿着冰川落下，商队的路线因季节而变化。所有的弯路都有小石堆标记，旧的和新的都一样，因此人们只能通过驮畜尸体和沿途粪便的新鲜程度来确定正确的道路。在弥漫于四周的浓雾中，我们迷了路，后来从一个由碎冰和冰碛石

---

① 天山北坡能发现更大的冰川。

堆砌而成的错综复杂的迷宫中走了出来，在这个迷宫的底部有一个既深又直的坑，坑壁闪闪发光，碧绿的冰川水汩汩地打着旋。当夕阳的光在光秃秃的大理石和冰峰上刻划的时候，薄雾已经抹去了昨日的辉煌灿烂。早上稍微暖和了一些，我们艰难跋涉在阴暗的深处，由于商队穿越木扎尔特时留下的驮畜尸体，这里弥漫着高度腐败物的臭味。

287

　　我们的护送人索普真是个令人钦佩的年轻人，他没有失去理智，甚至没有喊摩西和商队的人，因为我们的喊声可能会误导他们，也帮不上我们，不知他们在潮湿和阴暗中艰难跋涉到何处了。他抛了几次石头，找到一条可以通过的路，然后熟练地把我们领了过去。他说，在这样的薄雾笼罩下，迷路的人会在冰川上游荡好几天，既找不到山口的山顶，也找不到山脚，这种情况并不少见。他的这番话是可信的。

　　经过几个小时笨拙缓慢的摸索，在一处顶部的裂缝中有冰的地方，我们找到了一个出口，从那里离开冰川，到达冰川下方的斜坡下。我们很喜欢这个柯尔克孜年轻人，他在马鞍上转过身来跟我们说，他担心了好一阵子，但现在他确信找到路了。他说，让我们尽可能顺利地通过山口，不仅关系他的荣誉，而且有他自己的充分理由——他不能在这条路上受到任何人的批评。他的妻子是一个可爱的女子，大约19岁，当我们在特克斯经过她阳光明媚的乡村营地时，她给我们带来了奶油作为礼物。他们即将拥有第一个孩子，索普有一种模糊但坚定的信念，认为男人生活在难以解释的超自然力量的监视之下，如果他被发现缺乏技巧和善意，报应就会落在分娩的妻子身上。

　　突然，我们见到了最好的兆头——在缓慢移动的薄雾中，有一个缝隙，让我们看到一只野山羊在我们上方的山坡上觅食。它也看见了我们，慢慢地小跑着越过一个向下延伸的山脊。我们小心翼翼地向前走着，绕过山脊，又看到了那只羊，它穿过迷雾中的一个狭窄通道，在大约200码的高处吃草。我下了马，取出步枪，装上子弹，它无辜地站在那里。岩石的一个凹处给了我一个向上射击的舒适位置。第一枪打在它肩膀后方，有点低，它慢慢走开，第二枪也打飞了。它摔死在我们视线之外的某个地方，索普和我爬上岩石，去找寻这个猎物。索普虔诚地说："这是老天爷给的信。"他的"老天爷"指的是真主安拉，但他使用的汉文短语"老天爷"圆满地概括了所有的神——既是基督徒的上帝，是穆斯林的安拉，还是中国农民称呼的"老天爷"，也是蒙古牧民们的汗腾格里或其他神明，总之，不管袖是谁，都叫"老天爷"。

288

在冰川上走了大约五个小时后，我们到达了它的脚下，这是一个完全覆盖山谷的冰崖，位于两侧完全光滑的岩壁之间，这些岩壁在遥远的冰川时代就被磨蚀得很光滑。在左手边，我们发现了一个突出的岩体，在它上面比冰川高不了多少的位置有个塔姆盖塔什岗哨，据我所知，这个名字的意思是"石头里的岗哨"。

它被一堵由石头堆砌的矮墙保护着，据我所知，这似乎是阿古柏作乱期间一位维吾尔领导人建造的，作为控制木扎尔特通道的前沿哨所。当然，在阿古柏作乱时期和辛亥革命的短暂动荡时期，都有过争夺伊犁河谷和天山南路控制权的斗争。在岗哨的后面，有一座高达1300英尺的白色大理石悬崖，经过几个世纪的地质变迁，它的抛光程度堪比冰面。

在岗哨中，我们发现了两个年轻的维吾尔人，政府安排他们在木扎尔特冰川和木扎尔特河谷间的艰难路段中帮助旅行者过路。许多书中都记载了人们在冰上凿出台阶的事，但我没有看到任何这样的迹象。在炎热的季节里，白天冰雪融化的速度使冰凿的台阶难以保存。冰阶的边缘会融化，变得又圆又滑，但也可能是冬季旅行者的脚步把冰阶磨成这样。

在岗哨旁边有几个敖包，可能是因为在沙漠中零星的维吾尔墓地发现过像这样的石堆，至少有两个旅行者把它们描述为"麻扎"（维吾尔语的"墓地"），然而这肯定是错的。事实上，亚洲腹地的所有游牧民族，包括柯尔克孜人、哈萨克人、蒙古人和藏族人，都会把敖包建在有纪念意义的地方，比如山峰、山口、交界处和圣地。①

289　　在这个地方修建起来的敖包，成为山口防御工事的一部分，在它们里面还插了根木杆。上面系着随风飘动的流苏、破布，此外，按照木扎尔特人的一种特殊习俗，所有死在这恐怖冰川上的驮畜的尾巴也被系在上面。无论尾毛市场行情有多好，这些尾毛都不能拿走出售，这是在木扎尔特通行的代价，也是向神明祈求不要过度索取献祭。鹿角、野羊角也被堆放在石堆上，但这是一种普遍的习俗，不是木扎尔特人所独有的。我们的柯尔克孜骑手来到敖包前，下了马，在其中一个敖包上加了一块石头，石头下面献上一匹马的鬃毛，这象征着把整匹马都献祭出来。我和他的感情是一样的，在那片蛮荒之地，这是一种恰当的仪式，也是天山山地的奇观之一。

我们和隘口的维吾尔人在条件糟糕的岗哨里挤了一会儿，直到我们的商队赶上来。然后我们不得不从冰川下降到冰碛地带，下

---

① 敖包，又称"鄂博"等。蒙古语音译，意为"堆子"。始见于清代，遍布内蒙古、青海、西藏等地。初为道路和境界的标志，后发展成民间祭祀山神、路神等的场所。至今依然有祭敖包等活动。——译者注

山比上山更难——这才是这个山口的恐怖之处。冰川的冰舌下降了350英尺，形成了裂冰的奇观，这里像大多数险境一样，看着比真走着更加可怕，其中大约30英尺的滑行坡段是最难走的。马下坡时，需要从后面突然一推，再机灵地拍打一下，这会让马惊慌地倒在地上滑下去。在滑坡的尽头是一堵倾斜的冰墙，如果马沿着它滑行得太远，就有掉入冰裂缝的危险。一旦掉进这样的地方，马就很难逃脱了。需要很多人用绳子把马垂直吊上来，但这里也找不到能安全地如此操作的立足之地。

我们已经疲惫得顾不上太多了，就让我们的人把马滑下来，也不用卸下负重。我们被告知，如果滑行的条件不佳，得有人抓住每匹马的尾巴，尽可能地抓紧它。我们所骑的马滑到山脚下聚成一团，爬起来，浑身发抖，准备迎接接下来可能发生的事情。事实上，马大人赠送的那匹新马有点过于优秀了，因为当我妻子鼓励性地拍它时，它就猛烈地抽动起来，狠狠地踢到妻子的小腿。我们继续下山，走完冰碛地带的剩余部分，一路只有辛苦和劳累。唯有一处狭窄的冰脊可称得上是个挑战，这冰脊只有一英尺宽，二十英尺长。裂缝的一边躺着两具动物的尸首，另一边躺着三具。

在这段时间里，雨一直下得很大，因为雾已经变成了雨，忽然，隔着绵延冰川的最后一个冰岬，我们看到了新的景象——一片肮脏的、不平坦的、荒僻的旷野，看上去艰险可怕，但实在是壮观。我们还看到了冰川尽头的悬崖，光秃秃的，由石灰石和大理石构成。这是一个我禁不住回头眺望的地方，它是两个世界之间醒目的门户。我们穿过它走了下来，意识到过去的行程是一个循环。我们已经告别了骑马的游牧民，告别了所有游牧民最喜爱的地方——特克斯河谷上游地区。

290

　　我们高兴地在一个山洞里休息了一会儿，在那里我们发现了一个商队留下的一些木头。由于经过木扎尔特的旅客在两三站路之内找不到燃料，所以必须把所有的燃料都带上。篝火温暖了脸和手，虽然雨从我们脖子后面流下来已经够冷了，但它比潮湿的冰川冰要暖和一些。

　　白天的融雪开始起作用了，一场又一场雪崩从陡峭且光秃秃的山上滑下来，这些山看起来似乎早就被冲走了，每一个又深又窄的峡谷里都有跳动着的瀑布。木扎尔特河从冰川下咆哮而出，与发源自另一个同样大的山谷中的河汇合。为了穿过这条河，我们花了很长时间才找到一处安全的浅滩。我们那精明的柯尔克孜人，在旧渡河点下游很远的地方，找到了这个很好的渡口，我们骑了好几个小时，马儿们已经开始疲惫，在散落的河滩卵石间偶尔会绊倒。我们必须远离谷底，因为在山地边缘的路况较好的小路上，有许多雪崩发生前就滚落下来的石头。

　　我们到了一片开阔地，索普警告我们要小心，因为这里比平时291 更危险，有个人一直坐在那儿，好像在等待一场雪崩把他压扁，他突然站起来，大步朝我们走来。索普起初从侧面望着他，在我们所有的护卫中，只有他一个人时刻准备着出手保护我们，过了一会儿，他也放心了。那人是个维吾尔人，至少50岁，头发和胡子灰白，但面容年轻而安详。他大步跨过来拦住我们，甚至没有来得及回头看，就在离他刚才坐着的那个地方几码远之处，发生了一场小小的山体崩落。他穿得像个乞丐，双手拿着蒙古人用的那种木碗。里面装满了早已冷却的灰烬，他带着天真的微笑解释这是为了"让他暖和点"。他还带着微笑告诉我们的护送者，他是一个赌徒，在伊犁的城里输光了一切，正穷困潦倒地走回喀什的家。然而，很明显，他是一个"萨朗"（sarang），一个智力有缺陷的人，或者是一个被真主"触摸"的人，在信仰伊斯兰教的地区，人们会看在真主的份上向他施以救济。两天来，他一直在这个山谷里徘徊不前，饥肠辘辘，几乎冻僵了，不敢跨过挡路的小溪。索普立刻把他捎带上路，把自己身上所有的食物都给了他，并答应给他一匹马涉水。

我们向前走了一英里左右，来到了一片可以生火的小灌丛，这时我们遇到了一个落魄的汉人，他牙齿格格作响，衣服被雨淋得湿漉漉的。从他的口音来看，他是一个天津人，根据他自己的说法，他是一个到阿克苏去讨债的小商人。在回来的路上，小商人轻率地渡过了"萨朗"所害怕的那条河，虽然过了河，但河水几乎把他淹死，而且冲走了他的外套，外套里有食物和钱，他不得已开始艰难地步行。这个故事听起来很真实，但他看起来像个流氓。此外，他心肠也很坏。他马上开始诋毁我们捎带同行的"萨朗"，说后者在伊犁很有名，到处乞讨，到处流浪，不值得信任。他所说的这一切，也许是为了在我们这群"野蛮人"中赢得另一个汉人摩西的同情，但毫无意义。摩西和我们一样喜欢队伍里其他的人，既然我们中有一个"萨朗"，那么我们都会关照他。

我们尽快地搭起帐篷，艰难地收拾着湿漉漉、带刺的燃料。趁着"萨朗"出去迷迷糊糊地找柴火，那个小商人提出把"萨朗"的木碗拿来做引火物，还没等任何人出面说句公道话，那木碗已经被打碎了，几分钟后我们就有了足够的火焰烤干湿透的衣服。那天晚上，当商队的人、摩西、索普和两个流浪者正在取暖的时候，"萨朗"的情绪有一些失控，为他的碗而哀悼。当我们给他一个空的番茄罐头代替那个木碗时，他的情绪安定下来。那个获救的小商人，现在吃饱喝暖，嘲笑着"萨朗"，但那些窘迫的穆斯林却尽力安慰着这个真主的傻孩子，摩西在一旁看着，脸上一片茫然。

对于摩西来说，他比任何人都怕天津人。他和我都喜欢跟诚实的愚夫和快活的莽汉打交道。"但是这个家伙真不是一个好人。"摩西愁眉苦脸地说。柯尔克孜人索普虽然从别人那里听说过这个小商人，也很不喜欢他，但第二天早晨，这位天然的绅士还是用自己的皮靴作为礼物把小商人打发走了。他解释说，木扎尔特的山是一个险境，在山间旅行的人如果没有一颗平和的良心，真主必把他扔进愤怒的群山中去。这个小商人显然不是一个好人，所以他差点儿淹死。尽管如此，在可怕的冰隘口河谷中，旅行者必须团结，因此，为了让他自己的良心平静下来，同时也为了确保他顺利回到他妻子身边，避免他内心的邪恶给她的生育带来恶果，他觉得必须把自己的好皮靴送给一个连谢谢都不说的流氓，而自己继续穿棉布鞋。

293

从木扎尔特冰川南坡的木扎尔特河下山，下坡路程要长得多。虽然我们已经在冰川下面很远的地方扎营，但我们还要走40英里才能完全离开山区。整个山谷几乎看不到一丝绿色。在木扎尔特冰川北坡的伊犁一侧，覆盖着云杉的巨大山坡太陡峭了，连最小的岩架都支撑不住；只有在很少的情况下，我们才能在群峰之间的缝隙中看见一片荒僻矮小的森林。谷底的河床被洪水冲刷，被雪崩岩石撞击，只有几个冲积扇大到能容纳一小块残破的灌木和草丛。河对岸是冬季的道路，路况稍微好一点，但我们没有办法过去。我们在河这边又走了半天，才见到第一棵柳树和白杨树。我们走了一整天，脚下的悬崖高耸入云，有时有近五千英尺的陡峭落差；穿过山谷，我们可以看到奇形怪状的岩层——紫色和红色的斑岩带，以及异常卷曲和扭曲的地层。

虽然那天是阴天，但雪融化得很快，我们总能见到瀑布。最重

要的是，众多瀑布让我们意识到，我们的队伍就在宏伟的山脉之下
跌跌撞撞地下山；它们一跃而下，一次几十英尺，一个接一个落下
去，又高又远，在河水的咆哮声中听不见瀑布的声音。有几次，我
们不得不涉水渡过从侧方冲过来的又深又急的溪流，所有这些小溪
都比我们在特克斯山谷遭遇的那些危险小溪还要难渡。它们蓄积了
上游瀑布的全部势能，从巨大的圆石上一头栽了下来，聪明的山地
驮马，以它们的全部技巧和力量艰难前行，在圆石间挑选着前进的
道路。我们扎营时已是傍晚了，山谷变宽了，小溪边长满了柳树和
白杨，我们已经走了很长一段时间，爬过了巨大的、残破的冰碛。
在我们对面陡峭的台地上是一块农田，田里的石头好不容易才清理
出去，土地也得到了灌溉。时值 7 月，庄稼还没有完全成熟，因为
这个地方的庄稼要到 10 月份才能成熟收割，而且总是受到霜冻的
威胁。这个地方居住着一些维吾尔居民，官府要求他们始终在木扎
尔特冰川上安排两个人值守。

　　那天晚上，我们的"萨朗"做着占卜，尽管走了大约 12 个小
时，两个赶马人和我们的护送者疲惫不堪，但他们还是在半夜爬起
来听"萨朗"说话。他们白天说"萨朗"是"笨人"，到了晚上萨
朗占卜的时候，他们就敬畏地坐在"笨人"跟前。"萨朗"唱起了
长长的狂想曲，高亢的歌声在灌木丛中回响，红色的火光在他面前
跳来跳去，把他粗犷、专注的脸照得跳动起来。我认为，他朗诵的
是古老萨满教咒语的片段，其间有很多对神的呼唤。在每个咒语的
结尾，他向许多方向弯下他的身体，大声发出嘘声，以"吓跑邪恶
的鬼魂"。然后，他把他朗诵的内容简化到我所能理解的程度，给
其中一个人占卜。他频繁引用一段诗或一句话，并慎重地解释它。
在每两次占卜之间，"萨朗"都是喜怒无常、闷闷不乐的，但一旦

发作，他就显得高高在上、容光焕发。当听众们终于躺倒在火堆旁时，他仍然坐在那里嘟囔着，身子前后摇晃着。第二天早上，他已经离开了。

上午，我们离开了天山。穿过河上唯一的一座桥，我们骑行在云杉林下，它们高高在上，看起来比天山北坡的森林更干燥、更没有生气。河谷的入口处变窄了，河流与悬崖间的路被一堵石墙堵住了，在石墙下有一个营房和一个收税站。这个地方叫孔沙尔，即老城。① 这个要塞据说是在战争中建立起来的，虽然它可能被两边山上的机枪扫射，但在当地被认为是最后一个"据点"，一个坚不可摧的阵地，能牢牢地控制木扎尔特的山道。汉人本能地依靠城墙进行战斗，对它进行一定的修缮，这体现了对这种战略思维的依赖。斯坦因爵士见证了中国人很久以前就展示出的能力——依据战略方针，利用据点来向西扩大帝国影响力。然而，中国人目前在新疆布置这样的中世纪工事以及军队，与其说是征服能力强大，倒不如说是他们善于和平治理，当地少数民族较为温顺也是一个原因。

我们和这里的长官一起喝茶，然后听天由命地望向前面旷野上闪烁的热浪，慢慢地骑着马，向天山南路的沙漠进发。

---

① 今新疆温宿县破城子。——译者注

第二十九章　下天山至阿克苏

　　我们在前往阿克苏的路上经过几座低矮的荒山，这些荒山在天
山和塔里木盆地之间形成了一个荒漠地带。我们所走的这条路经过
红盐口，维吾尔人称其为"托帕达坂"（灰土山口）——那里的土
比石头多。护送人索普在几个地方停了下来，用他的剑凿那里的土
丘，每次凿去红土的外壳时，都能挖出闪闪发光的岩盐。据默茨巴
赫说，这些沉积层有 20 英寸厚。在这条山脉中较低的山丘上，我
们还看到了几棵胡杨树，即中亚旅行书中所说的"野杨树"。一年
前，在蒙古的额济纳河附近，我曾注意到一棵胡杨树上长出了明显
的柳枝。我当时还以为是某种嫁接的异种。在这里，许多高大的
树木都有柳树的嫩芽，当我们到达阿克苏时，善于观察、热爱树木
和花草的道尹 ① 告诉我，这种情况并不少见。索普因为是从伊犁来
的，对胡杨树并不熟悉，也和我一样觉得长柳叶这种现象很奇怪。
我指给他看遇到的头一片胡杨柳叶时，他琢磨了很长时间，看起来
有点紧张。他说："这不是一棵毫无价值的树，而是一棵好树。"如
果它能被带到特克斯地区，牧民肯定会认为它是神圣之物，把祈祷
布挂在它上面。很久以后，我才意识到赛克斯小姐注意到的真实情
况。② 胡杨树叶的形态差别很大，叶子初生时就能看出来，而柳枝

---

① 应指朱瑞墀。——译者注
② 艾拉·赛克斯小姐（Miss Eua Sykes）和珀西·赛克斯爵士（Sir Percy Sykes）:《穿越中亚
　的沙漠与绿洲》（*Through Deserts and Oases of Central Asia* London: Macmillan, 1920）。

的出现仅仅是一种极端的变化形态。

从这些小山丘出发，经过一片极度干旱的沙漠，几乎全程都在沙尘暴中摸黑骑行，我们来到了佳木，[①] 在这里，我们进入了天山南路，天山南路由乌鲁木齐经托克逊、焉耆、库车、阿克苏通往喀什。再往前走一小段路，我们就进入了阿克苏。路上经过一个小绿洲，那里有一个村庄，村庄中央有一棵巨大的树，树的底部堆满了野羊的头骨。柯尔克孜人说，这是人们定居此处时种在绿洲上的第一棵树。我们还经过了一座清真寺，这里被用同样的纪念物装饰得比一般的寺院更显眼，就像在喀什的赫孜来提阿帕克的清真寺[②] 一样，它是当地保存最好、最华丽的圣地。在这里，柯尔克孜人又说到了点子上，他说，这些羊角堆"防止了洪水淹没农田"。现在，鹿角有时也被用于同样的用途，我怀疑，这种习俗源于这些动物被认为与山的雄健、水的奔腾有某些原始联系。我想这些有宗教意味的兽角是用来约束源源不断的水源，并防止洪水泛滥的。一方面，使用野生羊、鹿头骨的做法可能并非源于普通的祭品，普通的祭品多是家养绵羊的头；另一方面，它让人更易于联想到公牛的头，而在古希腊文化中，公牛头象征泉水、河流。在希腊文化中，公牛之所以与河流联系在一起，首先可能是因为河流通常被认为是力量的表现，其次可能是因为受到了其他动物祭祀仪式的影响，最后可能是因为缺少亚洲腹地的野羊这类醒目的高贵野兽。

送给两个天津人的介绍信使我们在阿克苏受到了很好的款待，这两个人一个是邮政局长，一个是商人。我们沿街问路，一大群民

---

① 今新疆温宿县佳木镇。——译者注
② 又称"赫孜来提麻扎""阿帕克和卓麻扎"，意为"尊者之墓"，新疆伊斯兰教白山派首领阿帕克和卓等人的陵园。因传乾隆的妃子容妃死后葬于此，故又称"香妃墓"。——译者注

众就把我们护送到了一个悬挂着招牌的地方。这只是一个狭窄的摊
位，面向街道，拥挤的人群让人无法通过，摊位上摆满了乏善可陈
的杂货，让人想起遥远的内地，这里有纸、瓷器、各种食物、便宜
饰品和茶。商人对我们的到来大为吃惊，立刻把我们带到后面的住
处安顿；出于尴尬和礼貌，他几乎说不出话来，直到他把一些小点
心——蛋糕、甜瓜和香茶摆在我们面前。

　　商人的住处很小，但他和邮政局长是老朋友，于是我们和邮政
局长就住在了一起。他们竭尽所能地表明，与游牧民族远近闻名的热
情好客相比，汉人的热情款待更胜一筹。这是一次友好的停留，因为
这次招待更有居家氛围，甚至比乌鲁木齐那家盛情款待我们的贸易
公司更好。我的妻子和女人们交谈，而我和男人们交谈了几个小时。
他们渴望听到故乡的消息，非常可悲的是，他们的"流亡生活"之
严酷，不仅缘于距离，还缘于严格的邮件审查制度（甚至是对报纸
的绝对禁止），他们被迫与内地隔绝开来。在我们看来，最让他们感
到痛苦的是，主人的老母亲希望他们能迁到离乌鲁木齐更近的地方，
或者至少去一个天津人更多一些、有天津墓地的地方。在一个遥远
的地方，她接受了死亡，但至少希望与自己的同乡埋葬在一起。

　　我们这次没有住在官方的客房，而是和一个当地汉人家庭生活
在一起，我们看到了受过教育的城镇中产阶级汉人的生活，在这个
城市里，他们不仅代表上层统治者，而且人数很少，几乎完全不与
"本地人"打交道。他们的维吾尔仆人似乎比沿海外国人的中国仆
人还要多。不幸的是，维吾尔人很少掌握汉式烹饪手艺，所以在雇
不起汉人厨师的家庭里，妇女就必须下厨。对于新疆的汉人来说，
雇一个汉人仆人就好比在印度雇一个英国仆人一样奢侈。

　　与我所知道的任何民族相比，汉人对待仆人的态度都是令人钦

299　佩的。在天山南路，汉人仅仅是数量有限的一些抽鸦片的士兵、零散的商人（这里没有典当商和放债人）和一些官员，他们与家中维吾尔仆人的关系，就像内地的主仆关系一样，融合了平等的亲切关系和父权权威。在阿克苏，我们看到一个不多见的情形，汉人是作为支配者的少数人，其数量与阶级地位形成了鲜明的对比。

民族威望能够为个人提供权威，关于这个现象，我们在一个绿洲见到了最有说服力，同时也最滑稽的例子。那个绿洲的村落小到没有常驻的汉人官吏。我们经过那个绿洲的最后一个村子，有一个伯克（小官吏）陪同着我们，这位伯克在本地伯克和阿克苏道的汉人长官派来的另一个伯克的陪同下，一直"等候"着汉人官吏上司。我们受到了"庄严的皇室"般的接待，这时有人闯进来，匆忙地吆喝了一声，我们几乎立刻就被晾在一边。地方长官的"大男孩"（首席私人随从）来了。他的主人派他来是出于礼貌，但他的到来使我们黯然失色。

最后，我们的陪同人员回来轻声告诉我们，"大爷"在抽完一管鸦片后，会正式前来接见我们。当这位"大爷"来到这里的时候，我们看得出他是来自最偏远的内地省份——甘肃的乡下人。其他地方的汉人看不起甘肃人，认为他们是落后的土包子；但是，老省长却雇用了很多这样的人来新疆当官，因为他知道这些人不会与其他汉人合伙作乱。因此，那个偏远地区出现了被摩西所说的"鼠官""鼠仆"。摩西从来都把甘肃人叫"鼠"，他从在蒙古跑商队的人那里学到了一些俚语，比如，甘肃镇番①人被称为"沙窝老鼠"，他没怎么费力就学到了甘肃各地人的诨名，比如"甘州干驴皮"，

---

① 今甘肃省民勤县。——译者注

相比之下，"鼠"这个称呼已经足够厚道了。 　　300

　　接见我们的这位"大爷"，尽了最大努力来寒暄，他发出了非常讨好的笑声。伯克们穿着色彩艳丽的长袍，系着鲜艳的腰带，穿着红色皮靴，戴着绣花无边便帽，坐着简陋的马车赶来，站到这个抽鸦片的滑稽土包子面前；而这个土包子则穿着褪色的黑衣裤，配着难看的表链，足蹬邋遢的鞋子，还戴着一顶不成样子的外国毡帽，我看到这些差点笑出声来。然而这样一个人，却是地方长官的左膀右臂，只要我们有一丝暗示，他就可以并且乐意替我们在乡下无偿"征用"任何东西。他甚至不用说维吾尔语，那些巴结他的伯克们远比他有才干，却不得不跟他用汉语对话，足以让这样的一个人处理任何可能发生的事情，这完全证明了汉人的上层地位。

　　半年前的冬天，在天山北路，我看到了一件令人难以置信的事情。我前面的护送者在雪道上遇到了两辆维吾尔人的雪橇，那段路狭窄得容不下并排的两辆雪橇，只有一辆雪橇避让到路旁深深的积雪中，另一辆才能通过。我还没来得及劝阻，我的护送者就用鞭子抽打维吾尔人和他们的牲畜。他说了句相当于"诅咒"的话："让开，倒霉人！"

　　不用说，这类事情是常见的。然而，汉人确实在公开维护着一种明显的优越感。在任何公众招待会上，被统治者最多只能分开坐，通常他们根本就没位子坐。我刚才谈到的那些维吾尔伯克，除非得到了邀请，否则没人敢在地方长官的贴身仆人面前坐下，当然他们也没有被邀请。

　　在大街上也是汉人优先。即使是汉人的孩子，看起来也要更活泼些。我已经描述过，在新疆的另一个村子里，有人告诉我们，汉 　　301
人的孩子向我的妻子扔泥巴，只是孩子们在玩耍，我们不能把这当作敌意。村里的男人都很友好，他们向我们道歉，让我们放心，但孩子们甚至没有挨训斥。然而，如果一个"本地的"孩子挡了汉人的路，则毫无疑问会被打耳光。但如果一个外国人在广州做同样的事情，他就有被围殴的风险。

在每一个存在压迫的地方，即在所谓"帝国主义"盛行的地方，为压迫辩护的虚伪说辞都惊人地相似。在中国，尽管过去几年时局发展迅速，但仍可能会有外国人说，中国当局只懂得高压管治。这并不是一个恰当的比较，因为外国人并没有统治中国，他只是在尽力避免被中国人统治。然而，同样可能的是，在新疆，几乎所有汉人都说，治理维吾尔人和其他"本地人"的唯一方式就是高压。①

我谈到这些事情，一方面是由于旅行者应当关注所有值得注意的事情；另一方面，我认为，中国在新疆的治理整体上是一个了不起的成就，但如果赞美的人看不到事物的多面性，那么他的赞美就是无趣、空洞的。我认为我对中国在新疆的治理的评价比大多数人都高。关于这一点，发表意见最多的是俄罗斯人和英国人。总的来说，我遇到的俄罗斯人的意见并不是很一致。在他们看来，汉人和亚洲腹地的本地人之间的主要区别在于，汉人可能更文明、更含蓄，但也肯定更顽固、更难以理解。此外，尽管俄罗斯人改变了旧的前进政策的目标，并为实施新的中亚政策付出了坚定的努力，但与帝俄时代相比，俄罗斯人并未能比过去更好地应对汉人。

英国人的观点多见于报刊，总的来说，他们在该表扬的地方表扬了汉人，但态度有保留。这几乎是必然的，因为一般情况下，新

<hr />

① 拉铁摩尔的表述指的是民国时期汉族军阀、官僚在中国西北实施的压迫统治。具体应指以杨增新为代表的地方执政者。——译者注

疆的英国游客都有英属印度的背景，他必须将中国的方法与英国的
方法进行对比，并有所贬抑，诸如：英印当局为确保公平正义不懈
努力，而新疆司法腐败；英印对税收仔细审查，而新疆官方横征暴
敛（迄今无法根治）；英印公务员系统的选拔晋升公正，而新疆裙
带攀附、官场交易比比皆是；英国要求殖民官员至少学一门本地语
言，汉人地方官则对被统治者的语言文化不屑一顾；英印在教育上
大力投入，而新疆对教育漠不关心；[①] 英印军队效率高，而新疆士兵
邋里邋遢……我相信，这些说法掩盖了一个中国人和英国人都具有
的本能——只要他们力所能及，他们就能够本能地务实，利用所拥
有的人力物力，将当下的事情尽可能办好。

当代汉人统治者在新疆的成功，源于他们对内地的抵制。内地
目前发展停滞，方向不明，旧的标准被打破，新标准的建立还存在
各种不确定的障碍。特别是辛亥革命以来，内地对于新疆汉人统治
者来说只是一个背景、记忆，没有任何实质上的支持；事实上，由
于内地势力对新疆执政派系的攻击，新疆发生内战和汉人统治瓦
解的危险越来越大。因此，近年来，新疆汉人统治者变得更加孤
立。他们也没有能力巩固其地位。任何通过内地进口武器的企图都
将是徒劳的，因为这些武器在到达新疆之前就会被内地军阀没收，
并可能被用于对新疆的进攻。至于从其他国家进口武器，那是不可
能的，因为其他国家的政府会拒绝，或者即便同意了，也会要求以
经贸特权作为回报，而他们担心失去对新疆经济的掌控，是不会同
意向外国人出让这种经济权益的。因此，总的来看，新疆执政者转

---

① 然而，值得注意的是，中国新疆各地开办了学校，在那里，当地学生可以获得基本的汉式
教育，有时还可以获得更高级的教育，通过这些教育，他们可以作为次要官员在政府部门
获得晋升。

而采取一项需要忍耐和智慧的政策，他们确实在利用不同人群之间的矛盾，以挫败任何反对汉人的联盟，并故意在某些方面阻碍经济发展，以免发展的速度超出他们的控制。另一方面，他们在许多方面促进了广大民众的经济改善，并取得了令人称道的成功，使食物和生活成本变低，只要愿意干正事的人都不用铤而走险，都能够养家糊口，因而没人要反抗汉人，因为人们害怕动乱会破坏经济的发展。老省长一贯坚持这种统治策略，一方面培养其治下所有人的普遍满足感，一方面严格限制任一群体坐大。这一政策运行得十分有效，以至于一支密谋起事的甘肃回族军阀部队被自己的保守派同伴出卖给了省长，还没有取得什么进展就失败了。自从老省长被他的一个下属暗杀后，① 他苦心维护的平衡动摇了。不幸的是，没有能够永远维持的平衡。新疆难以长期承受来自世界和中国内地的压力。当新的内地军阀冲破藩篱，入侵新疆时，撕裂和剥削的时代就会开始。新疆的被统治者如果能够逃脱旧式专制之下他们从未意识到的苦难，那么他们将是幸运的。亚洲腹地作为远东、近东之间荒僻的缓冲地带，其区域事务的最终结果是难以预测的。同时，本地民族的利益冲突以及来自外部的压力，都是客观存在且无法避免的。

与此同时，和其他花钱到域外旅行的人比起来，甚至和天山北路的外国游客比起来，天山南路的外国人得到了更多的礼遇。阿克苏是道治的所在，道尹亲自吩咐在一个花园子里为我们准备住处。不过，尽管在花园中露营似乎是大多数中亚游客的主要愿望，但我们更喜欢这种友好的家庭招待。然而，我们花了很多时间待在他的花园里，这是他多年前第一次任职期间自己开辟的。在他那辉煌的

---

① 直到我离开新疆一段时间并写完这本书大部分内容之后，我才听说了这起谋杀案。在这本书中，我常常提到那位老省长。

一生中，他曾担任过新疆的许多重要职务，他在每一个宦游的旧地都修建过著名的花园。在他的阿克苏花园里，这位和蔼、博学的老人曾招待和帮助了许多外国游客，他的大部分时间都在他的花丛和树木中度过。道尹曾任职于阿克苏、喀什、莎车等地，在这些地方留下了为政宽仁的美誉。但我认为他更自豪的是自己在沙漠中建成了这个园子。

从来没有哪个花园能得到这样的悉心照料。维吾尔小男孩在果实成熟的小径中连跑带跳，用木槌敲空心葫芦，驱赶大黄蜂和其他害虫。我们最喜欢的是玫瑰花圃和荷塘，荷花是从内地大老远运进来的；道尹也同样重视从欧美引进的土豆、卷心菜和玉米。新疆的第一个土豆是喀什的一位瑞典传教士从故乡带来的。这只土豆的后代养活了道尹的牲畜。当我们和他共进午餐时，他引以为豪的菜肴是西式的煮土豆，在新疆，人们将西方看做绝妙的浪漫之乡。

在花园的一个笼子里养着一只漂亮的莎车马鹿——生活在低地沼泽中的雄鹿，它比其他马鹿或亚洲麋鹿小得多，但几乎和它们一样漂亮。道尹发现我对他的宠物感兴趣，我们也想把自己的宠物给他看看，这是一只我们从阿克苏绿洲郊区的车辙里抓来的奇怪的沙漠老鼠。我想它一定是某种跳鼠。它的招风耳几乎和它的身体一样大，后腿像袋鼠，还有一条又长又细的尾巴，令人惊讶的是尾巴末端有一簇白色的黑色毛发。它蹦蹦跳跳，非常可爱，吃了蘸牛奶的面包，但是后来没几天就死了，这让我们非常伤心。

道尹要求把它取来，于是立刻有人骑马去取。然后，我们当着那只高傲的马鹿的面，仔细地观看这只沙漠老鼠。道尹说："这正是探险队希望找到的东西，我在这个省住了这么多年，从来不知道有这么一种动物存在。还有那些美国洋大人！他们千里迢迢来到天

305

山，就是为了寻找一些司空见惯的当地动物。如果他们知道了这件事，他们会说什么呢？这只动物这么特别，他们却没抓到。"

306　我在阿克苏留下了一段愉快的记忆，而这段记忆中最令人愉快的一面，莫过于那位地位崇高的老绅士，他跟我这样一个粗俗的陌生人一起蹲在花丛间；更不用说"大爷"、大园丁、伺候抽烟的仆人、一两个哨兵，还有那些在花园里吵闹驱虫的小男孩们，当我们哄沙漠老鼠吃苜蓿、逗它跳起来炫耀它的腿时，他们都会凑过来看。

第三十章　天山南路

　　阿克苏的官员们一起张罗，让我们顺利地启程前行。县长（旅

307
行者行话中的"昂帮"①）是一个和省长的儿子差不多年纪的人，他下达了命令，确保我们以尽可能便宜的价格找到一辆好车、一匹拉车的好马和一个可靠的车夫。县长、道尹给我们配备了护送人员，要求无论我们到哪里，都要受到礼遇，这个命令在沿途各处都得到了严格执行。邮政局长把他自己的车顶借给了我们，他的朋友（也是我们的朋友）给了我们两听咖啡作为礼物。在亚洲腹地，一个主妇只要有两听咖啡，就能成为最受欢迎的人。他还向我们赠送了两瓶剩了一半的法国葡萄酒，标签是俏佳人（*Veuve Amiot*）。商队不知从哪个著名香槟产区运来了这些酒。商人和邮政局长也为我们提供了一些银行信贷服务。在新疆，除了输入古城的内地银元外，当地还通行三种主要货币，以及一种相对次要的货币。在乌鲁木齐和塔城以南的天山北路沿线地区，通行"乌鲁木齐币"，这是一种没有贵金属储备基础的纸币。吐鲁番还有另一种纸币，乌鲁木齐币可在吐鲁番通用，但吐鲁番币在乌鲁木齐不通用。在伊犁诸城也通用乌鲁木齐币，还有一种伊犁币，币值相当于乌鲁木齐币的六成，在乌鲁木齐一文不值。第三种重要的货币是喀什币，既有银币，也有纸钞。每个地区都有自己的小额货币政策，在一定程度上遵循市场

---

① 即满语"大臣"，此处应指"阿克苏办事大臣"。——译者注

308　规律，但也可以通过政令来干预，比如省长曾下令省会乌鲁木齐不再通行铜钱。

在天山南路，乌鲁木齐币的流通范围越过了吐鲁番币的流通区域，一直延伸到阿克苏，而自阿克苏向西流通喀什币。每一种币都有一个固定的名义汇价，从而维持在省内的汇率比值稳定不变，或者更确切地说，因为没有公开报价的汇率，如果银行违约，则必须通过个人谈判来解决。仅喀什币以银为储备基础，同时流通着少量银元和许多半元硬币。在喀什，0.25 元的喀什币被视为一种真正的货币，而在新疆其他地方，这种币被称为"狗娃子"。喀什币币值变动不大，一块相当于乌鲁木齐币三块。因此，它应该相当于 1.2 元的内地银元，但实际上，虽然有一些内地银元流入古城，但这些内地银元仍然是一种省外货币。由于新疆官方政策刻意维持新疆和内地之间货币兑换的困难，地下交易盛行。当我们在乌鲁木齐的时候，按票面价，2.5 元的乌鲁木齐币可以随时兑换任意的一块通行银元。因此，按照乌鲁木齐币和喀什币 3∶1 的官方汇价，能以 1 块银元兑换喀什币 83⅓ 分。实际上，由于距离远、场所限制，大约要喀什币 96 分才能兑换 1 块银元。如果用银元兑换喀什币，同样的困难将使 1 块银元只能换喀什币 75 分。因此，官方财政政策成功地维持了省内财政状况的稳定，同时阻碍了省内与省外的交易。

新疆一直是"陈旧的"。货币名称"两"在名义上是一盎司白银，但在中国各地，重量标准和纯度标准都因时间和地点而有所不同。上个世纪，当铸造的银元开始取代按重量成型的银锭时，汉人肯定觉得相关的计算会让新疆的维吾尔民众感到困扰。无论如何，

309　他们发行了一种银元，这是新疆境内唯一一种银元。老省长看到，通过在省内保留多种货币，可以使他掌握非常强大的经济杠杆，这

些货币既不同于其他货币，也不同于内地的银元和银两。首先，这使得一个人几乎不可能在新疆积累财富并将其带回内地。如果要利用在新疆获得的财富，唯一有利可图的方法是将其再投资于新疆。其次，不同的地域价值观制约了省内的货币流动。在新疆，因为缺乏银行，反对者难以用资金资助反对省长的政治活动，由于大额交易对本地市场的影响，任何大额交易都必须查明。同样，一个在任内赚了很多钱的官员，既不能悄悄地把钱带往下一个职位，又不能把钱存入银行。结果在实践中，官员们横征暴敛积累大量现金是没有用的，而这种情况在内地十分普遍。因此，他们将任上的敛财能力转化为交易活动，通常通过代理人就地消费。也就是说，至少在某种程度上，他们的财富被用于公共用途，而不是流出新疆。

喀什币中的辅币就像预想中的那样极度混乱。首先是穿孔铜钱，400 文可值喀什币 1 元。无孔的铜钱 40 文值 1 元，1 文无孔铜钱值 10 文穿孔铜钱。这些硬币的重量大致相当于沿海地区的"双铜"，在沿海地区，一枚银元至少值 330 个"单铜"或 165 个"双铜"。沿海地区铸币厂服务于沿海省区的市场，而沿海地区所铸铜板的价值则与它和铸币厂之间的距离有关，例如在远离主要贸易路线的偏远的甘肃镇番，四五十个铜板就能换 1 个银元。据我了解，这是商队买卖人为了操纵货币市场，把铜钱装在骆驼身上带入新疆，导致乌鲁木齐的老省长暂时拒绝接受铜钱作为法定货币。 310

在阿克苏，我们的困难增加了：首先，阿克苏造币厂的铜钱质地低劣，只能在阿克苏通行；其次，有一些"双双铜"在某些城市通行，而在另一些城市不通行；此外，我们还必须跟"坚戈"打交道。我们发现，坚戈是一种价格单位，而不是钱币。它代表着信用，是一种古老的维吾尔货币价格单位。事实上，人们认为 16 坚戈值1元，这表明它曾经被用来细分白银的单位"盎司"（两），在名义上构成了"两"的价值。我们发现，人们经常用坚戈报价，但必须用其他面额的硬币支付，这就有必要将一种十进制货币（喀什币1元 =40 无孔铜钱 =400 穿孔铜钱）乘除 16 再算总和。我们还必须记住，这种坚戈与"白坚戈"不同，"白坚戈"是维吾尔人对"半块银元"的统称，价值 8 个坚戈。

在阿克苏，我们清点了自己的现钞，大约值喀什币 90 元，也就是说，值银元 90 块稍多（两者币值之比为 100∶96），即黄金 45 元左右。或者按照当时喀什通行的价格，值 8.5 坚戈，大约 170 卢比。我们精打细算，决定要在喀什进行下次汇款提取，以免在乌鲁木齐和喀什之间的兑换或各种交易中发生损失。由于纸币用完了（我们在新疆的经历中唯一一次），我们的汉人朋友为了不惊动市场，悄悄从市场给我们弄来一小包白坚戈，总值约 50 元，另外还有价值 40 元的铜钱，穿孔的和无孔的铜钱卷成卷包在纸里。我们把这些盘缠放在一个袋子里，那个袋子至少有 60 磅重。我们派摩西管盘缠，吩咐他在去喀什的两个多星期旅程中料理一切费用，希望他能过得愉快，他做到了。这是他有生以来第一次不用数就能从钱袋中掏一把钱出来。面对着一些点头哈腰、目瞪口呆的维吾尔人，他得意地说："看着，给你这个，我们的主人不希望被账目困扰。"

由于天气太热，不能骑行，我们让护卫队牵着马，我们自己坐着马车，夜行昼伏。维吾尔人的"塞莱"（serai）房屋有隔热的厚土墙或厚土砖墙，在白天，我们发现，即便是塞莱房内阴凉处的温度也经常达到 100 华氏度。[①]

---

① 约等于 37.8℃。——译者注

　　我们的马车是一种叫做"阿尔巴"（araba）的马车（新疆俗称"二饼子车"），比汉人的"大马车"更大、更宽，轮子也高得多。这辆车有两个巨大的轮子，由三匹马拉着，一匹驾辕，两匹骖马。就像汉人的马车一样，马车夫没有缰绳，而是坐在前面，用鞭子和嗓音娴熟地驾车。鞭子更多的是用来发出声音而不是鞭打挽马。我们把箱子放在无弹簧车厢的底部，在上面铺上毛毡，在毛毡上放上我们的床卷。然后我们装上了从好心的邮政局长那里借来的车顶。它就像一座有墙、有房顶、有门廊的房子，从前面两扇门往前是马的屁股，后面有一扇窗户，门窗全都用蚊帐罩着。有一个箱子绑在后面支出的架子上，里面装着炊具和一切日用品，车里面有足够的空间，可以容得下我们两人，还有我们的水瓶和书。除此之外，我们还在一个角落里固定了个座位，这样我们中的一个人就可以像欧洲人那样垂着腿坐着了。

　　我们的这套装备介于英式商队和亚洲腹地商队之间。我们从阿克苏出发，在阿尔巴马车上的"小屋"里颠簸着，途经玛拉巴什[①]和牌租阿巴特[②]，最后到达喀什。因为我们是在晚上旅行，所以我们几乎看不到沿途的任何景象，而且由于白天太热，我们也几乎看不到经停的城镇和村落。我们居住的一间小土房是迄今为止最凉快的地方，但屋内的跳蚤疯狂肆虐，温度计不祥地飙升到了100华氏度，这个温度会持续整个下午。如果我们整个行程中都待在车里，而不是走在车前面，那么大车进入塞莱院子里的喧闹声将先我们而至，先到的车夫和护送人吆喝着旅店的人出来迎客。每家旅店通常都有一间"官客房"，供汉人官员在旅途中住宿，有时还会有

①　今新疆巴楚县。——译者注
②　今新疆伽师县。——译者注

邻近喀什的牌租阿巴特集市

一整间"官亭"（官方馆驿）。但我们发现，通常较小的房间更容易保持清洁和凉爽，而按照汉人的习惯，公馆总是朝南的，这样屋内就会非常热。摩西会找一个最好的房间，把水洒在土坑上，浸湿灰尘，然后把它扫干净，铺上我们自己的毛毡。我们搬进来，睡觉、读书、写作，待在闷热之中，待时间渐晚，空气稍微凉爽些，蚊子就集体出动了。如果蚊子、苍蝇和跳蚤在白天过于猖獗，我们就在椽子上挂起一种用蚊帐做成的帐篷，躲在里面，但也会更闷热。到了晚上，我们就捆好东西出发了，那辆大车颠簸着离开塞莱客栈，马儿们摇着头，铃铛丁当作响，车夫挥着鞭子，喊着："哦啊—哦啊—哦啊—哦啊，哦！"好像得了霍乱似的。

我们有自己的娱乐。像往常一样，我花了好几个小时和护送者们在一起，尽一切可能地去学习他们知道或自以为知道的一切事物：从掘堤坝、打野猪到关于马齿的技术讨论，此外，还讨论给马匹看齿断龄所得的酬劳，比较一下驯养马匹和厩养马匹的看齿价格。我发现这里和归化城以西其他地方一样，牙粉作为治疗马背痛的药物，享有至高无上的声誉。最常用的是一种日本品牌的牙粉，由商队一路从蒙古带过来。它的名字就叫牙粉，只用于治马鞍疮。就目前而言，这是一个完美的药方，因为它可以使伤口干燥，有助于形成结痂，至少是温和的防腐剂。不管怎么说，这总比牛粪药膏好，牛粪药膏也许确实有助于从久不消退的疮中排毒，但使伤口过于柔软，难以迅速愈合。在我们身上还发生了一些离奇古怪的事情，部分原因是淳朴的维吾尔人错误地认为我们是"大人物"。我不止一次被称呼为"广岁"（意为"领事"的 consul 的汉语音译，也被维吾尔人使用），并因此请求我施惠于他们。大多数维吾尔人只知道白人是"萨希布"（sahib）① 或"Inglis"（英国人）或"Oross"（俄罗斯人），在他们看来，我这样的欧美人会说中文实在是太不可思议了，于是他们急忙请求我替他们向中国当局申述各种事情。在中间的几段行程中，当地的水源水质差得出名，我们发现邮差会用巨大的空心葫芦提前备好好水，等我们到达后使用。一开始，我们以为这一定是阿克苏的邮政局长的一番美意。然而我们很快就发现，这些邮差是在为自己争取权益，希望我们替他们向喀什邮政局长提交一份请愿书，要求提高邮差们的工资！我们再次落到了一群汉人玩家手上，他们全是天津人，或者至少是学会了天津话的别的什么地方的汉人，之所以学天津人，是因为天津是财富的所在。这些邮差在维吾尔社区的汪洋大海之中从一个与世隔绝的汉人社区漂泊到另一个汉人社区，这让人想起了内地的通商口岸，在口岸里，即便是迎接来路不明的客商，所有外国人也会穿着浆洗好的衬衫和珍藏多年的礼服。

有一件事一直困扰着我，那就是我必须开始整理我的笔记和日记了。我只穿着短裤，满头大汗地忙碌着，阳光透过一扇安装糟糕的门，投下一束光，我盘腿坐在那束光下，敲打着那台由骆驼商队历尽千难驮到新疆的打字机。汗水顺着我的脸流下，沿着一根普通的烟斗管流下来，滴落在打字机上，每当我展示打字机时都能赢得人们极大的关注。烟斗管另一端连接着我的石楠根烟斗，烟斗安装在一个方形底座上，这样就可以在几英尺远的地方，通过一根可弯曲的管子远距离吸烟。

每日回顾着一天行程中所经过的高山、沙漠中的一切，追忆着

① 即"先生""老爷"之意，是印度人对欧洲男子的称呼。——译者注

遇见的人们和看到的事物，回想起爱马踏上一段新旅途的感觉，或 314
是穿越另一个关隘进入摩西口中的"另一个旷野"。所有这些很大
程度上使旅行经历看起来像是沮丧的退却，从那个流传着古老传说
的地方，回到了让浮夸者炫耀、让漂泊者裹足不前的地方。

　　我们经常穿着睡衣裤，一次又一次骑着马穿过黄昏或月光，世
界的边缘向远方伸展开去，一会儿近在咫尺，一会儿又遥不可及。
我想着如果往另一个方向骑行该多好啊。从玛拉巴什到喀什的路
上，我们的护送者是一个汉人，虽然他是汉人，但因为他是在乡下
长大的，所以会唱维吾尔民歌。他有一副很好的唱歌嗓子，唱得很
好听，其他的人也会加入进来，或者吟诵伴唱。在月光下，所有的
人都在光秃秃的沙漠里吃着食物，或者把杂乱的影子投在胡杨和红
柳的树丛中。凌晨时分，我们骑到一个沉睡中的村子，在塞莱院子
里的火堆前，徘徊着几个模糊的人影，一位穿着白色长袍的维吾尔
人会招呼着欢迎"老爷"（sahib）、"太太"（mem-sahib），我们会蜷
缩在院子的某个角落里睡觉，直到马车赶到这里。"老爷"和"太
太"！毫无疑问，我们进入了一个全新的世界——那里的男人每天
都刮胡子，人们有半独立的洗澡帐篷，穿正装出席晚宴则是一种挑
战，是最麻烦的情况。

　　更让人不安的是马车的颠簸和摇晃，我坐到外面和摩西一起聊
天，睡不着觉。我们两个在前面聊着天摇晃着，车夫睡着的时候也
摇晃着，车厢里的妻子想知道，这一次我们是不是没被"跳蚤探险
队"侵扰就带着一份关于"跳蚤之地"的报告离开了塞莱客栈，那
报告还装饰着地图，地图上标着红线，表示探险队所走的路线。摩
西回顾我们的旅行时，没有明确的方向意识，只知道哪个地方有天
津人。当他谈到男人和旅行的时候，他下意识地用蒙古商队驼夫 315

的语言和短语来装饰他的回忆，这些语汇夹带着骆驼粪烟的刺激味道和红柳烟的芳香。我还记得从归化城出发的队伍中，我们是怎样躲过那些伤兵的；当我们拐进通往蒙古的山口时，我和站在野地里的妻子作别，最后一次看见灰色城市傍晚的烟雾、内蒙古高原的草场、老虎山、阿拉善的沙子、秋天额济纳河畔红黄相间的红柳树以及黑戈壁漫长艰难旅程中的"连四旱"和"连三旱"。我还记得那12小时旅程中的沉重步伐。在黑喇嘛庙附近的营地里，人们认为假博克多汗的鬼魂可能正在游荡，为此感到不安；在"三不管"地带，当听说距我们一两站路以外的地方有一整支商队遭到劫掠后，我们惴惴不安；有一天晚上，我们的骆驼在达子沟从日落一直冻到天亮；在三趟湖绿洲，我们遭遇了囚禁。这时，我们和疲惫不堪的骆驼在雪地里最后一次挣扎，食物几乎吃光，没有向导，看不见路；还有那飘雪的日子，我的骆驼客哭着想要回去，之后，我和一支空载的商队相遇了，我和一个友好的商人骑在前面，看见了雪中的古城。

在那之后，我们骑了十天的马，穿着野山羊皮，走在准噶尔坚硬的雪道上，来到塔城，还有那些等待中惴惴不安的日子，我怀疑我的妻子是否能穿过雪原，到达新疆的大门。最后，她完成了一段令人难以置信的旅程，我们或骑马、或乘车，时而威严、时而滑稽，在新疆走南闯北，遇见了流氓和流浪汉、衣衫褴褛的士兵、和蔼的官员、慷慨的商人——汉人、维吾尔人、蒙古人、哈萨克人和柯尔克孜人。我不知道他们是否都诚恳待我，但至少按照这个地方的习惯，我已尽了我最大的努力。

316　　至于我自己的习惯，至少我从来没有把汉人称为"Chinaman"（贬义的中国人）或"天上的人"（上等人）。就此而言，骆驼也不是沙漠之舟，马也不是骏马，我也没有把中餐的菜单写得很详细，我的作品也没有更接近大自然。在扎营时，我从来没有像阿拉伯人那样折叠过帐篷，也没有在蒙古人或哈萨克人背后说他们是"大自然的子民"，也没有因为谈论偶像而亵渎侮辱任何寺院。我尽可能体面地把可怜的马可·波罗前辈和他那不切实际的路线图放在一边；事实上，如果我只是一个制图师，我就会画一张巨大的、准确无误的地图，准确地标出马可·波罗的足迹图从未标注的地方。

　　但有一点让我震惊。我在《鲜为人知的蒙古》中读到，卡拉瑟斯先生的一位同伴对特克斯河流域不屑一顾，因为许多"洋大人"在那里狩猎，留下了不少空罐头。事实上，我们越过木扎尔特后，已经进入了乡村地区，我们的旅途越来越成为纯粹的旅行和"写作"。我们开始听闻一些信息，不仅是关于最近的旅行者的，还关于即将到来的旅行者的。喀什的大多数旅行者都以此为新疆之旅的起点，能看到自己未来的旅程，并把邮件抛在身后。而我们则从"书的另一端"开始阅读。所以，当我们在一个清晨离开马车时，我们没有穿睡衣，而是以一种体面的姿态坐在一辆奔驰的马车里，沿着一条宽阔的林荫道，穿过一扇大门进入喀什，在空荡荡的街道上颠簸前行，在清晨的街巷和市场中，商摊的门户刚刚被打开。我们骑过另一个门，在一条路的末端，我们看到了坚固的英国总领事馆的大门，狮子和独角兽规制严整，[①] 我们感到一种不安的失落感，仿佛我们已经结束了旅行，回到了书的第一页。

　　我并不是要苛责喀什。这是一座庄严的城市，如果有机会，我会怀着一颗崇敬的心从帕米尔高原或苏联中亚的方向再次来访。我

――――――――

① 英国国徽上的两个较大的图案。——译者注

们唯一感到悲伤的是，苏联和英国总领事出现了，更不用说瑞典使团的出现了，对我们来说，这些外交机构使喀什成为一个再熟悉不过的欧美文明前哨。

317　　　英国总领事吉兰少校和他的妻子在夏天最热的几个星期里离开喀什去山里避暑，但他们为我们留下了贴心的接待清单，在他们回来之前，我们在极致的东方式奢华中过着安逸的生活。在梯台式花园中，褐色的小溪流过鲜艳的花坛和果树的根。我们受到了总领馆的华人秘书朱乔治先生的殷勤款待，他带我初步拜访了中国官员，并与我们一起乘车参观了清真寺和其他城市名胜。他是当代中国冒险者的杰出代表。欧洲战争期间，他作为中国劳工团的翻译官去了法国，后来又越过喀喇昆仑山来到喀什，为英国人服务。朱先生不仅对自己的英语和法语感到自豪，而且自从来到维吾尔人中间后，他全身心地投入到他们的宗教和生活方式的研究中。他皈依了伊斯兰教，娶了一个维吾尔妻子，说流利的维吾尔语。在炎热的天气里，他一天中大部分时间穿着日本和服，这是他最后一种世界性的体验。他是我们最富有同情心、最幽默的向导，我们在互相了解彼此的语言知识的基础上聚在一起。他很乐意向他的朋友介绍我，说我是他的一个"北京老乡"，然而我说话已经鲜有北京腔了，而且又转向了天津腔，还掺杂了归化城商队口音、甘肃回民口音、维吾尔车夫口音以及边境戍军的口音。

　　朱先生最得意的笑话是，他把我介绍给一个英俊的年轻人，后者穿着一件在喀什常见的清洁优雅的长袍，裹着头巾，像个体面绅士，留着整齐的胡须又像个时髦的年轻"维吾尔人"。"现在，"他说，"你觉得怎么样？我们在这里，我们三个京油子在一起。""京油子"是一个俚语，意思是"油腔滑调的北京人"或"京城来的花心汉"。事实上，这个年轻的"维吾尔人"说的是最纯正的北京官话，他当然可以说官话，因为他是土生土长的北京人，他在北京长大成人后才来到喀什。他的故事让我着迷，那是我在喀什听说过的最神奇的事。

和卓坟是喀什一带最富丽堂皇的宗教圣地，历史上记载很多。此外，关于北京紫禁城一隅的小清真寺和穆斯林小社区，也有很多记载，那里住着乾隆皇帝的一位维吾尔妃子。但直到我来到喀什，才知道这两者之间的联系。

根据海思波（Marshall Broomhall）的说法，乾隆皇帝的大军在兆惠将军的指挥下最终击败了准噶尔，把这位女子带到了北京。[1] 这次战役的结果是平定了天山南北。大军得到了两名维吾尔人的帮助，他们分别叫额色伊和霍集斯。海思波进一步说："为了奖励他们的贡献，乾隆帝授予他们荣誉，额色伊被封为辅国公，霍集斯被封为多罗贝勒郡王。"他们定居在北京，人们为他们建造了府邸。兆惠将军带着一些战俘凯旋。其中有一个年轻的喀什女人伊帕尔汗，皇帝把她收为妃子，后封"容妃"。[2] 据说，皇帝出于对容妃的爱，为战俘们建造了营地"回子营"，又于 1764 年建造了一座清真寺，在清真寺竖立石碑，上有四种语言的碑文。[3] 汉文碑文是皇帝亲自写的，上面有他自己的印章。

"在紫禁城内，皇帝于清真寺对面建立了一个亭子，供他的维

---

[1]　《中国伊斯兰教》（*Islam in China*, London: Morgan & Scott, 1910）。

[2]　容妃即传说中的"香妃"，本名伊帕尔汗，维吾尔族伊斯兰教白山派和卓的后裔。清乾隆年间，因其家族协助平定大小和卓有功，被奉召进京入宫（并非因为被俘），后被册封为容妃，"回子营"或是其同族在京的聚居地。此处拉铁摩尔转引了海思波的著作，后者的说法或有误，可能是混淆了其他传说。——译者注

[3]　即《敕建回人礼拜寺碑记》。——译者注

吾尔妃子使用，这个亭子叫做望家楼。"今天经过北京长安街的人
都能看到这个亭子，也能看到至今尚存的"回子营"。容妃的每一
319　位男性随从都领到了津贴。

　　"乾隆皇帝是一位伟大的文士，一生写了三万多首诗，他在碑
文题词的结尾用了几行诗，阐述了他自己所知道的有关伊斯兰教的
一些史实。乾隆虽然有文韬武略，但免不了犯一些严重错误。"他
最严重的错误是把摩尼教和伊斯兰教混为一谈。不过他也为穆斯
林做了件好事，禁止用加了"犭"的"回"字来侮辱性地指称穆
斯林。

　　纪念碑上的铭文提到了对天山南北各地的征服，提到了额色伊
和霍集斯的名字，讲述了战俘在北京定居的故事，并总结了皇帝对
东西方伊斯兰教历史关系的看法。它以一种非常迷人的方式结尾：

　　　揆诸万舞备铜绳之技，^①九宾缀缠头之班，其谁曰不宜？
乃为之记而系以铭。

　　　孰为天方？孰为天堂？花门秘刹，依我云閟。厥城默伽，厥
宗墨克，派哈帕尔，转依铁勒。经藏三十，咨之阿浑，^②西向北
320　向，^③同归一尊。珉城楠梁，司工所作，会极归极，万邦是若。^④

---

① 西奥多·罗斯福和柯密特·罗斯福（Theodore and Kermit Roosevelt）在《太阳之东，月亮之西》(*East of the Sun and West of the Moon*, New York & London, 1927）中有一张这样的钢丝舞者的照片。
② 在维吾尔语中，"阿訇"在某种程度上相当于"先生"，这是唯一一个传到北京的维吾尔语词汇，据我所知，这个词在北京用来指"毛拉"。
（阿訇源自波斯语，又译"阿洪""阿衡"，原意为"有知识者""教师"。中国伊斯兰教多用以称呼主持清真寺教务和为学员教授经文的教职人员。新疆地区不通用汉语的穆斯林多称之为"毛拉"。拉铁摩尔这条注释的主观色彩较强。——译者注）
③ "皇帝总是面朝南坐，所以中国官员都向北鞠躬。中国的穆斯林向西方的麦加鞠躬。乾隆将两者归为一类，从而使自己与穆罕默德平起平坐"（海思波在上述引文中注释）。
④ 《中国伊斯兰教》。

我们再来说一说喀什的和卓坟，它是新疆伊斯兰教白山派著名政教首领阿帕克和卓及其家族的陵园。喀什的和卓世系始于17世纪撒马尔罕教士东行天山南路地区传教，与此同时，在天山南路沿线的其他城市，即从哈密到和田的巨大的弧形丝路之上，和卓家族也广泛地建立起自己的统治。18世纪，清朝在天山南北建立了有效统治，和卓家族的政权瓦解，他们的主要势力从喀什退到安集延，退到了中国领土的西陲之外。随着19世纪60年代战事的爆发，他们中的一些人回到天山南路地区，努力重建自己的势力。事实上，阿古柏在喀什建立了他的个人统治，并攫取了新疆大部分地区的统治权。他最初是作为一名和卓的雇佣兵进入新疆的，羽翼丰满之后，他驱逐了主人，流放了一些主人的家庭成员，并将主人的手下收编为自己的下属。① 在阿古柏失败、清军最终收复天山南北之后，和卓系只有两位统治者——哈密和鄯善的王公② 幸存下来，他们的地盘位于遥远的新疆东部，都被近在咫尺的朝廷大军吓到了，库车的最后一个和卓系首领带头参加内乱，但随后被阿古柏推翻，在清军收复之后，其家族的土地被清朝接管，但被剥夺继承权的后裔以及最后的贵族被允许在政府担任军政职务。③

我的"北京老乡"的故事就像一条线，把所有这些事件联系在一起。回顾海思波关于乾隆皇帝胜利的描述，他所说的"霍集斯"一定是来自和卓家族，与其说是满、汉的一个盟友，不如说是

321

---

① 罗伯特·肖:《高地鞑靼、莎车、喀什之旅》。
② 此二人似非和卓后裔，哈密王公为东察合台汗后裔，鄯善王公额敏和卓虽名和卓，实非阿帕克和卓后裔，若改"和卓系"为"维吾尔"似更妥。——译者注
③ 《中国中亚》。

一个确保喀什维吾尔人不再反抗的人质。容妃似乎也不仅仅是一个
"年轻的喀什妇女",而是和卓家族的女儿。乾隆的处置是很恰当
的,因为容妃是一位皇室成员,她的荣誉能安抚喀什的维吾尔人。
乾隆的碑文曾记载,确有这一批喀什维吾尔人定居在北京,而我
新认识的这个人就是他们的后裔,他甚至声称自己也是和卓家族的
一员。"望家楼妃子"从未忘记过喀什,仿佛她那些没有被流放的
亲戚也跟着她来到了北京,要么是作为人质,要么是为了靠皇帝的
恩宠生活。无论如何,阿帕克的家族陵园仍由专人看守,后人并没
有遗忘它。在这里,人们保存着一顶轿子,据说,公主死后,她的
遗体是装在轿子里运回喀什的。我确实听到了另一个故事的某些内
容,不幸的是我不知道它的说法来源,大意是说,当轿辇在回家的
路上经停吐鲁番时,遗体被偷走了。似乎当时和卓家族的某个后裔
作为清朝皇帝的封臣,仍统治着吐鲁番。我认为,吐鲁番的这名王
公为了在朝廷中获得一个更好的地位,试图借此机会声明自己与容
妃的亲缘关系,这是完全不可能的。不管怎么说,"阿帕克的轿子"
看起来并不是很有说服力。

　　这次争抢皇妃遗体事件似乎并没有引起麻烦,可能是因为北京
的皇室对他们在新疆的权威、地位都很满意。甚至有可能她的遗体
从未到达吐鲁番或喀什,而是埋葬在清东陵,但为了举办仪式,北
京派遣了一个哀悼团到喀什,并举行了"国葬"。不管怎么说,望
家楼的容妃逝世之后,她在北京的同族亲属们开始忘记喀什,甚至
不再需要"回子营"的津贴。几代人之后,他们忘记了自己的维吾
尔语,和四周的满人一样,变得更像汉人。我的"老乡"在辛亥革
命之前一直过着八旗子弟的生活,从来没有因为自己的维吾尔血统
发过愁。在他的青年时代,他的维吾尔血统在北京可能很难被人辨

认出来，他的胡子可能会使人辨认出他是个穆斯林，这种胡子在维吾尔人中很常见，体现了亚洲内陆血统的融入。一方面，对于汉人或满人来说，他的胡子过长了，另一方面，对于喀什人来说，他的胡子还是不够长。

革命之后，这些皇亲的后代非常沮丧，他们的铁饭碗没有了。然后，他们绞尽脑汁地想到了喀什。喀什的和卓坟与他们最著名的祖先有关，能够给他们提供一笔可观的收入，这些收入来自朝圣者，以及租售圣地附近的墓地，因此，他们必须重申对陵墓的所有权。然而，不幸的是，先人派去的守墓人的后代现在已经拥有了陵园的所有权，他们对于祖先的主人的后代不承担任何义务，而且，喀什的地方官员对这些守墓人后裔言听计从。因此，我的朋友从北京动身，亲自到喀什去争取和卓坟继承权。从那以后，他就一直住在那里，大约住了 15 个月，打着一场真正有亚洲腹地风格的官司。我认为，地方法院会允许他提出足够的索赔要求，从而使这个案子无限期审理下去。和卓坟的实际拥有者（守墓人后裔）太重要、太有地位了，如果被法院粗暴地赶走，会危及天山南路的宗教和政治平衡；但是，守墓人后裔也足够富有，可以在无尽的官司中细水长流地缴纳贿赂和费用。因此，这部喜剧注定要无限期上映。每当一位新官员在喀什上任，这部喜剧就必然重新开演，看起来我的"老乡"似乎会在喀什一直待下去，备受尊敬地故去，却永远得不到和卓坟的继承权。

第三十一章 "五个山口"之路

从喀什到克什米尔有两条干道。第一条经过莎车河谷，穿过喀喇昆仑山脉中山口，从那里经过拉达克进入克什米尔。第二条经过罕萨和纳加尔邦进入吉尔吉特，一直到克什米尔。前者是唯一一条完全的贸易路线，对于普通的商队来说，这条路线尽管补给困难，但是走它要快很多天，所以从喀什往返印度的英国领事官员经常走这条路。领事的邮件也是从这条路传送，个别情况下，如果有足够多的运输工具没有被官方征用，那么大型捕猎团会获准使用这条路线前往帕米尔。我们还可以找到其他的穿越高山屏障的途径，但那些都称不上是路线，更别说道路了。其中一些是以前的股匪使用的，另一些是探险家和地理学家使用的，由于缺乏交通需求和补给，没有一条能发展成常规的贸易路线。当然，除此之外，还有从帕米尔高原进入阿富汗领土的路线，或者从喀什越过天山进入苏联领土的路线，但这些都不是通往印度的便捷路线。

对于旅行者来说，走喀喇昆仑线进入英国人的地盘也不是一件简单的事情，必须获得特别许可。事先申请护照是不可能的，因为我们的旅行安排条理不清，我们无法确切地知道什么时候可以动身去喀喇昆仑。幸运的是，我能从乌鲁木齐给喀什的英国总领事写信。更幸运的是，我们得益于偏远地区英国官员的传统，他们乐意帮助那些漂泊在外的人，不管这些漂泊者是否向他们提出要求，他们都以伸出援手为荣，而且位置越是偏远，这些领事就越上心。吉兰少校不仅从英属印度政府获得许可，让我们通过喀喇昆仑路线进入，还提前发出命令，为我们的接待做好准备，并帮助我们获得可靠的交通工具。

新疆南部的每个绿洲都有一小群来自英属印度的英国臣民。他们主要的生意是放贷，其利润的一部分被用来投资新疆向印度的货物出口贩运。每个团体的首领都是英国总领事的指定代理人，被称为"阿克萨卡尔"，这是维吾尔语，意思是"白胡子"或"长者"。放债人既放高利贷又爱打官司，总领事为了管理他们的事务，并处理他们与中国当局之间的矛盾，花了大量时间在他们中间奔波往来，主持领事裁判法庭。为了攀附欧洲统治者的声望，阿克萨卡尔以接待一切洋大人旅行者为傲。唯一的缺点是，他们喜欢对经手的事务要小费，这让我们感到不安，因为我们与中国官员打了这么长时间的交道，中国官员能让我们获得货真价实、童叟无欺的交通服务，中国人对此颇为自豪。事实上，这些印度人只想拿钱做事，不想跟中国人作比较，如果我们早知道这一点，我们就不会那么不安了。一开始，我们被他们老成的举止和高贵的着装惊到了，一想到这种不厚道的功利意图，我们就涨红了脸。千万别觉得别扭，他们就是奔着钱来的。如果我们不向他们发出自如、精确而坚定的命令，不给他们小费，那我们就不是真正的洋大人。难怪他们认为从洋大人和贵族那里得到面包屑是他们的特权，他们只能从无知和愚蠢的人那里"榨取"。

一旦我们意识到自己的"尊崇"现在被标上了价码，我们和这些印度人的关系就好得多了。事实上，阿克萨卡尔对旅行者来说是有益的，因为他们在官方的监督之下行事，他们的存在还能有效防止运输业者结伙坑骗外国人。我们和领事馆告别，带上行李启程前往高山上的隘口，我们向吉兰少校夫妇、迷人的朱乔治、瑞典传教士和殷勤招待我们的中国官员道别，中国官员们整理好了我们最后的文件，把我们送上了前往莎车的马车。

五天之后，我们来到了莎车，在浓郁的维吾尔传统气息中沉浸了几天，我们住在阿克萨卡尔一座宏伟花园中的一幢避暑别墅里。莎车的汉人数量远远少于喀什，当我们会说汉语的消息传开时，我们走在街上，为数不多的几家汉人商店的老板都会微笑着邀请我们去喝口茶，而维吾尔人则恭敬地挤在路边围观我们。

从莎车出发，我们乘马车前往坡斯坎木①和哈尔哈里克，②然后骑骆驼穿过大片沙漠，到达桑株集市，③我们再次换骆驼前行，这也是我最后一次骑骆驼。我们在莎车雇的驼马队在这里等着我们，四个拉达克人负责照管驼马队。我们付了9匹马的租金，包括我们自己和摩西骑的马（我们的坐骑在喀什卖掉了），商队一共有14人，其中5人是自己随商队过来的，他们带着食物和草料，有时在高海拔无人区跋涉也要带着燃料。

在桑株集市，我们在种着杏树、李树和核桃树的果园里扎营，告别了沙漠和绿洲中的那个新疆。现在是1927年8月底，收割结束了，在金黄色的田野里、在杨树和柳树下、在黄土地打谷场上，驴和牛在踏谷脱粒。桑株河水通过沟渠输送到这里，带来了肥沃和丰饶，在无法引水的地方，绿洲戛然而止，变成了多沙的荒丘。

经过几天的整理、修补和聊天访谈——这些是我们这趟旅行例行公事的前奏，旅行结束了，一如往常。我们在失落中走上了离开

① 今新疆泽普。——译者注
② 今新疆叶城。——译者注
③ 在今新疆皮山县桑株乡。——译者注

新疆的路，风沙咆哮着，将我们引向未知的世界。马队进入了山谷，涉水渡过一条灌渠，到了对岸，我们来到了一片干燥的黄土坡，身后的绿洲被一团黄褐色的扬尘遮住了。桑株的维吾尔伯克有时兼职做裁缝（维吾尔人在生活中能上能下），他前一天还放下高贵的架子帮我们缝补帐篷，现在就站在荒凉的黄土坡边上跟我们告别了，我们现在被交给那四个拉达克人照管了。摩西根据他们的发辫样式，称他们为蒙古人、鞑靼人，但从种族和语言上看，他们实际上是藏族人。拉达克在地理上是西藏高原的西部延伸地带，但在行政上属于克什米尔王公，克什米尔是英属印度的一个独立土邦。[①] 我们只能用半吊子的维吾尔语与他们交谈，我们在穿越新疆的高山和绿洲时学会了一点维吾尔语，而他们则是在商路贸易中学的维吾尔语。我们的商队领队叫扎西次仁，在路上被称为"赶车人"。他缺了几颗上牙，手里一只包浆磨光的褐色木质双管笛子，吹奏着哀怨、简短、悦耳的曲子。这四个人的步态都是高山生活养成的，优美且轻快，他们嘻嘻哈哈地笑着，竭尽全力地帮助我们，是我们一路上见到的最勇敢、能干的人。

按照古老的习惯，第一段路没有走得很远。在 6 个小时的跋涉中我们遇到了几群维吾尔猎人，他们带着妻子和一点被褥上山，再带着猎获的野山羊下山。我们在一个小农庄支起了帐篷，那里有一些高大的老杨树，农庄主人用木碗盛着酸奶招待我们。

我们的路线要穿过昆仑山，还要穿过昆仑山和拉达克之间更高的喀喇昆仑高原，前面要穿过五个大山口，拉达克和克什米尔之间的山系属于喜马拉雅山脉。大山口是指海拔 16000 英尺以上的隘

---

① 拉达克历史上是中国西藏的一部分。因 19 世纪以来英国入侵克什米尔及其背后的支持，该地实际由克什米尔控制。此后形成一条传统习惯线。——译者注

口。我们穿过的第一个山口是邱邱达坂，它算不上大山口。但它的最后一个上坡海拔约 14000 英尺，是一个陡坡。邱邱达坂是个非常高的土质山口。虽然我们爬过许多山，但我们从来没有爬过这样破碎的砾岩、砂岩山体，山体上包裹着巨大的黄土褶皱。继续前行，我们穿过布满岩石的小路，在那里，驮马看上去就像是小丑在用手扶着走路。在黄土丘的边坡上，我们沿着弯弯曲曲的小路走了一段又一段。四周全是昆仑山光秃秃的、破碎的山峦，我们终于在那里遇到了桑株河，那条河一直流到 25 到 30 英里之外的桑株集市。因为桑株河谷的水位太高，不能直接沿河谷前进，所以一天工夫是走不完这段路的，我们花了三天时间。

我们从坦卡古堡的营地出发，向桑株河源进发。我们越过一条又一条的支流时，涉水较为容易，水不再没过我们的马鞍，而是在马镫下面打着旋。爬上古老的冰碛石，我们进入一个由积雪覆盖的山丘合围的圆形盆地，这是柯尔克孜人的夏季牧场。这里的人是真正的柯尔克孜人，与帕米尔高原和伊塞克湖沿岸的柯尔克孜人一样，他们住在一个小营地里，出租牦牛，供商旅穿越桑株山口。他们的毡帐搭在一个人工挖掘的地窖子附近，这些地窖子在冬季也可作为避寒的住处。在一个毡帐旁边，一个女孩正在编织一条毛线带，织好的毛线带被捆扎在毡帐的内墙上，把毛毡拉伸到合适的位置。织布机是用木棍粗糙搭建而成的，用捻制的羊毛绳固定。我们无法观看彩色图案的编织过程，因为那个戴着高大毡帽的女孩一看到我们就尖叫起来。

第二天早上，我们的大部分行李被转移到牦牛身上，驮马只负载着一点轻装。我们仓促地出发了，有几头牦牛很不听话，飞快地向山上跑去，好像根本没把海拔当回事一样。我们进入了一个大山的凹陷处，那里有大片陡峭的小山，似乎没有出口了。但那些拉达克人指着天空衬托下的一片参差不齐的岩石说："那就是隘口。"然后腿脚麻利地"冲"了过去，我们则在微弱的阳光下跟了上去，穿过稀薄的云层，偶尔还会有毛茸茸的薄雪从我们身边呼啸而过。人们情绪高昂，在漫长而艰苦的攀登过程中，领队扎西次仁拿出他的笛子吹奏着，每隔一段时间，就会有人把头向后一仰，对着那些灰色、无声、没有回响的峭壁发出嘲笑或挑战的噪叫："Shaba-a-a-ah！"我认为这相当于印地语的"乌拉"（shabash）。然后，扎西次仁会用他那半吊子维吾尔语对着山口大喊："我们很快就到桑株山口啦。"

328

这段路花了我们几个小时。驮马们在高海拔的环境下很虚弱，我在最后一段行程中步行前进，想体验下这到底是什么感觉，结果头痛欲裂。尽管山势陡峻，我们还是挨得相当近，小路在陡峭的山坡上蜿蜒，在路边山坡下，有滚落的驮畜的尸骨，乌鸦在一旁盘旋，等待着下一个坠亡者，这表明，桑株山口当得起商队赠予它的恶名——"五个山口"中最糟糕的一个。除了在一场非常艰难的体育比赛终点前"豁出去"冲刺，我从未有过这种感觉。我妻子在马鞍上感觉还好，但从极高的海拔下来后，由于高原反应，她头痛得很厉害。令人欣慰的是，摩西没有感到任何不适。我们有一点为他担心，因为在莎车，有个不怀好意的维吾尔人，觊觎着为朋友找一份厨师的工作，曾警告我们说，40岁的胖子一到高海拔的山口就会猝死。

当我们斜着爬上桑株山口海拔16500英尺的顶端时，我们发现山口不过是遍布碎石的山脊上的一个小缺口，由于坡陡风急，积雪根本无法覆盖。此处空间狭小，驮着行李的牦牛蹒跚而行，时不

带着拐杖和葫芦的喀什乞丐

桑株集市的印度放贷者

天山南边的绿洲

桑株山口的牦牛

时撞到岩石上。我们坐在山脊之下吃午饭，看着牦牛背着我们珍贵的箱子从巨石间颠簸着走下来。在我们下面几英尺的地方，牦牛们似乎被这荒蛮的碎石滩吞没了。我们沿着碎石坡前行了大约一英里半，再往下走，穿过一个石质谷口，进入一个更大的山谷。柯尔克孜人和他们的牦牛在那里离开了我们，货物被放回驮马身上。

329　　　天开始下雨，我们走啊走，穿过一个几乎填满了山谷的砾石坡，这个地方叫基奇克喀喇昆仑（小黑石）。这时，我们的最后几只表也坏了，所以我们只能猜测时间，我们应该已经在路上走了足足 12 个小时，天暗了下来，雨下得更大了，我们踉踉跄跄地走进了营地，一个让人厌烦的潮湿营地。

　　在桑株和素盖提之间，我们经过了大山口旁边的阿里纳扎尔库尔干①——库尔干是堡垒之义，阿里纳扎尔是一个强盗头子，曾经从商队捞到很多买路钱。据说他来自布哈拉汗国，有一个说法认为他被布哈拉埃米尔的密探找到并杀死，另一种说法把他的死归咎于中国人，但双方都认为他死于背叛和一个女人。在堡垒的颓垣不远处，是柯尔克孜人的墓地阿布伯克里麻扎，这是一个布满石冢的荒凉之地，石冢上插着棍子，棍子上系着碎布和牦牛尾。在其中一座石冢的正面有洞穴，这些洞穴可能曾被定居者使用过，但更有可能是由淘金者挖掘出来的。最值得注意的是，这儿可以看到废弃田地的迹象。我知道有一种冲动可以驱使人闯入残酷、惊奇的荒野，赤手空拳，凭借机智来进行一次贸易冒险，但当我走过那些废弃的田地时，我不禁惊叹，是什么能驱使绿洲里一个慵懒安逸的农夫委身于高山间的冲积扇里，只为给辛劳的驮马种上一把大麦？现在在一

---

① 今新疆皮山县蒙古包。——译者注

些地方，仍有这种农业活动，中国官员为了维持商队贸易，向农民施加了巨大的压力，让他们在这样的地方种饲料，但是，如果强迫不够公正，农民会动辄逃离。

在这一地区，我们在喀拉喀什河（墨玉河）河谷走了一段时间，在那里，我们见到了一个蒙古驮夫所说的那种"疯子"。一条河绕着山脚流过，道路也绕着山脚延伸，被18英寸深的溪水淹没。在这个偏僻的地方，货物需要搬运，驮马经常丢失。后来有个维吾尔人来了，盖了个石头屋，让妻儿放羊，自己忙着铲土扛石，在山上搞出了一条蜿蜒小道。这个维吾尔人坐在道路的起点收过路钱，而我们身上没有带任何钱，我的妻子把他的妻子叫来，送了她一枚来自北京的红戒指。

330

第二天一早，趁克里阳河水还没涨，我们涉水渡河。昆仑山的河流和天山里的河流一样，涨落有规律，当接近正午时，高山冰雪融化加速，河水会从山谷中奔涌而下。在下午、傍晚、晚上（这取决于你离源头有多近），洪峰就会过去，人们可以再次涉水过河。在短暂的盛夏时节，水位会达到最高点，大多数道路根本无法通行。因此，克里阳山口在9月份之前禁止通行。如果我们能够利用这条道路到达喀喇昆仑的主要路线，我们就可以不用横向绕行邱邱和桑株了。山口的入口处是废弃已久的克里阳堡垒，它的大部分建在一块巨大的巨石上，巨石孤立在一小块平地上。

在堡垒外，我们遇到了一群柯尔克孜人，他们带着一匹白马，经过一阵激烈而简短的讨价还价，我们买下了它，换下了我胯下那匹黑色的母马。这是我见过的最快的马匹买卖。那匹黑母马带病上岗，我想它的问题应是高海拔引起的，但当我们的人熟练地解下它的肚带时，它轻快地跳了起来。这样，我们的人就占了便宜，因为没有费什么钱。那匹白马很老了，但我们的人很高兴。他们说，这匹白马来自通往拉萨的路上的藏区某地，从小就在高山上辛苦劳作。摩西转了转眼珠，说那匹白马一定来路不正，所以他们才急着出手。

那天，我们在路途中最后一片孤零零的青稞田外扎营。男人们咧着嘴笑着说："在我们回到自己的老家之前，再也不会（见到麦田）了……"第二天，在我们的第八段行程中，我们经过了赛图拉山谷的开口处，那里有赛图拉古村的废墟，这个村庄在荣赫鹏的探险中很有名。当时，英国人和俄国人谋求越过帕米尔边界，而著名的俄国"狩猎支队"正在寻找通往印度的潜在路线，之所以叫这个名字，是因为参与此事的军官被认为是在狩猎大型动物。中国人按兵不动，密切关注接下来会发生什么。与此同时，贸易路线受到来自罕萨和纳加尔的匪徒的袭扰，这些匪徒身手不凡，他们的策略是在峭壁上长途奔袭。他们骚扰柯尔克孜人和商队，将人掠卖到莎车和其他绿洲当奴隶。直到吉尔吉特远征队把英属印度的威慑力扩散到罕萨和纳加尔，袭击才停止。

当匪患发生时，柯尔克孜人呼吁中国地方当局保护他们。中国地方当局回答说，这事已经越出了能力范围，他们只能自求多福。接着，荣赫鹏来了，柯尔克孜人向他请求保护。荣赫鹏很难就此事拍板，但作为当时的一名政治官员，他选派了一些克什米尔士兵来保护这批柯尔克孜人。后来，克什米尔士兵们得到了英印当局的资助，建造了一座堡垒。对于中国地方当局来说，他们本来对赛图拉并不在意，直到克什米尔人建造堡垒，他们才意识到英国人觊觎此地。一旦坎巨提人（罕萨和纳加尔的部落）被英国人整顿安抚下来，英印政府就不再重视柯尔克孜人了；于是，中国地方当局出手

331

干预，夷平了堡垒，在更高的地方建造了另一座堡垒——现在的素盖提卡伦。①

几个小时后，我们来到由中国人守卫的最外围的卡伦（哨所）。那是山谷中一个平地上的矩形汉式城池。这里只有一道门，所有的商队都必须从这道门进去。商队在院子里挤成一堆，等待检查，然后想尽办法脱身出去。当我们到达的时候，三个和田大商人的商队正在通关，他们要带着各种各样的货物回家。成群结队的拉达克人和我们的人一样风尘仆仆，但衣着比我们的人更华丽，他们的笑容更灿烂，戴着巨大的单只银耳环和绿松石耳环，一只胳膊下挂着巨大的银色护身符盒。拉达克人处事周全，当他们到达新疆时，为了不让自己的外表冒犯穆斯林，他们脱掉了大部分华丽的衣饰。当我们雇用拉达克人时，他们戴着维吾尔无边便帽，直到我们离开中国领土，他们才换回自己的拉达克便帽，拉达克便帽是中世纪样式的帽子，能用来保护耳朵，直到我们抵达拉达克后，他们才重新戴上耳环。摩西并不是唯一一个把拉达克人称为"鞑靼人"的人，因为素盖提卡伦的一位官员对我说，他们是"英国的蒙古人"。

两个官员，一个是甘肃汉人，一个是娶了东干人媳妇的甘肃回族人，他们请我们喝茶、吃馕，还送了我们两只鸡。我们愉快地聊着，直到扎西次仁打断了我们。一开始，这个卡伦的维吾尔官差想把他拖走，然后汉族官员又试图向我解释。从我所听到的和后来扎西次仁的说法来看，这两个"司爷"的工资不够维持生计。这是可以预料到的，因为英国方面的抗议，他们无法从商队贸易中收取高额关税获利。在这种困难下，他们开始向驮马队出售大麦，用驴把

① 自18世纪中叶起，中国政府在赛图拉等地设立卡伦（哨所），即经常巡逻边界地区，延续至民国以后。此处现属赛图拉镇，有赛图拉哨卡遗址，又称三十里营房。——译者注

大麦从粮价便宜的平原地区驮上来。由于驮马队商人宁愿饿死自己的马，也不愿为"司爷"的牟利需求买单，所以这种生意必然变成一种税收。毕竟有这么多驮马、这么多饲料。

汉族官员们抱怨说生活艰辛，他们可以管理维吾尔人，但很难管理拉达克人，后者已经多年没交过税了。我们的拉达克人公开地向我借钱来偿还他们过去两年的债务，如果他们承认自己付得起钱，那么他们就会被勒索更多的钱。他们注意到领队的叫喊所产生的效果，就继续起哄，直到无需再购买旅行用的大麦——一个官员打趣地说，这是因为"看在洋大人的面子上"。官员们是因为我们才如此宽容，我们为此感到遗憾。

又走了两小段路，我们来到了素盖提山口之下。过了寒冷的一夜，摩西早上发现我们的一只鸡要死了。他古怪的举止又变天真了："我受够了，我得赶紧宰了它，因为如果它自己死了，那就说明它有问题，你再吃就不好了。"

在素盖提山口下，海拔约 16000 英尺，在步行时可以感受到这种高度。妻子头痛，我喘得像个胖子，摩西也气喘吁吁。他曾经说过，如果我不强迫他骑马，他愿意和我一起去任何地方。这一次，他伏在精壮的驮马身上，贴得紧紧的，坐在自己的铺盖之上，像一只身体不适的青蛙。

我们之前这段路花的时间很短，多次被前往麦加朝圣的穆斯林赶超。自从俄罗斯人再次巩固了他们在中亚的地位之后，俄罗斯的铁路成为亚洲腹地穆斯林的新的一条朝圣之路。许多朝圣者要穿越苏联中亚，然后乘船渡过黑海，经过君士坦丁堡。他们称君士坦丁堡为"鲁姆"，至今仍模糊地认为它是伊斯兰世界的世俗首都。在返回新疆的途中，他们通常乘坐朝圣者的轮船到卡拉奇，然后沿着喀喇昆仑公路前往克什米尔。苏联的朝圣之路没有任何体力上的困难，但是中亚的教友们不那么友好。朝圣者们习惯走印度路线，这样他们就不用那么烦恼了。在印度，这些可怜的人可能会被任何穿铁路制服的流氓强迫出示护照、缴纳费用，而印度的一项保护"白人老爷"的法规多少也保护了朝圣者——警察命令在市场上列出各类事项的最高限价。当我们到达克什米尔时，我们来自新疆的消息流传开来，我们到处受到朝圣者的致敬。之后，在拉瓦尔品第，我们到达了火车站，一群在车站的朝圣者恳求我帮他们买票去卡拉奇，因为"他们不知道票价，也不信任售票员"。我买了票，打听好他们的火车从哪里进站；然后他们就在站台上扎营。这些可怜的人终究没能逃脱敲诈。几天后，我们的一个朋友来到那个火车站，发现他们还在月台上，仍然希望有一个白人来帮助他们。毫无疑问，一些铁路部门的工作人员不会让他们在不支付额外费用的情况下登上前往卡拉奇的火车。

　　去麦加不是轻松的旅程，这一定是世界上最艰难的。但这是一段多么奇妙的旅程啊！不到两年，朝圣者就可以在自己的绿洲中回归安逸和荣耀，还有许多朝圣者再也没有回来。当我们在素盖提山口下扎营时，遇到两个和田的红胡子朝圣者返归故乡，这两个人向家走去，却没有足够的随从和马匹。这令我们印象深刻，朝圣者的形象使我们心生崇敬，他们心怀对麦加的回忆，艰难跋涉、离家远行。

334

第三十二章　素盖提和喀喇昆仑

　　我们本打算很早就动身攀登素盖提山口，然而，我们扎营的地面上最初是光秃秃的，醒来时已有三英寸厚的积雪，湿雪还在飘落。前一天，我们还以为离山口不过几百英尺，也许还有一英里的上坡路。但我们花了好几个小时才爬上山顶，其实没有别的什么困难，唯独因为海拔高，步子慢得要命，而且距离比在晴朗时看上去要远得多。

　　我们的拉达克同行者攀登素盖提山口的时候，没有像他们攀登桑株山口时那么自信，而桑株山口实际上更令人生畏。在雪中的素盖提山口，他们都被死一般的寂静镇住了。没有声音，只有人和马吃力的喘气声，拉达克人在队伍旁边捻着念珠祈祷。摩西也没有像平时听到当地人祈祷时那样咧嘴一笑。他觉得很不舒服。高海拔和寒冷让他有点发高烧，他说他"骨头疼"。

　　整个世界都隐藏在缓缓飘落的雪花中，我们几乎没有意识到我们越过了17610英尺高的素盖提山口。但当我们安全过山口时，拉达克人发出一种可怕的呜咽声，这在荒野中是极其微小的声音。我们现在已经离开了昆仑山脉，开始了通向喀喇昆仑高原的11站路。东边是覆盖着积雪的阿克塔格（白山），西边是险峻的砾岩，我们经过了荒凉的奇博拉宿营地，那里散落着动物的尸骨，我们惊扰了两只硕大无比的秃鹫，其中一只吃得太饱了飞不动，只能在地上摇摇晃晃地蹒跚着。我们走了大约12到15个小时，经过许多地方，突然离开了小路，在一个小沙沟里发现了一处潮湿的地方，有一条细细的水迹通向沙丘。

这就是库姆布拉克，沙漠之泉，一个充满不幸的地方。我们发现那里有大量的小包裹，又重又紧实。我们的人告诉我们，里面有查拉斯（charass），也就是印度大麻的提取物。和大麻烟（hashish）一样，这在印度可以卖个好价钱，给政府带来大笔税收。这些包裹被一个商队遗弃了。素盖提卡伦的一个中国人告诉我，前一年的冬天，一场暴风雪突然来临，比往年提前数周——我在蒙古、我妻子在西伯利亚都遭遇过同样的严冬。商队一路抛弃货物，人们庆幸自己还活着，而在几个月之后，许多大包货物都没能被找回来。被抛弃的货物在喀喇昆仑商路上非常安全，之前的旅行家们都指出了这一点。自从英国改善道路安全状况后，劫掠得到治理，即便运输量和商贸额都增加了，但这条规则仍然适用。一定程度上是因为商队的商人彼此都很熟悉，路上捡来的货物即便包装、标记都改变了，仍可以追踪到货主。

第二天出发时，我们耽搁了很长时间，因为有两匹马在夜里走失了，还有两个人连跑带走，直跑到中午才把马牵回来。我们休息得很好，但就在我们要离开库姆布拉克的时候，我们遭遇了大风。在这里，每天的天气都是早晨风平气和，午后起风，尤其是当阳光很强烈的时候，空气变热，引起了强烈的气流。我们还看到了许多藏羚羊，商路沿线见多识广的居民们明知道哪里适合打猎，却不会去打猎。在库姆布拉克，我们看到了非常驯服的藏羚羊，它们一定是从很远的地方来喝水的。我在近得可笑的距离内打偏了几枪，因为扎西次仁在桑株把我步枪的瞄准器打碎了。

这站路快走到尽头的时候，我们在宿营地里发现了一支大商

337 队，我们找他们换些卢比，结果只得到了八卢比。我们离开新疆时，遇到的困难之一就是把剩下的钱兑换成卢比。在新疆南部的每个贸易城镇，卢比都很值钱。首先，当印度放债者无法在商品贸易中弥补利润差额时，他们会购买卢比寄回家。其次，汉人官员喜欢卢比，由于新疆的任何一个银行都不可靠，他们需要把手里的钱兑换成卢比汇到内地。再次，准备朝觐的朝圣者需要少量的印度货币。前往帕米尔狩猎的英国官员，携带的大多数钱都是卢比支票，如果他们知道门路的话，他们可以赚到额外的兑换溢价。通常他们通过印度放债人将支票以较低的折扣兑现，然后放债人再加上额外的利润出售支票。支票之所以令人垂涎，是因为它便于携带，便于隐藏，而且可以流通。任何不知名的"Inglis"（英国人）在支票上的签名都是有效的——这是一种很好的信用。也有人购买、囤积俄罗斯卢布，但只有硬币值钱——通常是旧沙俄的硬币，苏联中亚会进口这些硬币以维持货币信用。

我们露营的时候，天气糟糕，风也很大。夜里风停了，我们又在雪中醒来。我们俩都睡得很不好，有一种窒息的感觉。我们必须保持仰卧，将头和肩膀撑得高高的，有时几乎是坐着的姿势，呼吸时长时短。睡眠的舒适度取决于无意识地养成这种呼吸习惯，否则就会时不时憋醒。摩西抱怨稀薄的空气"让他变笨"。他厌恶地把高海拔山口的道路比作蒙古商路，他在蒙古骑过骆驼，他认为骆驼比马更好，因为"坐在马身上是骑行，但骑骆驼更像是坐着"。

在我们睡觉之前，我曾敦促摩西进我们帐篷里一起休息，并提醒他，在素盖提的时候他已经"骨头疼"了。他愤怒地拒绝了。"你喜欢这四个'鞑子'？"他仍然用这个轻蔑的名称来指代拉达克人，"就因为他们整天咧嘴笑着，能说半吊子维吾尔语？不是我说，

库姆布拉克的营地

338　鬼知道他们来自哪里、讲什么话，他们一直互相交谈，鬼知道他们在说着什么？要是他们夜里带着马或者行李跑了，或者连马带行李都带走怎么办？不行！我知道哪些行李值钱，我就睡在行李旁边。我在内地跟了你父母那么多年，难道要在离印度只有两步路的地方毁掉自己的名声么？"

　　摩西和我们的拉达克商队人把行李堆成弧形，在背风处点了一堆小火，他们一同睡在那里避风取暖。可怜的摩西！除了我，他再也不能和任何人自在、流利地说汉语了。他会高兴地对着拉达克人咧着嘴笑，做着鬼脸，同时对他们说些讨厌的话，但即使是这样的娱乐，也不会永远持续下去。

　　我和他一起骑马走了半个小时，我们闲聊着，对许多条路线进行了长时间的计算，他那宽阔的面庞露出了喜色。即使对商队来说，这也称得上是一条艰难的道路，只有蒙古商路最糟糕的路段能与之相比，但在整个过程中，我们只看到一支商队带着帐篷，或者更确切地说，是一个斜盖在一堆草包上的篷布。商队要想在贩运中获利，必须在成本上尽可能节约每一分毫。我们队伍中的拉达克人一直穿着他们所有的衣服，他们在赶路时汗流浃背，晚上和衣而卧，也不再盖别的被子。

　　当我们在雪地里启程的时候，必须带上一些 burtsa，当地生长着大量的 burtsa，这是数日之内仅有的燃料。我相信，有一种植物就叫 burtsa，但这个藏语词被用来泛指生长在高海拔荒山的各种灌木，它们生长在山谷中，偶尔会从融化的雪中获得水分。burtsa 也包括罗伯特·肖所说的"薰衣草"，[①] 这种植物有两三英寸高的灰绿

---

① 罗伯特·肖：《高地鞑靼、莎车、喀什之旅》。

色叶子，根系大得不成比例，如果燃烧得法，它会持续释放热量。在我们上路的时候，一个人拿着镐在覆盖着薄雪的坡上刨挖，另一个人拿着麻袋，翻找出足够的草根，用作之后几日的燃料。

走过一座座小山丘，我们进入了一片狭长的平坦荒漠，昨晚的雪已经完全没有了，四周是壮丽的红色山丘——黑子里塔格。在这里，我们又看到了大量的藏羚羊。我妻子把我步枪上的瞄准器装回原处，用医用胶布尽可能把它正确地绑好。我现在可以在高海拔地带以惊人的高精度射击，但会有奇怪的横向偏离。我们既要肉，又要一个"头"。我们盯上了几只离群的羚羊，它们正在奔向散乱的羚羊群，在耀眼的阳光下，我向看起来最大的那只羚羊开枪。在它旁边大约50码的一头羚羊踉跄了一下，回过神来，摇摇晃晃地走开了。那些人高兴得大叫起来。其他羚羊则犹豫了一下。我又瞄准一个大家伙开枪，这家伙刚刚惊魂未定、愣在那里。这一次，在它另一边的一只未成年的羚羊打起了滚。人们又嚎叫起来，他们对打猎不怎么感兴趣，但对吃肉却很感兴趣。

其中两个人，一个步行，一个骑着马，奔向受伤的羚羊。考虑到海拔高度对心肺的压力，他们表现得非常出色。我们需要肉，但我想要的是有"头"的雄羚羊。我们继续前进，通往崎岖丘陵的平原变得狭窄。在它的一侧，通过一个类似堤坝缺口的奇怪山口，我们可以看到大量水平分布的冰，这是一个冰川。一条小溪从山口流出来，但我们沿着一条较小的溪谷进入了那片丘陵。之后，我们遇到了三个前往莎车的拉达克人。

我们的人好几天来一直在等着见到这三个人，因为他们从别的商队那里听说过这三个人的消息。他们蹲在路边，叽叽喳喳地说个不停。我们的人为了填满自己的干粮袋子，用两个羚羊头交换那三

339

个人带来的青稞粉，尽管我把羚羊头当作下水扔在一边，但还是被三个人带走了。和这三个人道别时，扎西次仁疯狂地向我做手势表示高兴，因为三人中有一个是他的兄弟。

我们进了山不久，就爬进了一个冰斗，在泉水旁扎营。这个地方被称为巴尔蒂·布兰萨，即巴尔蒂人的营地，这个名字源于过去的劫掠时代，当时一群巴尔蒂人遭遇了罕萨掠袭者的俘虏、奴役、杀害和其他侵害。这是一个灰色、寒冷的营地，但有几只蓝色的鸽子在附近徘徊，它们是最荒凉的地方的访客，也是商队的追随者。尽管人们认为在高海拔地带吃肉有害，但我们还是将羚羊肉分块，用来烹饪，一只正在享用死骡子的乌鸦被我们惊扰，躲在石头上哀怨地看着我们。摩西很早以前就非常擅长分配猎物了，不管有多少人，他都要琢磨分配的办法。他把羚羊肉分为"牛排""羊排"和"给他们的"。

尽管拉达克人警告过我们，从巴尔蒂·布兰萨往后的跋涉十分艰苦，要做好准备，但当我们在凌晨两三点钟被叫醒时，仍感觉不快。我要求好歹要有一点灯光，才能避免拔营时遗漏物品，但摩西已经在忙了，他简短地回答说，"鞑子"们想要在"肚子空空、满天星星"时启程。我们折衷了一下，生了一小堆火，好加热一下食物。很幸运的是，我们在一片冰冷之中，借着一根蜡烛的微光，打包好了行李。在我们进入山区之后，烛火不声不响地熄灭了，没过多久，又有人打碎了烛台，之后，我们用一根蜡烛很好地应付这段风害最严重的路段。那天早上，我在烛光下清点了所有行李，我一度要以手遮风，以免风吹烛灭。

跋涉的最初几小时非常寒冷，之后，微弱的黎明从黑暗中醒来：

像一个迟到的灵魂，无论在天堂还是地狱，无不云消雾散。

　　巴尔蒂·布兰萨的这个河谷发端于高海拔处，我们发现自己置身于一个巨大的凹陷之中，四周是光滑的山冈，这些山冈实际上是海拔 20000 多英尺的山顶。越来越多的动物尸骸说明，我们正跋涉在海拔最高、最艰难、饲草最少的路段。当我们经过那些新鲜的动物尸体时，一群面目可憎、油光锃亮的乌鸦几乎不愿意让开道路。邓莫尔曾提到，在他那个时候（1892 年），有两只著名的乌鸦曾跟着商队从喀喇昆仑来到素盖提的折返点。

341

　　一般来说，乌鸦首先会从猎物的眼睛开始下手，狼则首先攻击猎物的屁股。尽管早期的旅行者都提到过狼，商队的人也说有很多狼，但我们既没听到狼的声音，也没看到狼。我的印象中，只有邓莫尔提到过，在帕米尔以及这条商路一带有"野狗"出没。[①] 我询问了我们的拉达克人，仍无法区分"野狗"和狼。我知道的唯一一个词是 koshker，在天山一带的柯尔克孜人、哈萨克人的突厥语里，这个词是"狼"的意思，而喀什和莎车一带的维吾尔人用的是另一个词来表示狼。然而，当我问拉达克人："那是不是 okshash, ao-o-o-o-o, bar ma? 像狗一样，能嗥叫，这一带有那种东西吗？"他们立刻回答："bar, bar, tolabar! 这儿有的，有很多！"这一切都表明，旅行是多么简单。

　　大约在 9 点钟，我们拐了个弯，看到前面的喀喇昆仑山口，此时太阳出来了，巨大的云朵像窗帘一样移到两边。喀喇昆仑这个名

---

① 　邓莫尔（Dunmore）：《帕米尔》（*The Pamirs*, London: Murray, 1893）。

字的意思是黑石头，但山口只是个几百英尺高的低缓隘口，看上去明显是黄土质的结构，一条土路蜿蜒而上，我下了马，步行上去。

在山口面向东方的一侧，有一个玛尼堆，上面挂着压光棉布质地的藏文经幡，山口有一方已经倒塌的石碑，这块碑是用来纪念安德鲁·达格利什（Andrew Dalgleish）的，他是一位苏格兰商人，一个冒险家，也是个早期中亚探险者，在喀喇昆仑山口命丧于这里的普什图人。

喀喇昆仑山的分水岭是中国和英印的交界处，我八年来第一次走出了中国领土，这也是摩西自年轻时闯荡南非之后第一次离开中国。[1] 这是我们离开桑株集市之后的第 14 段行程，我建议摩西在这个离开祖国、进入异邦的时刻下马磕头。摩西却冷淡地说："但我喜欢出国。"我原以为摩西是一个古典的旧式贴身仆人。

喀喇昆仑山口海拔 18310 英尺，[2] 但我们谁都没觉得它特别高。很多旅行者曾提到，商队的商人们都察觉不到喀喇昆仑是商路上最高的地方。他们没办法比较各个山口的绝对高度，只能感受到各个山口的相对高差。因此，他们认为桑株山口是最高的，但是，他们也确实认识到喀喇昆仑山口是整个旅程中间部分的中心点，也是最贫瘠、最艰险的地方。

我们队伍的拉达克人都在高海拔地区长大，他们每年可能要进行两次长途贩运，但即使是他们也不能避免高原反应。和其他人一样，高原反应对他们的影响也很不稳定：有时他们一点都不难受，

---

[1] 拉铁摩尔此处指的是当时中国与英属印度之间的实控分界。中印分界传统习惯线分为西段、中段和东段，其中西段以喀喇昆仑山脉为主要依据。我国始终坚决捍卫领土主权。——译者注
[2] 斯克林在他的《中国中亚》中给出了 18550 英尺的高度，这可能是个更新、更好的数据。

有时他们难受得要命。我认为这可能是由于高原反应与温度和天气条件有关，温度和天气条件会改变大气压力。像亚洲腹地的其他民族一样，这些拉达克的商人把他们在这个高寒地带所感受到的身体痛苦（他们没有认识到，这个看着没什么特别的地方，海拔实际上仅比喀喇昆仑山口顶点低一些）归因于从地面上呼吸的有毒气体。从青海湖进入青藏高原深处的汉人商队也有同样的情况。我相信，吃大蒜是治疗高山病的经验疗法。在西宁通往拉萨的路线上，人们会在高海拔地区吃一瓣大蒜。他们说，大蒜在他们的嘴里会变成棕色，他们认为这是它吸收了有毒气体的主要证据。

喀喇昆仑山脉南侧的下山路线比北侧的上山路线要长，不难走，但是十分危险。我们看到许多被遗弃的货物，其中有几捆从新疆运来的毛毡。它们都是纯白的软长毛毡，这种羊毛是亚洲腹地最好的羊毛之一，产自罗布泊一带，并在和田市场集散。印度对维吾尔人自用的杂色毡没有需求。这些白毛毡被带到克什米尔，在那里用线缝制图案。一些毛毡被留下白色的底色，而另一些则被染成纯色，还有一些刺绣毛毡可以追溯到新疆。新疆的山羊毛也会出口到克什米尔，在那里，它与来自拉达克的同类羊毛混纺成非常精细、柔软的羊绒粗花呢。

在喀喇昆仑山口的脚下，商路延伸到一个大山谷中，这是一条绵延的、平缓的山谷，但是，当站在那里向山谷外眺望时，却能看见一幅壮丽的景象。在那里，我们又看到了藏羚羊，它们非常怕人，这是我们最后一次看到大群藏羚羊。我们沿着长长的山谷继续前进，经过了查乔希吉尔加（Chajosh Jilga）营地，这里是常规的穿越喀喇昆仑山脉的长路路线的终点。邓莫尔讲述了这个地方的故事：

343

　　一个莎车商人试图在通过隘口之前，在那里停歇泡茶。他背着一捆捆的燃料（就像我们做的那样），并点燃火煮水沏茶。由于海拔太高，沸水不够热，但他固执地添加燃料，直到所有的燃料都用完，这水还是不适合泡茶。他气坏了，开始用自己的货物当燃料，拿出从克什米尔带回来的一批木梳子。他把梳子一个接一个地放进火里，直到最后一把梳子烧完，水才刚刚烧好，茶终于沏得合口了，他也破产了。因此，这个地方被称为 Chajosh（意思是"煮沸的茶"或"茶壶"，我不确定是哪个）和 Jilga（"山谷"）。这是个亚洲腹地的笑话。

　　再往下走一点，我们看到三个小小的蜂窝状石屋，这个地方叫"Palo"，这显然是汉语"牌楼"的一种变体，这可能意味着，在过去的某个时候，中国曾将边界推进到这里，建立过哨所。另一方面，这个驿站可能是由来自新疆的人建立的，他们借用了汉语中的"牌楼"一词。这个词的本义并不是驿站，而是横亘在道路上的一座纪念式拱门建筑。事情仿佛是有预兆似的，我们遇到了一个独行的维吾尔商人、一个朝圣者以及他的妻子，而这个朝圣者是我们在中国以外遇到的唯一会说汉语的人。在那个地方，对一个蓬头垢面的陌生人通过这个已经不怎么使用的语言交流，似乎有些奇怪。最奇怪的是，他竟然认识我远在千里之外的一个中国朋友。这样的邂逅真是很"亚洲"。

　　我们还没走多远，就遇到了一个朝圣者营地，我们的马夫已经跟他们沟通好了，他们准备卖给我们卢比，他们在营地里轻松地解开了腰带，随时准备打开行李。我们处理了大量喀什纸币。男人、女人和孩子都蹲坐在地上（用戈壁商队的话来说，就像骆驼蹲下一样），他们没有搭帐篷，只依靠大石头遮蔽风寒。他们小心翼翼地用驮畜驮上来的一点柴火生起了火，还给我们沏了茶。他们兴高采烈地以维吾尔人特有的善良、礼貌态度招待我们。老人们捋着胡子，年轻人侍候着我们，妇女们在旁边徘徊，想看一眼我的妻子。他们也许是朝圣者，但他们在朝圣过程中并没有失去维吾尔人的宽容，就好像我们不是不洁的"拿撒勒人"（基督徒），他们向我们致以穆斯林之间才用的问候："*salam aleikum*"。至于我，我早已学会捋着自己的胡子，用他们那种音调优美的腔调回敬："*O aleikum es s-s-salaam*！"

我们继续前行，步伐沉重，疲惫的马不愿离开拴着的商队驮畜。我们又一次来到了一个有名字的地方，但这个名字少有记载和标注。过了奇普恰普河的支流，有一个被称为道拉特伯克奥尔迪的露营地。这个地名的意思仅仅是"贵族伯克去世的地方"；这个贵族伯克就是叶尔羌汗国的建立者、喀什的赛义德汗，1533年，他在征讨拉达克返回时因高原反应死在这里。①

说实在的，这是一段很长的路，我们本应扎营，但由于耽搁，已经落后于前面的商队。我们可以看到前面很远地方的那些筋疲力尽的驮马，但我们自己的马也疲软无力，无法迈大步追上它们。三个拉达克人像机器一样继续赶路，但领队扎西次仁躺在路边，我们发现他睡着了。这不是因为他懒惰，反而是因为他是最忙碌的，以至于疲劳过度，中午我们疲惫地嚼着干粮渣子，让他伏在马上。

我们又出发了，不知走了多少小时。马儿们每迈一步都很艰难。天色已晚，我们慢慢地爬上一个平缓弯谷的最高处，德普桑平原几乎是一片平坦的高原，只比最高的山峰低一点。在光秃秃的高

345

---

① 冯·勒科克：《新疆的希腊遗迹》。

地中间，我们见到了一条微缓的河沟，我们就在那里扎营。我们所有人都受到了这个世界的折磨。我们认为那支商队正在进行着一场致命的跋涉，我们本打算在觉得合适的时候就停下，但我们已经远远落后了，在这段行程中，我们跋涉了 18 个小时。

　　虽然很累，我还是拖着疲惫的身躯，在黄昏的残光中继续跋涉。布满粘土、砾石的平原上，只散布着一些大圆石，平原向东倾斜，一直延伸到光秃秃的、没有积雪的山丘中。高原西侧隆起的边缘掩盖了整个世界，只露出几座冰峰。其中之一是乔戈里峰，它是仅次于珠穆朗玛峰的第二高峰，但从海拔 16000 或 17000 英尺的德普桑平原上看，乔戈里峰和它的同伴看起来奇怪地被截短了。在河岸边比我们帐篷更高的地方，有一些不规则的方块石，上面摆放着指向麦加的石头。多么虔诚的信仰，多么伟大的朝圣，这是世界上最崇高的旅行。那天晚上，一小群回乡的朝圣者在我们旁边扎营，他们眼神憔悴，和我们一样疲惫。

第三十三章　告别亚洲腹地高原

第二天早上，也就是 1927 年 9 月 4 日，我们开始了新的跋涉。因为呼吸困难，我们几乎只能坐着睡觉。那些拉达克人原本打算在黎明时分出发，但被我们否决了。到目前为止，我们已经知道，充满热情的跋涉之后会出现什么。这些人的马匹缺少青稞，在第一段行程中，它们似乎只是吃草、闲逛。现在，在这些没有任何牧草的高海拔地带上，他们想要强行赶路，而他们的马却饿得半死。我们的马负荷较轻，他们希望我们能帮他们分担一下，帮他们撑到附近的草地。我真希望我能用自己的影响力为素盖提卡伦的官员们帮腔，强制这些人多储备一些饲料。

在德普桑平原的另一边，我们来到了一个平缓的斜坡——对我们来说，这是下坡路。在山顶上，我们遇到了一支气喘吁吁的朝圣者队伍。我们坐着看那些人早早地上来了。那些人像喝醉了似的跟跄着，无力地抽打着垂头丧气的马匹，拼命地喘着粗气。一个女人垂头丧气地坐在马背上，她的马则因为高原反应痛苦不堪。一个朝圣者走到了我们身边，从马背的行李堆上滑下来，放下他的伞，转向麦加方向，开始平静地祈祷起来。10 个朝圣者中有 8 个人会带着一把在印度的集市上买到的伞，这几乎是朝圣者的标志。

我们继续前行，一直走到一条小溪边，水位很低，我们离开了小路，拐进了一条红色石头峡谷中，峡谷两侧暗红色的石壁直冲云霄，有时相距只有 30 英尺。走出峡谷，我们进入一个宽阔的荒凉山谷，地面上有一层厚厚的页岩，小河在那里分成许多岔流。在不断变深的山谷中，我们缓慢地向下走了一整天，一路上都是碎石、页岩、砾石、沙子和石山。山顶上没有雪，但当我们下山时，我们开始看到覆盖着冰雪的荒野。这段路令人毛骨悚然，我们从高原一路往下走，却发现自己正在深入巨大的山峦之中，它们的山巅就在我们的脚下。

这段行程的最后几个小时是我们所走过的最令人难以置信的一段路程，我们所经过的山口周围的景色令人惊叹不已。山谷收窄成了峡谷，我们爬过山上落下的拦路积石，进入峡谷，这就是雄伟而又荒蛮的摩尔吉峡谷。在深谷的阴影下，小路在巨大的砾岩堆上蜿蜒扭曲，穿过令人难以置信的碎石坡，时而上升时而下降，这样才能好走一些。在一条两英尺宽的小路上，我们脚下常常会出现几十英尺深的悬崖或者几百英尺深的陡坡，整个天空灰蒙蒙的，就像远古诸神的光芒一样，还有一两座高耸在我们头顶的山峰，高得令人难以置信。

扎西次仁牵着我妻子的马。我的坐骑，那匹拉萨商路上的白色老马，得意地走在小道的边沿上，踩得碎土碎石从斜坡上纷纷滚落下去。我们从一个令人头晕目眩的斜坡上下来，以避开一个由山崩造成的缺口。有一处险段，马匹不得不支起头颈、垂直下行，两只前蹄前伸成40度左右的角度，所有的重量都压在前蹄上，后蹄则高高在上，悬着使不上劲。我发誓，有那么一刻，我的两只脚都悬在半空。我骑着马经过了一些我从来不相信能骑马通过的转角。想放弃已经太晚了，甚至从马上跳下来求生的机会都没有，我的妻子就在前方的低处，镇静地坐在那匹被牵着的马身上，告诉我骑马时不要那么鲁莽。

我们径直走到峡谷底部，涉水前进了 200 码，扎西次仁在我后面，大喊一声，纵身一跃落在地上。我们听到了微弱的呼喊声，抬头一看，小径一圈一圈地蜿蜒向上，黑点一样的小商队就位于高出我们数百英尺的盘山路的最顶端，那里的路绕过一个弯，直冲苍穹。我们开始往上爬，慢慢地把盘山道一层一层地踩在脚下。然后我们也绕过了那个弯，直奔天空，又开始向下走。

就这样，我们来到了摩尔吉峡谷的出口，这里被杂乱的巨石堵塞住了。在一块平坦的平台上，有一股强劲的泉水，从泉水中流出两条溪流，其中一条从一块巨大的岩石上冲下来，这就是"布拉克摩尔吉"（摩尔吉泉），也是摩拉维亚传教士斯托里茨卡（Stoliczka）去世的地方。上世纪 70 年代，斯托里茨卡作为博物学家，陪同福赛斯的外交使团前往喀什。由于这块平地上的许多草有毒不能喂马，我们就在下面的一块平地上扎营。我们分两次跋涉，完成了整个旅程中最长、最艰难的三站旅程，合计走了 60 英里的距离。

虽然我们的人做好了短距离行军的准备，但第二天我们只走了 12 英里，穿过什约克河，来到西塞拉营地。什约克河是喜马拉雅山脉与喀喇昆仑山之间的第一大河，也是印度河上游的主要支流。在水位高的时候，什约克河是不能涉渡的，必须走另一条路线，从列城开始穿过迪加尔山口，然后进入布拉克摩尔吉的主要路线。我们发现河水湍急，宽约 25 码，深 3 英尺，河中满是既圆又难下脚的大石头。

克什米尔邦政府雇了两名男子监视什约克的渡口，但他们并没有注意我们。我们带着一两件湿透的货物爬了过去，爬到了位于西塞拉冰川下方山谷中的一处凹地。那里像猪圈般糟糕，住着两个拉

西美孜村山口

达克人，这就是西塞拉营地——我们经历过的最脏的营地，但因为能遮避风寒，所以我们就在这个小山凹里扎营。两个拉达克人的半地下石屋周围都是动物的尸体，肮脏的乌鸦环伺四周。剩下的地方全是破毛毡、绳子头、干粪堆，到处弥漫着腐臭味，蓝鸽子扇动着翅膀，在高空中盘旋。

349

我们又艰难地走了 14 英里，把西塞拉营地甩在身后。我们出发得很急，爬上冰川，很快就能看到冰雪。然而，在进入冰面之前，我们看到了吃草的骆驼——这对熟悉它们的人来说是一个很好的迹象。尽管西塞拉冰川名义上是无法通过的，但骆驼可以从莎车走到这里，沿路的骆驼尸骨也证明了这一点。它们的货物被卸下来，转由拉达克本地的牦牛驮载到列城。不过，我们后来确实在潘那密克的山谷中看到了几头骆驼，我们商队的人说，就他们所知，这是第一批越过西塞拉的骆驼。

我们从冰碛石上艰难地爬上一座巨大冰川的一侧，到达海拔 17500 英尺的分水岭山口。快到山顶时，我们遇到了几个返程的朝圣者，我们和他们在冰川上讨价还价，兑换卢比。然后，我们向下出发，首先沿着冰川选择了一条路，最后我们侧着身子进入碎石堆中。商队则沿着冰川前行，但扎西次仁把我们两人带到了一片摇摇晃晃的乱石中间。

我们重新与商队会合后，都痛苦地累瘫在石堆中。这条隘口的困难在于，几个冰川都冲入了中间的山谷中，先是这边的冰川，然后是另一边的冰川，所以驮着货物的马匹必须绕着几条冰川的冰舌爬行，越过它们堆积起来的冰碛物。在厚厚的冰原中，镶嵌着几个绿色的冰斗湖，瀑布从冰川的陡坡上直泻而下。最后，我们向下"滑行"了 350 英尺，到达了人迹罕至的大山里最让我喜欢的一个地方，这里位于冰川的下方，紧邻着群峰之下难以涉足的贫瘠高地，一片片矮小紧实的草皮在巨石之间的泥土中生长出来。

突然间，我们置身于鲜花之间——红的、黄的、紫的。我们骑行在这里，心生感激，用戈壁商队人的话说，我们已经"翻过"了我们所遭遇的最糟糕的山口了。再往前走一点，我们在一个叫作土特耶拉克的隐蔽山谷里扎营，这个山谷是由露营地和夏季牦牛牧场组成的。我们的人除了燃料别无所求，在这里用麻袋收集了大量的牦牛粪。

拉达克人请求去"稍微远一点"的地方，因为他们没有马料了。摩西说："走一步看一步吧。"我们发出了继续前进的命令。我们几乎花了一整天的时间穿过一个巨大的山谷，这个山谷从巨大的、黑色的穆尔吉冰川向下延伸。冰碛物挤进了山谷中，迫使我们爬上由软岩屑组成的陡峭斜坡。在我们下方，水哗啦哗啦地从斜坡边的沟壑中消失了。在脚下很深的地方，散落着一簇簇高草，水边则生长着灌木丛。在较远的巨石深处，牧羊人就像巢里的乌鸦一样，而他们的羊就像鸟儿一样，从一片草叶飞到另一片草叶。他们的出现预示着这里是有人烟的地方。不时会有巨大的岩石从我们所在的高度落到长满了野花丛的碎石坡中，道路巧妙地沿着这些房屋般高的巨石延伸向前。

突然，我们拐了个弯，来到一个叫乌姆隆的宿营地。果然，正如拉达克人警告我们的那样，这里没有草吃。在陡峭的山坡和湍急的河流之间，仅有一个能容纳一头半驴子的检查站，然而就连这样一个房间也被死驴尸体占据了，一群护路工漫不经心地在驴尸体上面卧着。队伍中的拉达克人建议去下一个住处试试，我们同意了。

峡谷的入口无路可进，谷底的河水被积石拦住了，堰塞物两边也被两岸裸露的岩石卡住了。扎西次仁挥舞着手臂解释道，以前人们会绕着爬过这个地方，从侧面进入山谷。这一定是卡劳达坂，或"堡垒关口"，早期的旅行者称之为"前卫关口"。我们从一条最近的路——一条破碎的滨水小道爬了上来。这条小道翻过一座山肩，要先爬到峡谷口上方 500 英尺，然后再下降 1000 英尺。

库鲁克达坂的一部分被称为"干隘口"，因为高居河道之上，没有冰，位于陡峭的悬崖上，而它的另一部分位于更陡峭的峭壁之上，是在岩石上生生炸出来的。在午后淡淡的阳光下，无论在哪个拐角，我们都能看到一望无际的群山。

351

同行的拉达克人，不管坡有多陡、山有多高，都应付自如，他们总是喘着气唱歌，或者追着驮马狂奔。在库鲁克达坂的峰顶，他们高声喊叫，就像他们还没来得及喊叫一样。远方的低处，穿过一个野外射击场那么大的空地，就是雄伟的努布拉峡谷。远方峡谷谷口的冲积扇上有一个村庄和一些农田，仿佛一幅地图一样。你不知道生活可以留下什么，也不知道旅行可以留下什么，除非你站在这样荒蛮的山中，带着一种探索的心情，看到这样一个地方——人们舒适地居住在石墙之间，在田野里劳作谋生——而这一切又遥不可及。我们向库鲁克达坂下方前进，到达努布拉峡谷谷底的河边，在沙滩灌丛中扎营。我们搭好了帐篷，码好了行李，有两个拉达克人骑着马走了，因为他们离家不远了。

我们已经在素盖提卡伦之后的最后一片青稞地和努布拉峡谷的第一片田野之间跋涉了 11 站路。

我们在营地安顿好之后，我对摩西说："摩西，你觉得这一路怎样？"

"好家伙！"摩西说，"人们告诉我，'等着到大沙坑吧'，于是我到了那里；然后他们说，'等着到黑戈壁吧'，于是我到了那里；然后他们对我说，'等着到达子沟梁吧'，于是我到了那里……但到了这条通往印度的路，他们却说'谁知道去哪里呢?'，哎呀！我坐在我的马上（我离开家之前对马一无所知），马高扬头颅、前蹄腾空，我闭上眼睛，忍不住想吐，傻人有傻福，我竟然就到了印度。但是这样一条路，你能把它叫作路吗?"

352　　"无论如何，摩西，"我提议，"等你回到天津，你会很高兴地跟别人提起这一切。"

"说得好!"摩西用下巴朝向一座山，指着另一座山说，"谁?在天津，谁会相信这一切?"

第二天早上，我们骑马进入了潘那密克，这是拉达克的努布拉峡谷中海拔最高的村庄，至少从我们这一边看是这样，也是新疆商人的长途贩运的终点。我们在路上骑过了几个"扇子"，这些是努布拉河侧方支流汇入干流处形成的冲积扇。如果在峡谷中有一条永久的溪流，它可以通过小的灌溉渠道覆盖整个冲积扇区域。人们尽可能地清理掉主要的石头，再把它们建造成房子、墙壁和玛尼堆。再看看田野，青稞成熟了，一片金黄。在冲积扇的下方是多石的公共牧场，以及用于收集燃料的灌木丛。

在向潘那密克前进的时候，我们看到了白杨树和柳树，这是好多天以来最早出现的树木，有的单独生长在田野里，有的集中在房屋周围。白杨树的矮枝被剪掉了，这是新疆的常见做法，所以它们长得又高又细，上面长成了一簇树冠。到处都是野玫瑰，有的开过了花，挂着灯一样的红荚；荆棘丛生，每面墙上都布满了枯荆棘。白塔和玛尼墙象征着当地人的虔诚。这里的白塔与北京的白塔一样，而玛尼墙则是一条低矮宽阔的石堤，上面散落着厚厚的石块、石板，石头上刻着六字真言，从拉萨到蒙古，人们都会念诵这句真言。人们出于对玛尼墙的尊重，总是在经过玛尼墙的时候顺时针绕行。如果玛尼墙位于道路上，那么道路就会分岔，供路上来去的人绕行。在拉达克，最长的玛尼墙的长度是以大量的杆柱或横木来计算的，但在这个问题上，我仅仅是以一个游客的身份来判断的。

我们走近村庄的第一排房屋时，我们商队中最年轻帅气的成员的家人带着花和酒，在路上迎接我们。这种酒是一种藏式的青稞啤酒，据说窖藏之后会比较烈，我们尝了一下，觉得它非常像加了无糖苹果酒的姜汁啤酒。

我们没走多远，就遇到了潘那密克的头人，他自称"泽登巴依"（巴依是维吾尔语"地主""富人"的意思）。他穿着引人注目的紫色长袍，兴奋地骑在一匹蹒跚的小胖马上。这个男人五六十岁，满面红光、头发斑白、肥胖、富态、和蔼，是一个典型的中亚壮年人。他大摇大摆地领着我们来到他家后院的一个宿营地，但我妻子觉得不太干净。在下午晚些时候我们找到了一片绿草如茵的空地，在那里，我们在极致的宁静中休息了几天，唯一美中不足的是，一天晚上，四分之一英里之外的灌渠被牛踩坏，于是水漫溢下山，浸湿了我们的睡袋。

我们拜访了泽登巴依，他不仅是当地首领，也是我们同行商队的大股东。在一楼被地上的小牛犊绊了一跤后，我们跌跌撞撞地走上一段黑暗的石头楼梯，绕过一个拐角，进入了楼上的生活区。这里虽然肮脏，却很温馨，光线从石头墙上的小窗户照进屋，窗户上没有玻璃和木头，只有柳条窗棂。我们坐在维吾尔式地毯上，享用以克什米尔铜器盛放的西藏啤酒。在昏暗中，旧铜器以及几只蓝色、红色的中式瓷盘闪烁着暗淡而多彩的光泽。

353

　　拉达克人的房子是令人赏心悦目的，它们有用最粗糙的砖石建造的白色墙壁，通过隐蔽的开口进入，但木雕的阳台中和了房屋的粗陋。拉达克女人看起来比男人更粗犷，但她们乱糟糟的头发被绿松石、银饰和珊瑚的闪光衬托着。她们戴着一个独特的布制头饰，头饰像一片细长的叶子，从头顶一直垂到后背，硕大的头饰上点缀着绿松石。

　　354 在每个院子里，都有妇女在给青稞脱粒，糠秕随着金色的扬尘汹涌泛起，在全村飞扬。每个角落都可以听到孩子们的说话声，巷子里也可以听到男人低沉的说话声，既有流利的维吾尔语也有铿锵的拉达克藏语。他们的问候是"ju-ju"或"ju—ju-lei"。当摩西第一次听到的时候，他翻了个白眼。那天晚上，他用中文讲了一个他职业生涯中唯一的英式笑话。他说："我的这次旅行是命中注定的。当我还是个年轻人的时候，我去南非的矿山工作，在那里我得到了'摩西'的名字。现在，许多年过去了，我和你们一起旅行，来到西藏，将会发生什么？人们就像知道'摩西'这个名字一样，他们一看到我就说我是'犹太人'（Jew）！"[①]

　　住在潘那密克的第一个晚上，我们听到一阵欢快的咆哮声，夹杂着奇怪的乐器发出的哀号和尖叫声。我们认为这可能是一个临时的娱乐活动，庆祝我们的商队返回家乡，欢送一支维吾尔商队返回莎车。当夜幕降临时，我们漫步进入村庄。就在这时，所有的吵闹声都消失了。当我们进入潘那密克中央的道路时，我们只能听到急促的脚步声和耳语声。然后一个维吾尔人撞了过来，吓得喋喋不休。他说："啊，老爷！一块石头，一个人，脑袋上挨了一击，毁

---

① "Jew"与"Ju"同音。摩西是《圣经》中犹太人的领袖。——译者注

了，毁了，完了！"

我们继续往前走，发现了一群村民，他们脑袋凑在一起，低声说着话。其中有一个我们随行的拉达克人，他打算跟我们一起走，但他妻子把他拖到一条小巷里，以制造他的不在场证明。然后我们走进了一个大院子，一群又一群叽叽喳喳的人涌了进来。

维吾尔人聚了一堆，拉达克人也聚了一堆。我以一种不刻意的严厉和威权的态度询问发生了什么，原因又是什么？随后，一群维吾尔人七嘴八舌地解释——五个拉达克人和两个维吾尔人互殴，据说其中一个维吾尔人被杀了。死者在哪里？就在他倒下的地方。没有人敢碰那具"尸体"。我拿起一盏提灯，人们的影子随之晃来晃去，我们走过去，发现了那个人躺在那里，像一个装了一半的麻袋，似乎没有呼吸，也没有动静。我把他翻过身去，摸到了他的心跳，而所有围观者都屏住了呼吸，吓呆了。

355

他还活着，但不省人事。我大声宣布他没有死，但第二天才能活动。这时，一个人冲了上来，他应该是克什米尔人，他帮我把伤者的身体放直，让他舒服地躺着，把瘫软的双臂叠放在一起。然后，他站起来，庄严地说，真主保佑，没有出人命。

这名克什米尔人和另一名克什米尔人随后鼓起勇气透露，他们会说各种语言，包括英语。他们是隶属于一个政府部门的职员，为开路、养路的杂务工提供工具和补给。他们的英语表达能力不足，但只要他们认为不用承担责任，就能选择性听懂很多话。

随后，又有一个维吾尔人被带了上来。他的头被打得很厉害，头皮和胸部都在流血，肩膀不是骨折了就是脱臼了。他是个硬汉，胆子很大，更关心地面上的人而不是他自己。他说他是一个护送朝圣者回莎车的商队头领，而在地面上的那个人就是其中的一个朝圣者。

说到对错问题，这两个克什米尔人就无法用英语来说清楚了。不管怎样，我得到保证，双方得到了有力的保护，所以，我们命令给那个失去知觉的人盖上一件暖和的大衣，整晚不要惊动他，然后就回帐篷去了。在那里，我们在急救书中研读了关于脑震荡的内容，惊喜地发现我们做得很对，只是我们没有按照指示去请医生。

第二天早上，那人一动不动。我让他一个人待着，人们很乐意地照办了。他甚至没有被移到阴凉处，更没有人担心他头上的伤口招来了苍蝇。我把伤口洗干净，用水银药膏抹了一下。那个受伤的维吾尔商队头领是个硬汉，他前一天晚上说要等到第二天早上再接受治疗。现在，他还没有准备好治疗，就站在一个巨大的杆秤旁，秤的一端装着巨石秤砣，用来给他的马匹称谷物。他的脸上和胸口都是凝固的血块，我怀疑他想保留这些证据，以防官方拘留调查。

在上文提到的五名拉达克人中，显然其中两名根本不应算作参与了斗殴。我们的一个人耸了耸肩解释说，他们已经在山里跑了很远了，后来又有一人逃走了。这些人很可能就是引起麻烦的人。很明显，如果这件事走官方程序（在整个亚洲，这都是一种可怕的事情），留下的两个人几乎连最起码的证据都拿不出来，唯一有的证据是其中一个人的头上也挨了一次重击。

当地长老坚决反对打扰任何官员，维吾尔商队的人向我保证这件事已经谈妥了。每个人都原谅了其他人。至于受害者，他们坚持认为当他醒来时也会原谅他人。他们想把昏迷不醒的他抬到一匹驮马背上，把他带到山里去。

无论怎样，我现在都已经获得了一种权威，而这种权威也是我欣然接受的，这叫作"当老爷"。因此，我禁止这支维吾尔商队未经我许可就离开。接下来，我用相机拍下了"尸体"以及两个肇事者。于是所有的潘那密克人都屈服了。我说，那人若活着，告不告官由他自己决定，但在他苏醒过来或死去之前，维吾尔商队都不能离开。

下午，一个维吾尔代表团来到我们的帐篷，其中有一名克什米尔职员作翻译。他们恭敬地说，那人醒了，请放他们一行人离开吧。我去见了那个朝圣者，他昏迷了 18 或 20 个小时终于醒了。他显然很不开心，但却急于离开，在我看来，他正在康复。我们给了他和受伤的商队头领一堆阿司匹林来缓解他们未来几天的疼痛，并送上我们的祝福，然后他们离开了。克什米尔人满怀希望地要求得到一本字典作为服务的回报。这是一个克什米尔式的愿望。

两天后，我们离开了拉达克人同伴，后面的旅行中，我与泽登巴依集结的一支混合运输队同行，我们之前所有的拉达克同行者都留下了，只有扎西次仁继续一起前行，他比其他人更了解维吾尔语，也是最老练、最忠诚的人。他本来已经回到努布拉河对岸他自己的村子里去了，但在我们动身后第一段行程结束时赶了上来，身上满是青稞酒的气味，还有点醉意。他从马上滚落下来，深深鞠躬，表示他的家人把他灌得烂醉如泥，但现在他又归队了。更重要的是，他在路上捡到了我妻子的马鞭，那是我从一个鞍袋里掉落的，所以我们没有责备他迟到，而是给了他一个银币。

泽登巴依老头很有钱，但做事很抠门。负责为我们运输的只包括一个背箱子的人、一头牦牛、一头驴子以及剩下的骡马，他们的行走速度不同，使整个队伍几乎散布半个拉达克，要不是扎西次仁的英勇努力，我们应该会非常难受。我们花了两天时间到达努布拉河汇入什约克河的地方。在神秘的漫游之后，什约克河再次出现在

357

我们面前，我们沿着什约克河来到了一个地方，那里有一条小岔流从主河道溢出来，漫延在一大片又宽又浅的山谷中，为涉渡创造了较好的条件。之后，我们在一个长满灌木的狭窄山谷里爬了几个小时，直到我们找到了卡尔东，一个位于五大山口之下的村庄。

由于商队在上一个季节的损失，卡尔东积压了大量的待运货品，这使得卡尔东附近放牧的牦牛很难大量投入向列城的运输。一位莎车商队头人告诉我，他已经等了 20 天的牦牛了。

9 月 14 日，我们从卡尔东出发，再次开始向山地极限地带冲刺，重新与稀薄的空气和恶劣的高寒作斗争，我们又体会到那种模糊而"美妙"的感觉。我们扎营的时候，尽管牛粪烧得很旺，但营地仍然很冷。在这个营地里，我们发现有一罐糖蜜溢出了罐体，把火柴浸湿了，这罐糖蜜是在北京随意购买并带上路的，从内地一路带来却没有使用过。随即，我把最后一个火柴盒扔进脸盆里。我们只能拿着一根潮湿的火柴和一个火绒并用，同时猛烈地吹气，才能点着一点火。一阵恶风在帐篷周围悄悄地刮来刮去，烛火摇摆着熄灭了。

我们吃了一顿不怎么热乎的早餐，在旋起的雾霭和灰蒙蒙的亮光中，开始了一段寒冷刺骨的旅程。之后是我的旅行中最后一次令人精疲力竭的攀登——1500 英尺，爬上一个松软的碎石斜坡。据说，在积雪刚刚开始融化的时候，这里有发生雪崩的危险。在我们下面是几个冰碛湖，上面有小鸭子在游来游去，聚在一起准备迁徙。然后我们到达了卡尔东冰川，它沿着卡尔东山口向下倾斜。9 月是它最小、最干燥的时候。我几乎是走上碎石的，至于冰川，只有步行才能爬上去。我们登上了冰川的上缘，下面有几百英尺长的光滑冰芽，一头扎到峭壁上，在黑暗中闪闪发光。山口的危险在于，动物在这条危险的小道上滑倒时，会侧身滑到冰面上，无法脱身。

我们刚到这里的时候，一些拉达克人从对面带着空载的牦牛过来了。他们要沿着这条倾斜的小路走下去，无路可行，只好前往下一个斜坡，比这里还要低三四十英尺。他们把牦牛赶到斜坡上，从后面把它们头朝下地抬起来，让这些巨大的畜牲压着捆住的蹄子和它们的肚皮滑下去，直到它们撞上了一个从冰上突出的石头，然后漫不经心地停下来，在深渊上方"点头鞠躬"。

这种操作对我们来说并不容易。倾斜的道路一部分是挖出来的，另一部分则是在冰川上撒土融冰而成，这是一种融冰制造落脚点的方法。我们两个人手脚并用，慢慢地走上前去，摩西把身子贴在冰面上，用一种他熟悉的方法慢慢地往上爬。我们那两匹坐骑被人从头到尾地吊起来了。只有哼哼唧唧的牦牛几乎是独力蹒跚而行，有一头牦牛失败了，但幸运的是，它滑回了岩石上，没有滑到冰崖上。

经过一个陡峭的斜坡之后，冰川就变得安全易行了。我们再次聚拢牦牛，装好鞍具，很快就来到了山口的顶部——光秃秃的、破碎的岩石，海拔17400英尺。我们在那里休息，俯视着列城的景象，列城是一颗星形绿洲，它的尖端延伸到光秃秃的峭壁上。列城之外是印度河谷，再往那边去，就是喜马拉雅山主脉，这是一个巨大而坚实的山脉，山峰几乎是平齐的，由帷幔一样的山体连接起来，看起来像一堵墙。这些确实是印度斯坦的城墙，从遥远的东方远道而来。看到喜马拉雅山脉就在我们脚下，真是一件美妙的事情。那是1927年9月15日，距我们离开桑株集市已有25天。我是1926年3月从北京出发的，妻子是1927年2月与我会合的。

359

在我们下方的列城有很多闻名遐迩的东西，它是古代吐蕃西部的中心城市。列城有一座峭壁上的堡垒，曾经是国王的宫殿，现在国王的后裔已经被推翻，拉达克已经被多格拉人征服，多格拉人的统治家族是查谟和克什米尔的王公；列城也有大量的寺院；斯利那加和列城之间的交通和物资极度匮乏，因此当局限制了在任何一个季节进入拉达克的旅行者数量。

然而列城设有一个官方的招待所。它有一个开朗、慷慨的瑞士主教领导的摩拉维亚传教团。克什米尔英国人的一个助理的夏季住宅也位于列城。此外，列城还是电报线路的终端，不管怎样，在一年中的大部分时间里，它都能提供邮政服务。

但事实上，我们的旅程已经走到了尽头。我们将用半个月的时间，从列城穿过喜马拉雅山脉，然后通过一系列相当雄伟的山口，到达斯利那加。从斯利那加启程，经过约130英里的汽车路到达拉瓦尔品第，转乘火车。之后某一天，我们与摩西泪别，他将乘坐火车前往加尔各答，再乘船返回中国，我们则乘坐去孟买的火车，在孟买乘船前往意大利。

这就是将要发生的一切。但在9月15日这一天，我们在卡尔东休息，俯视列城。然后我们走下了山口。

拉达克小孩

被误以为死亡的伤者

前往列城的道路

卡尔东山口——光滑的冰面

卡尔东山口——冰川上的牦牛

索 引

（索引页码为原著页码，即本书边码）

A HSING-A, Mr. 阿兴额先生，144

Abu Bakr Mazar, Qirghiz burial place 阿布伯克里麻扎，柯尔克孜人墓地，329

Aghiaz（aghis, The Mouth）阿合牙孜（山口），266，267，286

Ali Nazar, master-robber 阿里纳扎尔，329

Ali Nazar Qurgan 阿里纳扎尔库尔干，329

Altai, the 阿尔泰，35

American Dukes 美国洋大人，274，277—281，286，305

Amursana, Emperor 阿睦尔撒纳，君主，111

Andrew of Longjumeau, Friar 龙汝模修士，99 注释

Annenkoff 阿连科夫，95—97

Antelope 羚羊，206，207，267，336，338，339，343

Ag Tagh（White Mountains）阿克塔格（白山），335

Agsagals 阿克萨卡尔，324

Agsu 阿克苏，293—307

Ag-tenga 白坚戈，310

Araba, equipment of 阿尔巴，车具，311—314

Arrag 阿拉克，256

Arsan Bulag（"male springs"）阿热善温泉（男人泉），251，253

Baiga, game of 叼羊，游戏，134—137

Balti Brangsa（Camp of the Baltis）巴尔蒂·布兰萨（巴尔蒂人的营地），339

Bannermen 旗人（编旗设佐），203

Bar Kol Mountains 巴里坤山，194

Bar Kol ponies 巴里坤马，193

Bardolph 巴道夫，233，236

Barkol（Chen Hsi, Controlling the West）巴里坤（镇西，控制西方），193

Barmasu, 干杯，83

Bell, Colonel 贝尔上校，75

"Blood-sweating horses" "汗血马"，196

Bogdo Ola 博格达山，20，35，146—148，181

Boghu, stag wapiti 布库，雄鹿，266

Böjanti, Lake of 白杨湖，156

Bokhara 布哈拉，34

Böliq 博里克，261

Borotala 博尔塔拉，112，188，202—204，207

Brick tea 砖茶，8

Broomhall, Marshall, reference to 海思波，318

Bulaq-i-Murgo（Spring of Murgo）布拉克摩尔吉（摩尔吉泉），348

CAMEL pullers 驼夫，11—13

Caravan roads 商队路线，70，71

Caravan trade, decline of 商队贸易，衰落，71，77

Caravans 商队，117，118，120

Carpine, Pian de 柏朗嘉宾，99，205

Carruthers, Douglas, references to 卡拉瑟斯，53，61 注释，67，202，204，205

Cave-chapels 石窟寺，168，171，172

Chahars 察哈尔，110—112，188，202—204，207

Chajosh Jilga 查乔希吉尔加，343

Ch'e P'ai-tze（Cart Ticket）车牌子，54，128，129

Chen Shuai（Military Governor）镇帅（军事长官），209—212

Chi Li, his Formation of the Chinese People 李济《中国民族的形成》，259，260

Ch'i-jen, "bannerman" 旗人（编旗设佐），87

Chibra 奇博拉，335

Ch'ien Lung, Emperor 乾隆皇帝，43，44，67，111，113，223，270，318，319，321

Chih-chi grass 芨芨草，65

China Inland Mission, at Urumchi 中国内地会，在乌鲁木齐，24

Chinese proverbs 中国谚语，133，162，163

Chinese Revolution 辛亥革命，203，209，261，304

Ching Ho 精河，185，189，202

Ching-ming, Chinese festival 清明，中国节日，138

Chou the Big-head（Eldest Son of the House of Chou）周大头（周家长子），3—5，7，10，16

Chu, George, Chinese Secretary to Consulate-General at Kashgar 朱乔治（喀什总领事的中文秘书），317，325

Chuchu Dawan 邱邱达坂，326—329

Chuguchak 塔城，65，66，74，78，80，98—100

Ch'u men pu je san tse, Chinese proverb 出门不惹三子，汉人谚语，133

Cossacks 哥萨克，244
See also Qazaks 参见"哈萨克"

Cotton, American, in Asia 亚洲的美洲棉花，166，167

DAKIANUS, City of 达吉亚努斯城，173；
See also Qara-Khoja 参见"哈拉和卓"

Dalgleish, Andrew, explorer 安德鲁·达格利什，探险家，341

Daulat Beg Uldi 道拉特伯克奥尔迪，344

Dawan Ch'eng（the City of the Pass）达坂城（山口之城），149

Depsang Plains 德普桑平原，345，346

Dockray, Major Stephen 斯蒂芬·多克雷上校，25

Dorbujing 都鲁布津，102，103
See also Hoshang 参见"河上"

Dungans 东干人，43

Dust storms 沙尘暴，161

EAGLES, hunting with 鹰，捕猎用的，106，107

Ebi Nor 艾比湖，186，204

Egg game 敲蛋，138

Eleuth federation 卫拉特诸部联盟，111

Eleuth Mongol Empire 准噶尔汗国，36

Eleuths 卫拉特，110

Emil（or Imil or Omyl）, earliest city of Chuguchak 也迷里，塔城最早的城市，99

Emil River 额敏河，63，65—68，103

Erh Hun-tze, the 二混子，5，6

Erh T'ai（Second Stage）二台，208

Faizabad 牌租阿巴特，311

Falconry 鹰猎，106，107

Fire Mountains 火山（火焰山）156，162

Four Great Commanders 四大将，209

Four Somons 四苏木，270—272

Fruits, Valley of 果子沟，207

GALDAN KHAN 珲台吉噶尔丹，110—112

Garden party at Hulja 伊宁的花园聚会，214—217

Gilgit Expedition 吉尔吉特远征队，331

Gillan, Major, British Consul-General at Kashgar 英国总领事吉兰少校，317，324，325

Glaciers 冰川，283—290，349，350，358，359

Graham, Stephen, quoted 斯蒂芬·格雷汉姆，228

Grape Valley 葡萄沟，161—163

Great Muzart, Valley of 木扎尔特山谷，283

Guilds. of Shan-hsi traders 山西商人的会馆，12

HAMI 哈密，35

Han-shan T'ai（Waterless Mountain Stage）旱山台，125

Heavenly Mountains 天山，140

Hentig, Dr. Werner von 维尔纳·冯·亨廷格，263，263 注释

Himalayas 喜马拉雅山，359

Ho-shang 河上，63

Hsi Hu 西湖庄，53，134，137，182，184，185

Hsi Hu, Old 老西湖庄，54

Hsi-kor. "thin dog" 细狗，瘦狗，124

Hsia T'an Ying P'an（"Shutta." "Shatta"）下坦营房（"疏塔""夏特"），269

Hsiao-ts'ao Hu（Little Grass oasis）小草湖，126

Hsiao-tsou, "small amble" 小走，151，192

Hsien-sheng, a term of courtesy 先生，尊称，133

Hsin Ch'eng（New City）新城，209，210

Hu-t'ou-pi 湖头皮，141

Hun pony 匈奴马，194

Hung Miao-tze（Red Temple）红庙子，145

Hung Yen K'ou（Red Salt Pass）红盐口，296

Huns 匈奴，194，222

Hunter, a fine old 一个优秀的老猎人，271

"Hunting Detachment," Russian 俄罗斯"狩猎支队"，331

Huntington, Ellsworth, his The Pulse of Asia 埃尔斯沃斯·亨廷顿《亚洲的脉搏》，147—149，156—158，165

Hunza 罕萨，331

I p'ao ch'eng kung, one shot turns the trick, tower 一炮成功，炮台，22

Ibex 特克斯，287

Ili, cities of 伊犁诸城，208—210，221

Ili horses 伊犁马，198，199

Ili River 伊犁河，207，227，230，240

Ili Valley 伊犁河谷，181，221—229

India, roads to, from Kashgar 从喀什通往印度的路，323

Irrigation wells 坎儿井，148，156，157

Iskander Beg 伊斯坎德尔·贝格，191，201，247，248，253

Issiq Köl 伊塞克湖，225，283

JAIR Mountains 加依尔山，56，60，123，124

Jam 佳木，297

Jenghis Khan 成吉思汗，109

Jiparlik 基帕尔力克，286

Jungars（Zungars）准噶尔，272

K2 乔戈里峰，345

Kalmuks 卡尔梅克人，272

Kan-su men 甘肃人，47

K'ang Hsi, Emperor 康熙皇帝，67，111，113

Karakoram, passes of 喀喇昆仑山口，232，324，341—343

Karakoram plateau 喀喇昆仑高原，326，335，341

Karez, underground irrigation canal 坎儿井，地下灌渠，148，156，157

Kash, the 喀什河，240

Kashgar 喀什，25，71，74，78，297，318—322

Khan Tengri（Mountain of Pigeons Mountain of Precious Stones）汗腾格里峰，270，289，284—286

Khara-Khitai, dynasty of 喀喇契丹，西辽，99 注释

Khardong glacier 卡尔东冰川，358，359

Khardong Pass 卡尔东山口，357—360

Khitan Tatars 契丹鞑靼，109

Khojas 和卓，320

Khotan 和田，353

Kichik Karakoram（Little Black Gravel）基奇克喀喇昆仑（小黑石），329

Kilian Qurgan 克里阳堡垒，330

Kilian River 克里阳河，330

Kirei-Qazaks 克烈哈萨克，65，66，244，258

Kobuk Torguts 和布克土尔扈特，108

Köhne Shahr（Old Town）孔沙尔（老城），294

Köhne Yailag（Old Pasture）汗加依拉克（老牧场），283

Kök-su, the 科克苏，249—253，286

Kök-terek（Blue Poplars）阔克铁热克（青杨树），257，266，286

Kukuirghen, the name 可可以力更，80 注释

Ku Ch'eng-tze 古城，3—14，18—22，29，74，195

Kulja 伊宁，74，78，214—221，223

Kumiz 马奶酒，254—256

K'un Lun Mountains 昆仑山，326，327

Kur-Khara-usu 库尔喀喇乌苏，185

LADAKH 拉达克，326，359

Ladakhis 拉达克人，325，326，332，353

Lai-ts' ai-ti 来宰提，3

Lao Feng K'ou（Old Windy Gap）老风口，61—63，107，108，114，116，205

Lao-yeh Miao, Ku Ch'eng-tze temple 老爷庙，古城的庙宇，12

Leh 列城，359，360

Li Pai-k'a'rh（Li the Native）李派卡（姓李的本地人）94—98，103

Liao dynasty 辽代，109

Likdan Khan, coniquests of 林丹汗，110

Little Grass oasis 小草湖，179

　　See also Hsiaots'ao Hu 参见"小草湖"

Liu P'an Shan（Six Loop Mountain）六盘山，123

Long-dogs 细犬，105，105 注释，107 注释

Lop（or Tarim or Taklamakan）罗布（塔里木、塔克拉玛干），146，174，175

Lu-ts'ao Kou（Valley of Reeds）芦草沟，208

MA TA-JEN（Ma the Great Man）马大人，269—282

Ma-chiana 麻将，10

Macartney, Sir George. British representative 英国代表乔治·马戛尔尼爵士，75, 263 注释

McLorn. Mr.. Postal Commissioner at Urumchi 乌鲁木齐的邮政专员麦克莱伦先生，144, 181

McLorn, Mrs. 麦克莱伦太太，23, 144, 145, 181

Meander 漫步，191, 201, 247, 248

Manass 玛纳斯，43, 140

Manass River 玛纳斯河，52, 140, 182

Mani-wall 玛尼墙，352

Mannai-Ölöt 莽鼐卫拉特，111

Manuscripts, destruction of 手稿，毁坏的，169

Maral, wapiti 马拉尔，雌鹿，266

Maralbashi 玛拉巴什，311

Marmots 旱獭，234

Miao'rh Kou (Valley of the Shrine) 庙儿沟，56, 124

Migrations, Spring 春季迁徙，117, 118

Ming dynasty 明代，109

Mirage 海市蜃楼，152

Missions in China, Catholic and Protestant 中国内地会，天主教和新教，47—51

Mongol Empire 蒙古帝国，111

Mongol ponies 蒙古马，198

Mongol princess, a 蒙古王公，216—219

Mongolia, trade of 蒙古，贸易，70

Moses 摩西，119, 122, 139, 212, 213, 231, 249, 273, 275, 276, 292, 299, 310, 314, 328, 333, 341, 351, 354, 358, 360

Motor traffic 汽车交通，167, 182—184

Mountain sickness 高原反应，342, 346

Mouse, desert 沙漠老鼠，305, 306

Murgisthang glacier 穆尔吉冰川，350

Murgo gorge 摩尔吉峡谷，347, 348

Muzart, the 木扎尔特，283—295

Muzart glacier 木扎尔特冰川，282—290

Muzart Pass 木扎尔特山口，253, 269

Nasr, snuff 纳斯尔，鼻烟，232

Nomadic life, the 游牧民生活，244, 245

Nomadic peoples of Central Asia, 中亚的游牧民，242—244

Nomads, wintering grounds of 游牧民，冬季牧场，54, 56, 57

North Road 天山北路，34—36, 40, 41

Nubra Valley 努布拉峡谷，351

OASES, where situated 绿洲，160

Obos 敖包，288, 289

Old Ch'e-p'ai-tze 老车牌子，129

Old Hsi Hu 老西湖，54, 132

Ölöt 卫拉特，110

Ölöt Mongols 卫拉特蒙古，166

Ölöts 卫拉特人，272

Omyl (Imil) 也迷里（额敏）205

Opium, smoking 鸦片，吸食，10

Pai-k'a'rh 派卡，94 注释

Palo 牌楼，343

P'an-hu, origin of 盘瓠始祖，259, 260

Pan Tsilu 潘绮禄，142—144, 151, 181

Panimikh 潘那密克，352—357

"Peking" cart 北京车，163, 181

Petrovsky, Russian consul at Kashgar 彼得罗夫斯基，俄罗斯驻喀什领事，75

Pigeons, "holy" "神圣"的鸽子，161

Pigeons, Mountain of 鸽子，山上的，284

Pioneers 拓荒者，130, 131, 245, 246

Pishpek ponies 比什凯克马，198

Polo, Marco 马可·波罗，34, 186

Posgam 坡斯坎木，325

Prjevalsky, Russian explorer 普尔热瓦尔斯基，75

P'u-t'ao Kou（Grape Valley）葡萄沟，162

QARAGHAI Tash（Stone Spruces）喀拉盖塔什（石杉林），234，252
Qarghaliq 哈尔哈里克，325
qara-Khitai, migration of 西辽，移民，222
Qara-Khoja 哈拉和卓，157，160，172，173
Qaragash（River of Black Jade）喀拉喀什河（墨玉河），329
Qara-Qirghiz 卡拉吉尔吉斯人，258
Qara Shahr 喀喇沙尔（焉耆），113，197
Qaraul Dawan 卡劳达坂，350
Qazaq long-dog 哈萨克细犬，105—107
Qazaq winter encampment 哈萨克冬季营地，105
Qazaqs 哈萨克人，13，37，41，42，54，56，57，63，65，104，187，211，212，222，234，235，240—260
Qazaqistan, Autonomous Soviet Socialist Republic of 哈萨克斯坦苏维埃社会主义自治共和国，211，264
Qirghiz 柯尔克孜，241，243，257—265
Oirghizistan, Soviet Republic of 吉尔吉斯苏维埃社会主义加盟共和国，264
Qizil Tagh 黑子里塔格，338
Qum Bulaq（Spring of the Sands）库姆布拉克，336
Qum Ch'ia-tze（Pass or Station of the Sands）库姆卡子（沙地检查站），187
Qunguz, the 巩乃斯河，240
Quruq Dawan（Dry Pass）库鲁克达坂（干隘口），350，351

RABDAN, nephew of Galdan Khan 策妄阿拉布坦，噶尔丹汗的侄子，111
Rawalpindi 拉瓦尔品第，334，360
Roebuck. T'ien Shan 雄鹿，天山，266，267

Rupees 卢比，336，337，344，349
Russian espionage 俄罗斯人，间谍，83，84
Russian Kalmuks 俄罗斯卡尔梅克，113
Russo-Asiatic Bank 华俄道胜银行，183

SADIE, the Girl Gorilla 赛迪，猩猩女孩，232，235
Sairam Nor 赛里木湖，206，207
Samarqand 撒马尔罕，34
San T'ai（Third Stage）三台（第三站），206
Sanju Bazar 桑株集市，325
Sanju River 桑株河，325，327
Sarang, a "萨朗"，291，292，294
Sasser Serai 西塞拉，348，349
Scythians 斯基泰人，222
Semipalatinsk 塞米巴拉金斯克，66，86，89
Semirechensk 七河，66，262
Seven Sleepers, sanctuary of 七圣人墓，162，173
Shahidullah 赛图拉，331
Shamanism 萨满教，159
Shan-hsi Guild 山西会馆，12
Shao-chiu, distilled grain spirit 烧酒，7
Shan-shi men 山西人，5，7，8，12，15
Shayok River 什约克河，348，357
Sheepo 谢伯，233—236，251
Shih, House of, pony herd of 史家，马群的所有者，200
Shih Men-tze（Gate of Stone）石门子，60，123，205
Shrine, Valley of the 庙儿沟，124
Shui-Mo Kou（Valley of Watermills），picnics at 水磨沟，宗室流放地，144
Sibos 锡伯人，67，68，210，223
Six Somons 六苏木，271，272
Solons 索伦人，67，68，87，210，223

Som Tash, the 斯木塔斯河，266，286

Sopu 索普，282，283，288

South Muzart River 木扎尔特河，290

South Road 天山南路，34—36

Soviet officials 苏联官员，216

Soviet trade agencies 苏联贸易机构，77

Srinagar 斯利那加，359

Ssu-ko Shu（or Ssu-k'o Shu, Four Trees）四棵树，185

Ssu T'ai（Fourth Stage）四台（第四站）206，207

Stallions 种马，199，200

Sten, Sir Aurel 奥雷尔·斯坦因，142，174，295

Stinkless Leather Factory 无臭皮革厂，219

Stoliczka. Moravian Missionary 摩拉维亚传教士斯托里茨卡，348

Suget Pass 素盖提山口，239，333，335—341

Suget Qaraul 素盖提卡伦，331

Sui-ting 绥定，209，226

Sykes, Miss Ella, reference to 艾拉·赛克斯小姐，296 注释

TA CH'ING dynasty 清朝，109

Ta Ho-yen-tze 大河沿子，203，204

Ta Kang-tze（Big Jar）大缸子，178

Ta tsou, "big amble" 大走，151，192

Ta Ying-p'an（Big Barracks）大营盘，203

T'ai-ch'e, "stage cars" 台车，92

Tai-chiu 代酒，9

Takianzy. See Ta Kang-tze 大缸子，参见"大缸子"

Taklamakan Desert 塔克拉玛干沙漠，35

Talki Pass 塔勒奇隘口，202，207

Tam Qaraul 坦卡古堡，327

Tamgai-tash（Post in the Stones）塔姆盖塔什（石头里的岗哨），288

"T'ang horses" 唐马，197

T'ang-shan 唐山，225

Taoism 道教，99 注释

Ta'o-lai 托里，116，118

Taranchis 塔兰奇人，223

Tarbagatai, the 塔尔巴哈台，63，65

Tarbagatai district 塔城道，66，67

Tarim, the 塔里木，296

Tashi Serengh 扎西次仁，326，328，332，336，339，347，348，358

Tekes River（River of Ibex）特克斯河，240，247—249，253，269

Telli Nor, lake of 帖勒里湖，53

Tenga 坚戈，310

Terek Dawan 铁列克达坂，35

"Thousand-li" horse 千里马，196

Three Springs 三个泉，149，150，152

T'ien Shan（Heavenly Mountains）天山，34—36，230—139，240—253，283—295

Tientsin men 天津人，19—22，47，58，209，275，291，292，314

Tiger, Central Asian 中亚虎，51

Tokhara, the 吐火罗，196

Toghrag poplar 胡杨，63，127，296

T'o-li（or T'o-lai）托里，61

Tooth powder, for sore-backed ponies 牙粉，用于治疗马鞍疮，312

Topa Dawan（Dusty Pass）托帕达坂（灰土山口），296

Toqsun 托克逊，149，171，176

Torguts 土尔扈特人，13，108，111，112，114

Trade, in Central Asia 中亚的贸易，70—78

Ts'ang-chi 昌吉，40

Tsevan Rapadu 阿睦尔撒纳，111

Tso Tsung-t'-ang 左宗棠，224

T'u-hu-lu 吐葫芦，196

Tun-huang（Flaring Beacon）敦煌（发光的灯塔），34

T'ung-kan 东干 19, 20, 43—47, 112

Tungusic speech 通古斯语，68

Tur Qara 吐火罗，222

Turfan Depression 吐鲁番盆地，145—149, 156, 157, 171

Turfan Town 吐鲁番城，35, 145, 148, 153—159, 171

Tutialik 土特耶拉克，350

Tuyoq Valley 吐峪沟山谷，162

Ulan Bulaq（Red Spring）乌兰布拉克（红泉子），55

Ular（hsuch-chi）乌勒（雪鸡），275

Umlung 乌姆隆，350

Urga 库伦，25

Urumchi 乌鲁木齐，15—33, 141, 145, 179—181

Valinki（Katinki），Russian felt boots 俄罗斯式毡靴，18

Vanguard Pass 前卫关口，350

Vinegar Shop of Chung at Ku Ch'engtze 古城张家醋坊，4

Von Lacoq, quoted 冯·勒科克，172

WARNER, LANGDON, quoted 兰登·华尔纳，196

Willian of Rubruck 威廉·鲁布鲁克，99, 205, 255

"Witch-doctoring" "巫医"，159

Wolves 狼，341

Wu T'ai（Fifth Stage）五台（第五站），206

YAKUB BEG 阿古柏，45, 177, 320

Yamatu 雅玛图，60, 120

Yang-liu-ch'ing 杨柳青，224, 225

Yar-khoto（City of the Cliff）雅尔和屯，172

Yeh-li Ta-shih, prince 耶律大石，99 注释

Younghusband, Capt 荣赫鹏，75

Yueh-chih, migration of 月氏，迁徙，222

Yulduz region 裕勒都斯地区，113

Yurts 毡帐，108, 237, 238

Yu-shen（grease-god）油神，60

ZUNGARIA 准噶尔，3, 25

Zungarian Empire 准噶尔汗国，36

Zungarian Gate 准噶尔门，61 注释，204, 205

Zungars 准噶尔人，43, 111, 112

守望思想　　逐光启航

光启
LUMINAIRE

下天山：亚洲腹地之旅

[美] 欧文·拉铁摩尔 著

王　跃 译

责任编辑　肖　峰
营销编辑　池　淼　赵宇迪
封面设计　别境 Lab

出版：上海光启书局有限公司
地址：上海市闵行区号景路 159 弄 C 座 2 楼 201 室　201101
发行：上海人民出版社发行中心
印刷：山东临沂新华印刷物流集团有限责任公司
制版：南京理工出版信息技术有限公司

开本：635mm × 965mm　1/16
印张：26.25　　字数：302,000　　插页：2
2024 年 6 月第 1 版　　2025 年 1 月第 2 次印刷
定价：102.00 元
ISBN：978-7-5452-1952-4 / I·14

图书在版编目(CIP)数据

下天山：亚洲腹地之旅 / (美) 欧文·拉铁摩尔著；
王跃译 . 一上海：光启书局，2024（2025.1 重印）
书名原文：High Tartary
ISBN 978-7-5452-1952-4

Ⅰ. ① 下…　Ⅱ. ① 欧…　② 王…　Ⅲ. ① 游记—作品集
—美国—现代　Ⅳ. ① I712.65

中国国家版本馆 CIP 数据核字（2024）第 052852 号

本书如有印装错误，请致电本社更换 021-53202430